第四届《安徽古籍叢書》編審委員會

主任委員

黄德寬

副主任委員

諸偉奇

丁　放

彭君華

委員（按姓氏筆畫順序）

卞　利　方錫球　牛繼清　王啓才

吴先伍　施立業　胡傳志　紀健生

陳　林　張玉才　曹小雲　曹天生

程德和　楊　軍　楊應芹　趙國華

鮑　恒　樊嘉禄

安徽古籍叢書萃編

郭祥正集

宋·郭祥正 撰　孔凡禮 點校

黄山書社

图书在版编目(CIP)数据

郭祥正集 / (宋) 郭祥正撰；孔凡礼点校. —合肥：黄山书社, 2014.1
(安徽古籍丛书萃编)
ISBN 978-7-5461-4284-5

Ⅰ. ①郭…　Ⅱ. ①郭…　②孔…　Ⅲ. ①宋诗-诗集-中国-北宋
Ⅳ. ①I222.744.1

中国版本图书馆 CIP 数据核字(2014)第 006155 号

郭祥正集

出 版 人　任耕耘
策　　划　任耕耘　赵国华　汤吟菲
执行策划　汤吟菲　徐娟娟
责任编辑　任耕耘　徐娟娟　张元婷

装帧设计　未　氓
责任印制　戚　帅

出版发行　时代出版传媒股份有限公司(http://www.pressmart.com)
　　　　　黄山书社(http://www.hspress.cn)
　　　　　官方直营书店(http://hsssbook.taobao.com)
　　　　　营销部电话:0551-63533762　63533768
　　　　　(合肥市政务文化新区翡翠路 1118 号出版传媒广场 7 层　邮编:230071)
经　　销　新华书店
印　　制　安徽联众印刷有限公司

开本　880×1230　1/32　　印张　23　　字数　510 千字
版次　2014 年 9 月第 1 版　　2014 年 9 月第 1 次印刷
书号　978-7-5461-4284-5　　定价　280.00 元

序

黄德寬

值此《安徽古籍叢書萃編》編輯出版之際，欣逢新時期安徽古籍整理出版工作步入而立之年！三十年來安徽的古籍整理出版工作，很值得認真地進行一番回顧總結。

一九八一年，中共中央發布《關於整理我國古籍的指示》，成立了以李一氓同志爲組長的國家古籍整理出版規劃領導小組，正式拉開了新時期古籍整理出版工作的序幕。一九八四年，中共安徽省委決定建立安徽省古籍整理出版領導小組，由時任省人大常委會副主任魏心一同志挂帥，聯合了省新聞出版局等政府部門和安徽大學等高等院校、研究單位，正式啓動安徽省古籍整理出版工作。同年，安徽專業古籍出版單位黄山書社也宣告成立。安徽古籍整理出版工作由此翻開了嶄新的一頁。

三十年間，安徽省古籍整理出版工作堅持初衷，克服困難，在政府部門的支持和社會賢達

《安徽古籍叢書》的編纂出版。

《安徽古籍叢書》凝結了當代安徽傳統文化研究領域衆多學者與專家的心血和汗水。以吴孟復先生爲代表，組成《安徽古籍叢書》第一届編審委員會，賡續安徽先哲編刊地方叢書盛業，梳理文獻綫索，擬訂叢書子目，擘劃編纂體例。遵循嚴格的學術規範，《安徽古籍叢書》自一九八九年三月刊出第一種——《舊聞隨筆》，截至二〇一三年底，連同修訂再版，出版已突破百種，成爲我國當代古籍整理一個有影響力的品牌。

收入《安徽古籍叢書》的各類古籍，既有朱熹、戴震、俞正燮、凌廷堪、程瑶田、黄生、包世臣、楊仁山、吴汝綸等學術巨擘的著作，也有張孝祥、錢澄之、方苞、方文、施愚山、姚鼐、吴敬梓等文學名家的作品；此外，包拯、朱升、朱元璋、阮大鋮、姚瑩、方孝標、劉銘傳等皖籍著名歷史人物的著述也盡在其中。正是因爲歷代賢哲創造的精神財富，使得《安徽古籍叢書》一經出版即蜚聲海内外，産生了廣泛的社會影響。李一氓同志曾經撰文，欣喜地表示：

『現在有一個好現象，安徽要編印新的《安徽叢書》。』當代著名學者金克木、胡道静、張岱年、程千帆等先生稱道『這是安徽文化事業的一項盛舉』。法國漢學家戴廷傑也對《安徽古籍叢書》堅持嚴格的學術規範稱賞不已。

《安徽古籍叢書》的順利編輯出版，還因爲改革開放帶來的時代機遇。改革開放三十多年來，我國經濟文化繁榮昌盛，使得《安徽古籍叢書》能够得到有關方面的財力支持。上個世紀八十年代，《安徽古籍叢書》編纂在發軔之時，就不斷有項目入選國家古籍整理出版規劃，得到國家各方面的有力支持。最新公布的《二〇一一—二〇二〇年國家古籍整理出版規劃》中，包括《方以智全書》在内的新列《安徽古籍叢書》項目品種就多達四十八種。安徽古籍的整理編纂工作，正是在改革開放的大背景下，在全國古籍整理出版工作的大格局中，取得了突出的成就并展現着美好的未來。

《安徽古籍叢書》的編纂出版，安徽大學『省古籍整理出版辦公室』發揮了重要作用。古籍辦的同志們長期堅守在古籍整理出版崗位，甘於清苦，默默奉獻，辛勤耕耘，爲《安徽古籍叢書》的編纂和安徽古籍整理出版工作做出了突出的貢獻。二〇一〇年，在『全國專業古籍出版社社長年會暨全國優秀古籍圖書評獎會』上，時任國家新聞出版總署副署長鄔書林同志作題爲《無愧歷史 珍惜時代 出好精品》的講話，指出：『安徽是堅持地方古籍整理工作最好的省份。不少地方古籍辦幾乎都撤了，或名存實亡，安徽則堅持不輟，并做了大量工作。』

黨的『十八大』從戰略層面提出扎實推進社會主義文化强國建設，豐富人民精神文化生活，『建設優秀傳統文化傳承體系，弘揚中華優秀傳統文化』。《安徽古籍叢書》立足鄉邦文獻的整理編纂，因應了國家文化建設的宏偉規劃，是文化强省乃至文化强國建設事業的題中應有之義。這項事業遠非一兩代人所能完成，正如一九八一年中央三十七號文件所指出的，『整理古籍是一件大事，得搞上百年』。

《安徽古籍叢書》煌煌巨制，結構開放，歷時久遠。回顧過去，出版較早的圖書有些已經絕版；叢書版式、裝幀也屢經變更。爲適應集中展示、收藏和研究的需要，對已經出版的《安徽古籍叢書》進行階段性的集中梳理，適當遴選，統一版式，影印出版本套叢書是十分必要的。

作爲首套《安徽古籍叢書》選編本，我們希望通過這套書的出版發行，能使更多的讀者瞭解、認識和利用好《安徽古籍叢書》，有更多的皖籍、非皖籍專家學者參與到安徽地方歷史文獻的研究整理工作中來，讓《安徽古籍叢書》在未來不斷發展壯大。這是我們在新時期安徽古籍整理出版事業三十年之際的殷殷屬望！

二〇一四年六月

凡例

一、本編從二〇一〇年（包括二〇一〇年）以前出版的《安徽古籍叢書》中選取文獻資料價值大、校點整理質量上乘、學界仍有需求的圖書進行重印。

二、二〇一〇年以後出版者因市場上新書尚多，此次不復列入。早期所版《文學研究法》《舊聞隨筆》《桐城文學淵源考·撰述考》《桐城耆舊傳》《爾雅翼》等雖均爲叢書的中堅，因已有修訂新版，此次亦不復列入。《安徽古籍叢書附輯》整體不予列入。

三、所選圖書按初版時間先後順序編排。

四、采用原版掃描影印，不重新録排，儘量保存原書面貌。原書頁眉中的明顯編輯錯誤，逕改不出校；《竇山公家議校注》《康輶紀行 東槎紀略》兩種原書無頁眉，現統一補加。

五、重新設計製作封面，統一規格、工藝。一律采用大三十二開本，精裝。《説文假借義證》一書原版爲十六開，一個頁面放兩個中國頁，此次按統一開本重新排版，一個頁面放半個中國頁。

并新附《説文假借義證索引》於該書書末，以方便讀者檢索。《毛詩後箋》《吴汝綸全集》《田間詩學》《説文假借義證》等原書規模較大，爲方便讀者閲讀，現重新分册。另，《竇山公家議校注》保留原書西式裝訂方式。

六、收録叢書文獻由於各種原因，還存在這樣那樣的不足，請讀者批評指正。

第四届《安徽古籍叢書》編審委員會

二〇一四年六月

郭祥正 撰　孔凡禮 點校

郭祥正集

黄山書社

安徽省古籍整理出版规划委员会

顾　　问　丁继哲　王惠鹏　杜维佑　李广涛　张立一　郑　锐　郑淮舟　胡　坦　胡云龙
　　　　　侯　永　崔剑晓　傅大章　潘锷镗

主　　任　魏心一

副 主 任　陈基余　赵应铎　陶有法　鹿世金

委　　员　刘景龙　吴孟复　祖保泉　贾文昭　黎　洪

安徽省古籍整理出版基金会

理 事 长　崔剑晓

副理事长　丁继哲　杜维佑　胡　坦　潘锷镗

秘 书 长　汪慎琳

常务理事　马素英　卞兆龙　田照临　朱邦福　孙伯耀　吴存心　吴孝雨　汪石满　张其果
　　　　　张振明　季昌清　郑英保　钮　涟　钱　进　陶显斌　潘培咸　穆建科

安徽古籍丛书编审委员会

学术顾问　吴小如　吴作人　周一良　周绍良　金克木　胡道静　常任侠　蒋元卿　舒　芜

主任委员　吴孟复

副主任委员　刘永年　祖保泉　施培毅　贾文昭

委　　员　朱一清　朱世力　任弘毅　刘学锴　孙文光　纪健生　杨应芹　汪福润　沙宗复
　　　　　夏秀流　徐凌云　诸伟奇　梁垣祥　傅玉璋

按姓氏笔画排列

本书承六安地区行署资助出版谨致谢忱

安徽古籍叢書編印緣起

我國歷史悠久，典籍豐富。我省地處南北之交，學術尤擅其盛。數千年來，哲學、史學、文學、藝術、語言、科技，作者輩出，著述如林，或自名一家，或蔚然成派，多爲中華民族文化之菁華，有裨於社會主義文化之建設。允宜及時整理，以廣流傳。

粤自明清，以至近世，南北郡邑已有涇川叢書、龍眠叢書、貴池先哲遺書、南陵叢書諸刻。一九三一年，復有安徽叢書之編刊，所收皆皖人著作，分期影印。出至第六期，以抗戰軍與而中止。盛業未竟，論者惜之。

今者，中央倡導整理古籍，我省領導對此尤爲關心。省古籍整理出版規劃委員會幾經商討，決定編纂安徽古籍叢書。編纂宗旨是在歷史唯物主義指導下，批判繼承，古爲今用，弘揚民族優秀傳統文化，爲建設有中國特色的社會主義服務。最其體例，約有數端：一、所收皆爲歷代皖人著作。時間，一般以成書於「五四」之前爲限。注意稿本、稀見本之搜輯與傳布。二、整理方式包括輯、校、標點和注釋、今譯，校勘，力求采用善本爲底本，校以他書，或加補輯，編次。標點，采用新式標點。注釋，務求精確，但不作煩瑣考證。整理中，盡量吸收國內外研究的新成果。三、先秦、兩漢著作及文字、訓詁之書，皆用繁體字，其餘則多用簡體字。版皆竪排，以期一律。四、凡熱心於本叢書編印及捐資助刊者，得於書内題名。

安徽古籍叢書編審委員會

一九九四年六月修訂

序

十一世紀的五十年代至七十年代中，正當我國北宋王朝仁宗皇祐嘉祐、英宗治平、神宗熙寧時期，我國詩壇上出現了一顆新星，這便是郭祥正。他一出現，立即贏得享有盛譽的詩壇老將梅堯臣的贊揚，贏得著名詩人王安石、鄭獬、袁陟及章望之、章衡等的贊揚[1]。他們中的絕大多數人説他是李白後身。熙寧五年（一〇七二），歐陽修去世，才華橫溢的年未二十的詩人李廌，大聲疾呼，希望郭祥正繼歐陽修之後領導詩壇，爲詩壇盟主。郭祥正的作品，産生過相當廣泛的影響。

然而，進入哲宗、徽宗時期，這顆新星在一些人的心目中，似乎漸漸失去了光彩。有的人甚至通過蘇軾的口説他不懂得詩，通過黄庭堅的口説他不懂得詞，奚落者有之，譏諷者有之。

爲什麽出現這種情况？是不是郭祥正真的「江郎才盡」？當然不是這樣。他元祐中所作的《山寺老僧》、《西村》（見本書卷二十六、卷二十五、在和《西湖百咏》内），

① 〔注〕本文所叙事實，均見本書附録《郭祥正事迹編年》及《郭祥正研究資料輯録》。

宋人黃昇就認爲深得太白體。這裏，也應該提出這樣的事實：他的作品并沒有在早期的基礎上有着明顯的突破，或者說，處在一種相對停滯狀態。那麽，問題在哪裏？從客觀上說，梅堯臣這樣負重望的老前輩的過早逝世，使他失去了良師和提携的力量。從主觀上說，他在頌揚聲中成長，可能一步步滋長了自負、自傲的心理，妨礙了他在藝術上達到更高的境界。與此相聯系，他可能漠視同時代的一些人，看不起晚一輩人，難免開罪于他們當中的不少人（他現存的詩篇很少提到有才華、有成就的晚輩詩人）。于是，郭祥正和他們之間的關系，漸漸地由疏遠而被孤立起來。蘇軾是郭祥正的摯友。在蘇軾去世以後，這種情况就更加明顯，特别突出地表現在他和李之儀的關系上。

李之儀崇寧二年（一一〇三）編管太平州。到州之初，二人有很多交往，只是到了後來，他們之間出現了不協調，在這件事情上，郭的責任顯然要多一些，因爲郭年歲大于李十多歲，而且是地主。李也有責任，但要小些。本來，這也并不是什麽了不起的大事。很可能，由于郭祥正原來在人們的印象中就不怎麽好，這些人便推波助瀾，使得二人的關系越來越壞，沒有得到調和，郭祥正在人們之中也就越來越孤立。最後，他在孤獨、寂寞、凄凉、冷落中，悄悄地離開了這個世界。

從他的死去到南宋末年，人們對郭祥正有着兩種不同的態度。

一方面。郭祥正家鄉的人民，塑了他的像，安放在青山的李白祠中，配祀李白，歲時享受祭祀。人民用這種宗教形式紀念他，并不完全是因爲他的詩寫得好，得李白的神韵，還因爲他對家鄉人民的深切同情和關懷。他有一些詩，深刻地寫出了人民在遭灾時所受到的苦難，贊揚了關心人民、爲人民的官吏，發出了人民的心聲。如卷二《苦寒行》、卷六《前春雪》、《後春雪》、《川漲》及卷十二《治水謡》等。

與此同時，南宋初著名文藝理論家胡仔在他所纂輯的《苕溪漁隱叢話》中，專章記述了有關他的創作活動的資料，并高度評價他的作品。南宋末年著名的文藝理論家黄昇對他的作品也予以高度評價，這一點上面已經提到。

另一方面。南宋初、中期，王明清在他的《揮麈録》中，根據傳聞，把郭祥正寫成由文人相輕發展成爲揭人隱私的人。南宋中、末期的陳振孫在他的《直齋書録解題》中，很可能是根據王明清的記述，罵郭祥正爲「不足道」之人。王明清是著名的學者，陳振孫是著名的藏書家，他們在這裏，失去了平衡和冷静。王明清的記載，有明顯的痕迹表明因爲他父親的關系，偏于李之儀一旁；陳振孫則把屬于個人氣量、性格範疇內的問題，提到了品質高度，這是很不恰當的。人民的評價是公允的，他家鄉的人民是最了解他的，假如他是小人，那他家鄉的人民爲什麽還塑他的像配祀李白！

從元、明到清的幾百年中，即使是明代前後七子「詩必盛唐」的口號泛濫成灾時，文壇巨子楊慎和胡應麟還是給郭祥正的作品比較公允的評價。但他的形象有時竟遭到極大的歪曲。我説的是《四庫全書總目提要》卷一百五十四的《青山集》一則。

這一則有這樣一段文字：

「史稱祥正以上書誐頌安石，反爲安石所擠，坐是偃蹇以終。而《續集》内有《熙寧口號》五首，末云「百姓命懸三尺法，千秋誰恤兩端情，近聞崇尚刑名學，陛下之心乃好生」云云，殊不似推薦安石者。《青山集》有《奠王荆公墳》三首，云「大手曾將元鼎調，龍沉鶴去事寥寥」，又云「平昔偏蒙愛小詩，如今吟就復誰知」云云，又不似見排于安石者，其是非自相矛盾。蓋述知己之感，所以自明依附之因；刺新法之非，所以隱報擯斥之憾。小人褊躁，忽合忽離，往往如是，不必以前後异詞疑也。」以下尚有「其人至不足道」之語。

這裏，首先必須作兩點説明：

第一，《提要》所説的史，是《宋史》卷四百四十四《郭祥正傳》。《宋史》郭傳是據王稱稱《東都事略》卷一百一十五《郭祥正傳》寫的。而王偁的主要依據，又是魏泰《東軒筆録》卷六一則關于郭祥正的記事。《東軒筆録》是筆記，有傳聞因素，南宋著名歷史學家李燾已經提出疑問。王偁未經考訂，輕易地相信魏泰的記載，則把傳聞當成了事實。《宋史》在這方面則失去歷史著作本身所應有的謹嚴。

此三書關于郭祥正叙述的另一重要問題就是前後顛倒，存在着不同程度的混亂。再加上字裏行間流露出來的貶低郭祥正的意向，使得他的形象在後代人的心目中受到了損害。

第二，關于《續集》。宋本和影宋本《青山集》都没有《續集》，《續集》是在清代出現的，四庫全書本《青山集》有《續集》七卷，清道光九年刊本《青山集》有《續集》五卷。庫本第一、第二兩卷散見道光本正集的一些卷中，其中《浪士歌》，即見道光本正集卷四，後五卷同道光本《續集》。我對庫本、道光本的《續集》進行了相當長時間的考查，終于發現這五卷乃是郭祥正同時代人孔平仲的作品。孔的作品，收在《清江三孔集》中，名《朝散集》。道光本《續集》第一卷，見《朝散集》卷二；第二卷，見《朝散集》卷三；第三卷，見《朝散集》卷六；第四、第五兩卷分別見《朝散集》的卷四、卷五。各卷所收詩的先後次第也一樣。《提要》中提到的《熙寧口號》就在《朝散集》五卷中。這五卷詩，經常提到經父即孔文仲，常父即孔武仲，文仲和武仲是平仲的親兄弟，提到的其他人，與平仲《朝散集》其他各卷緊密聯系，所叙個人經歷，可以和《宋史・孔平仲傳》相聯系，而和郭祥正聯系不起來。此《續集》五卷，爲孔平仲所作無疑，不是郭祥正的作品。關于這個問題，我在《文學遺産》增刊第十八輯《郭祥正略考》一文中做了考辨。

這樣一來，情况就很清楚了。《提要》的撰稿人，没有調查研究，把孔詩説成郭詩，然後大駡郭一通，這對于郭，真是天大的冤枉。郭祥正自身有缺點，但是，他對于王安石，却始終如一地尊崇，并没有諛頌，而孔平仲則是强烈反對新法和王安石的。《四庫全書總目提要》從總的方面説，無疑是一部規模宏偉的學術著作。正如許多著名著作難免有失誤甚至重大的失誤一樣，《青山集》這一條就是《提要》比較大的失誤。

由于有關郭祥正傳記文字有失實之處和一些人的偏見，再加上《提要》的錯誤論斷，長時間以來，郭祥正的生平行實和他的作品，很少有人深切注意并下工夫系統地深入地研究。這種情况，一直繼續到解放後。解放以後三十多年，全國報刊上没有發表一篇深入研究郭祥正的文章，幾乎没有一種宋詩選本選他的詩。這對郭祥正這樣一個把畢生精力獻給詩歌創作并取得很大成就的作者，是很不公平的。在我國文學史的研究中，這種現象也是不正常的。

現在，是深入研究并發揚郭祥正留給我們的寶貴文學遺産一千四百多首詩的時候了。

我很喜愛郭祥正的作品。他是北宋時期繼梅堯臣之後屬于安徽籍的另一著名詩人。他做過桐城縣令，到過潛山，到過我的家鄉太湖。由于有鄉土這一層關系，他的作品讀起來，便倍感親切。基于這些因素，近些年，我在研究蘇軾、整理蘇軾詩文集的同時，開始研究郭祥正。我對郭祥正《青山集》的通行本清道光刊本的文字訛脱，做了相當數量的訂補；對他的佚作，在比較廣闊的範圍内，進行了搜輯；對他的一生行實，做了比較系統的考查。現在，就把我的所得奉獻出來，希望得到指正。

孔凡禮　一九八七年五月于北京

校點者附記：從一九八七年五月到現在，有一些新的情況。一是人們長時間認爲有可能散失的南宋初刻本郭祥正《青山集》，不料還在北京圖書館善本部，而且已由書目文獻出版社於一九九〇年影印出版。雖然其時本書版已排就，但能依據此影宋刻本進行校勘，未嘗不是一件幸運的事。一是關於郭祥正的研究，已經開始走向世界。日本青年學者内山精也在一九九〇年出刊的《橄欖》上，發表了《郭祥正青山集考》的論文。這個事實説明，《郭祥正集》在郭祥正的故鄉出版，將會受到國内外學術界的歡迎，從而深入推動郭祥正的研究。我亦將爲此受到鼓舞。一九九一年六月。

點校凡例

一、《宋史·藝文志》所著録之《郭祥正集》三十卷，即郭祥正所撰之《青山集》三十卷。今據《宋史》，以《郭祥正集》名書。

二、《郭祥正集》整理，以清道光刊本《青山集》爲底本。簡稱道光本爲《集》。

三、整理郭集所使用之校本：

（一）、一九九〇年書目文獻出版社影印出版的南宋初刻本。簡稱宋本。

（二）、清影宋抄本《青山集》三十卷。簡稱影宋本。傅增湘校本，簡稱傅校。

（三）、影印四庫全書文淵閣本《青山集》。簡稱庫本。

（四）、其他：包括《輿地紀勝》、《詩林廣記》、《至元嘉禾志》、《詩淵》、《金石續編》等書之引録文字。

四、底本訛、脱之訂補及見于他本重要之异文，均撰校勘記。底本原校，亦加校勘記。校勘記順序編號，次于篇後。

由多首詩組成之組詩，分别加「其一」、「其二」、「其三」、「其四」……爲分題。校勘記次分題之後。

五、郭祥正佚詩頗多，今廣爲輯入。郭祥正之文，見于《集·附録》者二篇（原共三篇，其一已見詩），今另據他書輯入；其他若干篇，亦輯入。尚有若干殘篇，今亦輯入。都爲三卷，命曰《郭祥正集輯佚》，簡稱《輯佚》。

六、《集》卷三原有《鵠奔亭》一首，云：「新江自南來，西與端江匯。屹然鵠奔亭，遺意溢千載。」此詩不見宋本及影宋本，乃《集》卷五《鵠奔亭呈帥漕二公》中之四句，今删去，不録入。

七、由於宋本出現時本書版已排就。爲保存宋本中之重要异文，其异文所在詩原有校勘記者，加以上或以下宋某作某，或原作某今從宋本字樣；原無校勘記者，加以上或以下某詩宋某作某，或原作某今從宋本字樣，不另出校勘記。

郭祥正集目録

卷一

卷二

卷三

卷四

卷五

卷七

卷八

卷九

卷十

卷十一

卷十二

卷十三

卷十四

卷十五

卷十六

卷十七

卷十八

卷十九

卷二十

卷二十一

卷二十二

卷二十三

卷二十四

卷二十五

卷二十六

卷二十七

卷二十八

卷二十九

卷三十

郭祥正集輯佚目録

卷一

卷二

卷三

附録

郭祥正集卷一

楚辭體二十首

補到難并序

真陽有山，削立出江上，陰翳其外，軒豁其内，名爲碧落洞天。唐周夔羽皇題文，命曰《到難》，言其去中國之遠而賢士大夫之所難到也。詞則麗矣，然未能盡碧落之狀，予取其言而補之，題曰《補到難篇》云[1]。

到乎難哉，碧落之洞天。上有嵐壁之瑶局，下有澄溪之碧瀾。碧瀾之下，寸寸秋色。目窺之而可量，手搴之而莫得。寶容光而練飛，岩漬陰而乳滴。如長人，如巨蛇，如翔龍，如鏌鋣，如倒植之蓮，如已剖之瓜。如觸邪之獬豸，如蝕月之蝦蟆。或斷而卧，或起而立，或欲鬥而搏，或驚顧而呀。若斯石也，吁可怪耶！何詭絶之异觀，嘗

①「題」字原缺，據宋、影宋本補。「篇」後原有「題」字，爲注文，今據上二本删。

置之于幽遐。到乎難哉。長蘿羨秀，瘦木竦直。香櫻寒而自媚[1]，名槪詢而鮮識。烟霏霏而引素，雲悠悠而奮翼。亟草似其變態，已滅然而無迹。崩澌遠響，磐落瑟縯。聆之愈深，咏之不足。欲幽栖而忘返，尚徘徊而眷禄。彼寧待乎世人，蓋有要于仙躅。到乎難哉。信夫到之難也。匪到之難，知樂此以爲難。知樂此矣，能久處之又爲難。余故補《到難》以題篇些。

巫山送吴延之出宰巫山

送子之邑兮，山之峨峨。繄物之可賦兮，曰如之何。虚徐恍耀兮，匪車匪馬。匪足匪翼兮，奮于岩阿。薄萬象兮周四海，爛五采兮揚天波。倏然悄然以自斂，妥輕素兮縈翠螺。容與兮窈窕，行止兮委蛇。吐兮若英，攢兮若葩。聚若白蛾，散若楊花。爰有靈依兮，遂异于他。對之自然，又不可求。逐之無迹，愴我離憂。上下無窮，變化周流。亂曰：綿延夭矯兮竟何補，贊天工兮濡厚土。舒則有時兮卷則有所不爲，神女兮而爲君子。

①「櫻」原作「攖」，據宋、影宋本改。以上「羨秀」原作「美秀」，今從宋本。

山中

風蕭蕭兮雲藹藹，泉淙淙兮石磑磑。禽驚人兮遠飛去以復還，客醉其間兮殊不知爲冠帶①。髮披衣穨以自顧兮，誰爲吾仇。山花爲我一笑兮，山草爲我以忘憂。嗟世人之愚兮，竟營營以何求。求百年之寵榮兮，取萬世之奴囚。怵讒舌之甚兮，尚毁孔而謗周。咄何得而何失兮，孰爲馬而爲牛。歌數作兮飲未休②，石駭以走兮泉凝而不流。起挽石以道泉兮，爾何我尤③。吾將去乎世兮，結爾以長年之游。

招遁

遁兮樂歟，吾能爲子言之。山高水長兮，遁歲月而忘歸。朝采朮兮遁而食，暮葺衰兮遁而衣。雲徜徉兮出岫，奮吾心兮與期。日躅躅兮行天，吊吾影兮沉西。委吾形兮自

①「冠」原作「誰」，宋本作「冠」，今從。
②「飲」原作「飯」，據宋、影宋、庫本改。
③宋、影宋、庫本「尤」作「叛」。

信，豈塗險之詰曲兮能屈伸而騖馳①。遁其樂兮，吾能爲子重言之。林之深則鳥獸遁而樂，水之深則魚龍遁而樂，帝者之道備則生民遁而樂。遁將獨樂乎哉，吾弗與也。于是作招遁之辭。辭曰：來②。馬肥馭良兮，遲子以歸。虎豹噬人兮，胡獨爲宜。朝有好爵兮，廩有好禄。遁勿遁兮，于斯之時。

言歸

休歟歸乎，何爲而言哉。予七齡而孤兮，托慈育以苟生。捉手以筆兮，口授以經。緒先子之素訓兮，夜未央而丁寧。既束髮以就學兮，人必問其與游。聞道之進兮，曰：「使我以忘憂，課蠶而織兮，紉衣以先汝，使弗墜業兮，我劳而汝處。」慨薄德之眇末兮，今逾壯而不揚。吾母耄兮戀故鄉。雖得邑而禄兮，曾瘠痳之弗遑。與音問之吉兮，孰若朝夕而在傍。誰縶余足兮，眷白雲之徜徉。還印綬于有司兮，賢守足以往訴。將俟代而返兮，念歲月之云暮。休歟歸乎，春山㠊㠊，春水瀰瀰，春蒲濯濯，春魚尾尾。吾親在前，吾子在後，飲甘滌潔，以介眉壽。

①宋、影宋本「險」作「嶮」，庫本作「撿」。
②底本校注：「句。來，音離。」

廣言歸

予將歸兮而有言，德眇薄兮言弗見信[1]。孝乎爲孝兮，友于弟昪。奚爲爲政兮，予之所存。慨日月兮，往而不返。吾親八十兮，事之云晚。朝廷清明兮，予忠曷施。道弗行于家兮，何以教吾民之爲哉。嗚呼，耕吾土兮足以食，條吾桑兮足以衣。予奉親兮孰不可樂，予治身兮尤以爲宜。蹇何憂兮何思，恬無悶兮無知。休歟歸乎，以退爲進乎[2]，予發諸誠乎，賢誰弗信乎[3]。

泛江

歲在庚子，月惟孟冬，蹇予職事，鼓楫長江，感慨其懷，而爲之辭云：

士有以處兮，無畝以耕。眷餘緒之尚抽兮，慨慈親以遲榮。徐虛縮瑟以内習兮，予寶愧乎先民之心。惚恍惻愴其不得已兮，被命于九江之潯。戴皇天之休兮，廩足以飽。

①底本原校：信，音伸。
②「乎」原作「兮」，今從宋、影宋本。
③「賢」原作「言」，今從宋、影宋本。

度白日之難兮，誰察予情。汹汹兮北風，怒浪兮滔天。撫慈滕兮出門，泪漣洏兮就船。事將有責兮，死豈予之所畏。葢忠未足以盡報兮，孝未克以自信。惟行止之坎坎兮，適簡罪以冀生。度白日之難兮，誰察予情。蛟嚙齒兮岸摧，蜃矯首兮波分。妖鱗怪鬣曾莫識其名兮，怒谺牙以相矚。數將傾而還復兮，予委命乎上靈。幸生全而就泊兮，夜風止而月吐。曠上下之澄澈兮，適縱觀乎琉璃之府。北斗揚光兮，百怪潛伏。岸芷露翠兮，汀蘭放芬。起予思之無窮兮，既局影以自慰，又苦辭以招魂。辭曰：始凶終吉，魂兮歸來，奚往而失。

殤愁

氣氛氛兮隘如[1]，魂揚揚兮寧居。慧言在耳兮，疇能舍諸。异質沉壤兮，委夫頑虛。鴻雁零飛兮，若獨何趨。蘭茝早悴兮，天孰與辜。雄嗥雌啼兮，巢失佳雛。天地黯黯兮，風雨呼呼。旐翩翩兮導衢，夜冥冥兮永殊。樽有酺兮鼎有魚，享弗享兮日月云徂。

①「兮」原作「分」，誤刊，今正。

醉翁操 效東坡[1]

予甥法真禪師以子瞻内相所作《醉翁操》見寄。予以爲未工也，倚其聲和之，寫呈法真，知可意否。謝山醉吟先生書[2]。

泠泠潺潺。寒泉。瀉雲間。如彈。醉翁洗心逃區寰。自期猿鶴俱閑。情未闌。日暮向深源[3]。异芳誰與搴。忘還。泛聲同。瓊樓玉闕，歸去何年。遺風餘思，猶有猿吟鶴怨。花落溪邊。蕭然。鶯語林中清圓。空山。春又殘。客懷文章仙。度曲響涓涓。泛商回徵星斗寒[4]。

①「效東坡」三字原缺，據《至元嘉禾志》卷三十一補。
②「予甥」云云四十四字原缺，據《至元嘉禾志》補。
③《至元嘉禾志》「向」作「造」。
④《至元嘉禾志》「泛」作「清」。

古思歸引

石季倫有其序而亡其詞

昔人思歸兮，宅林藪之邃深。阻長堤而臨清渠兮，芬翳翳以交陰。有觀閣池沼兮，通泉溜而附嵚崟。蹇羨羽之翔集兮，嘉魚樂而浮沉。時則命宴于芳晨兮，連親戚與佳賓。執樂而侍兮，列秦、趙之艷人。管弦奏兮，歌悠揚而絕塵。爽蘭桂兮，羞肴珍。左琴右書兮，助爲娱而養真。又期于不朽兮，志傲然而陵雲①。孰與婆娑于九列兮②，顧牽羈于繁文。曲有弦而無辭兮，述予懷以自信③。歌曰：日縠馳兮老將至，鑠外紛兮中系累。歸去來兮予之思，放吾形兮聊逍遥以卒歲。

補易水歌

燕雲悲兮易水愁，壯士行兮專報仇。車轔轔兮馬蕭蕭，客送發兮酌蘭椒。擊筑兮喑咽，歌變徵兮思以絕。易水愁兮燕雲悲，四座傷兮皆素衣。歌復羽兮慷慨，髮上指兮

①「陵」原作「凌」，今從宋、影宋本。
②宋本「與」作「能」。
③底本校注：信，讀申。

泪交揮。又前爲歌曰：風蕭蕭兮易水寒，壯士一去兮不復還。

思嵩送劉推官赴幕府

我思嵩兮，三十六峰之葱蒼。雲霞卷舒兮，紛五色而爛朝陽。渺群仙之不可見兮，時有鸞鶴雙翱翔。窮崖斷壑兮，飛泉吼怒春琳琅。儼修松與美竹兮，碧離離而低昂。考周室之卜世兮，顧八表爲中央。天乃寵于吾宋兮，六陵相差而永藏。惟傳祚之億萬兮，豈八百以爲之長。引伊、洛之二水兮，聿通汴而注揚。回黄流于故道兮，滅湍射而汪洋。横星橋于河漢兮，紫闕峙而煒煌。列槐植之行秀兮[1]，歷五代而經唐。承太平之雨露兮，幸不遭乎伐戕。爲衆木之耆艾兮，如羽蓋之迭張。慨離彼而適此兮，亦出處之靡常。既寓情于物表兮，獨思嵩之未忘。忽有客兮鼓楫，言别我兮靈羊。將度庾嶺沿濤江，涉淮溯汴入幕乎洛陽。詞氣有餘，頓挫鏗鏘。誠南士之穎出，然未始離乎炎荒。請陟嵩而遠覽，循今古而徜徉。矯垂天之翼，粲瓊瑶之章。于是被詔音，登玉堂。返視乎羅浮、朱明，如棄魚目而懷夜光也。

①底本校注：行，讀「杭」。

王逢原哀詞

追仿佛兮，故國之高丘。與子之相遇兮，聽其言而若秋。雍雍而肆兮，嚴嚴而收。樂我之心兮，以遨以游。予將娶兮，于南州。莫克從子兮，翻自省以幽幽。川陸兮沉浮，日月兮再周。云子之長逝兮，愴我之深憂。子不可見兮，道將誰求①。彼蒼者天兮，胡慘胡仇。奪子之速兮，使不位于公侯。雖窮德之特立兮，弗與世以綢繆。嗟坎水之未盈兮，竟何澤以休休。喑予之聲兮，血予之眸。猶不足以止兮，靈何在而薦羞。惟永絶兮奈何，悵平昔兮悠悠。

徐孺興哀詞

嗟乎孺興之不幸兮，上有高堂白髮之慈親。孝不克以自信兮②，魂將逝而復返。目冥冥而莫勝兮，顧天命之予短③。業修修兮，志與道配。寂不少振兮，遽沉幽而終蹇。蘭未

①「求」原作「永」，據宋、影宋、庫本改。
②底本校注：信，平聲。
③底本校注：予，上聲。

芳兮先凋，月將升兮俄隕。孺人囂囂兮，追話言之弗足。夢悠悠兮，魂去來而數蹙[1]。撫稚子兮秋夜長，暗明璫兮摧腕玉。魂何知兮，興予之哀。體與道化兮，歲月徂而屢周。情纏綿兮若俱往[2]，詞不足以盡寄兮托餘思于江流。

留君儀哀詞

南漳留定君儀，才行之士也，嘗有德于予。今其卒矣，故爲之詞以哀之。

懷伊人兮，漳水之湄。爰結好之初兮，予方出乎陷阱之羈縻。彼知予之横罹兮，眷煢煢而弗支。氛侵侵而襲人兮，子獨贈我以蘭芝。芳芬芬而爽吾衷兮，雖厄窮而弗疑。言涓涓而洗吾耳兮，寂塵聽而凄其。炊嘉黍而納吾腹兮，使朝則忘饑。采薜荔爲予之服兮，慨前修之可追。脂吾車而秣吾駟兮，造仙窟之幽奇[3]。煮甘溜而茗酌兮，珍盤進乎離支。唱則和兮，迭指摘其醇醨。同底于道兮，遵聖渚爲之歸。聊容與以卒歲兮，曾弗察乎白駒之騖馳。洎中吉而啟行兮，觴桂漿以違離。惕南北之緬邈兮，蹇形影之

①底本校注：數，入聲。
②「往」後，宋本有「則已矣」三字。
③宋、影宋、庫本「窟」皆作「的」。

頹衰。歌激揚而再發兮，泪浪浪以沾衣。馬悲鳴而仰顧，僕弛負以增欷。行雲住而黯慘，去鳥返而低迷。歲聘介而一至兮，孰敢爲之後期。幸再往而再復兮，釋予心之思也。忽承訃以躑躅兮，行不知其所之也。嗟若人之藴美兮，天其奪之速也！蹇松柏之枯折兮，惡植則滋以榮也。考大空之役物兮，必善摶而化之也。將爲麟爲鳳兮，對明世而出也。將爲蘭爲蓀兮，芬馨香而薦上帝也。將爲江爲河以濟舟也，將爲雨爲露而澤物也。將復爲人兮，英華于士林也。將爲仙爲神兮，自適于逍遥之境也。嗚呼，以甚塞之懷兮，測乎無涯之眹。以有限之情兮，導乎無窮之悲。嗚呼，其有知乎？其無知乎？吾其能久乎？吾將從子于重泉之游乎？吾又何詞之哀乎？

山中樂并序

歐陽公有《山中樂》三章，送惠勤師歸杭。後四十年，勤師之孫元竦上人頗好吟咏，從予游，且言思歸舊栖。因擬《山中樂》一章，以勸其歸。其詞有同有不同，亦各言其志也。必有讀者能得之。

歸乎樂哉，山中之樂兮，其樂無窮。藹葱蒨而杳巑叢兮，眷青瑶之諸峰。琉璃一碧兮，湖波止而溶溶。層樓相望，曲徑相通。魚龍轉影于汀瀾之際，鐘梵答響于烟雲之中。鳥嚶日暖兮，花氣濛濛。搴密葉而成幄兮，風颯颯而吹松。岩谷玲瓏，霜木落也。玉宇浮空，冰澌凝也。天高月朗兮，定省乎華嚴之境。雷奔雨驟兮，作新乎水墨之宫。達僧擬王孫之葬圓法師，逸士林逋躡淵明之踪。方爾祖之得名兮，考其言于廬陵之醉翁。曰：嗟世之人兮，曷不歸來乎山中。山中之樂不可見，今予其往兮誰逢。後四十年，爾復好吟。遠游不返，求我之從。勸爾之歸兮，栖老乎山中。爾之材兮甚良，當自適其無庸之庸。違世絶俗，黜明塞聰。山中之樂兮乃可以久，非我與爾兮誰同。

石室游①

端城之北，徑五六里，有石室兮洞開。其上則七山建斗司天之喉舌，其下則淵泉不流，渟碧一杯。窺之則肌髮冰②，酌之則煩心灰。四傍則石乳玲瓏，中敞圓蓋，窈窈萬丈，莫窮其崖。孰納忠兮，嗟肺肝之已露。孰止戈兮，束兵仗而相挨。儼衛士之行列，肅廷臣之序排。紛披披兮蒂蕚，粲樅樅兮條枚。安而不可動者爲梁爲棟，奔而不可止者爲虎爲豺。軀闖首兮屏息，虬奮麟兮搏雷。怪怪奇奇兮，千變萬態。愈視愈久

①《集》附録此詩「游」作「賦」。
②《輿地紀勝》卷九十六《碑記》引此詩，「肌」作「毛」。底本校注：「冰，去聲。」

兮，惚恍驚猜[1]。何人境之俯近而仙宇之秘异如此者哉！蘿卷風兮窈窕，春漬芳兮不回[2]。或命佳客，或寓幽懷。考二李之勁筆邕、紳，皆一時之遺材。授玉琴以寫咏，悵夕陽之易頹。方謝事以言返，眷兹室而徘徊。雲愀容兮泱漭，鳥送音兮悲哀。況百年之將盡，邈夫萬里奚復來。

逍遥園并序

筠州之城西，有園名曰逍遥，因山而得名，今鄒君幾聖大夫之所有也。予作《逍遥園》一首以贈幾聖云。

逍遥有水一溪，有竹三畝。蘭芬菊芳，松老石瘦。堂居其中，亭列左右。非非兮春榮，陰陰兮夏茂。孤猿嘯兮秋夜長，空桑嗥兮冬雪晝。山之名兮人莫知，公爲主兮天所授。其或要佳賓，酌醇酎。清吟得韵兮，非人世之絲篁。屬筆成篇兮，發天機之錦綉。方且登高臺，挹遠岫。俯仰群仙，咨詢遐壽。脱輪蹄之縶，服烟霞之秀。于斯時也，一舉九萬兮，吾不知其爲用。嗒焉自喪兮，吾不如其爲偶。翛兮窅兮，非無之無。寂兮息兮，非

① 「恍」後原有「而」字，據《金石續編》卷十六引石刻删。
② 《集》附録作「旮漬雨兮昭回」。

有之有。無何亦何得而名，有竅則竅遽能久。至若職出于垣，觀入于牖，此鄙士之常習，又安得與夫逍遥主人而爲之友也哉！

孤雲寄潘延之先生

望孤雲兮山之巔，滃弗雨兮何油然。送孤鴻兮海之涘，高舉翼兮游無邊。彼君子之如似兮，脱世俗以不返。奚無悶而止兮，又放意以窮年。川有航兮陸有馬，園有佳木兮池有芳蓮。坐卧兮白日，笑歌兮朱弦。客至止兮，樂我之樂。豈公侯之下兮，曾弗擇乎愚賢。僕夫以耕兮，妾女以織。恬弗愧兮，我衣我食。神仙之逍遥兮，固不得以見之。君子之宴息兮，舉斯世以誰敵。嗟世人之自徇兮，莫知其求。勢得而傲兮，勢失而囚。靡後先之思兮，孰進退之由。苟歲月之徙兮，托冠帶以包羞。惟勇子之從兮，貧未足以自周。匪妻子之累兮，實吾親之憂。慨負重兮執熱，慕袒跣兮臨流。

採薇山之巔贈張無夢先生

先生曰：采薇山之巔兮，吾非求爲之仙。吾無一畝之宅，一丘之田。饑食山之薇，渴飲山之泉。岩爲吾居兮，鹿爲吾馬。吾豈不足兮，翱翔乎山之間。彼世俗之混混兮[1]，嗟苦短之白日。此一身之悠悠兮，聊自樂以窮年。彼塵埃之荏苒兮，此雲烟之綿聯[2]。誰謂才之大兮，慨匠氏之弗取。吾獨幸其弗取兮，森葱蒼而自全。粤吾君之爲治兮，三王之聖。而吾相之爲輔兮，伊周之賢。吾父吾母兮，皆善終以天算[3]。進何憂而退何憾兮，養吾氣之浩然。弟子進而贊曰：采薇山之顛兮，其樂也如此。衣曳曳而情飄飄兮，願執轡而往焉。

雜言寄耿天騭

耿夫子，聞懸車。齒清髮紺殊未老，璨璨滿腹懷明珠。恥隨黄雀啄官粟，矯翼直與冥鴻俱。東城之下，言還舊廬。田有秫稻，池有嘉魚。林有美木，園有青蔬。笑傲樽俎，俯仰琴書。與其折腰以群辱，孰若潔身而自娱。予將蹴滔天之高浪，跨横海之長鯨。攬午夜之明月，邀逸駕于赤城。酌王母之瓊液，獻商皓之玉觥。于是揮手景駐，

①「彼」原作「被」，今從影宋本。
②「此」原作「比」，今從宋、影宋、庫本。
③「善」原作「喜」，今從宋、影宋、庫本。

長嘯風生。投冠纓于下土，化鱗鬣于北溟也。

郭祥正集卷二

歌行三十二首

廬山三峽石橋行

銀河源源天上流，新秋織女望牽牛。洪波欲渡渡不得，叱鵲爲橋誠拙謀。胡不見廬山三峽水，此源直接明河底[1]。壁崖裂嶂何其雄，崩雷泄雲勢披靡。飛鳥難過虎豹愁，四時白雪吹不收[2]。燭龍此地無行迹，六月游子披貂裘。誰將巨斧鑿大石，突兀長橋跨蒼壁。行車走馬安如山，下視龍門任淙激。寄言牛女勿相疑，地下神工尤更奇。唤取河邊作橋棟，一年何必一佳期。

(1) 宋、影宋本「直」作「亦」。
(2) 「雪」原作「雲」，今從宋、影宋、庫本。

谷簾水行

嶄嶄青壑仙人居，水精帘掛光浮浮[1]。中有天樂振天響，真珠琤淙碎珊瑚。常娥攤月夜相照，天光地瑩倒玉壺。又云玉皇醉玉液，瓊簹千尺從空鋪。臥來北斗諫以起，驚風吹落青山隅。溶溶萬古萬萬古，竟誰能辨爲真虛。我來吟哦不知晚，山雲四暗山魈呼。安得長鯨駕天險，下視靈源知有無。

鸚鵡洲行

猛虎磨牙嚙九州，禰生何事來撇蔽。黄雲屯屯宴賓客，礦衣脱去更岑牟。漁陽摻撾曲聲苦，壯士銜悲寂無語。漢朝社稷四百年，海瀉濤淙一坏土[2]。嗟哉鼓史狂而痴，天運往矣安能追。四方血戰殊未已，三尺棁杖真何爲。君不見武昌之國鸚鵡洲，至今芳草含春愁。可行則行止則止，死無所益令人羞。死無所益令人羞，黄祖、曹公均一丘。

①底本校注：「浮，音扶。」
②宋、影宋、庫本「坏」作「杯」。

金山行

金山杳在滄溟中，雪崖冰柱浮仙宫。乾坤扶持自今古，日月彷彿躔西東[1]。我泛靈槎出塵世，搜索异境窺神功[2]。一朝登臨重嘆息[3]，四時想像何其雄。卷簾夜閣掛北斗，大鯨駕浪吹長空。舟摧岸斷豈足數，往往霹靂搥蛟龍。寒蟾八月蕩瑶海，秋光上下磨青銅。鳥飛不盡暮天碧，漁歌忽斷蘆花風。蓬萊久聞未成往，壯觀絶致遥應同。潮生潮落夜還曉，物與數會誰能窮。百年形影浪自苦，便欲此地安微躬。白雲南來入我望[4]，又起歸興隨征鴻。

①《詩林廣記》後集卷八引此詩「躔」作「纏」。
②影宋本「功」作「工」。
③宋、影宋本「嘆」作「太」。
④《詩林廣記》「我」作「長」。

潛山行

笑别姑孰州，來作潛山游。潛山聞名三十載，寫望可以銷吾憂。晴雲如綿掛寒木，廣溪鏡静涵明秋。山頭石齒夜璨璨，疑是太古之雪吹不收。信哉帝祖駐鸞蹕，异景怪變誰能求。若非青崖見白鹿，安得此地排珠樓。群仙長哦空洞絶，緑章對事乘虚輈。靈鳥盤旋老鵶舞，華燈散采祥飈浮。噫吁嚱，漢武登壇求不得，明皇夜夢推五百。寧知司命抱真符，爲宋真人開社稷。詔書數下修琳宫，殿閣縹緲平諸峰。六朝德澤旋愈遠，九天福祐來無窮。君不見潛山之下潛水之涯，菖蒲有九節，白术多紫花，采之百拜獻君壽，陛下盛德如重華。

山中吟

山中吟，白日長，碧霄泉暖菖蒲香。仙翁勸我采爲食，登高遂覺足力强。登高望遠遠思發，春風浩浩天茫茫。美人一别隔滄海，青鳥寄與雙明璫。青鳥東飛亦不返，草色緑縟雲徜徉。草色幾回緑，雲飛無故鄉。魂迷夢斷竟何在，山中吟，白日長。

山中樂

尋山佳興發，一夜渡江月。首到廬江元放家，水洞清光數毫髮。愛之使欲久栖息，又聞靈仙之境敞金闕。清風吹我衣，不覺過皖溪。危梁千步玉虹卧，松行十里青龍歸。烟霞繞脚變明晦，忽見殿閣鋪琉璃。重檐却在迴漢上，倚欄俯視白日低。虚庭自作簫籟響①，屋角更無飛鳥飛。霓幡重重蔽真御，仿佛遥見星文垂。長廊紗籠絶筆畫，老軀穩被青瑶碑。更逢逍遥不死客，齒清髮翠桃花肌。蕭臺可到亦非遠，雲間况有白鹿騎。細窺絶景輒大笑，吾曹何事塵中爲。安得良田三百畝，可以飽我妻與兒。長年只在名山裏，萬事紛紛都不知。

將歸行

男兒四十無所成，可憐鬢髮霜華生。長書朝奏夕命相，此事故非言不行。低徊却入邵陵幕，梅嶺招降建城郭。論功第一遭衆譏，斷木浮沉委溝壑。噫吁嚱，數奇不獨李將

① 「簫」原作「蕭」，今從宋、影宋本。

軍，株坐桐鄉三見春。桐鄉雖好大兒死，風物滿眼唯悲辛。邇來又赴肥上辟，碌碌隨人亦何益。法網深懸無縱鱗，斂翼饑禽憂彈射。噫吁嚱，一寸丹心不堪折，扁舟却憶姑溪月。溪如凝冰月如雪，天地清光迴交澈。釣絲千丈人琉璃，六鰲一舉三山隨。人生快意莫如此，腰束黄金多横死。君不見日暮途窮逆行客，一餉榮華速誅殛。又不見都市朝衣就劍人，誰道忠言能殺身。休休休，歸去來。芝田石室雲長在，瑶草琪花春不回。收帆銀濤即平陸，跨青牛兮驅白鹿。莫向人間歧路行，豈有悲歡與榮辱。休休休，歸去來，計已决。肯學腐儒空有言，辜負春鵑口流血。

東林行

龍蟠大地藏山腹，瑞氣蒙籠紫金屋。香爐萬丈擎碧霄，二澗斜飛落寒玉。晉朝遺事唐人辭，皴斫軀螭尚堪讀。樓煩真人應夢來，夜斧丁丁神伐木。安帝親留步輦迎，靈運開池素華馥。會隨流轉不成塵，燈焰明明自相續。游人未達此理玄，安得清凉滅貪欲。我今棄官脱塵網，僧寶贍依無不足。跨黄牛，騎白鹿，時時自唱無生曲。無生曲，君試聽，五音六律和不得，爲君寫作東林行。

圓通行簡慎禪師

廬山之西形勝聚，無位真人依位住。地祇掣鎖金城開，石龍噴水銀潢注。峰巒紛杪萬馬回，杉松自作千兵護。寶殿峥嶸跨碧霄，圓容麗服微西顧。江南妃子親施田，香飯供僧無億數。法焰相傳十二人，師泛鐵船揚子渡。揚子渡，秋風高，霹靂怒雪翻驚濤。中有漁家妙絶手，一釣三山連六鰲。縱時大地悉震恐，收來塵刹無纖毫。當年曾許心莫逆，今朝又作圓通客。掛冠已脱塵垢緣，一心願住清凉國。清凉之國誰能知，日長馬倦人多迷。從來聞説曹溪路，只今蹋斷廬山西。

韶石行

扁舟未下連虞灘，韶石羅列誰雕刓。化工有意露怪變，待彼虞舜來觀玩①。泊舟登岸始遠覽，兩峰直裂諸峰攢。青鸞低徊欲下飲，翠鳳却舞搏修翰。蟄龍攫雷怒奮角，帝子出宬初峨冠。日光撲撲散金蕊，蓮花透澈琉璃盤。行衣十里仙霧濕，暝色一抹輕綃

①「觀玩」原作「玩觀」，今從宋、影宋、庫本。

寒。我將沿崖想韶樂①，北風忽變陰漫漫。松搖長空吼萬壑，溪走石脚淙驚湍。遺音白與天地響，聽不以耳精神完。重瞳一去不復還②，隨風波兮陟雲間。瀟湘洞庭亦何有，竹上血泪千年斑。九成不作至道息，紛紛後世疇能攀。登韶石兮情飄飄而未盡，飭彼柴車兮且將造乎蒼梧九疑之深山。

姑孰堂歌贈朱太守

姑孰太守真賢豪，洗滌弊垢明官曹。民閑吏疏郡無事③，華堂新構臨江皋。朱檐斜飛傍星漢，碧瓦不動蟠鯨鰲。醲成玉液宴賓從，手提大筆降風騷。四時景物換耳口，萬古治亂評秋毫。嗟予末座重感激，胸中茅塞時耘薅。山鷄卑栖竟何取，豈合鸞鳳返翔翱。紫莼茸蕨味正美，鮮鱗玉縷鳴霜刀。爲公一飲直醉倒，坐看萬室皆陶陶。誰云江南地偏小，姑孰之堂天下少。丹湖千里浸城東，蒲葦藏烟春渺渺。牛渚對峙凌歊臺，長江倒掛天門開。風吹玉馬億萬匹，漢兵卷甲沙場回。有時浪止皓月滿，琉璃宇宙無

①「沿」原作「登」，今從宋、影宋、庫本。
②宋、影宋、庫本「不」作「無」。
③影宋、庫本「疏」作「竦」。以下「鳳返」之「返」宋作「追」。

纖埃。帆檣隱隱鳥飛没，漁歌細下天邊來。謝玄暉，李太白，一生好作江南客。至今遺恨人不知，孤雲尚鎖青山宅。請公灑酒一吊之，聽我長吟壯靈魄。人世百年能幾何，高會難逢離別多。一朝公去調鼎鼐，斯堂永作甘棠歌。

宣詔廳歌贈朱太守

使君心盡天下無，構廳宣詔西南隅。曉光初散射檐楹，夜氣欲合吞江湖。琵琶摩挲滑瑶玉，亞窗窈窕明青朱。胡生盡手出前輩，素壁爲寫巫山圖。一條江練澄碧落，十二峰色峨珊瑚。玄猿老虎嘯彷彿，長松瘦石寒扶疏。中間皓鶴最恬漠，九霄獨立形神孤。君去班春勸耕稼，君歸命客同歡娛。三冬垂帘醉春瓮，六月靜坐臨冰壺。巴箋血色灑醉筆，五字七字排璣珠。和風匝地怨氣減，險吏縮手窮氓蘇。地隨人盛古今好，姑孰自此爲名區。君不見滕王閣、庾公樓，樽罍千載誇風流。又不見宴寢一詩尚不滅，至今人道韋蘇州。噫吁嚱，四座勿歌聽我歌，宣詔之名君謂何。守臣不壅帝王澤，六合長靜無干戈。

濟源草堂歌贈傅欽之學上

秀氣鴻濛濟川曲，十畝清池萬竿竹。竹裏修椽架草堂，不羨長安買華屋。春生廣野碧玉柔，月擁翠嵐銀粉撲。低飛白鷺揀晴沙，閒曉黄鸝囀喬木。明明長劍倚太行，拂拂愁烟蔽盤谷。重岡漸遠勢愈高，雲開青出分秋毫。龍蛇鱗甲雪霜洗，壯士四顧空提刀。陰晴萬變恣吟寫，三疊琴聲猿夜嗥。君不見古來功名輸隱叟，種桃采芝皆皓首。不將機械攪靈源，能使形骸頗長久。明公何年歸草堂，扁舟我即浮滄浪。江魚有味四時美，一蓑醉卧蘆花旁。男兒彼此送終畢，自算此身無得失。江東片月過河陽，爲照兩處無何鄉。

寄題蘄州涵輝閣呈太守章子平集賢

讀君《涵輝記》，恍若登蓬萊。天垂星斗數尋近，地卷雲山千里來。冰壺倒景露華洗，玉寶溶雪蟾光頽。塵寰何處路歧絶，三十六洞森然開。武夷真孫佩符印，選勝得此將金罍。文章欲會造化手，潘屏暫屈岩廊材。謝公寄意東山妓，嚴生把釣桐廬臺。功名談笑出千古，長與泰華青崔嵬。其餘齪齪何足數，百年易得成寒灰。爲君高吟豈知倦，十分美酒誰相陪。我欲乘風一飛往，病翅零落秋霜摧。涵輝閣，寧久游，重瞳法冕垂冕旒。側聞下詔十六相，真孫第一還瀛洲。

宣州雙溪閣夜宴呈太守余光禄

陵陽三峰壓千里，百尺危樓勢相倚。海波不動蛟龍盤，叠玉無塵雪霜洗。溪光冷浥山光潤，地接金陵古名郡。青猿嘯斷四五聲，白鳥歸飛兩三陣。四時之景皆可觀，六月來游膚髮寒。有時下瞰北山雨，只道森森銀竹竿①。賢哉光禄余太守，旿引佳賓列樽酒。朝飲三百杯，暮吟三百首。不爲陰慘嚴刑誅，長吐陽春活殘朽。御史曾書治績碑，州人盡祝靈椿壽。沉沉羅幕更漏稀，燈如撒星公醉歸。絲簧前引後鼓鼙，珠履交錯行遲遲。丈夫得意不爲樂，借問百年能幾時。

① 宋、彭本、庫本「森森」作「林林」。以上《濟源草堂歌》「濟川」原作「濟州」，據宋本改。

寄題洪州潘延之家園清逸樓

南昌城中潘令宅，清逸樓高二千尺。斜飛四角河漢纏，密排萬瓦鴛鴦碧。樓中至樂無人知，掃盡寰區利名迹。霜華吹月雁横空，湖水浸天秋一色。櫓聲斷，漁歌起，西山却在蘆花裏。行客紛紛嗟白頭，纓塵不解滄浪洗。愛君年少先拂衣，古人歸去無今時。上有明明垂衣之堯舜，下有落落戴主之皋夔[1]。澀中不用一箭取，繚繞驛道通揵爲[2]。更看牧馬天山草，澡心雪耻幽燕兒[3]。朝廷大業昔未有，志士獨往吾何譏。陶彭澤，阮步兵，回首昏道方飄零[4]。絲桐欲彈悲思盈，豈如潘令逢升平。倚欄一醉弦索鳴，紅綃燃蠟爛華星，玉人舞徹東方明。

①宋、影宋本「落落」作「錯落」。
②「驛」原作「繹」，據宋影宋本改。
③「幽燕」原作「燕山」，今從宋、影宋、庫本。
④「飄」原作「飃」，據宋、影宋、庫本改。

寄題德興余氏聚遠亭

暗空風卷浮雲落①，萬里秋毫瑩寥廓。姮娥泛月中夜來，撲撲山川銀粉薄。天垂斗柄掛帘鈎，地接明河浸欄角。誰傾世界入冰壺，混混仙春迷海岳。嗟予南望未能往，小宰塵勞真齷齪。感君寄我群公篇，覽記方驚子先作。詞源奔激吼波濤，筆畫縱橫挫矛槊。構名措意豈徒然，景物化爲仁智學。丈人教子惇義方，宴息時來命樽酌。何當勇起拿扁舟，夢寐思陪衆賓樂。

留題潛山山谷寺

山如連環不可解，玉溜穿崖鯨尾擺。中天化出清凉宫，汗漫琉璃翠光灑。回頭無路通人間，毛髮森森神魄駭。長碑突兀壓巨鰲，字刻雄文人模楷。乃知梁僧挈刀尺，來此幽栖聊脱樅②。地祇掣鎖崖户開，縱有堆金豈能買。粲祖傳衣當第三，至今异骨藏斯岩。我朝重賜七寶塔，舍利感應符至誠。誰曾磨崖記名姓，習之健筆深鎸鑱。盤屈皴

①影宋本「暗」作「晴」。

②「聊脱樅」原作「如脱械」，今從宋本。影宋作「聊脱樅」，庫本作「聊脱屣」。

鱗想風概，雲霧慘淡遮松杉。至寶不獨世所惜，定有山鬼長肩監。願借雷公霹靂斧，堅珉砍斷載以函。高僧邀我恐忘返①，虎豹堪驚日將晚。歸來拂榻坐虛堂，軟煮黃精薦香飯②。千年遺迹安足誇，幻妄非真生有涯。奈何吾勢未能已，夢想長在金仙家。

留題九江劉秀才西亭 西臨大江南略廬阜北見四祖③

南出九江城，西下五老崗。倏然一徑二三里，流水散漫桃花香。桃花回環蔽深屋，犬吠游人人扣竹。青衣借問來何爲，正是劉郎春酒熟。劉郎不厭客，撫掌邀我曹。西亭有榻醉可卧，下臨大江萬頃之洪濤。長帆出没送孤鳥，鳥飛不過哀猿嗥。更愛雙劍峰，正落南窗外。天公好仁不用武，太古光芒未磨淬。誰懷邪佞心，見之膽應碎。淮山在天末，寒青亦相對。微風時一來，松柏摇蒼珮。頃刻神官驅黑龍，洶洶興雲變明晦。地勢雖高直可驚，

①「恐」原作「愁」，今從宋、影宋、庫本。
②宋「精」作「菁」。
③宋、庫本「略」作「瞰」。以下宋「鳥飛」作「月飛」。
④影宋本「鬱」作「炙」。

酒行且止觴休噉④。劉郎顧我笑，爲言何苦悲。陰晴非汝職，不醉將疇歸。歸來乎，頻相過，西亭把酒共君歌。

留題西林寺攬秀亭

李公擇學士命名云李白有九江秀色可攬結吾將此地巢雲松之句

行瞻香爐峰，未出二林口①。一區廣地如席平，誰作新亭名攬秀。秀色可攬結，正對香爐峰。李白愛之不忍去，便欲此地巢雲松。寂寥往事三百載，澗泉谷草依舊揚清風。泉可掬，草可擷，清風灑面如冰雪。閑來携手四五人，倒盡金壺頗不熱。寸心何獨忘寵榮，形骸遺盡神超越。寄語世上士，勸君早歸來。霹靂轟車膽欲落，忠憤雖死何爲哉。此時竟不悟②，此心徒自知。嵐光向晚紫翠滴，杜鵑更在深林啼。試拂横琴奏流水，指下忽作商聲悲。悲來乎，可奈何，推琴罷酒爲君歌。

①「二」原作「上」。宋、影宋、庫本皆作「二」，今從。《輿地紀勝》卷三十《江州·景物下·攬秀亭》引此詩亦作「二」。
②「悟」原作「悮」，今從庫本。

武溪深呈廣帥蔣修撰

滔滔武溪一何深，源源不斷來從郴。流到瀧頭聲百變，誰將玉笛傳餘音。潺潺泠泠兮可以冰人心，胡爲其氣兮能毒淫。漢兵卷甲未得渡，飛鳶跕跕墮且沉。天乎此水力可任，釁血安足腥吾鐔。功名難成壯士耻，馬革裹尸亦徒爾。伏波一去已千年，古像蕭蕭篁竹裏。風來尚作笛韵悲，宛轉悠揚逐船尾。如今天子治文明，柔遠懷來不用兵。武溪無淫亦無毒，清與滄浪堪濯纓。臨瀧更憶昌黎氏，始末緣何不相類。能言佛骨本無靈，可惜咨嗟問瀧吏。湘妃之碑尤近怪，頗學女巫專自媚。固當褒馬聊黜韓，補葺須令賢者備。元戎喜遇蓬瀛仙，武溪探古傳新篇①。東君吁嗜龍蹷走，北斗挹酌河漢懸。勸君莫倚隴笛之悲音，些②。勸君清歌兮援玉琴，些。琴聲寫出堯舜心③，堯舜愛民無遠邇，君不見薰風兮來自南，些。

①「古」原作「右」，今從宋、影宋本。
②「些」之字體大小，原同正文中其他文字，宋本小寫，今從。以下二「些」字同。
③「寫」原作「爲」，今從宋本。以下「薰風兮」之「兮」字原缺，據宋補。

松門阻風望廬山有懷李白

北風阻船泊湖滸，北望廬阜青無痕。晴雲自舒仍自卷，白龍欲眠猶宛轉。秋空漠漠秋氣淺，碧天蘸水如刀剪。篙師畏浪不敢行，却憶李白騎長鯨。倒回玉鞭擊鯨尾，錦袍濺雪洪濤裹。雹光溢口精神閑①，終日高歌去復還。飛流直下三千尺，風吹銀漢落人間。天送醇醪傾北斗，群仙吹簫龍鳳吼。李白一飲還一醉，醉來豈知生死累。倏然却返玉皇家，不騎鯨魚駕鸞車。留連自摘蟠桃花，嚼花吐津染朝霞。不信如今三百載，頑鯨駭浪空相待。

苦寒行二首

其一

江南饒暖衣絺綌，今歲春寒人未識。溪流冰合地成拆，一月三旬雪三尺。去年大潦民

① 「雹」原作「宽」，今從宋、影宋本。

無食，子母生離空嘆息。只今道路多横尸，安忍催科更誅殛。

其　二

下溪捕魚一丈冰，上山采樵三尺雪。人人饑餓衣裳單，骨肉相看眼流血。乾坤失色雲未收，雕鶚無聲翅將折。官倉斗米餘百金，願見春回二三月。

武夷行寄劉侍郎

平生愛仙山①，最聞武夷好。千峰巑岏月倒掛，萬木陰森春不老。群仙浮舟出寥廓，未濟明河半空泊。世人可見不可攀，静夜天風吹寶樂。須信仙家日月長，塵埃下土空茫茫。賢愚得失竟何益，坐令緑髮催秋霜②。人間感悟有誰早，丈人尋真歸故鄉。故鄉宅在武夷址，山勢回環碧城起。仙棋一局一番春，幾見桃花滿流水。他年功成趨帝闕，醉唤常娥擁明月。照開三十六洞天，玉樹瑶花恣攀折。丈人之樂其無央，我今欲往親在堂。側身南望未能到，耿耿寸心思夢長。

①「仙山」原作「山水」，今從宋、影宋本。
②宋本「催」作「摧」。

前雲居行寄元禪師[1]

憶雲居乃在匯澤西南修川之隅。山盤盤兮，石門屹立磴道絶，飛瀑萬丈淙冰壺。雲沉沉兮，方晝而忽暝，古木交錯兮，藏魈踽。攀崖欲上復自止，投險却憶騎鯨魚。崖回時復造平野，絶頂乃有百頃之膏腴。群山下瞰若粱米，殿閣枕藉非人區。露華洗出太古月，桂子摇落陰扶疏。清風欲借羽儀展，穢念頓覺秋毫無。老禪底事不度我，紅日東上還驅車。如今正似武陵客，放舟已遠嗟迷途。青春一往二十二，白雪漸變千莖鬚。西來忽過歸飛鳥，青紙遠寄黄金書。靈茶香味勝粉乳，滿篋所贈逾瓊琚。玉川七碗吃不得，灌頂未識真醍醐。南遐北訥惜已死，唯師秀出孤峰孤。潛深隱密自得所，豈不憫我栖榛蕪。倒影射岩猶入石，异日三椽容野夫。

① 「行」原缺，據宋本補。

後雲居行寄和禪師

我所思兮，歐山之巔。白石蒼木蔽窺而隔世兮，路通乎兜率之天。層樓複閣，觸峙絢爛。往即造兮，雲勃興而澶漫[1]。徙倚恍惚若奪吾魄兮，聊放睫以盤桓[2]。徐風生而霧散，卷綃縠于林端。洎天清而日上兮，瀑峻飛而潺湲。蓄而爲潭，泄而爲澗。運之以車兮，盈乎大田。然後度石橋，登重門。睹篆玉之榜，謁金仙之尊。徒衆五百，龐眉皓首。形儀静而不雜兮，語言要而不煩。齊興止以鐘鼓兮，善後先而靡難。舉正眼而諦瞬兮，了無一法之可觀。寂兮樂兮，妙復妙兮，其惟真如之禪。我請棄冠釋帶以投依兮，師則指乎未契之緣。于是曳屣却步，循磴道而復返兮，歲渺渺而屢殘。觸網羅以系累兮，方傷羽而戢翰。悵昨游而欲再兮，庶已創而復完。亂曰：噂將歸兮，卧龍之室。依大道師[3]，成佛而出。

①宋、影宋本「勃」作「渤」。
②影宋本「放」作「技」。
③「大」原作「人」，今從宋本。

姑蘇行送胡唐臣奉議入幕[1]

登姑蘇，望五湖。范蠡扁舟竟何在，吳王宮殿惟荒墟。民貪吏狡郡多事，煮鹽爲盜無完廬[2]。使君誰何好平恕，寬則脂韋猛則虎。只今卧治聞黄公，更得高才歸幕府。願令里巷歌《召南》，風化流行成樂土。昔年引對大明殿，國論軒軒動人主。往持使節臨朔方，威霽秋霜愛春雨。玉上青蠅誰强指，鼻端白堊寧傷斧[3]。升沉偶爾非吾嗟，不用東方日爲鼠。豈聞絶代無佳人，何必西施妙歌舞。盛傾緑酒膾肥鱸，承詔還從大梁去。

送姚太博歌行 彥聖[4]

春風動地吹春去，行人不肯江邊住。片帆朝掛暮千里，烟霧蒼茫宿何處。夫君少

①「幕」下原有「又送朱伯原秘校」七字，據宋、彭宋本删。
②宋本「廬」作「膚」。
③宋本「白」作「有」。
④「博」原作「傅」，今從宋本。底本「聖」作「經」。以下「夫君」原作「聞君」，今從宋本。

年日，射策明光宫。同時得意三百輩，上林曾醉桃花紅。十餘年間事超忽，幾在青雲幾白骨[①]。君雖未甚榮，亦足有餘樂。存心不負聖與賢，何須畫影凌烟閣。潯陽城樓古樓壯[②]，邂逅相逢覩溟漲[③]。魚龍奔走勢莫分，却憶當時兵火愁殺人。至今戰場無緑草，冤魂夜哭寒螿老。臨風灑酒一吊之，而我浮生何足道。聊爲君行歌數聲，青山截斷江流平。晴雲相對似能舞，野鳥好語如吹笙。却送閑愁付滄海[④]，身雖離异心無改。若訪蓬萊王母家[⑤]，爲攀琪樹遥相待[⑥]。

桃源行寄張兵部

武陵溪上青雲暮[⑦]，昔人傳有桃源路。時見落花隨水流，咫尺神仙杳難遇。神仙有無何

①影宋、庫本「骨」作「屋」。
②宋、影宋本「古」作「北」。
③宋、影宋本「溟」作「暝」。
④「送」原作「把」，今從宋、影宋本。
⑤影宋本「訪」作「到」。
⑥宋、影宋本「琪」作「桃」。
⑦庫本「雲」作「春」。

可量，但愛武陵山水强。松烟竹霧水村暗，鳥啼猿嘯花雨香。車輪不來塵坌絶，日月自與乾坤長。聞君取身欲長往，禾熟良田結春釀。陶然一醉萬事休，還我天真了無象。生胡爲榮死奚戚，爲笑紛紛避秦客。一身千歲何足論，更向漁家寄消息。

九華山行

群山秀色堆寒空，九華一簇青芙蓉。誰云九子化爲石，聚頭論道扶天公。深岩白積太古雪，燭龍縮爪差無功。湍流萬丈射碧落，此源直與銀河通。塵埃一點入不得，烟霧五色朝陽烘。有時昏昏雷電怒，崩崖裂壁揮長松。龍作雨，虎嘯風。白日變明晦，九子亦慘容。褐冠釋氏胡爲笑傲于其中。我將學彼術，卷舌竊愧求童蒙。天公信玉女，號令不爾從。嗟爾九子竟何補，非泰非華非衡嵩。

郭祥正集卷三

五言古詩五十九首

游仙一十九首

其 一

漠漠出寒霧，悠悠趨太清。珠樓被重綃，霞花紛素馨。青衣捧緑章，磨丹書姓名。爲我横玉笛，一奏雌龍聲。

其 二

非塵復非烟，氤氲散紫清。乃知泠風御，倏倏恣游行。忽逢黄金闕，云是玉帝京。逍遥侍御者，不假精鋭兵。

其 三

扶桑并咸池，窈窈殊在下。真陽涵素光，無晝亦無夜。神體常自保，不與物俱化。運齡從此長，塵緣頓消謝。

其　四

至道不由學，頽齡安可住[1]。宿命無纖罹，重玄乃遐悟。鮮明女蘿君，致我火浣布。稽首存至誠，欣會如所度。

其　五

至音非樂音，玲瓏聞自然。殊絶洞房景，亦超鬱羅天。靈嬪下鶴馭，問我來何緣。却驚與世隔，一别三千年。

其　六

澡心華池液，薫手玉樓香。一披寶神經，衆真共來翔。七言咏良遇，至音迭琅琅。珍重衛夫人，行草記瑶章。

其　七

太微無烈風，紫臺多靈露。逍遥三五客，披衣縱高步[2]。回首笑復歌，游此今幾度。却嗟寰中人，枉爲死所誤。

其　八

仙家無四時，瑤草常芬芳。五岳倏來爾，玉鞭驅鳳凰。得道迭相度，不聞嫉賢良。所以心無邪，人人自年長。

其　九

妙景素無雜，玉界涵虛明。妙聲清不淫，洞歌奏金鈴。真遇非遐想，忘心乃全生。噫哉百年内，得失安足營。

其　十

峨峨金精巾①，飄飄清霞裙。手持紫毛節，身乘三素雲。駕言欲何適，上朝玉宸君②。隱書謝所賜，洞明道之根。

其十一

倏然乘一氣，來往游太空。閑歌内景章，遂登蕊珠宫。華英不知名，漱齒甘液濃。此樂無憂disturb，固非侯與公。

①「精」原作「稍」，今從宋、影宋本。
②宋、影宋本「宸」作「晨」。

其十二

投真落人世，倏經四九年。睹紛未暂兢，内顧净且淵。果逢飛行羽，得披紫微仙。携手浮绛波，绛波春渺然。

其十三

攀沿日月窟①，遂觀天地樞。搗金鑄豪英，搏糟醞庸愚。校量宿所造，報應無差銖。丁寧與世言，安分勿浪圖。

其十四

在天不擇友，天人皆正一。雲漢共翱翔，隱耀無固必。豈同濁世游，自謂膠投漆。毫端利害分，白眼永相失。

其十五

款逢九華妃，授我磨鏡石。一磨日月朗，萬古永不蝕。緘之紫錦囊，匪同趙氏璧。才落猛士手，睨柱曾莫惜。

①「沿」字底本殘缺不全，據宋、影宋補。

其十六

二景結良匹，曾非塵慮侵。欣欣啟皓齒，玉珮揚清音。碧河并絳實，采濯期追尋。言舒意亦散，雙好永齊心。

其十七

神凝光自生，洞房玄照映。青絲散垂腰，日采流玉鏡。共談上清事，精微寄餘咏。樂酣會既分，雙駕還霄嶺。

其十八

清僚真可慕，振衣願所歸。既絕世上緣，吾寧抱愁悲。雲韶自相諧，虛聽方達微。是將跨靈羽，逸麟復攀追。

其十九

窺天見天根，步玄入玄門。素光流一氣，默默復渾渾。揮手散餘景，至心揖靈尊。從今乃忘言，大道多子孫。

春日獨酌一十首[1]

其一

桃花不解飲，向我如情親。迎風更低昂，狂殺對酒人。桃無十日花，人無百歲身。竟須醒復醉，不負花上春。

其二

江草緑未齊，林花飛已亂。羇景殊可樂，陰雲幸飄散。且致百斛酒，醉倒落花畔。

其三

平生最嗜酒，況復就花飲。明月正照人，吴姬安得寢。更起盡餘杯，擊碎珊瑚枕。

其四

芳華無十日，自勸頻舉杯。素髮易凋落，青春難再來。林間黄鳥囀，日下浮雲開。吴歌梁塵飛，越舞白雪回。英雄既長往，珠金安在哉。僅存一丘土，石麟卧蒿萊。誰曾

① 「一」原缺，據宋本補。

將濁酒，爲君傾夜臺。

其 五

醉去卧蘭茝，安用張蜀錦。何必黄金杯，瓔杓亦足飲。物理不可齊，好惡乃天禀。真精既洞達，空無仍諦審。所以陶淵明，北窗自欹枕。起作無弦彈，此音殊妙甚。

其 六

雷聲散陽氣，晴景醉長天。緑從何處來，染我山下泉。汲泉釀醇酒，舉杯復頽然。寄謝伯夷輩，餓名安用傳。

其 七

春日何遲遲，萬物涵陽暉。君看源上桃，并蔕花滿枝。雙雙梁間燕，營巢知所歸。凌霄附長松，托根亦有依。餘生如不飲，無以謝芳菲。

其 八

不羞雙鬢雪，折花向林間。念此光景速，未能身世閑。滿酌金熨斗，遥望謝公山。迹欲扁舟渡，心先高鳥還。今朝不酩酊，何以破愁顔。

其九

幾日待春光，春光易衰歇。流年信密移，誰能保肌髮。何須秉蠟炬，今夕值明月。但願海變酒，拍浮長出没。歸來歸去來，蓬山有仙闕。

其十

海棠微雨濕[1]，枝上殘紅泣。山鳥啼向人，春光一何急。濁酒注我腸，免使新愁入。却欲買扁舟，漁竿荷蓑笠。

田家四時

其一

田田時雨足，鞭牛務深耕。選種隨土宜，播擲糯與粳。條桑去蘖枝，柔柔待春榮。春事不可緩，春鳥亦已鳴。

①「濕」原作「歇」，今從宋、影宋、庫本。

其二

麻麥聞熟刈，蠶成繅莫遲。更看田中禾，莨莠時去之。幸此赤日長，農事豈敢違。願言一歲稔，不受三冬饑。

其三

開塍放餘水，經霜穀將實。更犁原上疇，坎麥亦云畢[1]。老叟呼兒童，敲林收橡栗。乃知田家勤，卒歲無閑日。

其四

田事今云休，官輸亦已足。刈禾既盈囷，采薪又盈屋。牛羊各蕃衍，禦冬多旨蓄。何以介眉壽，瓮中酒新熟。

朝登北山頭二首

其一

朝登北山頭，千里入平望。本欲寄吾懷，胡爲返惆悵[1]。晴雲隨白日，西去没青嶂。索

---

①「坎」原作「砍」，今從宋、影宋本。

絲行滿頭，吾年安可壯。

其二

朝登北山頭，悠悠望江水。水流無還期，人老行已矣。勸君把一樽，聊用置悲喜。生無死何有，原終乃知始。

感春二首

其一

高枝花自舞，低枝花自笑。上有濃露灌，下有清溪照。開落十日間，誰識春工妙。一杯亦頽然，獨醒時所誚。

①「返」原作「反」，今從宋、影宋本。

其二

盎盎酒杯緑，披披花萼笑。雖無同心客，幸有白日照。趨時性已拙，悲歌聲不妙。素髮未能歸，猿鳥應相誚。

同阮時中秀才食筍二首

其一

蒼崖長龍孫，頭角露已甚。呼丁恣庖割，移榻就濃蔭。恍疑羽林槍，羅列在紫禁。餘鞭横瘦蛇，密籜若紉紝。亭亭風勢匀，節節泉脈沁。落垣謹藏護，寧使暴客闖。烹調衆云美，剪伐吾亦任。繞齒嚼冰澌，毛髮寒以滲。心本猿鳥，世味嗟毒鴆。野逸誰所憐，愁思腸胃滲。詩才君獨勇①，辯舌予久噤。酒行且莫辭，醉膽滄溟浸。况逢堯舜治，山内來左衽。熙熙冠蓋游，落落飽食飲。鸞鳳自横飛，燕雀蒙廣蔭。徘徊食筍謡，明發扁舟賃。

①「才」原作「力」，今從宋、影宋本。

其二

予生本無䌊，謬爲兹縣尹。日長公事餘，佳客車接軫。入林安所食，烹庖就肥筍。森森蒼龍孫，頭角遭束窘。金刀僕爭割，紫籜手親剔。草火尤相宜，狼藉亦殘忍。聊爲一餉樂，得酒輒滿引。喧呼棋屢勝，慘淡詩不敏。予腹既便便，從君莞而哂。

懷友二首

其一

夕陽在窗户，凉氣何處來。微風泛庭柯，蕭蕭歷空階。抱琴一寫之，冰霜濺孤懷。但惜對樽酌，而無良友偕。聊將幽獨思，滔滔寄長淮。

其二

晚坐庭樹下，凉飈經我懷。亦有樽中物，佳人殊未來。佳人隔重城，誰復爲之儕。瞻雲雲行天，步月月滿階。想聞誦聲作，崩騰瀉江淮。

七月八日要閻公達承議晚酌二首

其一

河橋散靈鵲，曜景逾佳期。池華延舒月，尚可傾一卮。欲以要良賓，秋事言淒其。歲往豈再得，綠髮含霜滋。寓意不在飲，鶯鶯君莫辭。

其二

鶯鶯君莫辭，寓飲不在酒。得酒亦可喜，話情庶延久。鷺白不翳塵，山光含美璞。霞綺映池葩，條蟬嘶露渥。時平無横愁①，身退兹餘裕。彈琴來薰風，高軒良可佇。

嚴氏西齋

立屋聚群經，執經授諸兒。趣善務深畜，言行蹈前規。譬欲種嘉禾，春膏力鋤犁。一朝秀而實，刈熟當如坻。遂爲道德飽，用濟斯民饑。庭木豈不美，凉陰奉遨嬉。池水豈不深，濯熱臨清漪。作止既可樂，左右皆宜之。瑶琴誰爲彈，倚聲奏吾詩。

①底本校注：「横，平聲。」宋、影宋本「平」作「去」。按：宋、影宋本是。

招蔣穎叔游丁山彰教寺

閑心樂名山，景象恣吟劇。昭亭西南隅，亂峰最青峭。盤盤得修徑，豁豁漸明眺。一識道傍碑，古興資雅要。知有金仙家，即往不俟召。平田轉回塘，飛瓦接危嶠。東邊卧石虎，徐王脩墳兆。但驚昔鮮晦，不見金碧耀。闕形半殘缺，冷榻孤燈照。深篁歸鳥没，空巖雪風叫。敕書刊翠琰，覈迹護獵燒。寒潭多蟄鱗，佛子忌漁釣。動活各遂性，蕃衍理可校。餘輝初月散，幽籟發玄竅。中有無心人，禪禪自相紹。問年逾耳順，膚色尚如少。翻令念達人，鴻蒙首頻掉。時平冠珮繁，往往屬不肖。豈如棄以歸，林泉自投跳。卓彼蔣夫子，詩辭極精妙。能來同我游，險絶共長嘯①。終當爲君誦，古律變新調。更評江南事，僭迹又足悼。不能降真人，卒用焚祖廟。訓狐啼老木，愁烟起荒糶。復有貳卿碑，曾爲參軍吊。勇爲手勢吟，一助玉瓶釂。

① 宋、影宋本「嘯」作「笑」。

同蔣穎叔殿院游昭亭山廣教寺

晴光散餘綺，佳辰値清和。聯車不辭遠，共登昭亭阿。步夷愜苔石，緣險捫修蘿。迴出白雲上，俯瞰飛鳥過。凌霄插危觀，裂地注明河。微風解蘭芷，廣陂浴鳧鵝①。潭潭紫華君，左右森矛戈。雷電在呼吸，玉幣薦牲犧。廟食溢千載，祐民理無訛。崔碑夢協吉，謝守詩載歌。却憩林下寺，裴顔迹尤多。丹青業已晦，長髯但皤皤。筆畫肖家法，燕尾無偏頗。覽古發遐想，緣情還獨哦。逢時不榮達，憔悴同苫蓑。嗟焉姑自喪，安之如命何。彼美蔣御史，道術追雄、軻。眄予委泥淖②，有意傾餘波。薦士古來重，按劍今則那③。書爲昭亭篇，昭亭崖可磨。

①「陂」原作「波」，今從宋本。首句宋「綺」作「谿」。
②「眄」原作「睦」，今從宋、彭宋本。
③宋本「按」作「拔」。

同許栖默游陽洞

春歸白晝永，庭虚民事退。尋幽何所之，佳賓幸同載。出門十餘里，仙者遺踪在[1]。非寶固難評，洞壑第可愛。緑蘿垂長帘，秘景得藏晦。造深揭葦火，陟險汗漸背[2]。中寬稍可休，仰視覆圓蓋。石乳忘歲年，物象千萬態。龍泓紺澄碧，溢溜漸飛瀨。陰森毛骨寒，志往力殊怠。磨崖記名姓，斯游定難再。人生足離合，世役异屯泰。清風起林杪，蕭瑟動天籟。歸歟亦何求，盈筐采蘭艾。

同劉繼鄴秀才游岳麓登法華臺呈如水長老[3]

南出長沙城，西渡瀟湘水。誰鋪碧鮫綃，迴透黄金底。中分橘植洲，隱若鰲背起。府邑古稱雄，地勢信少比。苟非仁義圖，疇將甲兵洗。晚色烟霧開，人家明鏡裏。斯須舍舟楫，縱步踏蘭芷。遥遥望松門，物象愈奇偉。枝葉既不繁，霜雪詎能毁。傳云陶

①「遺」原作「餘」，今從宋本。
②底本校注：「漸，平聲。」
③「臺」原作「堂」，據宋、影宋本改。按：詩内云及法華臺。

將軍，屯營手植此。至今凌雲氣，猶如大君子。才過清風峽，路轉不容趾。塵寰自此隔，佛界朗瞻跂。層梯上重門，繪塑光煒煒。皓鶴去無踪，寒泉但清泚。遂登法華臺，平日瞰千里。返驚人世卑，塹壁徒爲耳。連甍十萬户，羅列在案几。想當韓杜時，荆棘晦遺址。不見湘西篇，惟誇道林美。幸同劉子來，縱視眼不眯。作詩君莫謙，前輩尚可擬。抑筆方争豪，求心翻自鄙。請看梁上題，半是人中鬼①。白髮纏利名，何由外生死。道師深悟禪，軟語聽娓娓。明驅三乘車，濟我岸超彼。臺名將謂何，此喻有深理。香色存天然，了不染泥滓。救物運真悲，得法終日喜。

游雲蓋寺

名山寺多古，此寺山尤名。妙雲鎮彌覆，層層結纓纓。日光晝微開，燦射黄金城。木老枝葉簡，水長音韻清。五峰如紺蓮，中有樓殿横。是必龍華宫，禪禪悟無生。一燈破群暗，衆燈迭相明。紛空素葩墜，悲晚孤猿驚。予方困遭途，寓宿骨已輕。願言永栖此，讀盡寶藏經。顧盼適所適，了絶物外營。馬秣僕亦飯，奈何催北征。

①宋本「人」作「泉」。以下《游雲蓋寺》宋「物外」作「外物」。

游鹿苑寺

游遍湘西山，晚至鹿苑寺。平岡列城郭，長松肖兵衛。入門尤清凉，讀碑辨往事。乃知阿育王，曾此藏舍利。浮屠當殿陰，令人竦瞻視。寶網敷金雲[1]，倏忽變蒼翠。僧云秋杪時，月静甘露墜。大覺去無踪，山祇自靈异。白鹿不我逢，殘花在岩際。居者多壽考[2]，安禪信無累。笻衲爲生涯，心不墜情僞[3]。源源聽法語，陶陶襲和氣。簪紳胡爲乎，頂踵縛憂愧。願從彼上人，預聞第一義。煩心沃醍醐，頓悟超十地。聊爲鹿苑吟，清夢不成寐。

游華陽洞阻雨

此洞昔無聞，人迹固稀到。一昨紫微游，刻石記所好。遂令天下知，游者争欲造。我方佩縣印，事閑慕高蹈。聯鑣二三子，并堅松柏操。樽罍薄携持，丁壯却前導。行行

①「網」原作「綱」，今從宋。
②宋、影宋、庫本「考」作「老」。
③宋本「墜」作「墮」。

逼崖巔，紫翠射襟帽。方疑攀蔦蘿，又若堆海潦。石門未及窺，忽値山雨暴。風雲暗衢路，雷電折岩嶠[1]。蒼黄僕夫語，踴躍猿猱叫。黄泥濡衣裳，安得白日照。初游成歡愉，中險觸憤懊。佛舍距幾何，望望日睛眊。擎鐙促疲馬，十步九欹倒。登堂亟就榻，釋子數相勞。尋幽尚齟齬，處世信難料。暫憩稍蘇息[2]，起坐復悲嘯。寧非山鬼護，不使俗客眺。桓桓翠琰文，愈讀愈精妙。名由今日新，迹入萬古耀。騏驥步莫追，駑駘志彌劭。猶期六月來，散髮避炎燎。一雨終阻絶，何以爲壯少。歸歟歌蕪詞，聊用起同調。介甫先生游玆洞，始作記文，易「花陽」爲「華陽」焉。

夏日游環碧亭

登山得斯亭，佳賓幸過從。取筭蒼玉林，置酒黄金鍾。願言詩而康，泰運寧易逢。孔子陟三事[3]，堯舜乘六龍。民財皆辨析，田壤仍登豐。關關禽聲和，剪剪木影濃。濯足就緑水，披衣攬清風。微吟百憂散，達道千古同。諸君况才豪，如熊復如熊。莫辭爛

①宋本「折」作「拆」。
②宋、影宋本「憩」作「眠」。以下「聊用起同」原作「聊爲起用」，今從宋。
③宋本「子」作「孟」。

醉歸，皓月還生東。

和穎叔丁山黠字

寒日少晶光，山色亦慘慘。瀑泉凍不飛，啼鳥聲頓減。傳呼綉衣來，僧鼓擊坎坎。石坐無氈裀，匓匓織蒲菼。比爲泉石游，固已慕清淡。愛君神采瑩，皎若白玉鋻。一登林際亭，毫髮無遺瞰。勇起發孤唱，四坐噤莫敢。君辭如太羹，我語效鹽鹹。卷旗促降敵，賢將釋不斬。雖生已包羞，鉛刀竟誰鋻。却讀道旁碑，往事增新感。功名能幾何，回首歲時暫。胡爲奪浩氣，百憂煎一膽。趨時既迍邅，獨往固勇敢。白雲無人争，皓月從我攬。開樽直一醉，莫驚别袖摻。明發何所思，龍斷坐汲黠。

和梅謙叔丁山吃字

臘月衣未綿，兩股凍成疾。誰復爲我扶，平步時時蹶。文章那更論，精魄恐墜失。緣何御史君，相招傍寒日。迤邐造林泉，壓坌爲披拂。霓幡雲外垂，石虎草間出。深門竅泬寥，拱木遞蕭瑟。丹青與老碑，遺事知彷佛。僧迹已榛蕪，新游論膠漆。主人才何如，驥足千里逸。梅君南昌後，襟韵猶凄凓。劉子亦可奇，象象久精詰。顧予最空疏，昔辨今已吃①。謗言來戈矛，自量幾不密。終甘首陽餓，豈效操瓢乞。

酬穎叔見寄

鏗鏗南華經，語意妙復妙。高能出蒼旻，卑不厭藜藿。陰静偶暫處，隱迹兩莫弔。息踵真人徒，息喉愚者紹。方同造物言，萬變領樞要。既能無怛化，勿鑿混沌竅。百家拾其餘，所得乃遺溺。至音聽以氣，世或昧此調。不見杏壇講，猶爲漁父誚。君看泰山頂，半夜日先照。惟逢蔣穎叔，沉默造玄窔。落筆逾萬言，嚴密若誥詔。嗟予久聾喑，此道雅未剽。一昨聞君談，神悟百骸燎。人忘道術游，魚忘江海跳。昭亭果見期，爲子發長嘯。

秋水閣席上呈穎叔原道

我愛秋水閣，水影照采椽。瑩碧不知極，定與銀漢連。荷花十丈開，白藕想如船。雙鶴時一鳴，寒霄下回旋。況復對羽客，豈昇蓬萊仙。便當沽玉液，猛飲明月前。人生

① 「辨」原作「辨」，今從宋、影宋。

不嗜此，何物能逃年。請君傾醉耳，松風奏蕭弦。身世能兩忘，安用養浩然。夢覺事已殊，此道誰能全。馳驅冠劍徒，百歲猶倒懸。深深下于地[1]，冥冥高出天。君語達已達，吾歌玄復玄。大笑問劉子，細窮秋水源。秋水源可到，更寄琳琅篇。

酬耿天隲見寄

追維平昔游，十幾喪五六。與君雖尚在，跰躃各衰疾。功名無幾何，歲月忽已失。伻來辱新詩，欲和久閣筆。文章老愈精，光彩爛星日。市門果神仙，參軍真俊逸。又如窺沙漠，鐵騎萬餘匹。一戰孰與當，百勝得深術。有過懼不聞，遇惡志所嫉。言歸潔其身，天命能自詰。知音我愈寡，深谷詎敢出。君作歸潔堂[2]，遂有退居之計，而勸予出就仕[3]。相望止一江，高議容接膝。請觀商山皓，寧終守蓬蓽。衆人拉其華，君子俟其實。定當卜鄰去，携手藏于密。

①「于」原作「與」，今從宋、影宋本。
②「歸潔」原作「潔歸」，今從宋本。
③「予」原作「了」，今從宋本。

酬李公擇謝予贈范李猿猨

黄麞雄領雌，青猿母抱子。一落罝網中，城市就生死。不如闕諎上，山深石泉美。水無罝網憂，精神自全耳。愛之寫横軸，容易披案几。動静適自感，物我忘表裹。猶疑跳擲去，毫端詎能止。易生名獨擅，斯人嗟往矣。後來稱范李，贈君君勿鄙。縱令筆未妙，猶勝負途豕。

同陳公彦推官登峨嵋亭

新亭彼誰構，名因翰林揭。惟南極空曠，朗咏佳興發。傾蓋忘形骸，輒莫嘆華髮。歸帆天外低，渡鳥雲端没。中原峥嵘際，天塹限楚越。寧知承平來，但見山花歇。君相方聖賢，胡爲念京闕。但窮林泉樂①，躡屐上峭崒。酒量孰先降，樽罍未云竭。欲尋太白墳，草間迷斷碣。神交無古今，清風來飄忽。征轡還催人，東峰掛寒月。

①影宋本「但」作「且」。上首《酬李公擇》宋「稱范李」作「稱李范」。本首以下宋「清風」作「清氣」。

郭祥正集卷四

五言古詩四十二首

穎叔見招赴何秀才家飲

鞭驢赴君招，十步九蹴促。相逢即忘勞，深囿坐重褥。恍疑出塵寰，氣象豁雙目。名花散天香，仙露浥柔玉。寄樂方寸間，豈必待華屋。脱屣遠市朝，散髮免羈束。更聞誦新作，字字芝蘭馥。堆盤櫻實紅，滿斝醽醁緑。幽歡未言歸，酒令不須督。平時常卷舌，動静畏險俗。玄談今盡傾，我雖愜君欲。朝聞夕可死，悟矣無遲速。感君傾醍醐，灑我久饑腹。又如旱田禾，沛然甘雨沃。主人意殷勤，呼兒具燈燭。誰家有斯客，貰衣心亦足。明朝得長篇，調險不可續。

和公擇觀李煜書法喜禪師碑

五代迭凋喪，江南最偷安。三世弄翰墨，煜札尤可觀。禪林榜法喜，妙勢如飛鸞。塵埃一藏晦，皴斫脱羽翰。幸逢集仙守，好古將模刊。振襟自披拂，塗飾粉與丹。呼僧辨遺像，彷佛存纖紈。作書究本末①，風雨生毫端。精神還故物，霹靂驚蟄蟠。幽光亦焕發，令我復長嘆。念彼士君子，窮年抱饑寒。不及稽古踪②，泯默知遇難。

和樊希韓解元

君馬一足病，瑣瑣阻行邁。况復梅雨天，坐卧不能快。空山無大臠，何以具君啜。牆根采肥杞，湖滑買鮮鮓③。開樽薦濁酒，高論幸忘憊。寸心拔茅塞，兩耳抉雙聵。文醇潛太和，詩險露幽怪。聯吟極物象，君勝我屢敗。東野久龍鍾，多慚退之拜。奇才必自重，雖黜愈勿懈。卞璧未遇時，在璞豈能壞。鑒賞一日逢，青紫信如芥。君行且遲

①宋、影宋本「書」作「詩」。上首《穎叔見招》宋「醱」作「撥」。
②宋、庫本「稽」作「奇」。下句「默」原作「然」，今從宋。
③庫本「鮓」作「鱠」。

留，馬病顚未瘥[1]。貰衣亦何辭，庶用接嘉話。

和公擇游壽聖院啜茶題名

使君尚清凈，携客無杯肴。茗酌誦佛經[2]，塵緣頓沉抛。疏雲墮檐際，微風汎林梢。吾心已皎皎，我學豈譊譊。濡毫題名姓[3]，識此逍遥交。

和法宗上人月下懷故人

山沉江海闊，月行天中央。游子宿何許，只應歸夢長。浮雲且莫生，星河助餘光。徘徊問孤影，惆悵安可忘。

①宋、影宋、庫本「瘥」作「差」。
②宋本「誦」作「披」。
③宋、影宋本「名姓」作「姓名」。

酬耿天隲見寄

我思昔人言，處世猶大夢。塵編堆床頭，撫事聊一誦。興衰系時運，賈誼爾何慟。又思東方朔，爲鼠知不用。誰憐胯下兒，能領百萬衆。勢去競詆排[1]，功成乃歌頌。人情豈相遥[2]，此理古今共。桓桓耿夫子，策射金榜中。老彼澗底松，未作明堂棟。暫來令句曲，尋仙造深洞。摩挲瑶琪花，借問誰所種。開落既忘年，一奏薰風弄。詩言此歸隱，不戀五斗俸。何時定掛冠，我願爲僕從。

和韓求仁推官

終日汩城市，閑心眷犁鋤。故登原上亭，解此塵中裾。芬香采薇蕨，馴狎憐麋狙。却願物理變，四角生我車。

①宋、影宋本「詆排」作「排詆」。
②庫本「遥」作「遠」。

樊山 即孫權郊壇祀天之處，今尚存，謝朓詩云樊山開廣宴是也[①]

漢室火符熄，群雄起縱横。兩京蕩爲墟，萬里無農耕。曹操劫神器，欲竊禪讓名。吴蜀趾北面，鼎峙方戰争。殺人如膾魚，天地厭血腥。至今武昌邑，尚傳吴主城。長江吞八極，圓壇窺杳冥。想當瘞郊時，志勇掃欃槍。燔柴封玉牒，冠弁羅公卿。登山錫燕喜，日光爛旗旌。寧知後嗣弱，壯業竟無成。空餘舊基址，千載未欹傾。常時風掩卷，每讀涕泗盈。而況泊舟楫，披榛自經行。霸圖何所見，芳草與雲平。晚浪淙石脚，猶疑兵甲聲。

觀怡亭序銘

有唐三百年，絶出陽冰篆[②]。最憐《怡亭序》，筆畫兼衆善。磨崖深雲間，人迹到應鮮。亦如大君子，隱晦久而顯。裂素印縻煤，字字未訛舛。冰凍垂瓦石[③]，犀尖利刀

---

①宋本「存」後有「而」字，無「是」字。
②「出」原作「世」，今從宋、影宋本。
③影宋本「石」作「口」，宋本「石」似作「口」（字迹不清）。

剸。連環不可解，虬尾勇自卷。誰云模以刻，曾是玉工碾。銘辭志尤宏，雲巽待風展。琳琅諧八音，雅重參二典。英豪逢一時，江山供廣宴。遺踪逐飛鳥，舊址没榛鮮。良朋信稀遇，古興浩難遣。吾宋垂百年，教化固非淺。人人擅文翰，比唐殊媚軟。作詩聊自警，中道尚可勉。

殊亭

元次山爲武昌令馬向[1]才殊行殊政殊亭殊而名之吴子恭云元碑近爲俗令碎之矣

昔人才行殊，亭名至今在。何年復基構，勢壓鯨鰲背。中間鄙俗令，元碑遭睚眦。豺狼爾何瞀，軀螭手親碎。甚哉憎疾心，曾不校异代。我將掇其餘，補刻尚可再。仰瞻天宇寬，俯視江流大。危危一葉舟，故欲萬里邁。差池想遺風，雲山有殊態。

怡亭

裴虬作銘李莒八分陽冰篆序存焉[2]

英才欣會遇，曠懷各無瑕。二李妙分、篆，裴銘語尤嘉。盤盤虬奮鱗，灼灼月吐華。天影望不盡，雁行飛屢斜。晴雲依晚岫，芳草接平沙。東溟與西塞，吾寧辨渚涯。

①「向」原作「尚」，今從宋本。
②「裴」原作「斐」，據宋本改。詩中「裴」原亦作「斐」，亦據宋本改。

石門唐令尹馬向當與次山醉于石門之下，石刻存焉①

雙崖屹然起，剔蘚認題識。乃知賢令尹，曾同漫叟醉。落景正西盡，長川知東逝。唯此兩石門，不開亦不閉。

郎官湖即李白以張謂愛湖而名之

張公昔愛湖，湖名自公始。寥寥三百年，逢秋愈清泚。移船菱荇香，游魚數赬尾。回望武昌郭，樓臺碧天裏。石照瀉靈光，湖波皓如洗。此景絶世無，愛之心無已②。緬懷昔賢期，林表清風起。終當歸結網，來此養衰鄙。

峰頂

登山不辭險，探景須窮幽。行徹五千仞，回首視九州。人寰莽何處，大野蒼烟浮。更酌天池泉，古意空悠悠。

①「向」作「尚」，今從宋本。
②宋、影宋本「無」作「不」。

醉石

裂障飛寒澗，絶壁散明珠。盤石偃中塢，修林陰翳敷。世道紛莫救，逸人此提壺。一酌寄乾坤，回首忘車書。山花謾相笑，山鳥徒相呼。更逢山月來，夜響真笙竽。粹靈陶耳日，幽獨寧賢愚。留踪千載間，游子空踟躕。清風起木末，餘涼生坐隅。浩歌歸去來，逸韵凌遥虚。

洞庭阻風用韓退之韵

南風吹炎蒸，歲望固已休。怒濤撼洞庭，信宿留歸舟。沙場萬馬放①，大壑群龍投。陰靈孰爾職，曾無與天謀。崩山作深潭，深潭變高丘。上天有號令，豈汝可自由。朝蠅徒呬呬，暮蚊況啾啾。歸興邈以阻，觸緒增新愁。安得跨白鹿，山行肆悠悠。誰能守荒浦，泛險終何求。

①底本「放」作「寫」。

濡須山頭亭子

孤亭壓危峰，絶景入平眺。雙崖控巢水，禹力萬古耀。林傾乾象闊，濤淙地軸掉。茅茨數椽屋，噫哉魏武廟。心殊岐山伯，迹异甘棠召。荒戍傳遺靈，血食豈無誚①。吞吴勢雖壯，晉起國旋剽。樓船戰士去，滄浪盡漁釣②。平時欲何爲，覽古謾長嘯③。愁烟起孤壑，白鳥聚殘照。誰令五月來，不見萬山燒。又復想大雪，下上玉岩嶠。重游莫能期，將歸且停趬④。詩辭搜亦苦，物狀竟難肖。終篇寫亭壁，翻慚畫師妙。

謁桐鄉張府君廟

桐鄉富山水，此地最深秀。諸峰合屏圍，二岡屹龍鬥。谷暖禽語滑，岸束溪聲走⑤。老木如巨賢，森衛備前後。神功金刻存，廟古何年構。衣冠近唐人，名字嗟莫究。憫旱

① 宋、影宋本「無」作「亡」。
② 「漁」原作「魚」，今從宋本。
③ 宋、影宋本「嘯」作「笑」。
④ 宋、庫本「趬」作「趫」。
⑤ 庫本「走」作「逗」。

鞭怒蛟，深潭此身仆。明誠動蒼天，雷雨洗白晝。至今福斯民，血食固宜厚。予生本屯賤，竊位憂致寇。約身既多缺，何以撫耆舊。況瞻賢達迹，彼美松柏茂。芳醪薦樽爵，馨蔬實籩豆。悠悠神之思，餘光破昏愍[1]。歸欶歌蕪辭，聊用答靈祐。

大風

一鳥忽驚鳴，衆鳥高下噪。飄風自南至，洶洶結陰瀑。須臾江濤翻，石裂巨木倒。禾麻安更論，畦隴漭若掃。蒼天本好仁，孰使風伯暴。有叟重咨嗟，吾年行已耄。此風未嘗見，神理所誡告。我因諭彼儂，天地廣覆幬。噫氣亦偶然，何必泥應報。掉頭不我顧，植杖復悲悼。

蘭陵請雨

夜半何所適，請雨之名山。蘭陵古仙府，妙迹殊可攀。秘文呼蟄龍，舒雁薦層壇。屏氣注誠想，百靈啟玄關。緑章封事奏，金闕承恩還。林風生泠泠，澗溜添潺潺。遥峰

[1] 宋本「愍」作「憝」。

謁冥霧，倏欻迷區寰。殷雷無猛威，激雨增微瀾。寧獨濡枯焦，永願消塵煩。

觀雨

不雨九十日，火氣流郊郛。空山渴虎兕，涸泥困龍魚。農事固騷屑，令人但長吁。渺思真宰意，反覆竟何如。去歲百川溢，田園變江湖。南民遂乏食，十九棄路衢。那聞今秋旱，性命當無餘。祀龍稽往法，擊鼓煩群巫。殷殷百里雷，僅自東南隅。陰雲隨電合，密雨應時須。驅馳蒼黄際，慘淡氣色蘇。登樓注遠目，百憂聊滌除。銀浪微平地，玉繩迷太虚。日月洗塵坌，山川改焦枯。法宫朝大舜，冠珮皆鴻儒。况當禮樂新，百靈共持扶。和氣自兹肇，風雨安敢逾。欲傳千歲音，咏言愧蘼蕪。

春日懷桐鄉舊游

二年桐鄉邑，乘春覽榮芳。日日繞花樹，與客傾壺觴。况有清澗泉，潺潺穿北牆。容爲方廣池，白虹卧危梁。誰磨青銅鏡，朗照紅粉妝。唯恐浮雲來，遮我逍遥場。舞娥回皓雪，笛叟鳴鳳凰。醉則卧花下，所惜徂春陽。作詩數十篇，素壁揮琳琅。詔書徙幕府，籠鳥無高翔。却治歷川獄，幽憂坐空堂。有女殺其母，逆氣凌穹蒼。郡縣失官辭，吏侮爭持臧。辟刑固無赦，何以來嘉祥。高垣密閟禁，但覺白日長。茫然思脅游，今成參與商。世網未能脱，樂事安可常。咄嗟勿重陳，昏昏燈燭光。

東望

歷陽望姑孰，撫掌衣帶隔。却瞻天門山，落日一雙碧。不如雲中鳥，自在鼓兩翼。冠裳漫羈紲，髮緑今已白。功名隨浮烟，所得乃禄食。天兵下安南，猰穴須滅迹。騰山吼豺虎，跨海轟霹靂。殺氣暗南溟，萬古一洗滌。借令伏波在，縮手定嘆息。男兒逢此時，弗往荷矛戟。胡爲守文法，銖銖較朝夕。終當解官去，大艦掛長席。乘風卷雲濤，載月奏玉笛。不作凌烟人，猶爲釣鰲客。誰能對鄉關，跬步歸未得。

把鏡

念念遞遷謝，新新來未停。把鏡覽素髮，不覺今年生。生世能幾何，焰長燭愈短。勸君杯中物，到手莫辭滿。陽春才爛漫，花片已飛舞。紛如晴後雪，半作燕巢土。堯舜竟何在，楚漢空戰爭。勝負一日事，寂寥千載名。隱几聊自悲，悲竟復長嘯。真體元空無，誰與我同調。

望白紵山

隔江望白紵，葱蒼壓牛渚。却憶跨黄犢，渡橋溪東去。悠悠登此山，直待圓蟾午。汗漫丹湖水，萬頃浸天宇。北斗酌不乾，光搖若吞吐①。諸峰若案几，白雲俯可取。覽景壯我懷，長謡念前古。傳聞桓將軍，置酒領歌舞②。雄風回秋霜，英聲散鼉鼓。寧知千載後，荒榛老狐鼠。男兒及時樂，一餉亦足許。前年翰林公張唐公也。，絶頂構堂廡。我方客沅湘，盛事未能睹。及今佐肥幕，治獄歷陽府。注目聊獨吟，何時達庭户。

合肥何公檜部使者楊公潛古命予賦之

合肥有老檜，得名自何公。何公何代人，名迹了莫窮。高枝偃羽蓋，低枝卧蒼龍。盤根徹厚地，疏影落寒空。荏苒九天碧，仍爲烟霧蒙。相傳魏武帝，解甲休鐵驄。嘗坐此檜下，吞吴未成功。至今晦暝夕，往往揚英風。我公心好古，清標聳千峰。鑒賞揮巨筆，丹青孰爲工。璨璨發明玉，琤琤叩絲桐。談笑走兵役，垣牆密泥封。拂拭枯折

①宋、庫本「搖若」作「炯反」。
②宋，影宋本「置」作「致」。

干，一助春氣融[1]。願回拔山力，移植明光宮。

懷平雲閣兼簡明惠大師仙公

跨空起高閣，北望敬亭山。白雲無根蒂，舒卷隨風還。或蹟溪水上，却縈松石間。就之既明滅，了然不可攀。謝公賽雨詩，千秋瀉潺潺。李白弄月處，寒光湛清灣。神交自冥合，彷佛眉睫間。使我戀此境，每來終日閑。如何一掉手，失勢落塵寰。功業復未就，但驚鬢髻斑。滄浪不得濯，執熱長汗顏。緬懷大道師，焚香坐玄關。悲心度群苦，振錫鳴金鐶。行當稟慈誨，惠照開昏頑。

和耿天隲見寄二首

其一

熠熠陽氣動，春事不可禦。君家富林園，宴豆樂賓主。况當解官歸，精魄益六腑[2]。或

①「氣」原作「風」，今從宋本。
②宋、彭宋本「益」作「還」。

乘青板船，縱覽東溪滸[1]。溪光如碧玉，皓月無人取。信哉浴乎沂，點也丘所與[2]。又聞金于天，卓越莊周語。我方治幽獄，歸期日日數。讀君新詩章，對面若吴楚。

其二

猛風卷長江，驚湍勢莫禦。虬龍玄噴薄，陰怪豈無主。扁舟未能往，何以慰心腑。想住東城居，林花爛溪滸。濁醪初醱醅，豚蹄又新取。論詩予素降，汎愛君獨與。一間韶䕶奏，卷舌欲無語。却瞻項籍祠，紛晝安足數。悵然歌虞兮，炎漢已得楚。

對酒愛月示客

誰云月無情[3]，那知月有情。我住月亦住，君行月亦行。致此一壺酒，都忘千歲名。胸中各有月，莫遣暗雲生。

① 底本「覽」作「纜」。
② 「丘」原作「聖」，今從宋、影宋、底本。
③ 宋、影宋本「情」作「私」。

望牛渚有感三首

其一

身滯瀝陽浦，心傾牛渚雲。聖人開六合，于此渡三軍。霸氣掃無迹，神功千載聞。明朝有歸興，石上洗塵紛。

其二

遥憐牛渚磯，柳帶拖春緑。歸思無時闌，斷弦聲自續。更聽漁父吟，悠揚寫心曲。何日效斯人①，烟波洗雙足。

其三

江迴偏留月，山空不住雲。遥憐李太白，曾憶謝將軍。帆影隨潮上，樵聲隔岸聞。柳花迷客眼，三月雪紛紛。

①「日」原作「人」，今從宋本。

鷇鷇

鷇鷇復鷇鷇，怪禽安用啼。杏花已爛漫，月色正相宜。提壺取新酒，酌我金屈卮。行恐風雨來，亂紅辭舊枝。尚恨碧城鎖，阻邀白雪姬。耳邊無清歌，素飲方自怡。爾何騁鳴聲，彈射不肯飛。初來厭爾聒①，既久不復疑。但能怖愚俗，又足驚童兒。天翁造爾軀，無乃私自欺。爪吻异雕鶚，安能司禍機。又不似群烏②，凶報吉亦隨。白日竄深棘，夜鳴殊不栖。勸爾勿鷇鷇，鳳凰忽來儀。

登歷陽城望凌歊臺

平昔登凌歊，西望歷陽岸。江空蘆葦闊，日落烟霧散。倏然別鄉國，三載客淮甸。貫心無復有③，離緒但紛亂。邇來治冤獄，文字堆几案。置之步城堞，山川却對面。崔嵬浮圖出，巨筆插天半。秀色凌丹青，長毫蘸河漢。翻思宋武帝，此地嘗壯觀。美人厭

①宋本「來」作「亦」。庫本「來」作「出」。
②「烏」原作「鳥」，據宋本改。
③「無」原作「不」，今從宋、影宋本。

煩暑，揮衣待霜霰。流芳千歲間，陵谷未云變。碑陰杜牧題，缺玉稍可辨。歸魂招不得，脩土常情戀。時作梁甫吟，淸風忽吹斷。

懷當塗石城寺

城東二十里，寺有古石城。過盡綠桑野，還依流水行。水窮山亦合，老木一區平。鮮留虎豹迹，岩多猿狖鳴。樓殿橫澗陰，像塑鉛黃剥。庭中有高花，碧葉抱丹渥。不知何歲年，春容鎭柔濯。山僧亦龐眉，發語頗眞樸。却讀羅泰碑，始知征戰場。赤谷納箭血，夜鬼嘷冷創。雲霧第黯黲，英雄今則亡。誰建大法宇，救援弘津梁。每來即忘還，覽古恣吟眺。沿崖采菖蒲，興發輒長嘯。偶隨辟書起，末路遂難料①。十年未能歸，應爲山僧誚。

①「末」原作「未」，今從鈔本。

昨游寄徐子美學正

念昔未弱冠，與君昆弟游。各懷經綸業，壯氣凌陽秋。知音得袁宰，鑒賞稱琳璆。君家天地崩，泣血城南陬。釋服就鄉舉，名姓必見收。數爲禮部黜，嗟命寧怨尤①。子山僅五十，感疾遽不瘳。子美如孤鴻，哀鳴大江頭。其聲最酸楚，聞者皆涕流。有才多困蒙，此理不可求。我初佐星子，老守如素仇。避之拂衣去，寓迹昭亭幽。篇章自此富，寫咏窮歡憂。慈母待禄養，復尉溢浦州。隨辟宰瓌峰，碌碌三載周。才歸遭酷罰，五體戕戈矛。旦夕期殞滅，餘生安敢偷。粗能襄事畢，寒餓妻兒羞。復入湖外幕，萬里浮扁舟。幾葬江魚腹，迍邅百端愁。到官未三月，開疆預參謀。招降五萬户，結田使鋤耰。論功輒第一，謗語達冕旒。得邑敢自訴，斷木當沉溝。兒女相繼死，泣多昏兩眸。脱去殊未能，游鱗已吞鈎。春風吹瘦頰，黄塵蒙敝裘。才趣合肥府，又鞫歷陽囚。荒庭忘歲月，忽見花枝柔。清明動鄉思，一水嗟淹留。却憶藏雲會，雕盤薦珍羞。高吟凌李杜，猛飲咍阮劉。野寺想如昨，游人今白頭。倏忽三十

①「嗟」原作「差」，今從庫本。以下朱「淹」作「滯」。

年，老大功名休。日轂不暫止，吾生信如漚。有酒尚可醉，餘事皆悠悠。

送宋前之赴調

東岡送終畢，北堂待榮養。短檉跨羸驂[1]，西風吹祖帳。玉盤堆膾縷，金船倒新釀。勸君當勇去，回首勿悽愴。胸中五千卷，立事須少壯。揚名永不滅，孝節乃可尚。長安集紛華，出處慎所向。肯爲聲色惑，一婢百金償。不知粉黛藍，血氣速凋喪。胡爲發斯言，期子以將相。

浪士歌 并序

郭子棄官合肥，歸隱姑孰，一吟一酌，婆娑溪上，自號曰醉吟先生。居五年[2]，或者謂其未老，可任以事，薦于上。上即召之，復序于朝，俾監閩汀郡。尋攝守漳南。上復召之，行至半道，閩使者狀其罪以聞，遂下吏，留于漳幾三年。郭子一吟一酌，逍遥乎一室之中，未嘗有憂色。又自號曰漳南浪士。客疑而問焉，

①「驂」原作「驪」，今從宋，影宋本。
②「五」疑爲「三」之誤。

郭子曰：士有可以憂，有不足以憂者。仰愧于天，俯愧于人，内愧于心，此可以憂矣；反是，夫何憂之有。作《浪士歌》以釋客問。

江上浪如屋，海中浪如山。浪士乘浪舟，兀兀在浪間。浪頭幾時息，士心殊自閑。死生生死爾，浪歌聊破顔。

戴氏鹿峰亭二首呈同游

其一

開亭面鹿峰，白鹿每經過。忽銜落花去，還來卧青莎。仙者不可見，孤峰但嵯峨。疏篁映秀木，好鳥鳴相和。飛泉灑天窗，六月凉氣多。賓朋四五輩，飲酒朱顔酡。璆琳粲明質，芝术芬長哦。皆爲廊廟器，偶會林泉阿。磻溪與桐廬，回旋竟如何。却笑晉右軍，弄筆憐白鵝。

其二

未能騎黄鶴，高飛出塵寰。且來跨白鹿，隱見蒼崖間。誰爲鹿峰亭，名聞戴氏園。仙者去已遠，卷簾對青山。秀木染深塢，鳴泉掛危欄。春風吹緑鬢，皓月顏朱顔。賓朋合簪履，昆季芬芝蘭。黄鶴安足騎，白鹿不須跨。但願有濁酒，長嘯此峰下。醉醒醒復醉，黄金任高價。

送朱伯原秘校[1]

泠泠皖溪水，悠悠天柱雲。雲行水光動，水洗雲影分。幽人坐卧吟，孤絶迥出群。資彼雲水秀，釋此塵垢紛。胡爲倏言别，扁舟連夜發。往登姑蘇臺，而望太湖月。却尋史遷迹，但見蒼烟滅。覽古竟論今，治具校工拙。有才不得施，著書貽後世。何必腰黄金，自享千載貴。鱸魚秋正熟，雲泉味尤美。若逢吴市門，更訪長生理。

① 「送」前原有「姑蘇行」三字，據宋本删。

郭祥正集卷五

五言古詩四十八首

陳安止遷居三首

其一

陳子勇于退，退無十椽屋。鄰家頗好事，借宅并山隩①。堂廡稍寬静，垣牆亦新築。春渠漲朝雨，涓涓漱寒玉。呼童種瓜果，教僕洗松竹。身雖在城郭，志實寓溪谷。誦持方廣經，一餐止蔬粟。所喜遠膻腥，佛事要清肅。弗學陶長官，持杯媚秋菊。弗學屈大夫，含悲葬魚腹。唯慕金粟老，不二常具足。若許浪士游，時時跨黄犢。

①底本校注：并，蒲浪切。

其二

陳子貧無居，東家借茅屋。達士寧羞貧，四方所居隩。平臺荔陰下，天匠資爾築。青分一畦蘭，緑種萬竿玉。幸遭文明運，志豈效孤竹。又非遠人音，欲以逃空谷。翛然置藤榻，示疾肖金粟。咒飯施諸鬼，夜來風肅肅[1]。嗟予在羅網，未暇親杞菊。憂愁無端來，刀劍攪胸腹。渺思泛滄浪，期君濯雙足。時或臨大野，泥耕看健犢。

其三

彼美隱官隱[2]，苍林映深屋。俗駕遠庭除，佛像鎮堂隩。蘭芷稍扶疏，荆榛已鋤築。沉思第一義，修持若璿玉。覺城開迷雲，魔軍當破竹。接人有餘地，拔我出坑谷。齋羞復招要，甘香蒸黍粟。永與膻葷辭，既飽精神肅。石坐觀枯蒲，茶甌泛新菊。醍醐灌諸頂，饑火滅空腹。昔聞居士飯，一鉢萬人足。君若乘三車[3]，願爲車下犢。

①宋本「米」作「半」。
②影宋本「官」作「宫」。
③「若」原作「老」，今從宋、影宋、庫本。

喜雨

陰雲海上來，飄風亦隨至。填空翻猛雨，溢溜迸平地。豈惟滋稼穡，高視掃瘴癘。群山各藏晦，萬壑恣吞噬。蚊蠅暫驅除，草木起憔悴。榕枝碧勝染①，荔子紅欲墜。呼兒索杯盤，四體襲涼氣。豐年固有兆，此雨信嘉瑞。一人堯舜聖，三公夔卨備。陰陽茲調和，樂飲真吾事。

月下懷留二君儀

默坐兩股痹，幽行整頭簪。無家不成寐，有酒何處斟。山色九秋靜，月華中夜深。遥想端居人，焚香哦妙音。

①「勝」原作「于」，今從宋、影宋本。

寄題留二君儀田園基石亭二首[1]

其一

盤石發天巧，新亭君所營。席展瑶琪滑，坐久寒陰生。遠瀑曳修蝬，他山列蒼屏。水田白鷺下，霜樹青猿鳴。回首同安縣，殘陽樓觀横。不逢車馬來，時愛牛羊經。童僕種刈畢，父老樽罍傾。升平信難偶，歡笑聊舒情。况攻李杜吟[2]，字字無淫聲。春來成幾章，想有基石銘[3]。

其二

人世無百歲，塵勞枉營營。豈知田園樂[4]，歌嘯送餘生。况聞盤石上，開亭石爲屏。卷

①「二首」二字原缺，據宋本補。「基」原作「棋」，據《集》卷十八《和行聲叔……》詩題改。
②「攻」原作「歡」，今從宋、影宋。
③「基」原作「棋」，據《集》卷十八《和行聲叔……》詩題改。
④宋本「知」作「如」。

帘春雨足，洗耳松風鳴。孤鳥望中没，淡烟山際横。時復命兒息，講道或傳經。經罷哦五言，珠璣滄海傾。嗟我無羽翼，往適幽憂情①。

同蕭英伯登陳安止嘯臺

食訖雨初霽，相將陟高臺。縹緲臨諸峰，慢卷濃雲開。秀特不可掩，擎天碧崔嵬。漳流欲赴海，澎湃西南來。陰陰荔子木，合抱何年栽。幽鳥轉枝語，清風與春回。佛宫四面出，紺碧疑蓬萊。寓隱得斯地，足以攄君懷。方庭有蘭芷，近郭無虎豺。萬事不掛慮，長年效僧齋。一爲孫登嘯，而與數子諧。顧我病且老，况復時運乖。兒歸半道死，旅棺未葬埋。破甑已棄物，乃非君子儕。從游得無玷，泯默甘擯排。

送廣東漕孫知損失官歸汶上

平生愛東州，土厚人不嚚。見公惜已晚，達論聳予聽。五馳使者車，中道罹陷阱。開懷無怨尤，得失兩以正。歸程餘萬里，脩然一烟艇。鄉關今非遥，踴躍理三逕。進則

① 底本「情」後原注：「原缺二韵」。

仗忠義[1]，退則樂溫清。高卧固無必，求才堯舜聖。亭亭南澗松，愈老節愈勁。柔柔水中蒲，涵春自嚴静[2]。百年未闔棺，安之吾有命。

讀陶淵明傳二首

其一

我愛陶淵明，超然遺世想。一奏無弦琴，妙曲寄玄響。翛然聽以氣，萬籟應諸掌。舟車就所使，丘壑信孤往。泉涓木欣欣，酌酒助俯仰。酣醉頹雲烟，舒嘯逸羅網。斯人孰可見，夢寐期彿仿。兀如南山松，亭亭植千丈[3]。

其二

陶潛真達道，何止避俗翁。蕭然守環堵，褐穿瓢屢空。粱肉不妄受[4]，菊杞欣所從。一琴既無弦，妙音默相通。造飲醉則返，賦詩樂何窮。密網懸衆鳥，孤雲送冥鴻。寂寥

①「仗」原作「伏」，今從影宋、庫本。
②「静」原作「净」，今從宋、影宋、庫本。
③宋「丈」作「杖」。
④宋、影宋本「受」作「授」。

千載事，撫卷思沖融。使遇宣尼聖，故應顔子同。

普利寺自周上人高明軒

世人孰無累，貴彼方外人。超然雲霞趣，迴脱生死輪。周也漳南釋，開軒瞰漳濱。山光并水影，二物長清新。尤愛明月夕，蒼林變金銀。焚香坐軒上，時或要静賓。幸無歌吹喧，得與麋鹿馴。嘗茶煮山藥，長養菩提因。豈慕富且貴，寧愛賤與貧。我來勿賦數，從爾陶天真。

同留二君儀登高明軒

羇客厭卑濕，登軒喜高明。紅日檐下度，白雲窗半生。并吞山川秀，映帶樓殿平。舟航濟吴楚，笑語落蓬瀛。春風時一來，百鳥相和鳴。隔牆酒可沽，千金爲君傾。既絶世上趣，雅遂林中情。勿云暮靄合，更待孤蟾升。

同陳安止登高明軒

有客學清净[1]，喜爲林下游。兹軒高且明，駐策同其休。日界既朗徹，心官欣自由。棄禄慕居士，讀經親比丘。雲樹樵聲遠，石層春水流。鳥羽瑩可數，花光暖争浮。已知隔人寰，日落山更幽。適此悟無生，餘事安足求。

題净惠院

方塘水未漲，荷芰新展緑。游子愜輕衣，步與孤雲逐。初臨寺外橋，已聽鐘聲肅。徐登山後亭，葱蒼翳松竹。諸峰却羅列，龍蛇互奔觸。紅綃卷晴霞，白雲落孤鶩。了然身世忘，豈念冠帶束。平時謬持節，善地甘厚禄。更窮泉石樂，曾未伸啟沃。何以報君恩，堯天漫凝目。

①「學」原作「樂」，今從宋、影宋本。

題净衆院贈蒙禪伯

南州三百寺，此寺最輝焕。石開千丈渠，泉飛日華亂。供僧無定員，連床接雲漢。經營始十載，物物悉已换。上人固多才，不獨悟禪觀。其師老黄蘗，簡肅衆所憚。承音既親切，妙頂醍醐灌。登門已清凉，定步濟彼岸。融融接軟語，群疑自消泮。每游即忘還，微風灑塵汗。

題月淵亭

仰攀明月輪，俯瞰滄海淵。乾坤惜形勝，此地何其偏。靈溪九龍躍，仙山一峰圓。微紅散晴綺，遠碧襯瑶烟①。幽香發野秀，接語皆老禪。緣何近城郭，了無人世喧。邂逅攝邦守，所樂多林泉。唯憂代者至，不得經殘年。老矣寧復來，吟哦强留連。他時考陳迹，不滅斯亭篇。

①「瑶」原作「殘」，今從宋。

送范端仲推官

范君建陽客，讀書過萬卷。下筆又神速，數預賢能薦。省闈復擅場，聲名動海縣。一投紅蓮幕，阻上金鑾殿。志氣老不衰，苦柏冒霜霰。當塗少知己，薄禄勢所戀。君子困下僚，佞士即華選。顧我爲散才，攝守頗優便。公庭可羅雀，雲山復對面。坐臥臨清風，吟哦揮羽扇。相逢始相樂，瞥去若驚電。君行我幽獨，送君聊自唁。

池上晚景分得上字

秋風何處來，蕭然洗炎瘴。時要二三子，臨池倒嘉釀。逢辰既升平，覽景又清曠。寂無人世喧，頗覺神魄王。雪鷺集滄洲，金烏没青嶂。悠悠漁笛還，漫漫潮痕漲。黄蜂立蓮葉，赬鯉吹萍浪。始信莊生言，觀魚樂濠上。

漳南書事

元豐五年秋，七月十九日。猛風終夜發，拔木壞廬室。須臾海濤翻，倒注九溪溢。湍流崩重城，萬户競倉卒。馬牛豈復辨，涯渚恍已失。嬰老相携扶，回首但悽慄。憂心漫如焚，救疹竟無術。憶昨攝印初，歲望頗云吉①。田疇時雨足，粳糯各秀實。胡爲兆陰怪，平地遭潏汩。尤嗟梁棟材，中道摧折畢。日月有常度，金行正蕭瑟。疇咨風雨師，殘害皆天物。天心本好仁，忍視久不恤。況今大上聖，治具嚴且密。騎馬藏民間②，教兵授神筆。四夷還舊疆，百辟奉新律。固宜集和氣，祥瑞爲時出。緣何漳南民，憔悴抱愁疾。終當呼長鯨，一吸見蓬蓽。

臨漳亭觀水分得大字

黎民登危亭，注視萬里外。溟濛雲氣浮，勢與江海匯。蒼山恐低沉，況復問畎澮。禾麻安更論，老稚念顛狽。蛟鼉自出没，牛馬失向背。雨師恣侵陵，人理亦可罪。殷殷非雷聲，遠近屋廬壞。君臣正逢時，上下宜交泰。驅雲清白日，朗徹照幽怪。一雨即瀰漫，孰謂乾坤大。

①「望」原作「豐」，今從宋、庫本。
②宋本「騎」作「驅」。以下「大上」宋作「太上」。

送孫公素朝奉還臺

暑雨正鬱陶，流汗坐深甑。忽聞公素來，清風先滿徑。高談别後事，琳琅發吾聽。聽之復何如，五月冰雪瑩。况逢至治朝，日月開二聖。大臣用老成，群辟要方正。如公亦幾人，尚未擢諫諍。浮舟每經年，山川寓幽興。皇皇歲華晚，曳屣漫吟咏。行矣勿徘徊，金門待新命。

題妙勝院西軒并贈權師

老木不知年，蒼藤已垂地。高枝生晚陰，低枝散凉氣。好鳥時復來，鳴聲似弦吹。道人開小軒，幽庭增廣庇。龐眉霜雪頂，休焉釋塵累。餘功又及物，丹砂和藥劑①。一粒愈沉痾，求者四方至。應接運真悲，平等均我施。相逢惜已晚，殘光念如寄。何當擇深山，同師樂禪味。

①底本校注：「和，平聲」。

清江臺致酒贈范希遠龍圖

攜手出烟霧，致酒清江臺。水淺橫沙露，林疏遠山來。白鳥一雙落，青猿三叫哀。誰展摩詰圖，而把淵明杯。妙娥始七歲，彈箏殷晴雷。或如鸞鳳吟，喚得陽春回。主人亞父孫，卓落王佐才。高談使我聽，明珠欲傾懷。爽魄超太虛，月窟無飛埃[1]。一飲不知醉，浩歌忘草萊。遲明繫雙棹[2]，回首安在哉：尺水公自眷，以待天門開。

贈陳思道判官[3]

自從梅老死，詩言失平淡。我欲回衆航，力弱不可纜。栖遲二十年，時時泣孤唉。忽逢陳夫子，兩口海水湛。爲我聊一吟，粹芳超俗艷。又如趙氏璧，毫髮絶瑕玷。愈多愈精好，璀璀摘驪頷。借令李杜在，决敵未應敢。低頭亟邀降，吞聲就誅貶。招來君

---

①「月」原作「日」，今從宋。
②底本原校：繫，一作系。
③「思」原作「師」，據宋改。

尚謙，且曰吾與點。窮朝把樽酒，金罍銀浪颭[1]。胡爲眷幕府，半百尚壈坎[2]。幽蘭没蕭艾，明珠混野芡。何當叩相閣，斯人願收斂。置之翰林中，萬丈看光焰。

鳳凰驛

晚泊鳳凰驛，得名知謂何。鳳凰不可見，篁竹空婆娑。四旁俱石崖，一逕縈雲蘿。慘慘陰欲雨，淙淙澗跳波。驛吏指英州，兩舍皆平坡。久寒無瘴癘，虚市饒雞鵝。我行既已遠，樂少憂常多。過江紅葉舞，度嶺黄鸝歌。時序過衰老，羽翰驚網羅。一夕得佳處，休焉聊獨哦。

輪石

輪石如車輪，削立萬丈壁。湍流走其根，倒影翠霧滴。天公不推去，此意人莫識。雖無載挽功，免有圓轉迹。隔江欲登臨，賃舟終不得。既乏官長威，人事輕遠客。胡爲

①宋本「銀」作「紅」。
②宋、影宋、庫本「壈坎」作「坎壈」。

秀絶姿，往往在幽僻。童僕驚日晚[1]，策馬若相逼[2]。哀哉携妻子，未暇往栖息。沉吟復回首，舍旃欲何適。

題清遠峽廣慶寺壁

平明下碧落[3]，晚投清遠峽。銀潢注地來，翠壁連天插。中含五峰秀，寺載三車法。龍歸石有痕，屧躍無遺柙[4]。直釣誰得魚，危磯待鷗狎。長廊覽前題，習之最爲甲。物理求其全，用材無乃狹。渾詩亦可取，小雨才一霎。未能録甫、白，源長流不乏。持杯聊酌茗，清風爲停箑。超然望日下，嵐翠忽頹壓。忍涕上孤舟，低頭隨雁鴨。

①宋本「童」作「僮」。
②宋本「若」作「苦」。
③「碧」原作「荒」，今從宋、彭宋本。
④宋本「柙」作「押」。

次韵穎叔修撰游朱明及字

朱明洞天門，元戎要客入。誰云蓬萊遠，浮丘果相挹。如超頓地禪，曾不假梯級。絲篁隔葱茜，沆瀣朗呼吸。玉山有嘉禾，鳳凰乃來集。桃李爾何知，濯濯紅露泣[1]。應嗟塵世人，窗間白駒急。行樂如之何，不樂嗟何及。

五仙謡

番禺五仙人，騎羊各一色。手持六秬穗，翱翔繞城壁[2]。翩然去乘雲，諸羊化爲石。至今留空祠，异像猶可識。曾聞經猛火，毫髮無痕迹。五仙寧復來，三説頗難測。只憂風雨起[3]，半夜隨霹靂。君不見羌廬劉越之洞天，萬象森羅無一尺。

①宋「濯濯」作「摧摧」。上句「李」宋作「花」。
②「翱翔」原作「翺翺」，今從宋本。
③宋本「起」作「至」。

志游呈蔣帥穎叔

焚香瞻五仙，登樓瞰滄海。題軒名雙林，却酒飯蔬菜。五仙觀山海樓與化寺二軒。還趨法性寺，爛漫發幽晦。房公潤經處，蘭茝遺芳在。房融潤色《楞嚴》之地。老木已千年，成林播佳話。藥止所種，云此樹下當有菩薩受戒，度人成林。危壇半頹缺，曾傳祖師戒。即六祖也。今爲乾明禪師。達多與制止①，古像各瀟灑。歸時已殘陽，心淵生沆瀣。蘭亭世俗飲，尚足傳异代。佛境清净緣，浩劫永不壞。聊志一日游，結交向方外。是日與穎叔二人同游②。

再和穎叔志游

昔爲五羊仙，我效退之拜。默契如來禪，安用傳畫繪。滄海雖云闊，萬里有限際③。請

①庫本「制」作「藥」。
②庫本「人」後有「者」字。
③底本校注：際，音債。

從造物論，一瞬即破碎。靈龜胡爲靈①，鑽灼爛腹背。生能發幽冤，神理助奇怪。見五羊天慶觀龜事。晚投古寺食，葷味不如菜。摩挲庭下碑，百歲蒼蘚晦。忽逢潤經處，房公儼如在。度人要成林，今已播禪話。忽爲殺盜淫，佛敕所告戒。種子積無明，應須法雨灑。幸陪蓮社緣，彼此吸清瀣。噫嗟繫軒冕，憔悴塵垢態②。一朝趨地獄，苦惱孰肯代。瑩如牟尼珠，誰使濁水壞。與公志斯游，浩蕩形骸外。

獨游藥洲懷穎叔修撰

驅車欲何適，獨往觀藥洲。荒蔬喧鳥雀，怪石森龍虬。大亭插層城，玉虹跨深溝。雙門控西渚，石門也。九星聚中流。九曜石也。其名何壯哉，像貌儼可求。銀王卷國去，故物惟此留。滄溟霸氣滅，落日孤烟浮。空畦已無藥，草蔓春柔柔。常年一百五，載酒傾城游。炎炎二聖作，德澤覃海陬。大帥用文儒，靜鎮十五州。請公握鴻筆，鏟蘚揮戈矛。仍要水宮月，一笑挹浮丘。蓬萊自兹往，穩踏金鰲頭③。

①底本原校：「靈」一作「乎」。
②「憔」原作「樵」，據宋、影宋、庫本改。
③「踏」原作「蹈」，今從宋本。

九曜石奉呈同游蔣帥穎叔吳漕巽道

番禺西城偏，九石名九曜。危根插滄浪，古魄鎮臨洮。何人試巧手，鑿此混沌竅。森森毛髮散，偉偉儀形肖。葱苔翠霧濕，玲瓏秋月照。痕添海潮上，聲酸朔風叫。龍歸髮利劍，蔡泣怖長釣。曾非借霹靂，安得離岩嶠①。菱溪與太湖，所得信未妙。誰將置潒陸，我願植廊廟。堅貞以類舉，邪僻令遁跳②。濡毫勒陰崖，卑語君莫誚。

和穎叔游浮丘觀

潭潭洞天門，孰出朱明右③。突疑雲翼張，竦見冰骨瘦。飛仙時往來，別有通海竇。此事僅傳聞，世人豈能覯。欹檐榛棘合，壞壁青紅舊。汲泉煉丹處，頹毀無完甃。不逢博物人，妙迹誰復究。黃冠稟使旨④，乘時力營構。飛閣凌滄波，誅林逐群狖。松蘿翠

①宋本原注：「離，去。」，以上宋「洮」作「眺」。
②宋、影宋本「跳」作「逃」。
③「孰」原作「勢」，今從宋、影宋、庫本。
④宋、影宋本「旨」作「指」。底本原校：「指」一作「者」。庫本作「者」。

欲滴，蘭茝芬可嗅。秋蟾助餘魄，蓬島分小岫。披披宿靄散，泠泠諸籟奏。超然俗念息[1]，揮手出宇宙。况逢老集仙，氣奪天下秀。落筆成千言，霹靂震白晝。于兹惜分携，作心須摻袖[2]。

穎叔招飲吴圃

五鼓開晝戟，平明出重闉。小橋分野徑，吴圃會衆賓。番禺二月尾，落花已無春。唯有薔薇水，衣襟四時薰。短垣乃浮丘，樓觀何嶄新。我公發幽晦，輪金走車輪。蓬萊飛一島，雲外拖晴紳。此景在眉睫，圖繪未必匀。從來不彈弋，傍砌鳥雀馴。寄語北海若，停風護松筠。負才詩傲敵，縱酒吞湖濆。酩酊安足辭，不飲終成塵。逍遥一日事，浮脆百年身。何須跨黄鶴，追彼瑶池人。但當聽公歌，寶交斥張陳。達道齊生死，筆端真有神。揮灑十八韵，一一無價珍。老彼杜工部，玄哉揚子雲。

① 「念」原作「急」，今從宋、影宋本。
② 宋本「心」作「惡」。

鵠奔亭呈帥漕二公

新江自南來，西與端江匯。寒光入靈羊，一碧浸羅帶①。屹然鵠奔亭，遺音溢千載。羽儀莫可見，窈窕想姝態②。遭戕瘞同坎，褟布久不壞。訴冤如生平，隱顯一何怪。讎人閩户戮，化質搏風快③。且將受患辭，浩蕩烟霄外。鳥飛并劍躍，類與神靈會。物變固難窮，撫事增感慨。周侯昔行部，美績此尤最。江生引爲言，建平平捐罪④。宋興跨唐虞，乾坤正交泰。皇華命俊哲，枉横無纖芥。琳琅斯亭篇，證古欲陳戒。殺人貴滅口，覆族竟自敗。奸諛誅既死，潛德發幽晦。堅珉可磨鎸，榮光庶長在。

①「浸」原作「沒」，今從宋。上首《穎叔招飲吴》「雲物」原作「雲外」，今從宋。
②「姝」原作「殊」，今從宋、影宋本。
③「搏」原作「博」，今從宋本。
④底本原校：「句疑誤」。

端州逢故人劉暐光道致酒鵠奔亭作

貴池昔分袂，端江復傾蓋。屈指十六秋，華髮驚老大。雲霄邈功名，荆棘森患害。衆人皆欲戮，出門即有礙。上杜句，下孟句。咄哉不復道，致酒强高會。蒼梧帝魂寂，鵠化遺亭在。翠葆櫻玉簪[1]，金鱗躍羅帶。韓云：江似青羅帶，山如碧玉簪。風澄嵐靄散，棹擊天影碎。往古悉已空[2]，來今竟何待。勞形百年間，投足萬里內。秋水正彌漫，醉瞻逐澎湃[3]。一絲携六鰲，猛擲滄溟外。

將歸三首

其一

春田豈不美，春園亦可佳。田水流决决，園禽語喈喈。荷笠復携鋤，動作頗自諧。鄰叟三五輩，擊壤歡無涯。祿仕四十年，志運良已乖。許國既無補，陷阱幾沉埋。皇恩

①「櫻」原作「接」，今從宋、影宋本。
②庫本「悉」作「忽」。
③「瞻」疑爲「膽」之誤。宋本似「膽」字。

湛昭洗，印紱蒙僾差。内循齒髮衰，愧彼英俊偕。休焉保其終，飛章乞殘骸。將歸樂復樂，清風掃孤懷。

其　二

結廬謝山下，門荒蘿徑深。寂無車馬迹，而有猿鳥音。高峰落日盡，遠壑歸雲沉。死生一吾趣，長嘯亡頭簪[1]。勇往復此樂，俯仰安可任。

其　三

垂老度庚嶺，西江守端州。逾年忝禄食，歸思忽驚秋。結廬丹湖邊，種橘果屢收。掛冠已不早，懸花隨兩眸[2]。休休保殘齡，擊壤歌皇猷。有兒集吏選，餘事復何求。回首天地恩，瞑目終難酬。

贈上藍晉禪師

泐潭月公晦，其禪妙諸方。傳之晉伯明，獨步入豫章。一登上藍座，日月回輝光。問法瞻丈室，方廣不可量。人人得甘露，灌頂心清凉。又通世俗書，落筆皆文章。衆鳥

①「亡」原作「忘」，今從宋、影宋本。
②宋本「懸」作「玄」。以上「橘」宋作「朮」。

難悉名，卓然唯鳳凰。羽儀下雲霄，五色在山岡。先帝昔臨御，京城開寶坊。明詔求法才，衆老争低昂。惟師不妄念，安之如太行。乃知北遠師，駕幸不下床。所傳信匪訛[1]，千載兩相望。篁竹架清風，喬松浥寒霜。回心剃鬚髮，永願陪翺翔。

望廬山懷陶淵明

羌廬初在望，復憶柴桑翁。醉來卧盤石，悶默天地通。不入惠遠社，自彈無弦桐。悠悠出谷雲，漠漠栖林風。倚岩片月白，落磴寒泉紅[2]。此意非眺聽，遥知與君同。

追和韋應物廬山西澗瀑布下作

徘徊西澗下，聽泉濯煩襟。煩襟遂蕭爽，妙音非世音。不知歧路絶，貪玩烟蘿深。斧斤未嘗入，高材自成林。鶴鳴豈有怨，雲去本無心。寥寥陸簡寂[3]，古意難追尋。

①「匪」原作「非」，今從宋、影宋本。
②宋、影宋本「紅」作「洪」。
③「陸簡」原作「陵澗」，據宋本改。

宿栖賢寺

遥憐李太白，吟望瀑布水。不知三峽流，翠濺虚烟裏。雄聲雷雨驟，遠響松風靡。誰留千丈虹，長在雲根倚。遂令車馬來，朗瞻樓殿啟。明明銀色界，浩浩蟾波洗。居中梵天衆，聞思悟玄理。長老乃摩詰，取供在彈指。普薰毛孔香，真實超凡鄙。病夫寄一榻，清泠濯心耳。飄然睡魔去，策杖中夜起。不能跨鯨魚，揮筆信非美。

宿歸宗寺

曠懷王逸少，宅地如翔鸞。池水至今黑，云是墨未乾。施作金仙宫，樓殿排羽翰。銀榜留飛鳥[1]，玉區吐驚湍。耶舍寶塔近，筆插青雲端。貝葉五千書，兩藏龍鱗蟠。鐘磬遞虚籟，松杉扶歲寒。護持不變滅，爐烟青漫漫。暫游寄僧榻，然心界寬。愧無絶章[2]，付與蒼崖刊。

①宋「烏」作「鳥」。
②「章」原作「草」，今從宋本。

新昌吟寄穎叔待制

元祐丙寅春，新昌有狂寇。名探其姓岑，厥初善巫咒。南民欣尚鬼，來者争輻輳。經年惑群衆，詭術遂潛構。推城止三闕，排鋒唯撤豆。竹竿變槍旗，鋭兵莫吾鬥。此事古未聞，造意無乃陋。蚩蚩彼何知，丁壯擁前後。長驅向城郭，塵土黟白晝。刺史亟閉門①，神理默垂祐。城頭無百兵，坐待五羊救。賊中衆所見，戢戢羅甲胄。須臾薄寒陰②，凍立多僵仆。平明若鳥散，賊本未遑究。權帥計倉卒，遣將速誅蹂。貪功恣殺戮，原野民血溜。嬰兒與婦女，屠割僅遺脰。傳報及南昌，新帥若烟走。穎叔至洪，聞賊報③，即星馳度嶺，有詩云：六日聞賊報，七日走如烟。入境亟止殺，渠惡用機購。逾旬果獲探，腰斬餘悉宥。朝廷方好仁，帥略實能副。璽章請褒賞，詔語優以懋。撫綏聊借鑱，侍從爾來復。身居江湖上，名近日月右。已上略制詞中語。麟兒隨飛龍，戊辰季嗣遂登科。陰騭資

①「門」原作「户」，今從宋本。以上宋本「排鋒」作「作蜂」。
②底本校注：「薄，音博。」
③「賊」字原缺，據宋本補。

貴富。彼美南山松，落落千丈秀①。終爲廊廟器，未許連城售。吴、毛持漕節，文彩爛錦綉。發爲《新昌行》，洪鐘待誰扣。我將磨蒼珉，爲公悉鐫鏤。運判吴巽道、毛正仲皆作此詩，并刻石立于新昌之使廳②。

送許栖默道士

結廬守親冢，淡食畢喪制。焚香誦寶經，傾悲拔冥滯。神明扶孝思，肌髮保陽氣。支離僅不死，鄰里爲歔欷。倏然叩予門，殷勤謝銘志。袖携一幅圖，離坎備形勢。明堂正丘穴，松櫝列新翠。身雖離冢旁，披圖即流涕。拿舟遽言别，諱日仲春至。酌水采嘉蔬，藉草具嚴祭。又言廣栽植，薄取歲時利。事死如事生，終焉達斯志。儒者似君稀，况復褐冠類。誰爲孝子傳，吾詩信無僞。

①宋「落落」作「亭亭」。
②「并」原缺，據宋本補。

郭祥正集卷六

五言古詩四十一首

送胡推官赴無錫丞

愛山不離山，君來訪山間。山間只欠水，聽君語潺潺。滋我山色秀，洗我塵心煩。如何遽言別，鸞驂欲翩翩①。試才得佳邑，割鷄鳴刀鐶。雙親尚未老，伯氏趨朝班。藍田玉一雙，浮出濡須灣。天作王者瑞，寧獨名鄉關。自憐困已甚，風流邈難攀。新詩倘許寄，秋雁無空還。

①宋本「翩翩」作「翩翻」。

送胡與幾被召赴闕

嗟我老已疲，掛冠歸舊廬。素乏二頃田[1]，無可把犁鋤。窮年小山下，獨伴千卷書。作止隨古人，襟懷稍欣如。又無樽中酒，能延故人車。感君數相過，氣豁眉宇疏。天馬出月窟，回薄萬里餘。其才無不宜，禄仕猶拘拘。忽聞明庭詔[2]，一節馳輕輿。往必陟臺省，公言壯皇闕。潛心救世弊，肯意爲身謀。法密吏愈偷，食衆財益虚。末大本漸弱[3]，豈在專防胡。指瑕一二人，此事尤可吁。細碎何足論，綱舉民不逾[4]。譬彼脈已病，其身尚膏腴。要當速内究，珍丸應時須。良醫望數公，潤澤回焦枯。願如范文正，挺特真丈夫[5]。老死見太平，委棄甘路衢。

①「頃」原作「項」，據宋、庫本改。
②庫本「庭」作「廷」。
③「末」原作「未」，據庫本改。
④宋、影宋本「民」作「網」。
⑤「特」原作「持」，今從宋。

送馬東玉朝散還朝

秋空若明鏡，雲物瑩可數。臨高送遠發，況復瞰牛渚。崔嵬水帝宮，半出燃犀浦。橋基插波瀾，王氣逐龍虎。歸艎豈能留，兩槳幾欲舞。重光瞻舜日，群才入天罟。落落馬東玉①，松柏耐寒暑②。五載佐吾邦，大匠善規矩。宴閑集賓朋，風流照樽俎。能詩又敏速，往往造險語。文章久薦達，名聲動寰宇。胸中蟠虹霓，行矣須一吐。伊予百無堪，投老尚好古。垂竿魚未食，茹蘗口忘苦③。唯君最相知，稱謂等鮑、庾。君歸我何適，形影守溪滸。時寄一行書，焦枯望霖雨。

謝涇川宋宰惠近詩

不到涇上邑，倏忽二十載。環山敞樓閣，金碧想未改。長溪拖翠玉，洗月發光彩。秋聲咽松杉，夜氣馥蘭茝。白鳥自成群，黄猿行作隊。仙人控鯉去，岩下遺踪在。猶疑

①宋本「落落」作「聃聃」。
②宋本「耐」作「奈」。
③「蘗」原作「蘖」，據宋本改。

深雲中，彈琴尚相待。唐儒工翰墨，石壁露璀璨。意有神明憐，塵蘚不得涴。地勝來後哲，宋子今出宰。公餘綴吟筆，爛熳排珠琲。又如崆峒兵，百千森甲鎧。寄我數十篇，翛然起沉痗。胸中强搜抉，舊學久荒餒。欲追天馬踪，蹇蹶竟難述①。撫卷懷昔游，魂魄飛靆靅②。何當裂雲箋，看君吐江海。

寄杭州天竺辯才大師③

我聞辯才師，解空稱第一。病子得摩頂，其疾頓若失。救物運真悲，了心非幻術。聲名動寰宇，退身愈藏密④。峨峨龍井峰，篁竹不透日。終朝無來賓，筇枝自横膝。此道何寥寥，差肩佛摩詰。無生無不生，一以貫禪律。安得兩羽翰，歸飛參丈室。稽首慕高峰⑤，天地相終畢。

①影宋本「蹇」作「謇」。
②庫本「靆」作「黯」。
③「辯」原作「辨」，今從宋、影宋本。詩內有。《蘇軾文集》卷六十有《與辯才禪師》尺牘，卷六十二有《祭龍井辯才》。
④宋本「密」作「蜜」。庫本「愈藏密」作「性愈密」。
⑤宋本「峰」作「風」。

送外甥法真一師

仕禄不及養，勇往學金仙。棄家如脱屣，壞衣披稻田。見汝若見母，令我涕泗漣。我方齠齔時，巨岳遭摧顛。汝母挈我往，西江赴臨川。愛育比其兒，衣食無頗偏。追隨二三載，思親我言還。是時汝未産，顧今三十年。汝壯我已老，死者歸重泉。悠悠記昨夢，幻妄真可憐。汝能逃世累，趣尚固已賢。京華勿久栖，還當擇深淵。返窮生死本，勿爲言句纏。拭我衣上泪，贈汝金石篇。

送甥沈濟秀才下第南歸

炎風吹黄塵，去興不可止。丈夫固有命，得失致悲喜。何當永相將，錫山酌泉水。

送胡子企大夫還臺

聯鑣出梅山，倏然二十載。君常佐天府[1]，我遂泛雲海。音書魚雁絶，夢寐想風采。高

①宋本「常」作「嘗」。

車忽來過[1]，笑語珠璀璀。故交悉相忘，而君獨不改。天王堯舜資，化枘付良宰。網維收鴻鵠，臺閣茂蘭茝。君歸必殊顯，發策救民痗。形容入凌烟，丹青永無浼。使我觀太平，白首甘凍餒。

投宿繁昌徐氏水閣

東池種蓮子，西池養肥魚。盆缸釀美酒，滿盤具新蔬。客來徑一醉，疑是桃源間。此事未足議，弟兄皆業儒。大弟已登科，高名動鄉閭。季弟復連薦，豹變應時須。長兄恬自養，雲卧隨卷舒。物至我則應，隱德良有餘。客有醉吟叟，六月騎蹇驢。避暑尋名山，遂登君子居。飲弄池上月，一宿能清虚。相看不相厭，欲去且踟蹰。

和姜伯輝見贈醉吟畫詩

蒼崖一萬丈，中瀉白玉泉。飛鳥度不得，而我長攀緣。洗盡心地垢，吟成元化篇。更復有何物，一樽當我前。忽逢姜伯輝，爽量涵水淵[2]。開談了無迹，所得全于天。使欲

①宋、影宋本「萵」作「營」。
②「水」原作「冰」，今從宋、畢本。

脱青衫，泛我江東船。結交要終始，相忘復頽然。徑呼妙手畫，秋江霜景全。冰輪正卓午，照影無頗偏。誰能騎蹇驢，世路空流連。咄哉可以往，揮手從飛仙。

觀唐植夫所藏古墨

黑龍蟠黑雲，久蟄黄金闕。緣何落人間，數餅若古月。蝦蟆不敢蝕，利刀豈能截[1]。温潤比方玉[2]，芬香麝臍裂。乃知廷珪名，桓桓久不滅。植夫名世後，彦範之子。所蓄號奇絶[3]。護以紫錦囊，篋之復扃鐍。渺思五季亂，江南頗偷逸。三主皆能書，撥鐙聳瘦骨。一朝歸大明，流散餘故物。金華座右銘，清凉自題佛。二寶藏予家，時時一拔拂。及觀植夫墨，清風愈飄忽。异國想塵勞，精靈豈沉没。聊爲識古篇，分手各蕭瑟。

①宋、影宋本「豈」作「詎」。
②宋本「比」作「北」。
③「號」原作「尤」，今從宋、影宋、庫本。

酬富仲容朝散見贈因以送之

牧之吟齊山，太白咏秋浦。至今三百年，光焰不埋土。我朝文愈甚，往往出前古。仲容生相門，璨然鳳凰羽。作鎮簿書閑，盈編金玉吐。牧之何足論，白也真爾汝。一朝解符歸，暫泊采江滸。肩輿過蓬蓽，高談辰及午。洗我塵垒聽，不覺歡欲舞。又如熟黄粱，連餐釋饑苦。昔聞鄭國公，片言取狂虜。廟食配神宗，昭昭仲山甫。今逢族弟賢，家法中規矩。郎省寧淹回，往自結明主。不唯廚福家，繼踵登相府。請驅千里雲，時作三日雨。

宿鍾山贈泉禪師

夜半松柏響，繞岩鸞鳳音。披衣送遐盼，明月方庭深。樓殿遍瑶層，寶塔栖中岑。定分付刀尺，世故仍痴淫。六朝遺破冢，四聖崇幽林。香厨飯玉粒，千歲聞于今[1]。况逢大道師，妙傳諸佛心。其徒五百人，坐忘静沉沉。寶光泳琉璃，永無塵垢侵。何以明

①庫本「聞」作「閑」。

歸仰，頓首興微吟。

送倪倅敦復往池州決獄[1]

忽領外臺檄，離家不辭艱。破雪涉遠道，侵星出重關。提刀聊四顧，決獄談笑間。旦經五峰寺，遂登九華山。朗飲雲泉秀，妙依松石閑。琳琅如得句，先寄南風還。

送敦復至觀音寺再用前韵祝别

大道既如砥，安輿寧險艱。通溝水决决，出林鳥關關。紫詔下天外，黄氣生眉間。歸當趨玉陛，豈容眷名山。接物齊彼分，存誠肅吾閑。我心如路草，願君與春還。

陶然軒呈孔掾

我醉不在酒，心常醉于天。出處無固必，四時任陶然。世網誰拘拘，冥鴻自翩翩。隱几樂吾樂，陶然名此軒。采掇富菊杞，芬香藉蘭荃。啼鳥助春喜，相呼語涓涓。好風

①「倅」原缺。宋本作「悴」，誤，今正。

集清微，時寫朱絲弦。秋月瑩池上，臘雪堆檐前。客來亦把酒，客去還醉眠。爲君發短調，意將千載傳。

安中尚書見招同諸公登雨華臺

城南五里近，驅車稍停休。層臺臨古刹，欣陪清净游。憑高送遠目，考古思名流。更讀琳琅篇，叙事何其周。尸黎與法雲，接迹居岩幽。趣將金仙諸，行匪邪徑由。至今手植松，千丈騰龍虬。悟發特异衆，妙齡已依劉。天華無根蒂，應講來飛浮。帝釋昔舉手，此理誰可侔。邇來表前踪，新亭壓鰲頭。空渚栖古月，大江溶清秋。曠懷出十地，壯氣横九州。三山連天門，水府卧金牛。故國羅綺滅，深宮榛莽留。興亡千歲間，愁緒如繅抽。惟餘北嶺雲，無心自悠悠。高鴻正飛冥，羅網安得收。公等真丈夫，問學皆淵丘。不應持使旌，歸合登瀛洲。桓桓鼎卿司，落落金馬儔。君臣若堯舜，明良互賡酬。胡爲慕猩鼯，玄微解而優。願舒三日霖，慰此旱歲求。乾坤涵潤澤，使我醉兩眸①。咄嗟勿重陳，玉樹後庭謳。

①影宋本「醉」作「醒」。以上宋本「大江溶」作「大江浴」。

送李嘉甫朝散還臺

春風連作惡，吹雪深尺五。元宵無燈火，閉關與誰語。忽聞嘗從過，傾蓋挹眉宇。相親如故人，坐久加循撫。蓬茅只數間，餘無一丘土。半俸足以飽，未嘗詣州府。白雲寓遠目，清溪照靈腑。趣閑已忘憂，浩歌惟汲古。明公志方壯，富貴行可取[①]。高才孰能當，如熊亦如虎。致君爲唐虞，澤民作霖雨。功名垂乾坤，兒孫列簪組。于予一何遼，而能强相與。聊書送行章，欲以明出處。

前春雪

元冥奪春令，連旬雪塞屋。嗷嗷何物聲，云是饑民哭。來請義倉米，奈何久空腹。寒威如戈矛，命盡須臾速。憶昨去年水，雲濤卷平陸。高村既無麥，低田又無穀。民間已乏食，租税仍未足。縣令欲逃責，催科峻鞭撲[②]。嗟哉吾邦民，何以保骨肉。昂頭訴蒼蒼，和氣待春育。春工本好生，此雪無乃酷。誰家敞園館，草樹變瓊玉。美人學回

①「明」原作「名」，今從宋。底本校注：取，協韵。
②「撲」原作「樸」，今從宋、影宋本。

風，歡笑列燈燭。不知萬户寒，唯憂五更促。世無采詩官，悲歌寄鴻鵠。

後春雪

前雪深尺五，後雪深五尺。動地北風惡，連天凍雲塞。通逵絶行人，萬物同一色。燭龍爪生冰，陽烏嘴插翼①。牛羊何足論，虎豹餓無食。此雪昔未有，父老均嘆息。况當長養時，玄冥翻怒赫。我欲請雷車，夜半轟霹靂。斗杓斡春陽，和氣隨甲拆。溶爲大田水，青發隴頭麥。南民多蘇醒②，白骨免堆積。朝廷方體仁，乾坤應合德。有酒不敢飲，獨樂神所責。悲歌閉空屋，寫慰同心客。

送黄吉老察院

積學久未遇，忠言今可施。請君略細故，吐出胸中奇。悉救當世弊，自結明主知。不唯振憲綱，進當司鼎彝。用廣財已乏，官冗人愈卑。政寬法不舉，將懦邊無威。家家侈聲樂，淳源變澆漓。土木絢金碧，佛仙競新祠。此乃心腹疾，豈止爲疳痍。言者曾

①「烏」原作「烏」，今從宋本。
②「多」原作「少」，今從庫本。

未及，雖言多恚私①。苟非大奸邪，惡足求瑕疵。舉朝無完人，何以裨明時。嘗讀喜似篇，左右皆宜之。乃知荆山璧，天地終不遺。去堊無變容②，誠明達神祇。我方卧岩谷，所友鹿與麋。感君嘗從過，枯木春風吹。又如得黄粱，慰我久苦饑。承詔不敢留，歡言遽睽違。殷勤何以報，報君以蕪辭。

和敦復留題池州弄水亭

我寄江南隱，數爲弄水游。讀君弄水篇，感慨攀巢由。赤脚踏雲雨，投竿玩汀洲。鷗鳥不見猜，飛舞相應酬。誰傾百斛珠，跳躑無復收。一發海客秘，盡刮貧家求③。李杜縮光焰，王謝慚風流。開卷起予興，飄欲乘桴浮。如觀秋浦圖，晚景入兩眸。愛之不能舍，饑魚適吞鈎。嘗置几案間，出没窺岩幽。一别幾何時，歲月已十周。迹滯若匣劍，銹澀不可抽④。何當隨君車，吟哦與君侔。

①「恚」原作「所」，今從宋、彭宋本。庫本缺。
②「堊」原作「惡」，今從宋。
③宋、庫本「盡」作「燭」。
④「銹」原作「鏽」，據庫本改；宋本作「銹」。以下《謝魏戶曹忠酒》宋「心仁」作「仁心」。

謝胡丞寄錫泉十瓶

憐我酷嗜茗，遠分名山泉。兹山固多錫，泉味甘尤偏。幸遇佳客便，十缸附輕船。開缸漱清冷，不待同茗煎。想君民事休，時時造泉邊。入碾龍鳳碎，浮甌乳花圓。一啜未能止，七杯誇玉川。兩腋生清風，飛逐蓬萊仙。江心與谷帘，較之孰爲妍？欲報吾子惠，仍思陸生賢。

謝魏户曹惠酒

官醪不許買，兵醖未嘗得。愁殺避俗翁，甘爲獨醒客。緣何魏夫子，心仁生惻惻。雙壺輒分送，涸鱗被甘澤。鐺杓再施設，并欲醉君德。百川供長虹，叱咤天地窄。盡從秋來水，大笑問河伯。胡爲辨牛馬，灩灩浮月魄。

川漲

朱夏久不雨，川源倏然漲。三潮渺相連，狂風蹴高浪。蛟龍遞出没，魚鱉隨浩蕩。群山悄低徊，阡陌失背向。嗟嗟圩中田，一埂安可障。去年已大潦，十户九凋喪。幸賴官廪實，嚚嚚命所仰。官廪今已空，農事未敢望。理水竟無術，祈禱俟靈貺。退寸復進尺，潮勢頗難量。彼哉罪斯民，殺戮不以杖。令人思禹功，巍巍百王上。

答魏掾招飲

我欲招魏子，小山嘗白醪。月華雖未滿，已覺秋風高。何物佑樽酌，肥鱸并蟹螯。一飲洗百憂，軒冕稍可逃。此語未及發，辱君先見要。乃知志趣同，盍簪皆俊僚。亦應唤舞娥，紅雲欲飛飄。不然避謗傷，淡話傾漁樵。期歸一酩酊，世事如芭蕉。

酬彭法曹留題小山用次來韵

讀君小山篇，語勢欲飛舞。乃知甘與賈，年少心則古。又如東方生，用之必爲虎。予方坐空谷，屏息避煩暑。開緘挹清風，不覺生毛羽。携之出人間，瑶池贈王母。

送黄彦發還臺

予方寓小山，感君忽相過。風標奪瑩玉，氣語排懸河。君初佩金印，治蠻真有科。彼侮我即斬，威行濟之和。使知朝廷尊，帖帖無愆訛。聖主方求才，四海張網羅。麒麟并鳳凰，所獲寧爲多。如君必見取[1]，爲君吟聲拔。

酬陳掾留題小山二首用次來韵[2]

其一

我愛小山石，翩翩鸞鳳姿。胡爲不飛去，似與幽人期。志澤未及物，收身聊自嬉。不教三徑荒，寧歌五噫詞。舊交安在哉，歲晏逢子知。殷勤結惠好，琅玕分一枝。

其二

兹山何亭亭，鬱有高人姿。朝容白雲過，夜與明月期。幽巖翠碧秀，好鳥鳴聲嬉。更逢佳客來，惠好留美詞。遂令一丘樂，能垂千載知。殷勤謝陳子，菲葭倚瓊枝。

①宋本「取」作「收」。
②「掾」原作「椽」。以下有《和陳掾效陶齊》詩，據改。

和陳掾效陶齋

君欲效陶潛，超然异今趣。閑齋即吾廬，欣欣同所慕。潛魚不群游，栖鳥不返顧。無意亦無我，何思復何慮。遂超羲皇上[1]，日夕自休裕。百年能幾何，不知歲云暮。終當隨白雲，悠悠此山去。

喜鍾山泉禪師見遇

聞師飛錫來，七日遠葷飲。欣諧清净談，中夜未能寢。師提寶公刀，爲我裁古錦。言歸不須忙，溪上冰雪凜。

送魏掾赴調

齠齔已承禄，資賦况超邁。三年瑩無疵，一日欣有代。芳洲清風微，夕浦寒烟藹。翩翩莫能留，逡巡遠山外。浮生離合際，志士懷耿介。渺思歲月往，俯視天壤隘。人驚

① 影宋、庫本「超」作「趨」。

甘羅少，帝憶賈生對。竟言若爲期，充實光輝大。

送喻明仲朝請還臺

出馳使者星，歲月一何久。巨航始北歸，華髮已盈首。讀書過五車，滿腹藏瓊玖。行赴金闕，朝帝見太母[1]。乾坤運元氣，斟酌須北斗。願如范文正，上疏發續黈。明明納忠諫，聖作古無有。道行且寄書，慰我窮老叟。

送倪敦復朝奉還臺

有力乃致遠，中道力不任。言歸閉空屋，敢復求知音。君來監郡務，猥巷一見臨。稱褒借陽春，片礫成千金[2]。觴酌每追隨，嘯咏舒悰襟。不覺三歲過，啟棹離江南[3]。君懷有玉寶，未嘗獻于今。于今不往獻，千歲惜湮沉。流景良可悲，鬢雪來侵侵[4]。前途

①庫本「母」作「后」。
②宋、庫本「千」作「寸」。
③底本「南」後校注：「協韵。」
④「鬢雪來侵」原作「鬚髮來侵」，今從宋本。

漸就窄，後會安可尋。屋梁見落月，殷憂存我心。猶期澤萬物，沛然作商霖。

邀敦復小酌爲别

三年同賞梅，梅花爛晴雪。一日言北歸，梅黄雨初歇。誰將金彈丸，綴在緑枝上。結實勝開花，邀君更同賞。食梅齒牙軟，銜杯奈離憂。過江桃李熟，回首憶梅不？

送楊縝供備還京

伯玉弘農後①，軒軒真丈夫。首雖峨武弁，滿腹藏詩書。三年監郡兵，一日云解符。考之閭井言，公廉卒如初。未嘗害一物，縱舍乃有餘。我方卧空屋，祖跣與世疏。感君數相過，晨坐定及晡。新詩并美酒，問遺無時無。老境重可惜，遠别復何如。羡君五福全，客宦奚拘拘。子孫俱禄仕②，京城富闔閭。精神趁强健，優游早懸車。祝君可以歸，爲君賦歸歟！

①宋、影本「後」作「裔」，以下宋「軒軒」作「頎頎」。
②宋本「俱」作「既」。以下《自釋》其一末句「坡」原作「陂」，今從宋。

聽惠守錢承議談羅浮山因以贈之

久憶覩滄海，喜君語羅浮。浮從會稽來，與羅相獻酬。誰欲通兩山，鐵橋跨山頭。笙簫響瑶臺，佛仙栖石樓。靈光燭商舶，七星被林幽。飛泉難悉名，异草香氣柔。危峰聚白鹿，深塢眠青牛。葛洪安期生，遺踪尚綢繆。攀巔瞰海水，洪碧才一甌。不見波濤翻，颶風駕龍虬。又云朱明天，飄然落遐陬。方廣吞五岳，盤紆臨十洲。不得預封禪，自起烟雲𥁞。此理固莫測，勝境輸君游。君語洗我耳，我詩瑩君眸。羅浮杳何許，爲我商聲謳。

送錢節七承議還臺

平昔未識面，已景才業殊。及來公詡家，把酒情忻如。分携八换歲，益聞峻名譽。我方姑孰隱，君解惠國符。鷁舟始云泊，絮言過茅廬。傾談洗塵聽，積憂令我舒。鳳巢無凡毛，龍窟多美珠。朝家正清明，往矣涉亨衢。澤民冀姚宋，致主僾唐虞。史筆采循吏，非君復誰書。

自釋二首

其　一

去日不可追，來日已無多。衰頽復自念，遲謝當奈何。賢達并賤愚，百歲同消磨。不如咏觴酌，徘徊眄庭柯。流翠自成醒，好風時經過。憎愛理兼忘，虚淡神所和。運盡即隨盡，葬骨南山坡。

其　二

遭時如堯舜，擊壤歡且歌。歸田尚叨禄，天寵固已多。敢復邀長年，寓景隨流波。有酒即觴酌，風日眷清和。俯悲秦晉士，含饑避干戈。

郭祥正集卷七

五言古詩六十八首

志士吟二首

其一

群材欣向榮①，志士寂無托。獨鳥千里飛，天末孤雲泊。越女殊西子，秦聲异别鶴。守貞不辭貧，怡怡内常樂。高歌戛金玉，其聲震寥廓。

其二

歲華忽已晚，志士將奈何。推車眷前修，渟滓無餘波。知命守窮賤，脱屣南山柯。出從麋鹿游，坐與猿鳥歌。采菊復采薇，聊以養天和。

①底本原校：「材」，一作「士」。

聞砧

天潢轉斜白，庭菊汎團露。紈扇辭玉纖，雲幄含幽素。濕螢遞疏牖，寒蛩鳴外户。南鄰發砧響，涼夕敢虚度。不作綷衣裳，爲君理繒絮①。邊磧多苦寒，先秋寄征戍。

秋扇

輕素裁團扇，投君掌握中。爲君却煩暑，動摇挹涼風。一朝霜飈至，羅幃衾被重。辭君且屏迹，棄置隨斷蓬。物理古如此，用舍安可窮。願君千萬壽，執熱還相逢。

賞蓮

濯濯水中華，香艷勝蘋藻。英英泥中根，潔素常自保。房實又堪食，無一不爲好。乃知金仙經，譬喻肆論討。游宴集賓僚②，賞咏固宜早。一朝霜飈至，莖葉變枯槁。抑亦如佳人，妍媚忽衰老。顧眄豈復憐，棄置不足道。幽懷向君開，芳樽爲傾倒。本末誰

①「絮」原作「家」，據宋、影宋、庫本改。
②宋「宴」作「燕」。以下《將至金陵》「戚」原作「感」，今從宋本。

能挐，愁烟起孤島。

將至金陵謁曾子開侍郎

秋空久不雨，漠漠風卷沙。胡爲起高興，昨夜辭山家。明投金陵郭，俯覷凌紫霞。公鮮豫章榻，我停銀漢槎。一傾别後言，雹霰鳴交加。借公口中春，發我枝上花。又如出地雷，空山走龍蛇。公能結明主，我亦思無邪。但驚歧路别，進退各有涯。浮生能幾時，鬢髮忽已華。會合豈易得，兵厨酒仍佳。慎勿學謝安，捫涕空咸嗟。

雙泉軒贈太平守粱平叔

開池得雙泉，因泉構華屋。池中種菱荇，池上列花竹。與春醮新紅，遇風摇浄緑。輕鷗自飛舞，纖鱗隨出縮。操舟往江海，端憂龍蜃觸。卷衣入山林，而防虎狼欲。豈如一憑欄，俯仰快心口。朝吟吟有餘，暮醉醉不足。雙泉長涓涓，比公享天禄。公歸民懷公，聽我雙泉曲。

徐子美楊君倚李元翰小酌言舊

南方多苦熱，北地尤苦寒。徐子掾招宜，七載濱夷蠻。楊、李仕并、代，毳裘霜雪殘。一朝相續歸，相看涕汍瀾。捫涕唤家僮，草草羅杯盤。念昔共庠序，垂髫競痴頑。及今過六十，各各嗟衰顔。光陰信如馳，生死無百年。妻兒半凋喪，少喜多憂患[1]。吾方慕陶潛，行歌眷南山。山氣日夕佳，吾廬未嘗關[2]。猿鳥相與居，絲桐時一彈。三子方急禄，遑遑未能閑。努力佐州縣，須防官長難。暫當陪我醉，餘事不足言。

寄題九江陶子駿佚老堂

未老已先佚，構堂名佚老。與其寵辱驚，何似歸來早。淵明乃吾祖，此道能自保。歸來無一事，時時爲酒惱。紙帳春氣融[3]，不寐聽春鳥。關關枝上語，報我竹間曉。我醉未能起，爾音一何好。却笑世間人，忘憂種萱草。

①「患」原作「歡」，今從宋、影宋、庫本。
②「末」原作「不」，今從宋、庫本。
③「氣」原作「風」，今從宋本。

復雪

連朝雪復雪，吾獨擁紅爐。樽中亦有酒，不爲饑寒驅。日前奚所憂，所憂在村墟。去年旱兼水，二税多逃逋。十家九乏食，往往死路衢。空山嘷虎豹，深淵卧龍魚。飛鳥各斂翼，康莊斷行車。倚門獨悲歌，陽氣何時舒。

將至壽陽謁朱行中龍圖作

魏臺公送我，春風花落盡。壽陽我訪公，蕭蕭朔風緊。且復念殘年，鬢髮安得鬒。高才久外補，惠愛益不泯。聊歌古柏行，歌罷仰天哂。長淮白魚肥，冰壺酒堪引。

暮春之月謁廬守陳元輿待制作

百年憫秋霜，念念流運歇。一昨辭周行，于今鬢垂雪。幽獨誰爲扶，寸心徒自折。翻然架柴車，賓閔重款謁。與公論襟期，及此陽春月。英英欄中花，滋露正妍發。濁濁瓮中醪，浮醅想芬冽。朝廷用直道，郡邑罕所闕。燕婉我之友，皎若環與玦。良辰不同樂，衰暮空惜別。

廬陵樂府十首

其　一

妾抬纖纖手，一拂白玉琴。琴聲寫三疊，寄妾萬里心。朱弦斷可續，妾心常不足。才驚楓葉丹，又見楊枝緑。望君君未到，妾貌寧長好。雲鬢懶重梳，從教似秋草。

其　二

鴻雁殊未來，思君一彈琴。泠泠別鶴語，折盡幽蘭心。蛛絲漫相續，難系驊騮足。白日無時停，雲鬢寧長緑。年華要不老，不若丹青好。對之雖無言，猶勝種萱草。

其　三

與子初執手，效彼瑟與琴。子去既不返，誰復知我心。寶刀能切玉，願斷金烏足。留住枝上春，花紅葉長緑。懊惱復懊惱，憔悴變妍好。不見庭中蘭，埋没隨百草。

其　四

妾身厭塵埃，專心托君子。感君一面晒，涸轍逢秋水。雍容未經年，結誓同生死。胡爲忽言别，短書無一紙。愁思魂夢飛，鵲語不成喜。歲晚君不來，紅妝爲君洗。

其五

嵯峨姑射山，綽約飛行子。絳唇啟皓玉，明眸漾寒水。方平與麻姑，相期永不死。手披《黄庭經》，金字寫青紙。胡爲謫人間，離合溢悲喜。妖桃凝露珠①，東風任吹洗。

其六

庭下幽蘭滋寒霧②，金鴨冷烟無一縷。從君别妾鴛紅蔫，望斷三山無覓處。平時曲調休重舉，長袖空垂不成舞。醒眼牽愁送春去，獨立殘陽與誰語。

其七

英英玉山禾，乃是鳳凰食。鳳凰殊未來，禾生亦何益。幽香眷春盡，孤根含露寂。委棄同蒿萊，咄嗟人莫識。

其八

自君之往矣，幽房守歲華。眉頭匀翠淡，裙帶縷金斜。魂魄空成夢，音書不到家。憑誰度庾嶺，和泪寄梅花。

①「妖」原作「夭」，今從宋、庫本。
②宋、影宋、庫本「蘭」作「花」。

粉黛元知假[1]，丹青豈是真。桃花初過雨，溪水暗流春。眼眼隨雲斷，昔昔托雁頻。漁郎自迷路，枉殺武陵人。

其十

不作巫山雨，螺川久住家。欲知冰未釋，須信玉無瑕。對局拈棋子，開窗摘杏花。誰能諳此意，紅日又西斜。

妾薄命

雌鳳始營巢，妖桃半敷蕚[2]。憶昔嫁君時，相逢一何樂。朱顏妾未變，白眼君先惡。君恩不下濟，妾意正難托。空床春寂寥，孤燈夜蕭索。哀弦時一彈，彈終泪還落。

① 庫本「元」作「原」。以下「昔」原作「皆」，今從宋本；宋「枉」作「狂」。
② 「妖」原作「夭」，今從宋本。

怨别二首

其一

渡江君别妾，恨不如桃葉。桃葉解隨君，渡江不用檝。妾既不得隨，渡江檝如飛。自憐妾命薄，江頭還獨歸。一步一回首，碧雲凝落暉。空將盈掬淚，和粉濺羅衣。古詩云：「桃葉復桃葉，渡江不用檝。」

其二

團扇不遮面，欲君水相見。胡爲怨别妾，船逐南風便。君行妾獨處，妾復誰爲主。正似晚春花，零落隨風雨。有情頻寄書，莫令書更疏。却羨路旁草，到處逢君車。古詩云：「團扇復團扇，團扇遮人面。相見不相親，不如不相見。」

代古相思

妾面如花開，妾心似蘭花。花開色易衰，蘭死香不已。願持枯蘭心，終焉托君子。君行胡不歸，兩見秋風起。鴻雁只空來，音書無一紙。夜夜夢見君，朝朝懶梳洗。不憶霜月前，絲桐爲君理。千古萬古悲，悠揚逐流水。

追和李白姑孰十咏

姑孰溪

源從丹湖來，奔流朝北極。雙橋跨長虹，千艘濟民食。日華動清曉，岸柳摇行色。文王未出獵，垂竿人莫識。

丹陽湖

湖光際長天，永日微風止。菱歌一舟去，雪陣群鷗起。荷香迷近遠，秋色瑩表裏。試問賀季真，何如鏡湖水。

謝公宅

山腰存廢址，昔是玄暉宅。林藏幽鳥聲，月弄野棠白。高賢百年盡，遺事千古積。此興欲誰論，摩挲問盤石。

凌歊臺[1]

[1]高臺築千尋，勝景供遠目。雲烟護城郭，吳楚接川陸。不知歌舞散，雌鳳叫空竹。鬼

①「凌」原作「陵」。本書其他各處皆作「凌」，《輿地紀勝》亦作「凌」。今改「陵」爲「凌」。

火照殘碑，應有精靈讀。

桓公井

環甃鑿九井，井深泉不竭。舊甃缺瓊瑶，新苔荒歲月。重吟太白題，興自桓公發。我欲唤常娥①，團圓伴澄澈。

慈姥竹②

一種碧琅玕，攢根繞蒼島③。濃陰不透日，密幄得春早。笙隨緱氏仙，釣入磻溪好。欲識化龍蛇，唯應雪霜保。

望夫山

登高望天涯，化石與君别。秋鬢霜露深，春衫薜蘿發。旅雁只空飛，悲咽長不絶④。行客歸去來，芳心可休歇。

①「常」原作「嫦」，今從宋、影宋本。
②庫本「姥」作「姆」。
③「蒼」原作「鷩」，今從宋、影宋、庫本。
④宋本「咽」作「烟」。

牛渚磯

長江瀉危磯，雷怒安可向。烟雲忽藏月，鯨鯢互噴浪。朱衣叱犀火，丹青豈能狀。引杯聊醉吟，徑卧巨鰲上。

靈墟山

仙人赴金闕，靈墟躡高路。空見白雲飛，想乘黄鶴去。月冷步虚壇，苔深煉丹處。塵寰欲何爲，光陰等閑度。

天門山

巨靈擘蒼山，勢分金闕對。月引曉嵐交，江翻寒影碎。雙鳬落人間，千帆出天外。我欲往高吟，凌虚踏烟靄。

追和李白秋浦歌十七首

其一

碧水碧如靛①，染成秋浦愁。長橋通驛道，危堞起朱樓。蕩槳誰家女，菱歌自風流。江

①宋、影宋、庫本「靛」作「淀」。

心雪浪涌，知解渡江不。却羨雲中雁，低飛過北洲。

其　二

此夕宿秋浦，蕭蕭古岸頭。白雲和月散，江水暗空流[1]。不及水中鳥，隨波上下游。客情須自遣，知命適虚舟。

其　三

水晚舟楫止，山寒猿狖啼。雖憐秋浦好，未敢濯征衣。

其　四

霜落荻洲晚，水殘魚市衰。唯逢采荷女，素手理輕絲。

其　五

莫聽猿夜啼，莫看蘆花雪。倦客多少愁，離家八九月。

其　六

水有錦駝鳥，山多杜宇花。扁舟投夜泊，來自長風沙。

①「暗」原作「晴」。今從宋、影宋本。

其七

秋水適彌漫，寧分馬與牛。酒樓翻擅價，不當白狐裘。

其八

秋浦試北望，參天九峰奇。緣何謫仙客，名作碧蓮枝？

其九

萬丈水車嶺，還如九疊屏[1]。北風來不斷，六月亦冰生[2]。

其十

舍楫乘藍輿，十里穿松林。悲風西北至，千千龍鳳吟[3]。使君如杜牧，方有愛山心。

其十一

齊山一百洞，咫尺接危梁。雨過頻登望，逼人松檜香。

①《升庵詩話》卷四《宋人絶句》引此詩，「還如」作「懸空」。
②「冰生」原作「生冰」，今從宋、影宋、庫本。
③「千千」原作「千山」，今從宋、影宋本。

其十二

清溪十里岸，蘆花八月天。不惜錦袍濕，應須棹釣船。

其十三

秋浦勝姑孰，白鷗無數飛。謫仙如得句，須換一雙歸。

其十四

老謝奪秋景，横卷披雲烟。寓目不知遠，何須家輞川。

其十五

鏡潭弄秋月，始知秋興長。金龜能換酒，客鬢不嫌霜。

其十六

半空紫微亭，玩月動經宿。更待雨中來，林林看銀竹。

其十七

秋浦一何好，名因太白聞。溪山圍市井，鼓角下烟雲。

舟次新林先寄府尹安中尚書用李白寄楊江寧韵二首

其　一

金陵龍虎國，况與王謝期。掛帆須一往，願借天風吹。昔解徐孺榻，别來勞夢思。鍾峰當北户，浮玉出東池。柳青白下門，鷺栖瓊樹枝。但對樽中物，何嗟鏡裹絲。如聞紫泥詔，起公翊明時。霈爲天下霖，一洗旱嘆悲。請歌甘棠歌，翻作新林詩。

其　二

休居尚蒙禄，願赴興龍期。况此孱病姿，感公久噓吹。相望止百里，株坐徒傾思。呼僮刷鵠羽，駕言别清池。往將投新林，新林有高枝。仰聽鸞鳳音，軋軋如抽絲。窮陰欲雪天，燕雀無聲時。接物伸妙理①，運心廣真悲。如何持一杯，要我百篇詩。

①「伸」原作「生」，今從宋、影宋本。

舟次白鷺洲再寄安中尚書用李白寄楊江寧韵二首

其一

白鷺飛還集，新沙没故洲。山形龍晦角，江氣蜃爲樓。欲問前朝事，空懷去國憂。鐘聲萬家曉，霜葉半城秋。化值唐虞盛，人逢王謝流。徐生思解榻，兵醞可銷愁。

其二

終朝蕩雙槳，夜泊碧蘆洲。重城已在望，開公宴層樓。華燈燦繁星，浩歌正忘憂。賓朋集珠履，佳節臨千秋。謂近興龍節。願言刷微羽，一飲清泠流。舉口送高鳳，簫韶洗民愁[1]。

奉同安中尚書用李白留别王嵩韵送毛正仲大夫移浙漕[2]

春岸草回緑，春江日浮金。蘭舟忽言發，芥蒂悲我心。藹藹松柏友，雍雍鸞鳳吟。願

① 「簫」原作「蕭」，誤，據宋本改。
② 「正」原作「王」，據宋本改。正仲乃漸之字，《宋史》有傳。

同三歲遥，毋使離别侵[1]。奈何千丈材，亭亭不依林。眷爲九重知，移節宣德音。遂令帝王澤，深于太湖深。豈同失群鶴，飲啄憐空岑。誰將勞勞歌，一寫無弦琴。

將游宣城先寄賈太守侍御用李白寄崔侍御韵[2]

峨峨敬亭山，玄暉有佳作。賈公乃後身，風流今與昨。豸冠觸奸邪，分符宛陵郭。江湖暫徘徊，烟霄必騰躍。予方卧閑雲，時或乘皓鶴。水縮龍蜃歸，霜清天宇廓。安能坐隴畝，凄凄眷藜藿。陳蕃有虚榻，黄埃侵斷索。能如汲黯直，定許季生諾。往哉不可失，行聞還鳳閣。

追和李白宣州清溪

清溪安在哉，欲弄清溪水。更邀琴高生，携竿會于此。日落翠屏間，鷄鳴桃花裏。不見避秦人，誰嗟遠游子。

①「毋」原作「母」，誤。今逕改。以下宋「弦」作「絃」。
②「太守侍御」之「侍」原作「待」，據宋、庫本改。

留別陳元輿待制用李白贈友人韵

沉吟澗底松，不及堯階草。不經君王顧，枉被風霜老。弱羽戀一枝，敢思浴天池。間君有餘力，何惜一嘘吹。青雲與黄壤，回首隔追隨。

留別宣守賈侍御用李白贈趙悦韵

賈誼幾世孫，閑邪誠所存。一登御史府，直氣壯中原。五載三去國，士論皆騰喧。浩養固無害，宣城况名藩。下車究積弊，摘節仍除根。乃遷孔子學，方庭樹蘭蓀。講解得董生，思覃先聖恩。軒軒蘇高第，各各不窺園。修橋濟行邁，掩骼招旅魂。蕭蕭囹圄空，清風時掃門。尋山出近郭，玉船紅浪翻。誰爲坐上客，能酬謝公言。自愧翅翎短，謬參鴻與鵷。不有瓦礫賤，那知圭璧尊。刿叨半面雅①，歲久情愈敦。三章寵新作，詞源何駿奔。幾欲效長吉，微吟謝高軒。霜威信凛冽，即之自温温。又如太古鏡，磨開苔蘚昏。肝膽悉照徹，魑魅安敢論。行聞紫泥詔，沙路馳歸轅。豈容隱岩

① 「叨」原作「日」，今從宋、影宋本。

子，留連愛石盆。看君揚天翼，北溟終化鵾。而我隨白鳥，丹湖往孤騫。

追和李白郎官湖寄漢陽太守劉宜父

邏客昔登覽，愁烟頹四隅。身趨夜郎道，心戀咸陽都。此景古來好，此人今則無。空餘秋夜月，素影湛平湖。便欲凌風去，酣歌與君俱。

題化城寺新公清風亭用李白元韵

唐時升老亭，剪棘今重開。南瞻峨嵋蹦，北峙凌敵臺。新公將家子，爲僧亦多才。瞥彼獨鶴唳，安用群鷄猜。或彈玉軫琴，傾耳濯纖埃。清風不知處，凜冽時時來。吹雲雲窈窕，吹月月徘徊。幽人許共賞，渴心明珍梅。了然得真味，塵魔自崩摧。令侄又豪俊①，書名駭奔雷。其侄冲雅善草書，名重天下。禪談㕑終夕，茗酌無餘杯。還歌太白篇，事往良可哀。古今倘同轍，浩氣不寒灰。

① 「又」原作「人」，今從宋、影宋本。以上宋「凜」作「冷」。

太守陳侯見要登黄山送馬東玉遂用李白登黄山送族弟濟赴華陰韵呈陳侯并送東玉

潁川賢大夫，虚懷蘊虹霓。雖分銅虎符，合在帝苑栖。邀我登黄山，攀雲絶長梯。霜林正摇落，寒鳥鳴慘悽。金牛飲空渚，天鏡開峨嵋。塵埋宋武妓，蘚剥開元碑。謫仙送客處，魂斷白日低。松梢想獨鶴，軒昂避群鷄。還思北溟釣，赤脚蹋鯤鯢。時窮壯士耻，思遠騷人悲。且舉一杯酒，肯分雲與泥。坐有北歸客，張帆震雷鼙。往獻白玉璞，不憐紅粉啼。鳶章已交達，高名動朝闈。君相必見收，烟霄速横飛。杯停可以起，看君開羽儀。

盛仲舉秀才歸自九華極談勝賞亟取李白九華聯句元韵

作二首志之

其一

客從青陽歸，爲我談九華。雪潭昨夜宿，衣上有殘霞。鳴溜隔深木，白鵰栖翠崖。南游豈是遠，乘興必携家。

其二

昔號九仙子，今名九蓮華。差差浮碧海，葉葉散晴霞。積靄迷金寺，飛流濺雪崖。開帘陪岸幘，須覓夏侯家。

庭竹

眷此庭中竹，羅生横十尋①。疏疏挺高節，密密敷清陰。好風每相過，流塵詎能侵。其下無蔓草，其傍遠修林。結根自得所，非高亦非深。誰復采笙籥，玉宇思和音。

①「横」原作「廣」，今從宋、影宋本。

郭祥正集卷八

七言古詩二十三首

送朱王二秀才歸江西

冰霜凍海海水黑，雲霧崩騰大空塞。饑猿哀啼虎嗥嘯，高鴻折翅鷹斂翮。苦寒大苦吞正愁，二子胡爲千里客。自言失意西南歸，十斛明珠已空擲。廬山摩天瀑布雄，請把肝腸洗愁寂。

送沈司理赴闕改官

捕寇治獄皆有聞，才力縱橫真出群。薦書交上三歲滿，玉陛引對瞻吾君。胸中策畫爛星斗，筆寫紙上虬龍奔。完創補弊有捷理，此時岐路拿青雲。雲霄問誰作霖雨，願洗邊城血中土。和氣油然熟禾黍，天下蒸黎免窮苦。男兒事業當致主，我獨沉溝亦無語。離亭愁懷安可數，春風自在花飛舞。船尾插旗轟畫鼓，摻袂青山遮別浦。

送方奉議倅保德_{彥德}

太行積雪三千尺，渾河連天厚冰塞。天台詞人不畏寒，携家直赴并州北。越羅蜀錦置筐箱，狼帽毡裘付妻息。邊城雖道無戰塵，塞草從來少春色。馬上題詩泣鬼神，何時歸奏平戎策。我欲爲書叩相閽，唤取斯人侍君側。

送王主簿棄官歸建昌

老看青衫羞望舶，自笑風船禁不得。拂衣高咏歸去來，我有麻源三畝宅[1]。朝餐太陽茹紫芝[2]，時時更作方平客。肯嗟垂橐少黄金，兒孫只用傳清白。

送陳大夫熊太平守還臺

去年秋暮送東玉，今歲春殘送子儀[3]。人生不老安可得，况復年年傷離别。請説溢江初

①宋本「源」作「原」。
②「餐」原作「食」，今從宋、影宋、庫本。
③「子」原作「予」，據宋本改。

識面，已知磊落胸中奇。桐鄉之會愈相樂，是時解印予言歸。公乘扁舟過溪口，殷勤訪我論新詩。君章下車始命客，邀公與我同遨嬉。開懷醉倒信莫逆，十年一夢音塵稀。忽聞公來守吾土，餘生幸獲仁賢依。政成無擾威惠浹，白駒馳隙臨瓜期。梨花奪月爛銀白，飣盤縷玉江魚肥。酒傾碧盞盞皆滿，曲度晴雲雲不飛。車輪未許生四角，且願逆風東北吹。留連更盡一壺酒，無使醒泪沾行衣。十科應詔公第一，出入省寺非公誰。欲陪後會定何許，咄嗟自此分雲泥。

峨嵋亭即席再送

是歲二月二十日有賞花釣魚之宴。

長江奔來一山裂，兩岸崔嵬聳雙闕。行人空老薜蘿衣，夜夜孤猿嘯寒月。斯亭誰作名峨嵋，擁翠含愁惜離別。浮生後會難再得，況復相看頭雪白。停杯執手聊逡巡，畫鼓銅鉦莫催客。客行西望紫皇家，紫皇真人駕龍車。海若驅鯨上金鈎，玉女挾春妝寶花。千官稱觴祝天壽，簫韶九成奉肴酒。青霄闊步隨鵷鸞，肯向江頭戀楊柳。楊柳花飛春日遲，登峨嵋兮送君歸。

①宋、彭宋、庫無「二月」二字。

留别宣城李節推 獻父

君作宣城幕下吏，我昔築室青山址。三四相逢五六年，交情淡若秋江水。水流到海無窮時，吾輩論交無衰期。明主可結亦未晚，謝安四十功非遲。低頭感事復太息，汲汲功名亦何益。君不見屈原言直沉湘水，韓信功高亦誅死。窮達無過四十年[1]，事業空存一張紙。不如飲酒臨春風，溪水緑净山花紅。金絲玉管亂兩耳，一醉三百琉璃鍾。醉來辭君登海槎，四方上下皆吾家。

投别發運張職方 仲舉

蕭蕭乾葉欲辭柯，曉來更奈嚴霜何。明知飄泊不得已，請君試聽離人歌。生平學盡經濟策，宗工大匠親琢磨。三入長安獻不售，困鱗悵望西江波。感君聊借一杯水，六月炎蒸免枯死。高談雄辯爲我傾，古恨今憂對君洗。貧薪給家妻子羞[2]，淮陰胯下未封侯。故人騎龍不相助，子陵自欲追巢由。拔山力盡真可傷，江湖安得重相忘。恩仇必

①宋本「四」作「七」。
②「給」原作「歸」，今從宋、影宋本。

報乃壯士，如今孰是韓張良。玉手纖纖把金盞，更聽新聲碎瑶板。醉鄉酩酊萬事休，功名難成歲華晚。噫吁嚱，秋風已老白雲飛，鄉關咫尺未能歸。倚瑟而歌悲帝子，南山遥望泪沾衣。願君聞此頗矜恻，許借長帆還澤國。他日堯階薦姓名，投老猶能奉鞭策。

酬吴著作子正

醉乘黄犢窮山河，倏然遂向桃源過。桃花盡處見城郭，萬家欣欣聞弦歌。主人喜掃溪上榻①，笑我鬢髮塵埃多。旋呼瓊液注玉斝，麟孫出拜能吟哦。使令勸我須醉倒，不知與世爲誰何。醒來忽别未十日，敢期佳句傳靈波。千言不落一字俗②，凛凛秋風吹太阿。大才小用小有補，牛羊茁壯餘無他。何時赴詔玉京去，萬事待子能調和。

①「喜」原作「妻」，今從宋、庫本。
②「言」原作「年」，今從宋本。

康王洞呈同游訥禪師

康王洞口無塵埃，青山嶄岩水遭回。飛橋百尺渡天險，下聽谷響如奔雷。憑欄要識物外物，泬寥寥兮何有哉！但見東皐聳樓閣，碧瓦鱗鱗何崔嵬[1]。虹霓披猖雨新歇，金雲點綴芙蓉開。斜陽疏光照不入，异景萬變誰能裁。仙家遺象已可愛，是時况與禪宗來。瞳人照耀骨森竦，皎如皓月凌寒梅。險句卷起谷帘水，真珠萬斛收蒼崖。猿不能啼鳥無語，巨石枯木爲之摧。達即善用用即妙，斯游何异登蓬萊。回頭碌碌利名士，日益日朽令人哀。

酬李推官淮上見寄

霜寒水落平沙露，短艇悠悠尋泊處。驚弦旅雁失群飛，食餌修鱗隨網去。世情翻覆可沾巾，三千食客背田文。不須更待年華老，便向東山卧白雲。

①宋、影宋、庫本「何」作「而」。

南雄除夜讀老杜集至歲云暮矣多北風之句感時撫事命題爲篇[1]

歲云暮矣多北風，怒嘷萬里吹驚鴻。只今我亦在行旅，陟彼庾嶺臨蒼穹。霜寒不復瘴霧黑，酒賤頗得樽罍紅。鼓角看看變新律，燭泪璀璀隨殘冬。一階寄禄百無補，白髮又送年華終。鬼章雖獲萬國賀，防邊未可旌旗空。中原將帥誰第一，願如衛、霍皆成功。廟堂赫赫用耆舊，熟講仁義安羌戎。我甘海隅食蚌蛤，飽視兩邑調租庸。嗚呼，不獨夔子之國杜陵翁，牙齒半落左耳聾。

廣州越王臺呈蔣帥待制

番禺城北越王臺，登臨下瞰何壯哉。三城連環鐵爲瓮，睥睨百世無傾摧。蕃坊翠塔卓椽筆，欲蘸河漢濡烟煤。滄溟忽見颶風作，雪山崩倒隨驚雷。有時一碧渟萬里，洗濯

① 宋、影宋、庫本「題爲」作「爲題」。

日月光明開。屯門鉦鐃雜大鼓，舶船接尾天南回。斛量珠璣若市米，擔束犀象如肩柴。越王胡爲易馴服，陸生辯與秦、儀偕。當時貢物競何有，漢家宮殿今蒿萊。邦人每逢二月二，熙熙載酒傾城來。元戎廣宴命賓客，即時海若收風霾。群心愈喜召和氣，百伎盡入呈優俳。樂聲珊珊送妙舞，春色盎盎浮樽罍。鬼奴金盤獻羊炙，薔薇瓶水傾諸懷。嗟余老鈍已茅塞，坐視珠履慚追陪。青蠅何知附驥尾，伯樂底事矜駑駘。番禺雖盛公豈愛，亭亭自是岩廊材。千年故事寫長句，指畫造化回枯荄。昌黎氣焰遂低縮，瓦礫未足當瓊瑰。仙姿勸公莫妄想，元鼎久待調鹽梅。

蒲澗奉呈蔣帥待制

菖蒲澗底生九節，流水遂作菖蒲香。安期服之已仙去，漫脱雙舄留秦皇。秦皇殺伐自無度，年齡社稷何由長。蓬萊畢竟不可見，十祠千載聊相望。散髮追之又無迹，後來詭譎傳崔郎。至今正月二十五，城北夾道珠帘張。元戎要賓錘大鼓，老蠻獻饌燒肥羊。傾城盡作蒲澗飲，美俗眷戀神仙鄉。穿雲絲竹度別浦，繞山金翠明殘陽。我乘款段到已晚，越臺僅得參壺觴。公携大句使我讀，冰澌戛齒清琅琅。張侯繼作亦精敏，蘭茝相倚傳芬芳。却尋陳事考僭迹，死佗稱帝鋹稱王。基山控海恃遠險，大明一出旋消亡。豈如戴主效臣節，白骨雖朽忠名彰。只今神孫大母聖，天下擊壤歌時康。佳期不邀墓中鬼，樂民之樂真循良。勑詞若崖告萬古，蒲澗之會無淫荒。

石屏臺致酒呈蔣帥待制

石屏臺下玉池水，水繞岸石屏青齒。鑱劃初自人力成，一石十牛車不起。爺置應須費萬金，囷囷森羅供宴喜。若鮮存埋歲月遠，修藤纏絡根相倚。劉鋹族氏已無餘，此物猶存舊基址。曾經戰鼓轟雷霆，屢對春風閱羅綺。小橋斷處棧梯連，一綫崎嶇劣容趾。未知深窟藏龍蛇，但見枯荷閣蜿蜒。老榕交蔭不透日，客袂生寒冰雪洗。摩挲題字考前人，名姓班班少奇偉。請公椽筆賦大篇，歌頌永平誅僭擬。光焰須令萬丈長，一時行樂何足紀。

朝漢臺寄呈蔣帥待制

鹿入望夷秦欲滅，真劍先流白蛇血。尉佗椎髻爾何爲，漫占海隅蛟蜃穴。祝融之符天下歸，豈假陸生三寸舌。千金裝槖未爲多，更上高臺拜堯闕。至今人説朝漢臺，不知此地藏蒿萊。使君好事一登賞，嘗若古鑒初磨開。香爐烟生石門曉，三山翠擁浮丘來。風松自作笙簫響，葆蓋却卷旌旗回。長空無礙鳥無迹，人事寧須問今昔。瓊槳且泛琉璃船，滿眼夕陽留不得。登臺何似登金門，爛吐文章侍君側。願公歸作老姚崇，莫學江東窮李白。

次韵和元輿待制後浦宴集三首[1]

其一

往歲遭風洞庭浦，悔不攜鋤從老圃。昨日金城逢故人，萬丈虹霓思一吐。更在芙蓉池上游，桂枝爲楫木蘭舟。舞妓相將棹歌去，疑是西施浣紗處。皓腕翩翻雪藕絲，婉若游龍或驚鷺[2]。願公對客少留連，早晚沙堤問歸路。

其二

欲飛大白嫌秋暑，約我留連菊花圃。公詩有「插盡黄花君上路」之句。擷芳持酒聽君吟，冰絲軋軋吴蠶吐。只今且挈茗杯游，滄浪同泛采蓮舟。君當復入玉堂去，爲吾還思采蓮處

①「三」原作「二」，據宋、庫本改。
②「鷺」原作「鷥」，今從宋本。

①。葉間争看戲鴛鴦，花底誰曾愛鷗鷺。柳州烟島自迷人，員嶠方壺豈無路。

其三

誰爲宓妃尋洛浦，且看芙蓉照秋圃。爛熳折隨羅袖歸，芬香忍對西風吐。官池不屬野人游，畫鼓喧喧鴛鷁舟。賓從欣陪使君去，筵開正在紅雲處。謂之花島。獨携椽筆發清唱，老鶴昂藏映鵷鷺。敢辭倒載委籃輿，絳臘行行夾城路[2]。

和懶散贈葫公

葫公家在東園隅，世族蕃衍今仍孤。平生嗜酒少知者，請説懶散提携初。杖頭世界迷日月，豁然心地無榛蕪。人人未飲公輒醉，坐卧只與樽罍俱。章華開口泄上旨[3]，毛穎秃髮非中書。貪官雖得後乃辱，智慮可惜于身疏。豈如葫公泛滄海，不用鼓枻并乘桴。蓬萊頂上受玉液，酣酣至樂忘榮枯。劫火任滅公未醒，不復願進承明廬。承明侍宴盡金玉，君豈有意來相呼。

①宋本「吾」作「我」。
②底本校注：「行，音杭。」
③宋、影宋、庫本「章」作「革」。

魏武廟

滿須山頭祠魏武，炫轉紅裝按神鼓。蘋藻盈筐酒滿樽，呼吸風雷激春雨。田疇高下春雨平，操牲飲福羅中庭。呑吳成魏還歸晉，血食猶叅社鬼靈。

向舜畢秘校席上贈黄州法曹杜孟堅即君懿職方之孫也

青天無雲日華滿，小妓樓中吹玉管。卷帘不信夜霜寒，熏闌酌桂肌膚暖。黄州之客最少年，醉來口角傾詞源。驚龍掣電繞滄海，沙場陣馬成功旋。殿賜新袍織春草，水溢雙瞳犀插腦。壯圖佇結明主知，帶束黄金應未老。宣城憶拜乃翁時，幕中珠履皆雄奇。至今名姓記僧壁，當年已識麒麟兒。嗟予老大日零落①，兩鬢衰蓬眼生膜②。寸心猶欲慕夷齊，險路無緣攀衛霍。邂逅桐鄉逢故人，槐槽瀉醲追陽春。形容若畫凌烟閣，第一江南尋隱淪。

①「大」原作「人」，今從宋本。
②宋、影宋本「膜」作「瘼」。

清明望藏雲山懷舊游

憶昔清明出郊去，藏雲寺前花正開。蜜蜂銜蕊异香散，時時灑面微風來。溪泉甘滑碧玉色，晴山倒影無纖埃。紅粉佳人十七八，踏青唱歌雲鬢頹。黄犢行牽載酒瓮，到處便傾三百杯。或逢濃陰藉草坐，口横玉笛吹落梅。旁人問我樂何事，我心無事同嬰孩。誰令束帶入官府，觸網修鱗難再回。清明依舊好時節，朱顔憔悴無由陪。藏雲之山亦非遠，隔江東望青崔嵬。

郭祥正集卷九

七言古詩十八首

游道林寺呈運判蔡中允如晦昆仲用杜甫元韵

長沙城西湘水隅，道林古寺松門紆。嘗聞秀絶超五岳，果見氣象吞重湖。殿前銜花走白鹿，殿裏沉烟焚玉爐。何人塑出慈氏像，冠纓動活摇明珠。高僧處處有遺迹，盤石坐禪龍虎俱。唐人妙筆數歐、沈，至今板上栖群烏。五言七字又奇絶，此寺此堂天下無。不緣薄宦豈能賞，勇往兼有兒孫扶。賈生前席竟憂死，屈原懷沙終自誅。投身及早卜幽隱，淡泊久乃勝甘腴。雲生岳嶠月晦影，雨過橘洲猿夜呼。細吟静境足自適，忠憤未合思捐軀。趨玄飽讀長者論，養真默合烟蘿圖。千篇愧比老杜老，一節願隨孤竹孤。况陪使者共游覽，二謝弟昆真友于。不知昔日楊常侍，何似今朝蔡大夫。

舒州使宅天柱閣呈朱光禄

群山奔來一峰起，千丈芙蓉碧霄倚。常娥却月愁推輪，王母呼烟結繒綺。分明有路金闕通，翠滑無塵玉壺洗。老松自作孤鳳吟，駭浪時翻三井水。峨嵋絶巔安足論，力不擎天亦徒爾。僕喪茂陵客，白日求攀天。遺壇猶在半蕪没，隱約龍馭回瑶鞭。直至唐家六皇帝，夢感昇境開重玄。真符預告後五百，佐佑寶歷推鴻延。城頭建閣舊丞相，窗户再新光禄賢。手携大筆恣吟覽，老句氣焰摩星躔。當時數赴范公辟，秀骨照坐誰差肩。功名自許出絶域，歲月漫往修途邅。丈夫有命豈嗟戚，投老得地多雲泉。霜柑正熟蟹螯美，白蟻旋漉浮金船。伊予困躓坐小邑，悵望珠履參華筵。祝公自此早歸隱，幅巾藜杖詩中仙。

中秋登白紵山呈同游蘇寺丞子駿①

平湖萬頃浮青玉，常娥更攬寒光浴。天高星稀魚雁沉，風静雲消絲管逐。試聽郭子今

①「子駿」二字原缺，據宋本補。

宵歌，對月不飲奈愁何。上盡高山萬丈之絶頂，側身可以攀明河。明河洗君耳，明月照君面。暫來空洞無物逍遥鄉，安用聲名誇海縣。前年從軍梅山下，林黑只憂偏弩射。去歲點夫大河北，黄土吹衣無晝夜。勞勞功業安在哉，出林之木風先摧。有言不得見天子，卷舌却出金門來。流光差池鬢垂雪，幸對高才值佳節。更在桓公游處游，白紵悲歌再清越①。登高何必須重九，零落黄花污濃酒。豈如桂子散秋香，承露金人舉纖手。舉纖手，飲未休，月輪忽轉西山頭。明年此會定南北，沉思使我增離憂。荆榛滿眼世路惡，恩忘水覆終難收。田文昔日三千客，去住如今均一丘。噫吁嚱，達亦不足恃，窮亦不足羞，但願明月照我酒，古來秉燭供遨游。因誰爲謝北海若，酩酊不辨馬與牛。

登王知白秀才跂賢亭呈同游余萬二君

鑿山構亭鄰北郊，志慕賢哲忘喧呶。豁然千里開林梢，地勢不得藏嵌坳②。三峰重樓排卦爻，二溪卷浪飛怒蛟。漁翁捕魚船尾敲，稚子鏟埒争勝拋。小塘圓沙來雁鴇，茂橘

①庫本「再」作「更」。
②「坳」原作「拗」，今從宋本。

間錯黄金苞[1]。主人情深漆與膠，美酒旋漉維珍肴。亦有麟脯胎海鮫，庠背只欠麻姑搔[2]。浮生胡爲長系匏，不蹈聖域徒訛訛[3]。竊甘禄食叕謗嘲，有若夜鼠防饑猫。羡君脱屣心無淆[4]，笑傲自足追由巢。猛飲未徹鷄鳴嘐[5]，新詩下筆論卷抄。余君酒量同斗筲[6]，醉帽墮地垂髻髾。萬子能禪誇悟泡，我獨愛酒流涎交，同趨至樂情何聱[7]。

德化默亭觀雪呈鄭令

雪風結海天雲冰，夜寒斷盡朱絲繩。曉來何處看猛雪，鄭令新亭最高絶。倒披貂鼠一登臨，飛鳥不飛早光滅[8]。時吟杜甫苦寒詩，白鵠翅垂眼流血。昆侖關折非吾憂，但願春泥補地裂。西南香爐萬尋玉，遠思飄然看不足。欲騎鸞鶴飛其顛，身雖未往神明

①宋、影宋、庫本「苞」作「包」。
②「搔」原作「抓」，今從庫本。
③「聖域」原作「堅城」，據宋、影宋本改。
④宋、庫本「淆」作「殽」。
⑤庫本「嘐」作「膠」。
⑥宋、影宋、庫本「同」作「辭」。
⑦庫本「聱」作「匏」。
⑧宋、影宋本「早」作「旱」。以上宋「雪風」作「霜風」。

肅。又疑夢向瓊池過①，王母樓殿高嵯峨。粉閣屏風畫未竟，隱隱朽筆方森羅。天工好奇人莫識，縱心壯觀聊唧唧。酒瓶倒瀉萬籟沉，客子狂歌主人默默胡爲乎名斯亭。主人意深窺杳冥，不爲四時役，不擇萬象嘉，與時窮通自消息，見我狂歌應笑耶②。

采石亭觀浪

洞庭秋高北風起，怒浪排空日光眯③。坐見雪山飛從物外來，地軸天關恐將圮。移沙裂石失浦溆，群龍呀牙鯨掉尾。舟人但如鸛鳴垤④，咫尺存亡隔千里⑤。嗟哉至柔物，頃洞安可當。大禹没已久，巨浸誰爲防。須臾風收浪亦静，常娥洗月添寒光。湘妃妙曲鼓未徹，汨羅之魄雲倘徉。而今君臣正相樂，法弊一一新更張。監司精明郡縣肅，國無忠憤惟循良。洞庭怪變自出没，回首天邊歸雁行。

①宋本「瓊」作「瑤」。
②庫本「笑」作「哭」。
③「眯」原作「昧」，據宋、影宋本改。
④宋、影宋本「垤」作「咫」。
⑤宋、影宋本「咫尺」作「尺尺」。以下宋「國無」作「囯無」。

祀南岳喜雨呈李倅

元吉

六月赤日方炎炎，雲不行天龍遁潛。陰陽失職帝怒赫，地下萬物遭炮爁。農夫爭陂數門死，驅沙擲土唯飛廉。湖南本錢二十有四萬，歲望何以安黎黔。府官惶惶使臺恐，祀壇檮岳惟精嚴。君馳副車職其事，秘文在板香盈匳。鑾刀割牲薦肴酒，夜半奠玉抽藍籤。星河收光倏陰晦，雷聲殷殷來山南[1]。斯須密點欲裂瓦，燭光出屋排龍髯。謂屋溜也。鼪鼯哀啼曉色淡，碧澗久涸銀濤添。田田水足稻秀拔，旱暵一洗涼飔兼。芬馨羅列報神貺，文寶之論前賢僉。興雲作雨乃誰柄，坐視焦灼慳霑沾。待兹誠檮始感發，威福自任寧無嫌。至理從來莫能詰，异景聊足開吾瞻。孤峰翠滑犀露角，溢溜飛瀧瓊爲簾。烟藏拱木半登吐，湘水倒影分毫纖。廟門欲出尚回首，正似老筆鬭霜縑。高吟成章又奇絶，睥睨韓杜君何謙。嗟余適爲簿書縛，不爾從往精神忺[2]。蚊蠅休飛夏將盡，清露收拾催圓蟾[3]。何當結軌更一往，歷覽舜迹窮高尖。群仙雖有路歧遠，志士豈

①「殷殷」原作「群群」，據宋、影宋本改。底本校注：南，協韵。
②宋、影宋本「忺」作「欲」。
③宋、影宋、庫本「催」作「堆」。

無岩谷淹。收奇拔俊召和氣，一國遂除灾眚占。暫時響應未足數，此語非是君仍砭。

寄題鄂州李屯田家園仁安亭 從道

頭[1]陀樓閣坐青烟，畫屏正落南檐前。主人隱几寫風物，幅巾瑩爽南昌仙。仙翁讀書五千卷，道與世背多聱遭。安之不擾静以養，逸我壽考全于天[2]。帘櫳疏疏日光透[3]，欄檻寂寂花陰圓。黄鸝弄巧子趁母，白酒釀熟金爲船。淵明醉矣客可去，細藤織榻閑欹眠。君不見黄鶴樓，鸚鵡洲。碧雲欲合天自晚，芳草無情春亦愁。禰衡白骨痤何處，曹王舊曲無人收。沉吟往事變華髮，不飲何以銷吾憂。銷憂乎，君且飲，醉來天地真衾枕。

①「從道」二字原缺，據宋、影宋本補。
②宋、影宋、庫本「考」作「老」。
③庫本「日」作「白」。

金陵賞心亭

秦淮青城幾百尺[1]，城上高亭望無極。南還北去千萬艘，人生何苦戀煞濤。百年易得變塵土，後世視今今視古。此間風月最爲多，莫辭把酒呈高歌。前朝宫苑荒烟在，樂極悲來亦奈何。

鍾山寶公塔

盤盤鍾山古城北，夾道青松兩行直。浮屠突兀倚雲烟，絵事猶存留刀尺。刀裁尺量不可過，浮生不悟欲如何。憑欄直下視千里，多少丘墟藏綺羅。

徐州黄樓歌寄蘇子瞻

君不見彭門之黄樓，樓角突兀凌山丘。雲生霧暗失柱礎，日升月落當簾鈎。黄河西來駭奔流，頂刻十丈平城頭。渾濤舂撞怒鯨躍，危堞僅若杯盂浮。斯民嚣嚣坐恐化魚

①宋本「秦」作「夾」。

繁，刺史當分天子憂。植材築土夜連晝，神物借力非人謀。河還故道萬家喜，匪公何以全吾州。公來相基疊巨石，屋成因以黃名樓。黃樓不獨排河流，壯觀彈壓東諸侯。重檐斜飛掣驚電，密瓦瑩靜蟠苔虬。乘閑往往宴賓客，酒酣詩興横霜秋。沉思漢唐視陳迹，逆節怙險終何求。誰令頸血濺砧斧，千載付與山河愁。聖祖神宗仗仁義，中原一洗兵甲休。朝廷尊崇郡縣肅，彭門子弟長歡游。長歡游，隨五馬，但看紅袖舞華筵，不顧黃河到樓下。

留題呂學士無爲軍謫居廊軒

城頭高軒眺千里[1]，數里苔山蘸寒水。帆開半落有無間，鳥飛不斷丹青裏。北斗疏疏河漢曉，蓬萊一登天下小。心隨境化形亦忘，誰道霜翎老華表。曹公窺吴教水戰，虎貔踐踏鯨鼉轉[2]。野父相傳此渡頭，魚網時時得遺箭。當場英氣安在哉，千年絶景藏蒿萊。地祇監獲待賢者，欄干倚遍傾金罍。日送白雲望堯闕，忠功孝名堅一節。明時不作《離騷經》，玉上青蠅解磨滅。升沉偶然安足嗟，與君高咏思無邪。數聲長笛奏何

①「眺」原作「跳」，今從宋本。
②宋、影宋、庫本「踐」作「濺」。以下《漳南王園》「埋」原作「理」，今從宋。

處，微風吹落天之涯。天涯桂樹清輝發，萬頃波瀾凍冰雪。若承紫詔返瀛洲，此地曾忘遷謫憂。

漳南王園樂全亭席上呈同游諸君坐客劉公曰有水一池有竹千竿可以賦詩浪士勇起索筆即其言綴成長調文不加點

樂全有水一池，有竹千竿。池通兩潮信，竹密四時寒。引子黄鸝弄語，探魚碧鳥忘還。復有佳賓命酌，水晶交錯觥船。空中間玉節，王母想乘鸞。問君不醉當何適，百歲髮愁今夕歡。常娥痴妒埋冰盤，絳龍蠟泪傾不乾。孰知大海騰波瀾，自有人世藏仙源。劉公八十精神全，留子造古風義全，蔡阮名家文學全，王氏世醫陰騭全，兀兀浪士天機全。樂全乎，且飲酒，獨醒懷沙亦何有。

題畢文簡公撰李太白碑陰

清風無根長不死，太白高名亦如此。何人謂是王佐才，文簡雄詞瀉秋水。賢孫出守鐫長碑，碑成字字生光輝。寵胡妃子已萌亂，翩然鳳鳥來非時。出林秀木衆欲殺，納官贖命何其危。盡船載酒酌明月；不著漁蓑披錦衣。醉眠天地即衾枕，至今荒冢人疑之。丈夫闔棺事未定，後三百歲方逢知。知太白，文簡公。不誇能詩與飲酒，惜其浩氣突兀藏心胸。青山老碧洗秋色，姑溪濯緑涵春容。太白不見碑可見，螭盤龜載傳無窮。

寄題湖州東林沈氏東老庵

東林沈郎真隱居，山環水繞開方壺。何年濯足脱塵網，坐卧七言哦蕊珠。有時隱几佚吾老，萬事不到靈臺虚。瓮間緑蟻春欲活，山翁夜降青雲車。自稱山人號回客，爲君猛飲留斯須。蚊蠅驅盡燭還滅，清風掃地銀蟾鋪。梨花蕉葉鍾與鼎，倒卷錦浪吞鯨魚①。雙瞳湛湛翦秋碧，三山不動喬松孤。欻然踴起拂素壁，筆灑二韵鏗瓊琚。西鄰已富憂不足，東老雖貧樂有餘。白酒釀來緣好客，黄金散盡爲收書。瓮乾吟罷尚携手，寥寥天籟鳴笙竽。渡橋摻袂忽無迹，東方漸白飛群烏。世人尋仙不可得，仙人寓世情何如。桃源歸路杳難問，落花流水空踟躕。後來禍福固已驗，死生往復猶坦途。圜庵

① 「吞」字原爲空格，據宋、彭宋、庫本補。

不壞子傳業，玉琴遺韵寒泉俱。以回易吕未可必，回生回生是亦劉方徒。

舟經池州先寄夏寺丞 公西

去年收帆貴池口，聞君高歌撞玉斗。今朝至自大湖南，五溪新事爲君談。一年往返七千里，鄉國生還真可喜。君家白醪應已熟，正好齊山泛黄菊。

留題方伋秀才詩樂亭

君家有亭何壯哉，參差碧瓦鴛鴦排。重窗静深門不閡，地布瑩甓光如揩。斑斑帘竹輕風篩，日影射午疑瓊階。登山躡勢危相挨①，二人圍棋或負柴②。虎卧洞壑猿攀崖，好鳥上下鳴聲喈。真假造物微毫差，玉葩映水絶纖埃。絲簧調音衆伎俳，水沉焚烟凝書齋。夜晦爛蠟非燃藍，唱酬交錯并詼諧。逢逢曉鼓傳官街，兩人場屋隨計偕。未得藍綬持簡槐，吾寧汲汲同井蛙，棄去不顧如敝鞋。沉潛自適江與淮，滔滔動静終無涯。圓天方地安形骸，雖然此樂非吾懷。嚴慈鬢髮霜華皆，嗟今仕禄猶睽乖。行聞投印早

①「挨」原作「隨」，今從宋、影宋、庫本。
②「棋」原作「碁」，據宋、影宋、庫本。

歸來①，亭上致宴羅吴娃。吴娃醉唱敲玉釵，彩衣自舞心寧愫。心寧愫，奉親酒，壽樂之榮世希有。

①米本「早」作「來」。

郭祥正集卷十

七言古詩二十一首

寄獻荆州鄭紫微 毅夫

李白不愛萬户侯，但願一識韓荆州。荆州太守古來好[1]，至今文采傳風流。鄭公辭賦天下絶，殿前落筆鏗琳璆。相如嚴蓮返枯澀[2]，宋玉爛熳鄰俳優。卓然風格出天造，冰盤洗露銀蟾秋[3]。麻衣脱去未十載，寶犀飾帶魚懸鈎。道行言聽遇明主，皂蓋朱幡寧久留。渚宫風物最瀟灑，酒滿金罍誰獻酬。公嘗愛我如李白[4]，恨不即往從公游。醉吞舞袖卷明月，夜聽長笛臨高樓。詞源感激瀉江海，筆陣頓挫排戈矛。駑駘蹇蹶固已困，

①「古」原作「户」，據宋、影宋、庫本改。
②「返」原作「反」，今從宋本。
③「冰」原作「水」，今從宋、影宋本。
④宋本「如」作「似」。

勉之尚欲追騂騮。一朝公歸坐廊廟，致君事業如伊周。門闌從衛愈嚴密，是時願見應無由。行當投印佩長劍，夢魂已附西江舟。

姑孰乘月泛漁艇至東城訪耿天隲

姑孰望東城，長江八十里。思君半夜泛漁舟，明月隨人渡寒水。江南美酒君家無，携來相就傾一壺。澄江如冰月如玉，拂拂清風生碧蘆。功名無成安足嗟，但令方寸無疵瑕。煉丹辟穀亦瑣瑣，萬物何處非生涯。君不見鴻溝欲將天下裂，失道陰陵遽身滅。玉帳周遭皆楚歌，金甲繽紛摧漢鉞。重瞳却傳繪塑手，瓦鼓巫歌薦神酒。廟前老木藏訓狐，豪氣英風亦何有。沉吟往事君勿悲，我曹幸遇堯舜時。田中穀稔牛羊肥，高會難逢易別離，今宵不醉欲安之。

西山謡寄潘延之先生

男兒無成羈薄禄，日月相推猶轉轂。誰向生前悟此生，西山山人掛冠速。買田築室臨西山，時來石上横琴彈。千古萬古治亂事，一曲兩曲頓挫松風寒。門前禾熟醖美酒，故人車馬留盤桓。榮亦不足貴，辱亦不我干。但願青山緑水兩不變，醉醒自得窮觀玩

①。名落人間非所欲，閉門且喜辭憂患。君不見李太白，朝爲酒家仙，暮作金鑾客。醉裏題詩宮妾扶，自謂遇君今古無。一朝讒言入君耳，夜郎遠謫吟魂孤。到死空言竟何補，何如道行及妻子。西山人，孰可比，晴空矯矯孤雲飛，欲往扳援無路歧。

上趙司諫悦道②

彈劍思經綸，悲歌負陽春。逢時不自結明主，空文亦是尋常人。君不見太公辭渭水，謝安起東山，日月再開天地正，龍虎感會風雲閑。又不見屈原澤畔吟《離騷》，漁翁大笑弗餔糟，可行則行止則止，胡爲憔悴言空勞。夫君之名振朝野，道行諫聽逢時者。南州豈足舒君才，天門夜詔星車回。紫皇之真人，造化無嫌猜。往將和氣輔舒慘，不令地下萬物同寒灰。功成收身彩雲裏，坐酌千觴浮玉蕊。麻姑王母相經過，醉來共泛瑶池水。樂亦不可盡，名亦不可窮。願學李賀逢韓公，他日不羞蛇作龍。

①「觀玩」原作「玩觀」，今從宋、影宋、四庫本。
②「悦道」二字原缺，據宋本補。

贈張御史公遺

我愛張御史，酒船打拍浮[1]。欲邀天下賢，盡向酒中愚。世人雖飲酒，只知酒味不知酒意胡爲乎。又聞夜歸東海頭，撫掌喚月當金壺。須臾蝦蟆蝕月黑，公起磨刀代天誅[2]。蝦蟆吐月入地走，玉兔還家，桂樹不枯。公方醉卧，常娥驚呼。旦語東方蒼青龍，遲遲推出赫日車。自然月光不滅，公飲不徹，是時應笑高陽徒。

贈提宫諫議沈公立之

神仙之府名鷄籠，千尋翠玉擎寒空。秀色凌風入城郭，半銜曉日金濛濛。賢材間出萬人杰，行脱麻衣趨紫闕。三朝出入持使權，凜凜聲名灑冰雪。往年作鎮來金陵，天子臨軒宣老成。問公書畫幾萬卷[3]，品秩入奏編瑶瓊。延閣往往未嘗有，詔札獎與光華生。僉言公歸坐廊廟，易節暫刺玄暉城。懇請仙宫遽知止，車蓋翩翩還故里。粉娥執

①宋、影宋本「浮」字後原注：「音伏」。
②庫本「誅」作「訣」。以下宋「旦語」作「且語」。
③「畫」原作「盡」，今從宋、影宋本。

樂四時春，窈窕芙蓉新出水。嘈嘈弦管鸞鳳鳴，玉卮獻酒公解醒[1]。人生快意似公少，家園乃是真蓬瀛。數峰飛來雲霧濕，珙樹玲瓏曉寒入。綠池水照百花明，芳亭小樹佳賓集。有時自賦歸來篇，幅巾藜杖詩中仙。秦晉諸子因避世，種柳栽桃安足憐。顧我登門二十載，貴勢能忘竟相待。數奇自笑無所成，亦欲浮舟往滄海。滄海雲濤人不爭，忘機可以超神凝。比公進退殊未足，若問逍遥無鷃鵬。

贈孫郎中 景修

江潮夜漲北風惡，雙櫓喜逢溪岸泊。桂陽使君賢故人，借問殷勤吏來數[2]。浮橋傾危暗難渡，静枕不眠聽曉角。平明自笑僕乘無，破帽赤髯行踸踔。袖持漫刺前起居，屢嘆窮愁手頻握。嬰兒連死瘦妻卧，病骨尚遭讒喙啄。壯志消盡同寒灰，生事無涯委藜藿。男兒有命何足論，斗酒貰衣評舊學。愛君新篇溢千楮，突兀寒霄見南岳。龍蛇千丈老松杉，霹靂一聲揮雹雹。豈宜偃蹇處郎曹，固合透迤步臺閣。天子聰明繼堯舜，廟堂論道皆伊霍。拔茅連茹收時才，尺寸高卑應不錯。君馳亨路鶚横秋，我困污泥軀

① 「醒」原作「醒」，今從宋、影宋本。
② 「吏」原作「更」，今從宋、影宋、邱本。以下「宵」宋作「霄」。

縮縠。

贈張參軍待舉

宣城之人張待舉，高才未得見明主。强將樽酒娛天真，猶得狂名落寰宇。陶陶復陶陶，意氣蛟龍豪。滄溟豈是遠，銀漢不爲高。路逢郭子陵陽津，平生未識如故人。相歡握手輒大笑，共訪瑶池尋玉真。天門夜叉識廬惡，爲我無錢謹關鑰。與闌却駕彩雲歸，別入紅窗共君酌。醉來兀兀乘扁舟，長溪水碧芙蓉秋。願逢萬丈龍鬚席①，卷取明月歸玉樓。

贈彭明微判官

昔謁公家賢侍郎，一見許我能篇章。俸粳兵酒屢持送②，時時解榻令登堂。今喜清風傳令子，回首亨衢脱雙屣。北堂歸養太夫人，水陸珍羞稱甘旨。深沉大第蟠虬鱗，兒孫藍綬何詵詵。有時宴喜列賓客，洞房粉黛桃花春。玉指纖纖拂弦索，輕雲凝碧羅衣

①「蓆」原作「席」，今從宋、影宋本。以下宋「明月」作「月明」。
②「俸」原作「奉」，今從宋、影宋、畢本。宋「持」作「特」。

薄。主人快意妾争妍，松上女蘿知有托。君不見景太傅[1]，殺身本爲功名誤。又不見張舍人，朝爲近侍夕爲民。古來寵辱亦如此，安用浮雲纏此身。愛君進退真得所，不負青春領歌舞。我方兩鬢撲黄塵，夢寐江南思舊土。别君去，將拂衣，扁舟若渡歷陽月，願聽新歌酩酊歸。

贈陳懶散

懶散翁，何怪奇，形容磊落似元亮，情性孤高如伯夷。靈臺瑩徹軒轅鏡，妍醜默辨毫與厘。生涯只寄一壺酒，萬事掉頭予弗知。或乘爛醉説儒佛，風雲座上騰蛟螭。顯晦自任不可測，頭角變化將有時。驚人一鳴，衝天一飛，豈能齪齪事小隱，堯舜君臣方有爲。懶散勿懶散，石渠金馬須翁來。

①「傅」原作「傳」，誤，據宋、彭宋、庫本改。「景」疑應作「晁」。以上「虬」原作「蛇」，今從宋。

贈舒州李居士 惟熙

李居士存心最慕韓伯休，州城賣藥不二價。世人求我我何求，顏如渥丹眼如漆。和氣酣酣吐朝日，偶來握手爲一言，照盡五臟平生疾。篋中自取三粒丹，瘦骨坐使陽春還[1]。便當投印棄冠帶，與君海上巢名山。深劚茯苓釀濃酒，極飲形骸可長久。乘槎鼓枻入雲濤，醉放一絲携六鰲。

謝杜倅職方兼簡湯使君[2]

李白昔游宣城時，誰爲太守賢相宜。掣鈴交通喚六博，壯哉意氣凌虹霓。北望樓高氣象古，遺風餘思猶依依。我來正值青春半，雜花爛笑禽争飛。輕烟繚繞淡白日，細風蕩漾吹游絲[3]。高樓帘卷舞袖出，百尺欄干横酒旗。銀鞍白馬不知數，龍箏鳳管相追隨。杜陵遠孫駕别乘，恩威得所名聲馳。華堂重構唤賓客，風前共倒黄金卮。我爲下

①「春陽」原作「陽春」，今從宋、影宋本。
②「杜倅」原作「紅滓」，誤，據宋、影宋、卑本改。
③「漾」原作「樣」，據宋本改。

客最疏放，辱君許可能文詞。死生貪緣釋氏說，但覺時换名姓非。寄言太守勿戚戚，共對佳人花下迷。莫教流水落花去，空聞暮雨哀猿啼。

謝劉察推莘老丞相[①]

秋風吹霜入松柏，虚谷聲遥寒刺刺。月華正高星宿稀，獨鴞不鳴嘯插翼。是時夫子爲我吟，逸調雄才世無敵。十年學詩自謂豪，一日逢君有慚色。恍疑醉夢天帝家[②]，寶藏珠樓不知極。蟠桃結實九重春，金銀琅玕萬林直。須臾收拾到平淡，雨洗高峰增老碧。又如摩詰罩思精，一幅霜綃數拳石，鬼神怪變露形狀，天地英華發胸臆。我家江南謝脁山，山深流水長潺潺。獼猴摘果趁不去，白雲常在衣裳間[③]。斷無車馬送塵土，獨與猿鳥期追攀。一杯有酌醉復醉，萬慮不到閑中閑。欲邀君去咏此景，願窥巨筆追揚班。其餘功業未足數，天馬安得趨塵寰。

①「察推」、「丞相」系兩種官職，職位懸殊，不應并稱。疑「丞相」二字乃後來所加，原無此二字。
②宋、影宋本「天」作「太」。
③「常」原作「長」，今從宋、影宋、庫本。

謝東城練尉

我聞武夷山，乃是神仙府。靈舟插峭壁，异骨留深塢。有時風高月色静，天樂琤淙散天宇。飄飄秀氣鍾爲人，往往聲名邁前古。練君頭角杰然奇，少年折桂登雲梯。陸機才華恨羞澀，相如詞調慚支離。青衫一命東城尉，能使斯民歌愷悌。鸞鳳肯與鷄鶩爭，萬里雲霄終自致。東城烟水秋茫茫，覽古高吟應斷腸。白蛇血濺赤龍劍，八千子弟同時亡。而今戰處無青草，廟門斜掩狐狸老。群巫請雨摇鐶刀，滴瀝椒漿薦蘋藻。力拔山兮安在哉，丹青壁畫空塵埃。因君吟想不能已，孤雁一聲山月頹。

謝淮西吴提舉子中

瘦馬徐行三百里，撲撲黄塵眼雙眯。手携簿法趨使臺，惟恐瑕疵煩摘指。藍衫戚戚走廊廡[1]，與坐撫循顔色喜。琅琅先誦荆州吟，醉來捉住鯨魚尾。如今無復氣凌雲，俯首低徊逐泥滓[2]。須臾又忘按察尊，羅列壺觴瞰池水。圓荷翻風碧玉軟，幽鷺得魚團雪

①宋本「戚戚」作「戚蹙」。
②宋本「俯」字作「垂」字。

起。正當煩暑浩如秋，更聽高談清入髓。君臣會合前世無，朝廷萬事𡨚新美。甲花照日禦營寒，胡命懸絲朔風裏。自嗟雖老力未衰，命未遇知甘損死。南山射虎竟殘年，不得封侯亦徒爾。感君欲引西江波，涸轍行將脱螻蟻。功名成就須報恩，莫道江南無壯士。

仲春櫻桃下同許損之小飲因以贈之

君不見古人悲歌愁殺人，一片花飛减却春。徑須沽取就花飲，暫時爛醉陶天真。借令黄金大于斗，豈買人間百年壽。但願青春永不歸，更得滄溟化濃酒。朝酌弗乾，暮傾弗絶，東向扶桑采日枝，西入瑶池浴明月。枯桐三尺安足彈，重華去矣薰風寒。夷齊恥食首陽粟，屈子徒佩瀟湘蘭。噫吁嚱哉賢與愚，同歸一死胡爲乎。共君極飲且爛醉，指點世路皆虚無。許損之，爾爲我滿斟，我爲爾高吟。相逢莫恨晚，結交貴知心。坐看南山一片霧，忽成千里萬里之春陰。

再游花山

去年來時春未歸，枯林杈丫露老枝[1]。今日重來春已去，秀葉茂密藏黄鸝。山家景物新換故，世事塵埃朝復暮。白頭迤邐謝輪蹄，青冢綿聯老狐兔。令人歸興如浮雲，早向江山樂賤貧。不須訪道赤松子，但愛鱸魚并紫蒓[2]。

酬蔡尉秘校

環峰雨過烟嵐披，君醉兀兀騎驢歸。明朝大字送滿篋，乃是醉掃琅琊詩。陽冰篆筆昔未有，鐵索礧硠纏蛟螭。禹偁八咏不足數，永叔爛漫鎸瑶碑。山光水潤洗出太古色，更後敢作知爲誰。愛君膽大少且鋭，攙剔缺漏筆補之。飄然一别今七載，取讀往往生光輝。寧知流落尚爲尉，瀟湘邂逅令人噫。又致新章溢編楮，遣僕買酒烹黄鷄。伊予齒髮更衰落，固异往昔相逢時。舉杯未盡輒醉倒，眼吻雖强難扶持[3]。人生老去百無

① 「枯林杈丫露」原作「殘雪在樹横」。今從宋本。影宋本此五字原空，宋筆補此五字。
② 「蒓」原作「蒪」，據宋、影宋本改。
③ 「眼」原作「嘴」，今從宋。

益，談新憶故惟傷悲。勸君休吟亦勿飲，楸株拘坐真忘機。死生終始了爲一，清風爲我炎天吹。

酬李從道太博

秋水浸天無表裏，開帆已過三千里。鸚鵡洲前逢故人，往事新愁還可紀。祖朝熙熙民物好，長憶聯車游五老。鳥啼花䨮送春歸，倏忽官書滿三考。從此南北趨塵勞，往往遭嗤兒女曹。斗筲之禄未能棄，回首空羨嵒陵高。相逢彼此驚遲暮，筆下琳琅寫心素。荷花十頃繞君家，豈是荒榛礙歸路。悲歌不覺青衫濕，酒杯未滿愁先入。聞説明朝趨玉京，直節如今恐難立。

公擇鄂守學士三堂請雨

廟門斜開壓江浦，紅裳小巫來擊鼓。太守焚香令致詞，願駕蒼龍作霖雨。三神鼎峙名謂何，子胥、范蠡、馬伏波。圖經莫載碑字滅，忠魂血食應不訛。朝廷日夜傳新令，輔弼賢良元首聖。陰陽調燮神相之，忍使斯民饑以病。

酬魏炎秀才

碧雲暮合廬山頭，夜蛩聲撼鄉園愁。忽然一見舊游客，貰酒不惜千金裘。高談稍聽吐胸臆，欻如野燒光難收。虎豹哀嗥走不徹，獵網四面誰能搜。嗟予慄慄畏事者，兀坐視子勞雙眸①。主人欣歡亟掃室，雁榻旋列横霜秋。兩溪倒碧瀉明月，松窗左右風颼颼。長篇贈我不可和，和聲酸澀令人羞。

①「子」原作「予」，今從宋、影宋本。

郭祥正集卷十一

七言古詩十九首

魏中舍家藏王摩詰海風圖

只聞王公畫山水，未識王公《滄海圖》。魏侯矜誇我家有，取出十幅堂中鋪。誰知東海群龍力，神妙能以一筆驅。洪濤翻天雪成隴，黑分雲霧藏空虛。高低數寸折萬丈，勢以意會無差銖。却嗟流傳數百載，絹素何以當涵濡。王公之心壯莫比，其工欲出造化初。惜哉已死不復得，悵望盡日將何如。魏侯魏侯重藏秘，真恐變化成江湖，我歌不足徒嗚呼。

王元當家藏鍾隱畫三害圖①

老鍾筆法何奇古，三害精靈一圖聚。周生自握蒼精龍，白額長蛟甘喪沮。危橋跨水壓波濤，巨木翻風暝烟霧。挺然獨往知忘軀，敢謂誅邪天地助。三日生還動閭里，千載遺踪存絹素。薄蝕已更人仰之，自古賢豪遺細故。何獨今人無此人，已覺丹青有深趣。江南印璽尚如新，國破倉忙畫誰付。一圖分裂藏三家，離合悠悠歲時度。只今皆屬丞相孫，掛向高堂邀客顧。倏然風雲駕霹靂，雨來平地銀濆注。珍綈收藏卷不徹，直恐變化復入江湖去。

燕待制秋山晚景王荆公有詩，跋其後

我朝妙畫能山水，燕公筆法精無比。燕公山水工平遠，一幅霜綃折千里。瀟湘洞庭日將晚，雲物蕭蕭初滿眼。虞帝之魂招不返，霜樹冥冥紅葉卷。二妃血泪知幾多，竹上遺痕深復淺。漁舟片帆風已滿，漁父橫眠思猶懶。時時白鷺聚圓沙，亦有行人下前坂。江回岸斷數峰青，彷彿靈妃曲可聽。却逢深崦見茅屋，只欠桃花如武陵②。世間何物人爭詑，請說奇書并妙畫。一時鑒賞安足論，流轉千年愈增價。珍綈一襲藏至珍，

①宋、影宋本「當」作「常」。疑作「常」爲是。
②「欠」原作「尺」，據宋、影宋本改。

卷尾長篇更入神。嗚呼粉墨終成塵，唯有文章道德能日新。

夏公酉家藏老高村田樂教學圖

高生妙畫世所知，君藏兩幅尤瑰奇。春回老柳未全緑，和氣盎盎微風吹。負暄當案誰氏子，坐以訓詁傳童兒。麻鞋破穿十指露，紵衫短袖烏巾欹。眼吻開張手捉筆，叱怒底事揚其威。兩童分争迭相挽，彼二稚子傍觀窺。一童獨卧守書卷，性習已見分醇醨。皤然老叟醉兀兀，二孫側立猶扶持。餘皆伶官雜村妓，插笛放鼓陳威儀。三犬奔來吠欲嚙，二人驚顧方攢眉。伶家有子少亦黠，兩手據鞍驢載之。尊卑向背極精妙，精妙得以意思推①。田翁豐年固取樂，又能教子勤書詩。德澤湻湍賦斂絶，致我鼓腹咸熙熙。畫工亦畫太平事，誰欲擾之生亂離。高生高生不獨愛爾之妙筆，對此頗思三代時。

①宋、庫本「推」作「惟」。以下「湻湍」原作「淛湍」，今從宋。

寂照大師匣藏相國寺壞壁秋景

京城車馬多塵埃，一見妙畫心眼開。深山老木秋思靜，苦霧鬱鬱諸峰埋。客騎蹇驢打不動，懊惱似憂寒雨來。崖平路轉斗然絕[1]，筆力未斷空徘徊。胡爲皴剥僅盈尺，鐍以大篋過瓊瑰。師云昔是殿堂壁，治平大水餘皆摧。恰如廬仝玉碑子[2]，中路撲折令人哀。玉碑一折乃無用，此畫雖缺猶堪裁。君不見山前路，路長不獨憂風雨。前有毒蛇後猛虎，磨牙矯尾藏深塢。聖人皇皇嗟逆旅，畫工意思非無補。非無補，誰信之，紛紛門外誇輕肥。

泗水雍秀才畫草蟲

蜻蜓點水蝶撲花，螳螂捕蟬蜂趁衙。營營青蠅爭腐糝，趯趯阜螽沿草芽[3]。徐生骨朽不復得，雍子筆老誰能加。卷開却掩恐飛去，綈襲愛護行隨車。況君才力日清敏，胡不

①「斗」原作「沓」，今從宋本。
②「仝」原作「同」，今從宋本。
③「沿」原作「訟」，今從宋本、庫本。

放手爲龍蛇。龍蛇過真看騰躍，出入天地藏烟霞。

謝冲雅上人惠草書

上人胸腹包琅玕，醉口睥睨臨冰紈。墨池頃刻波瀾翻，虬龍尾尾垂雲間。摇曳夭矯若可攀，霹靂轟斧雷火奔。猝然雨雹霏漫漫，頑洞恐慴坤軸掀。白沙縱横仆幽龕，屋漏壁拆安足言①。鳥驚出林避彈丸，斗高復下騰修翰。朽木欲折枯藤攢，逸興不顧長毫乾。客如堵牆争縱觀，詎知埊盡吾鼻端。黄金論斗珠走盤，數字不售尤爲難。爾嘗愛我説玄理，爲我落筆動盈紙。張顛、懷素嗟已矣，上人之書無與比。

謝鍾離中散惠草書

丈人行草天下無，體兼衆善精神俱。少年弄翰今懸車，一幅不博千明珠。墨池翻瀾化鯨魚，老木半折修藤枯②。霜天一陣來雁驚，荒陂數點眠鷗鳬。换鵝瘞鶴雖已矣，折釵劍舞成須臾。心通造物乃神速，伯英、懷素真其徒。邇來作我醉吟贊，寶藏二妙歸

①「拆」原作「折」，今從宋、影宋本。以上「猝然」宋作「卒章」。
②「修」原作「傾」，據宋本改。

江湖。要將垂法數百載，摩挲青玉親傳模。丈人善吟仍善弈[1]，名譽豈止專能書。名譽豈止專能書，皎如浩雪盈冰壺。

謝蔣穎叔惠澄心紙

李氏三世皆名書，古今筆法誰能如。澄心堂中蓄妙紙，敲冰搗楮惟恐粗。當時文物稱第一，教敕往往親涵濡。赫然真龍躍中國，僭逆甘就雷霆誅。論功行賞盡金玉，唯有此物多贏餘[2]。流傳既久乃珍絶，一軸不换千明珠。樂安御史輒寄我，二十五軸無纖污。却疑織女秋夜醉，素段割裂天所須。又如美玉才出璞，瑩采射日爭陽烏。文章未到二王法，寶紙謾對明窗鋪。廷珪煤麝銅雀瓦，氣象律兀尤相于。坐思厚貺欲爲報，累句安得論錙銖[3]。況君才力似韓愈，盡當返贈誅奸諛。

① 「弈」原作「奕」，據宋本改。
② 「贏」原作「羸」，據宋、影宋、庫本改。以下「二王」宋作「一王」。
③ 宋本「句」作「句」。

謝餘干陸宰惠李廷珪墨

集仙昔與文忠游，文采聲名喧九州。鯤鵬未化忽摋翼，地老天荒雲海幽。篋中嘗秘上賜墨，仁宗所賜李廷珪墨。紫金泥印雙脊虬。名題廷珪姓氏李，此物未省何年留。紋如堅犀刮不動，鏗鏗觸硯蒼烟浮。蜀箋灑落黑勝漆，欲論所值真難酬。麟兒字法肖家學，珍綈寶匣深藏收。并刀截斷輒分我，始信明珠今暗投。嗟予吟筆久已閣[1]，辯舌倒卷剛腸柔。書陳北闕上印紱，志樂南畝親鋤耰。得君賜墨竟安用，捧玩反覆增予羞。況君綠髮眸子瑩，才業自副朝廷求。研磨煤麝染諫草，抉摘世病蒼生瘳。名成功遂取上笏[2]，世閲光焰垂千秋。莫如老鈍默將死，再拜謝貺長江頭。

謝李公擇惠妙墨二餅

南山采松節，北山割麝臍。燒烟掃煤和膠漆[3]，篆記步月形蛟螭。集賢學士久珍玩，云

①宋、庫本「久」作「名」。
②「笏」原作「第」，據宋、影宋、庫本改。
③底本校注：「和，去聲。」

初得自扶桑枝。李得于宗室。張翁所作又精絶，磨刮不動猶堅犀。鄰臺古瓦汲水試，黑雲隨手生冰池。況君學術老益富，六經秘法窮無遺。明窗净几列毫楮，而況此物真相宜。草《玄》著就垂萬世，忠厚自任陳安危。嗟予吏役久零落，至寶暗贈寧非痴。嗚呼大禹已往不復見，一尺渾厚疑玄圭。

謝王公濟節推惠硯

歙溪之仙洗山骨，一輪琢出秋潭月。摩挲清潤無纖痕，不學寒光有時缺。玉川輒莫憂蝦蟆，縱爾猜吻何由嚙。陰天着手泉脉生，三伏臨之冰炎熱[1]。又如明鏡當晴窗，對面森森數毛髮。端江品格直頑賤，鄰臺片段多皴裂。中山有客先得之，獬豸峨冠寫忠血[2]。竄身南過洞庭湖，覆舟幾葬蛟龍穴。君今贈我誠謂何，自愧閑官非補闕。松烟和漆法廷珪，玉兔長毫妙諸葛。敲冰擣楮出烏田，四物收藏豈虚設。乾坤俯仰存赤心，誅貶奸諛佑臣節。獨刊五傳扶《春秋》，肯趁時文校工拙。更衰更老心更堅，與硯相將不倉卒。

①底本原注：「冰，去聲。」

②「寫」原作「爲」，今從宋本。

謝方彦德奉議惠羅文硯

歙溪古源蟠龍尾，一片寒冰瑩無比。珍綈藏護知幾年，贈我題詩草堂裏。驪珠失色悲暗投，再拜置之枯木几。硯兮不似在君家，捧來自有纖纖指。

中秋泛月至歷陽訪太守孫公素

中秋拿輕舟，西泛采石月。初疑棹碎冰壺冰[1]，又如飛度雪山雪。若非身世出塵寰，底事清光透毫髮。袁宏、謝尚久磨滅，含情欲就何人説。歷陽太守孫公素，竹冒寒霜松屈鐵。昔從赤縣守儀真，再上天門請符節。紫皇詔長鷄籠山，惠浹陽春威凜冽。開倉出粟賙民饑，夜户不扃無竊發。咄哉此事安足論，斯人自養班爕卨。且開兵厨醖濃酒，桂子秋香月中有。請君置我三百杯，我爲君吟一千首。爐錘七竅完混沌，能使頹齡遂長久。饞横鏌鎁鱠鯨肉，渴引明河傾北斗。憑誰爲問陶淵明，胡爲種菊仍栽柳。豈如永夜無纖雲，江光月色鋪黄銀。唤取三千珠履客，陶然一飲情無垠。劉項輸贏亦安

① 「棹」原作「擢」，據宋本改。以下「鷄籠山」宋作「鷄籠仙」。

在，笑殺今宵月下之醉人。

二月十一日倪倅敦復小園留飲

殘梅零落同寒灰，屏翳忍驅斜雨來。濛濛點滴夜連曉，園館寂寞生青苔。墨雲四卷山露碧，日轂照耀天衢開。妖桃映竹烟酩酊①，細柳拂水風徘徊。倪公要我共行賞，小亭草草排樽罍。盈筐菊芽青玉軟，滿盤鱠縷紅絲堆。興來一笑且爲樂，春光半被鶯啼催。百年已往五十八，借問餘生真可咍。平原豪客散烟霧，東山舞妓埋蒿萊。眼前不肯飲五斗，身後安能傾一杯。

和州連雲觀留題呈太守王純父

連雲之觀何寥廓，碧瓦危侵天一角。深排柱礎貫九江，返掛帘鈎吞五岳。風檣北去烟溟溟，雁陣南飛秋漠漠。白衣每從欄下回，金盆正在檐前落。蔡公書榜妙入神，劍戟縱横挫矛槊。主君自是蓬萊仙，分符暫與民同樂。卷舒當爲天下霖，一鈞能令六鰲

①「妖」原作「夭」，今從宋本。

躍。滕王、庾亮爾何人，回視規模太卑削[1]。我從姑孰飛輕舟，欲陪珠履登斯樓。與公酣歌相獻酬，蘭亭俗飲安足求。手摇塵尾拂斗牛，爲君千載揚風流。

謝歷陽王守惠新釀

卓犖英才歷陽守，年來不得音耗久。隔江知我岩户寒，赤泥封送兵厨酒。碧玉壺，黄金斗，雪樹雲峰作賓友。爲君一醉歌陽春，空山簌簌龍蛇走。只愁君返紫皇家，西望連雲漫搔首。

寄歷陽張宗孟隱士

歷陽張君心好古，冰不爲寒蘗非苦。我欲見之流浪阻，安得鄰巢接飛羽。百年營營竟埋土，進退趑趄亦何補。今歲秫田收幾畝，爛醉高吟餘不數。

① 「太」原作「大」，「卑」原作「平」，今從宋本。以上宋「矛」作「予」。

送余秘校

蒼山凍雲猶未消，君騎瘦馬來飄飄。入門下馬與我語，琅琅滿室鳴簫韶。一官初得遭猛守，十年困辱朱顏凋。恨無田園即長往，醉卧白日歌唐堯。去干斗粟活妻子，誰念塵滓污瓊瑶。相逢太息不能已，解衣貰酒愁魂消。紅梅零落雪霜洗，蒼雁蹭蹬狐狸驕①。男兒功名顧有命，太公七十方漁樵。否極泰來如覆手，闊步自此凌烟霄。側聞丞相開東閣，肯使斯人重折腰。

①影宋、胡本「驕」作「蹻」。

郭祥正集卷十二

七言古詩十八首

送梅直講聖俞

青風吹天雲霧開，仙人騎馬天上來。吟出人間見所不可見，常娥織女爲之生嫉猜。織女斷鵲橋，常娥閉月窟，從兹不放仙人回。一落人間五十有四歲，唯將文字傾金罍。李白佯狂古來少，騎鯨䰄䰄飛沿洄。杜甫問訊今何如，應爲怪極擢天　。公平至寶勿盡吐，吐盡吾恐黄河水決昆侖摧，天穿地漏補不得，女媧之力何可裁。長安酒價不苦貴，風月但惜多塵埃。醒來强更飲百盞，酣酣愚智寧論哉！

送袁殿丞世弼

與君六年别，愁見雲開露明月。樽中有酒雖獨傾，萬古情懷共誰説。思君彈瑶琴，琴聲爲君咽孤鴻。高飛不可攀，一送何時還。欲問鯉魚更難得，江頭白浪高于山。尺書彼此絕，令人腸百結。昨日聞君來，我心如鑿龍門開。拂拭囊中白玉璞，請君辨之爲磨琢。感君酬價過南山，即見名聲搖海岳。烹羊買酒邀吴姬，今朝會合明朝離。莫嗟兩鬢白雪滿，請看舞袖紅雲飛。雲飛酒闌君遂起，篙子催行趁潮水。君行汲汲過西山，手植松篁春正美。我亦歸青山，白雲相伴閑。若駕鸞凰赴瑶闕，先到臨川與君別。

送錢賢良 醇老

去年六月梓山裏，與子披襟弄泉水①。高談直出堯舜前，長林爲我清風起。金船滿滿傾醇醪，吴娥玉指拈櫻桃。君今勸我盡百盞，肝腸但覺翻江濤。醉來騎白鹿，大笑還青山。倏忽歲月往，思君鬢成斑。今朝邂逅蕪江頭，論心握手忘情憂。暫時會合復言別，安得彈劍從之游。我聞紫微薦君策，男兒事業豈易得。金門慎勿閑經過，爲奏天下弊穴如蜂窠。

①「子」原作「予」，今從宋本。以下，「君今」原作「君令」。「令」誤，今正。

送章秘書表民

君心抱太古，不肯屈世人。匹馬遍朔方，揚帆出天津[1]。九疑連天洞庭闊，長歌愁殺蒼梧神。更將美酒吊楚屈，《離騷》繼作疑前身。兩姬不灑望夫泪，一笑岳陽樓上春。丈夫得意且爲樂，百年變化隨埃塵。如何南還過我别，却言北去朝天闕。上書力訴元兄冤[2]，洗眼看君成一節。勸君亦直還收身，速返東南弄白雲。功名汲汲竟何益，韓彭取笑武陵人。

送楊主簿次公

浪花卷雪秋風起，開帆日行三百里。問君此去安所之，佐邑南城風俗美。夫君才業真雄奇，四十青衫能養卑。世無孔子禮樂壞，君獨勇起勤扶持。書成未遇聊自哂，暫向南城爲吏隱。閑入麻源傾酒卮[3]，仙家好景無忙時。瀑綃千丈掛蒼壁，玉華萬柄摇清

①「揚」原作「楊」，今從宋、影宋本。
②「兄」原作「足」，今從宋本。
③「入」原作「八」，據宋本改。

池。常娥東來渡銀漢，面面瑩徹皆琉璃。謝公秀句發天籟，顔守老筆蟠蛟螭。高風凛凛尚可挹，鳥聲不斷哀猿啼。嗟予學道苦不早，壯歲形容已枯槁。聞說名山心即飛，一生願向山中老。愛君逸興何由攀，飄如孤鶴遺塵寰。若見麻姑與王遠，寄我一粒黄金丹。

送耿少府天驚

白沙岸上相逢時，困倚欄干醉似泥。忽然聽君誦新作，酒面頓覺寒風吹。今朝邂逅蕪江，大軸蒙貺東城詩。雷驚電掣露怪變，山崩海瀉能扶持。令人壯觀不知已，倦翼欲接青雲飛。逸駕固當出塵滓，胡爲一命東南馳。洞庭波瀾洗天吼，衡岳葱蒼掛南斗。窮幽歷險詩魂醒，不倦青衫困趨走。屈原、賈誼、杜子美，白骨荒丘今在否？款騎瘦馬一吊之，滿眼斜陽入疏柳①。詩成寄我慎勿遲，側望陽春活殘朽。暫時離异何足論，酩酊江樓一樽酒。

①「陽」原作「楊」，據宋本改。

送徐長官仲元

徐夫子，能談經。不學俗儒事章句，白首役役勞骸形。我嘗洗耳聽其説，寒泉漱玉聲玲瓏。十年茅塞一朝拔，四體自豫神安寧。交游得君已恨晚，歷陽幾日同醉醒。新詩百韵忽贈我，滿紙落落排明星。使我口瞶眩，又若遭雷霆。自愧久滅没，安足煩褒稱。李翰林、杜工部，格新句老無今古。我驅弱力設繼之，發詞寄與良辛苦。幾欲攀天門，擊天鼓，女媧有志終難補。低頭帖耳逐駑駘，倒着青衫走塵土。東風吹破江頭春，緑楊紅杏能笑人。狂來且盡一壺酒，世無賀老誰相親。君今别我又遠適，錦帆千丈迷空碧。飄然去意凌昆侖，自古雄豪少知識。我亦從今不復言，静對澄江浸寒璧①。

送李節推獻父

昨對桃花與君别，共唱離人眼中血。今見桃花君復來，似與東風趁時節。北去南還何日休，書生道路多窮愁。安得巨航滿載酒，一帆風過蓬萊洲。

①宋本「對」作「看」。

送李察推公擇

去年過君陵陽峰，杜鵑聲亂桃花紅。佳人玉指按玉板，勸我一醉三百鍾。醉來騎鯨赴瑶闕，不記當時與君別。溪上扁舟破雪歸，樓前芳草還春發。白頭太守重相遇，開樽大笑呼瓊娥。向來十客七已去，唯與杜九聞清歌。歌聲繞梁離思苦，聽不得終泪如雨。回首茫茫天地中，聚散百年能幾許。今朝此地重相逢，秋漢無雲江月空。把酒與君須醉倒，已知後會皆衰翁。陵陽樂事那復得，官賤食貧身愈迫。擊劍高吟非故鄉，何時共作滄浪客。

送陳屯田知明州

屈指宛陵客，八九名世賢。我亦駕白鹿，往往登俊筵。昭亭自作老龍門，叠嶂不　明河躔。餘霞散綺入高閣，澄江似練拖晴天。黄金買酒不論價，壯心共許青春前。丞相初爲部使者，精選邑治君尤先。業聞上書後薦達，玉陛引對親承宣。付之一節使淮滸，三十二縣刑無冤[1]。嗟予末路最流落，哭兒清泪雙眸穿。感君不棄半面雅，取之涸轍投深淵。稍回生意漸奮發，遽復舍我摇歸船。明朝敕拜四明守，四明山水君所憐。奈何歲旱天下歉，豈容醉卧滄溟邊。我疑帝命養頭角，乘春霹靂驚蟄眠。白蘋風静湖月滿，漫吊賀公懷謫仙。

送劉繼鄴秀才之岳陽訪木尉

群烏栖霜羽毛縮，孤雁冥飛何處宿。蘆花糝白天無聲，靈妃鼓徹瀟湘曲。此時歸夢尋故鄉，誰道行人鬢長緑。平生所得惟悲歌，時命未遇君如何。滿懷策晝獻不售，鳳凰飄泊無嘉禾。困鱗不借一杯水，异時安用西江波。岳陽高樓掛星斗，樓中子真聞舊友。請舒和氣邀陽春，便釀重湖作濃酒。山葉撩亂鋍，山鳥縱横啼。古人交道貴終始，樂酣醉倒君莫疑。否極泰來不可測，豈有壯士長栖遲。豈有壯士長栖遲，青雲歧路看横飛。

① 「刑」原作「州」，今從宋本。

送吴龍圖帥真定仲庶

讀書曾不學腐儒，腐儒爛舌腸焦枯。又不學一詩一賦輕薄子，屑屑場屋名聲沽。西州治邑克肖古令尹[1]，險欲臨水投神巫。政成召來御史府，彈駁庸相請賜雷霆誅。奸邪縮手不敢更侮祖宗法，又薦處士博士登石渠。富財治水各稱任，乃仗斧鉞臨湘湖。興學首教士子弟，作碑後吊屈大夫。明年易節帥瀛、莫[2]，鐵甲百萬秋防胡。公曰承平勿誇武，解藏弓劍寬民租。詩筒交迎兩朝使，鎸金刻玉論歡愉。深沉不動若山岳，節制似公誰可俱。少年天子聖慮遠，却顧南國成荒墟。拜公學士往綏撫，曾未期月富民大姓争來居。秦淮橋傾滯行邁，頃刻指畫窮精粗。斬材叠岸役兵校，一物不向民間須。月光激水夜曻午，長虹矯矯當通衢。回思昔人政事美[3]，盡求形像堂中圖[4]。二十二人最豪傑，森森玉樹臨冰壺。前題姓名後書贊，文章彷佛窺典謨。昨朝除命下金闕，再佩

①「西」原作「南」，據宋、影宋、庫本改。查《宋史・吴中復(仲庶)傳》，中復嘗知成都，成都稱西州。作「南」誤。
②「瀛莫」原作「營幕」，據宋、影宋、庫本改。
③宋本「回」作「又」。
④「盡求」原作「書來」，今從宋、影宋、庫本。

將印巖邊樞。南民遮道留不得，老幼挽纜相攜扶。願言早入天朝作丞相，調燮水旱蘇寰區。功成异日保身退，西江秋風熟鱸魚。尾黃雀更珍絶，白糯釀美傾醍醐。醍醐一飲三百盞，琵琶啄木喚妤妹。妤妹十八如明珠，石榴殷裙蟬翼裾①。妤微輕汗濕香膚②，桃花帶露燕脂濡。彩衣斑斑雜鳳雛③，問公此樂世有無，此樂世有無④，何必更訪蓬萊山上神仙都。

逍遥亭歌一首贈太守王君章

逍遥之亭在何許，城角西南小溪滸。水仙粉面浮清波，羽林兵仗森三畝。六月微風拂面寒，不信人間有煩暑。借問逍遥真隱徒，西山看雪倒騎驢。形骸兀兀天壤俱，豈手爭以丹青模。大言得罪僅免誅，斥參軍事來當塗。傳云此地舊結廬，百年荆棘遺荒墟。公來相址呼犁鋤，雙亭化出琉璃鋪⑤。欄干門角明青朱，四座瑩徹纖埃無。蘭芬麝

①「殷」原作「之」，今從宋、影宋本。
②宋、影宋、庫本「濕」作「潭」。
③宋、影宋本「斑斑」作「班班」。
④「此樂世有無」五字原缺，據宋、影宋、庫本補。
⑤「琉」原作「瓊」，今從宋、影宋本。

裂陳罍盂，珠履珊珊陪後車。東驂宣詔西浮闕，曉光夕晷迷蓬壺。愛公心畫如明珠[1]，落成之樂政事餘。爲公歌，勸公醉，留連亭上能幾時，行促星軺還玉陛。

投獻省主李奉世密學

祖朝開國之真孫，軒軒冠蓋宜高門。拔身州掾入政府，議論挺特窮根源[2]。顔淵必用孔子鑄[3]，自此聲名聞至尊。熙寧神化邁前古，屢詔馳車外循撫。大河之北淮之堧，民起痌瘝競歌舞[4]。樞庭進直腰横金，君臣道合同一心。貨泉交匯指諸掌，老吏縮手隨規箴。如公之才世希有，突兀千丈輝喬林。徐冠貂蟬坐廊廟，重見成王得周召。泰山鍰牒天垂休，却笑鴻蒙首頻掉。賤生流落何可言，四十栖遲埋冗員。涸鱗悵望一杯水，安用西江浩渺之波瀾。願公吐和氣，稍回岩谷春，養成尺寸木，爲公車下輪。他年青史上，報德豈無人。

①「畫」原作「競」，今從宋本。
②「源」原作「原」，今從宋、影宋本。
③影宋、庫本「子」作「丘」。
④宋、影宋本「痌」作「疵」。宋本「競」作「勇」。

俞俞堂寄鄂州李裕老

黄鶴樓南大湖側，芙蕖深繞誰家宅。云是裕老之宴居，高堂獨榜俞俞額。春山抱翠入平檐[1]，夏竹引凉吹廣陌。秋江澄月天鏡開，冬雪擁林昆閬白。世間萬事不掛心，瓮醱香醪欣有客。客來乎，伴我飲，不醉無歸醉還寢。問君欲達逍遥鄉，信哉天地真衾枕。覺來何物能解醒[2]，試作琵琶打面聲。俞俞和氣浹四體[3]，安用辟穀求長生。君不見鸚鵡洲前殺禰衡，三尺梲杖當雄兵。才名誤身不自覺，恬淡晦迹無人争。南北相望二千里，夢逐高帆逆秋水。爲翁持酒聽翁歌，衣濯黄塵眼除眯。

懷青山草堂

三峰連延一峰尊，龍山白紵如兒孫。重岡複嶺控官道，北望金陵真國門。淙流奔激瀧河漢，兩溪直接丹湖源。松荒檜老古佛刹，鷄鳴春晚桃花村。石崩廢井謝公宅，軀仆

①宋、影宋本「抱」作「拖」。
②「醒」原作「醒」，今從宋、影宋本。
③「浹」原作「淡」，據宋、影宋本改。

斷碣長庚墳。斯人白骨已化土，英氣往往成烟雲。我昔棄官結茅宇，九品青衫安足數。竹筒盛酒騎白牛，醉眼看天與天語①。如何蹭蹬隨辟書，十年又向風塵趨。只今兩鬢滿霜雪，功業不成思舊廬。山花解忘憂，山鳥名提壺。四鄰未必便棄我，三徑荒草還堪鋤。烏泥田肥種秫稻，藜藿味美饒嘉魚②。盈缸釀酒邀客飲，林下散髮時時梳。誰人繫爾不歸去，自問此心無乃愚。

憶五松山

江南富山水，忽憶五松山。梁僧種松奪造物，至今千丈凌雲間。上有寒蟾吐魄凝冰霜③，下有銅陵碧澗傾潺潺。雷公睥睨不可以揮斧，老鶴飛來勢欲止而復還，猿猱側望何由攀，琉璃殿閣若化出，四天之衆說法鳴金鐶④。我嘗脱屣往栖息，六月清風無汗顔。濃陰可愛坐盤石，緑酒酌盡横琴彈。命宫叩徵天地變，聽之以氣往往生羽翰。紛埃不

①宋、影宋本「看」作「彫」。按：「彫」義不易通，待考。
②宋、影宋本「藜藿」作「紫蕒」，庫本作「紫莼」。
③宋、影宋本「凝」下原注：「去聲。」宋、影宋本「霜」作「雪」。
④「天」原作「大」，今從宋。

到佛净國，豈識人間行路難。塵勞忽起舊緣想，倒騎匹馬來長安。修鱗掉尾業已困，涸轍孰與西江瀾。髮疏齒缺形將殘，畏運足躡心膽寒。屈原懷沙賈誼貶，身後忠名何足觀①。不如宴坐碧山裏，笑傲每携雲月歡。明朝却欲渡江去，五松岩户無人關。方壺員僟太殊絶，幸有此山容我閑。

洛中王秀才談劉伯壽動静慕其瀟灑作詩識之

客來説劉翁，嵩山跨黄犢。青衣二雙鬟，顔色若明玉。手携緑牙笛，隨軒奏新曲。倒傾酒榼松下飲，旋開毡帳雲中宿。少年富貴老安閑，自道此生無不足。令人慕高禁，神魄頓蕭爽。向當插兩翼②，乘風一飛往。永結斯人交，逍遥恣真賞。長哦紫霞篇，洞户瓊瑶響。胡爲戀青衫，壯節空骯髒。塵埃一關城郭卑③，波瀾萬頃滄溟廣。明朝來作嵩少游，且向江南結魚網。

①「後」原作「后」，今從宋、庫本。
②「兩」原作「羽」，今從宋本。
③底本原校：「埃」字疑誤。宋、影宋本「關」作「闃」。

郭祥正集卷十三

七言古詩二十六首

卧龍山泉上茗酌呈太守陳元輿

君不見歐陽公在琅琊，釀泉爲酒飲輒醉，自號醉翁樂無涯。醉來落筆驅龍蛇，電雹萬里轟雷車。濃陰却掃吐朝日，草木妍媚春争華。斯人往矣道將喪，雖遇絶景誰能誇。又不見卧龍山下一泓水，源接銀河甘且美。惜哉無名人不聞，唯有寒雲弄清泚。君携天上小團月，來就斯泉烹一啜。不覺兩腋習習清風生，便欲飛歸紫金闕。挽君且住君少留，人生難得名山游。汲泉滌硯請君發佳唱，鏗金戛玉摇商秋。斯泉便與釀泉比，泉價聲名無表裏。自愧學詩三十年，縮手袖間驚血指。君如歐陽公，我非蘇與梅。但能泉上伴君飲，高咏閣筆無由陪。明年茶熟君應去，愁對蒼崖咏佳句。

酬運判毛正仲

明公青霄我平地，才不超群懷厚愧。小邦苟禄度殘年，側望車塵掩疵癘。海波翻雲古波頭①，感公爲我須臾留。請説相逢在何處，上下梅山成昨游。忽得新詩驚老格，飄飄真是金門客。蹇驢已困何由攀，一夜微吟添鬢白。

奉和運判吳翼道留題石室

雙峽天開控江水，水自牂牁來萬里。端州正在雙峽間，石室嵩臺壓孤壘。誰傾北斗酌明河，化作七山平地起。修蘿高張翠羽蓋，錦壁深藏赤鳳髓。鳴禽交應杵臼聲，馴鹿見人行復止。一洞能容百兩車，三溪却接滄溟底。仰瞻圓頂碧玲瓏，傍穿小竇陰迤邐。不應融結施鎸鑱，浪磅乳滴何年始。森然物象難悉名，古圖脱落猶堪比。老虯闖

①宋「波」作「浪」。

首龍縮角，猛虎磨牙鯨卷尾。又如壯士披肺肝，戴主之忠死無已。蒼崖題字多唐人，彷彿銀鈎唯二李。邕、紳。山祇不放雲霧開，海神屢汲蟾光洗。歐陽古録遺此碑，我瀆香媒傳以紙。寂寥相望三百年，乃有高才繼瑰瑋①。滁陽吴公富文采，來擁皇華宣使指。霜威暫霽持謙尊②，許接清游携酒醴。長絲千結盤雕梅，簌簌并刀膾赬鯉。尋仙未遇飲正豪，落日嵐烟催返軌。明朝大句揮長篇，戛玉鏘金轟兩耳。百靈持護歸羊城③，論價欲酬誰可擬。蔣公、毛公并詩伯，筆陣酣戰秋風裏。越臺、朱明被題遍，鵠奔此洞重新美。沈侯湘寺陪俊游，韓子連山書宴喜。勝概遂令天下知，名齊五岳無由毁。自憐羽翮久零落，只欲卑飛藏棘枳。漫將俚語續公歌，投老那知遇知己。

①「繼」原作「維」，今從宋、庫本。以上「媒」原作「煤」，今從宋。
②「持」原作「時」，今從宋、影宋本。
③「百」原作「有」，今從宋。

奉和廣帥蔣穎叔留題石室

西江赴海穿雙峽，十里寒青半天插。晴空倒影連明河，滔滔不凝鯨魚呷。鮫綃高覆紫微冠，翠簟平鋪玉皇榻。中藏石室與嵩臺，巨壁稜層老鱗甲。欲飛未去鳳透迤，將蟄還伸龍匼匝。浪摇蓬島何其危，桂塞廣寒無乃狹。大匠不由基構成，洞門大啟無人扃。六月來游乃挾纊，酌酒向口疑冰生。三溪詰曲愈難涉，舉燭但愛烟溟溟。返似霜縑見山水，畫手只許吴生是。有誰文采如昌黎，物物爲我從頭記。自慚才短空冥搜，俚語未足蒼崖留。元戎聞之索大筆，默坐遠想書勝游。憑凌風力若捕虎，窘束景象如縛仇。那知子厚號雅健，不識謝守爲風流。桓桓斯人富學海①，少陵重生謫仙在。淙琤擊玉敲黄金，倚馬千言未嘗改。高才豈必世俗知，浩氣已充天壤内。又如淮陰善將略，不戰能令敵先敗。暫辭侍從來東南，羊城异日爲傅岩。不唯巴箋吟咏足，即看玉牒功名鑱。滁陽吴公昔曾賦，落落文章精注措。毛侯亦許送和章，馬上横戈寫長句。

① 「桓桓」原作「挺挺」，據宋、影宋、庫本改。

孰云高要陋且遐，三篇入石神鬼嗟。顾挥硬笔奪劍戟，下視鳥迹初遺沙。此心雖大慮轉小，刻就頗憂龍作蛇。譬之博弈仲尼與，群兒惡用相宣嘩[1]。端溪石工古稱妙，年年琢硯供正衙。剛刀截碑易于硯，軀螭相射生彤霞。岐山石鼓久缺矣，苦縣光和真瘦耶。流傳葛本入中國，誰憐此樂瘴水涯。共探泉石造深漠[2]，豈憶冠蓋追榮華。公思歸乎欲致主，四方飄泊予爲家。予意無留亦無去，等將幻質隨楊花。

奉和梧守蔡希蘧留題石室

疊石稜層萬尋碧，老仙自作琉璃宅。翛然一徑出人寰，北斗三台無咫尺。大岩杳杳吞滄溟，小竇疏疏吐朝日。芙蓉冪歷乳成花[3]，鱗鬣摧頹龍蜕骨。危弦脆管遞仙飈，爛錦輕綃變雲物。二李能書玉鈕懸[4]，僭鋃未足真王質[5]。人亡國變今幾年，唯有文章記巉

①宋、影宋、庫本「宜」作「識」。
②宋本「深」作「淡」。
③宋本「歷」作「灑」。
④「李」原作「字」，今從宋、影宋本。
⑤「鋃」原作「鋃」，今從宋、影宋本。底本校注：「僭鋃，二字未詳。」

崒。勝游況遇中郎孫，詩擬杜陵相彷彿。洪河噴作三門流，突騎長驅五千匹。令人驚嗟但縮手，近世雄豪無此筆。不唯險韻難追攀，學道輸君先得一。

奉和蔡希蘧鵠奔亭留别

欄干去天無一尺，帘外三山蘸天碧。樽傾濁酒延故人，拂拂輕寒添暮色。雙鵠飛奔迹已陳，滿庭細草自涵春。孤城不復有冤氣，法座垂衣逢聖神。惟君萬里分符去，蒼梧之邦舜游處。九疑七澤皆相連，墨海濡毫寫長句。又如李白才清新，無數篇章思不群。挺特千松霜後見，孤高一笛隴頭聞。我于詩學非無意，黄蘆不并琅玕翠。漫甘薄禄養殘年，兩鬢垂絲成底事。聲出還吞泪如雨，同氣相求别離苦。老來頻寄一行書，江邊魚雁無今古。

南安劉太守席上勸曾叔達酒

金盞莫辭瓊液滿，寶檠休嫌燈焰短。圓荷翻雨碧雲香，小妓近人紅玉暖。百年流轉能幾時，一日相逢須款款。扁舟明發下前灘，此會清吟應亦罕。

勸君歸示南康太守吳子正

勸君歸，腰下懸金祿及兒。家有良田秫稻肥，種果結實栗與梨。江山滿目烟雲披，長年之樂吾無羈。何須七十乃言歸，行將七十能幾時，分符持節力已疲。才德及人固無盡，此身抱病欲何爲。

櫧溪重九阻風戲呈同行黎東美①

不登高，不飲酒，漠漠黄沙翳衰柳。扁舟系纜未敢行，江頭白浪蛟龍吼。故園黄花應爛熳，客路無窮但搔首。却憶齊山小杜歌，人世難逢笑開口。

左蠡亭重九夕同東美玩月勸酒

平生看月無今宵，一亭危在山之椒。下瞰揚瀾連左蠡，白琉璃地徹鮫綃。欲披錦袍挝鼓過，世無賀老誰相和。屈原憔悴湘水濱，夷齊自守西山餓。且來登高望明月，拂拂霜風濯煩熱。身心都在清凉宫，一點無塵光皎潔。與君同游執君手，况逢令節當重九。不憂短鬢還吹帽，頭上有巾先漉酒。飲醇酒，望明月。我歸姑孰溪，君赴黄金闕。明年此會知誰健，細看茱萸莫輕别。

①「櫧」原作「儲」。本書卷二十八有《櫧溪懷亡友張慎微》詩，次《望廬山》後。櫧溪乃廬山一帶地名。今改「儲」爲「櫧」。

將游五峰度夏代別倪倅敦復

六月執熱思雲泉，五峰參差如紺蓮。修松杰柏上參天，老鶴栖唳哀猿懸。常娥夜濯清泠淵，岩户晃白飛群仙。胡不往矣逃塵緣，散髮赤脚臨風前。高軒朱衣君自便，去住彼此遥相憐。

和守訥上人五峰見寄之作

木杯足躡浮驚湍，却愛五峰如戲鸞。一錫飛來卓出蒼玉髓，又有黄金百鎰藏蒲團。道人得道每如此，倏來忽往非生死。叢林成就八百年，香厨日供三千指。訥師今亦浮杯徒，問答言詞瀉秋水。脱去儒冠披壞衣，一生長在名山裏。殷勤笑我騎鯨魚，詩狂酒怪何時已。七言哦罷欲無言，坐看峰頭片雲起。

送上饒道士吳師韓復游淮西

水精之仙降人間，身披羽衣目澄瀾。或求福禍語必驗，手中開闔陰陽關。淮西太守喜賓客，鵠駕却欲乘風還。勸君飲酒莫言術，龍虎收藏歸抱一。

重九日同修顒惠雲二禪師游浮山訪洪璉長老

邑城東南百餘里，穿盡荒山渡重水。林傾路轉大壑開，峭壁崔嵬半空倚。上無勾連下無根，鐫鑱難成畫難比。回環岩竇碧玲瓏，月華吞吐湖光洗。石鼓晝鳴雲雨垂，金鷄夜鬥龍蛇起。成公説法已千年，事載龜趺尚新美。嗟予平生慕佛學，空洞忘機造玄理。暫來福地神愈清，况接高禪揮麈尾。晉顒悟道天下師，雲璉聲名自予始。精藍際會付三人，净衆如歸聞法喜。今朝更結名山游，寶閣珠樓同踐履。達了無生無不生，一聲猿嘯清風裏。

龍眼行留别修顒禪師

桐鄉山水天下名，龍眠氣勢如長城。重岡複嶺跨三郡，盤壓厚地攢青冥。東南佛寺號投子，寺門洞啟元無扃。雪峰三來道方契，鑿井百尺穿重冰。至今善利永不泯，轆轤夜轉聞寒聲。慈濟玄談載金刻，龜趺鱗甲光熒熒。誰憂怪變碎以斧，半落崖下莓苔青。時移歲晚人事塞，高座竊據非真僧。白雲徒侣半凋落，泉石往往荒柴荆。我來抉弊眼除眯，顒自壽至人天迎。隨車貝葉五千卷，寶藏突兀同時成。張翁好施古亦少，助我福地還中興。老禪咒龍未三日，泉發石上吁可驚。晨厨千僧用無盡。琅玕引溜何泠泠。城中客少民事簡，屢携茗酌來煎烹。叩師玄關問至理，心地拂拭菱花明。妙峰勝會豈殊此，迷即成凡隨死生。明朝官滿重回首，别師寫作龍眠行。

留别金陵府尹黄安中尚書

扁舟載月入金陵，金陵尚書倒屣迎。白髮愧彼商山皓，青眼欣逢阮步兵。開壺傾酒飲未已，卷紙連書吟不停。願如賀監憐太白，莫作曹公嗔禰衡。

奉和安中尚書同漕憲登長干塔

攬衣登塔窺泬寥，黄金篆牌神所標。層梯轉道二千尺，鈴索交響風常飄。天厨曉送阿育供，海月夜領飛仙朝。南溟安在心欲化，九萬一舉期今朝。我宋真人啟閶闔，堯舜之運重昭昭。佛老并儒鼎足盛，理歸一善無煩條。净緣勝賞固莫逆，足力强健朋儕邀。昌黎首唱城南句，東野繼作芬蘭椒。諸公筆力鬥穎發，七言紙上鏗琨瑶。聚沙疊甓付童子，秀實始自春之苗。凌空得路未足恃，遇險驚魂安可招。龍虎低沉鳳鳥散，藉此彈壓無祲妖。四郊松柏列兵衛，萬家弦管均咸韶。廣莊黔烏類蠛蠓，歲望已覺元鼎調。晴川疏樹歷陽近，浮雲蔽日長安遥。貫輪巨木徹十地，斜飛八角穿重霄。扶持故國肖父老，綜領諸刹如孩髫。循欄作禮共悲仰，絶頂進步誰騰超。迹雖有爲志頗壯，報且不盡功何遼。揮毫題識未云畢，城頭暮角聲迢迢①。兜綿鋪舒换塵境，寶燈照耀銀爲橋。乃知此會世稀有，請君審聽長干謡。

即席和酬金陵狄倅伯通

虎踞龍盤古名郡，勢欲凌波予未信。偶摇雙槳下天門，白鷺三山隨一瞬。舍舟登岸青溪濱，蒙蒙柳眼初含春。感君携酒唤小妾，要我一飲頹冠巾。開懷猛酌寧辭醉，明朝日入梁朝寺。刀裁尺量非扇迷，興來欲跨横空使。南風更送琳琅篇，明珠十斛投歸船。與君定交增浩然，誰謂此行垂橐還。

①「暮」原作「吹」，今從宋、影宋本。

治水謡

去年圩破官不救，闕食逋亡十八九。今年大水如去年，民困適遭何令賢。賢哉何令能治水，槍木編藘多準擬①。賞罰公平貧富均，赤脚親臨食亡匕②。每趨危墊必身先，往復連宵幾百里。浪頭作惡工莫施，一拜能令二龍起。白龍先去黑龍隨，鱗鬣分明皆見之。須臾浪定堧可禦，父老驚嗟咸涕洟。西門投巫安足比，亦勝乘輿濟溱洧。活我生靈十萬家，惠澤陰功浹神理。天子臨軒方用才，時時有詔搜草萊。請歌何令能治水，願采斯言獻天子。

游陵陽謁王左丞代先書寄獻和父

布衣射策趨蓬萊，十年得志聯三臺。懷仁附義天下悦，忠言屢叩宸聰回。不唯盡赦息錢息，曾均惠澤覃枯骸。先皇晏駕舊臣老，白雲黄鶴空徘徊。藩城六見換符節，直道自任寧嫌猜。昭亭扶春入畫戟，句溪洗月供吟杯。佳賓三千集珠履，赤子十萬登熙

①底本原注：「槍，去聲。」
②「匕」原作「七」，誤刊，據宋、庫本改。

臺。玄暉比公固不足，我攀太白慚非才。披雲拂霧一何晚，泥滑不敢鞭駑駘。明朝迤邐造賓榻，願逢浩氣吹寒灰。玉上青蠅本無有，都人争望公歸來。公歸來，至尊夢吉天顏開。

謝王左丞惠冰酒十五斗

昨夕發姑孰，今朝泊敬亭。輕雲淡日天地暖，杏花吐萼梅飄零。春光一瞬豈足賞，聽公娓娓高談傾。昔年廷争動丹陛，君臣道合趨升平。岩廊辭位已十載，氣度杳杳涵滄溟。公田種秫作新酒，槐槽旋注琉璃瓶。不將歌舞效俗飲，時時一酌羞獨醒。感公贈我十五斗，酒量安得如劉伶。願公歸去廟堂上，盡使斯民醉醇醲。

題横山陶弘景書堂寺

先生燒丹騎竹馬，肯戀蕭公碧城下①。故物無餘只五泉，亦有松風伴瀟灑。誰來洗耳復洗心，寥寥千載聞遺音。寺門不掩象燈暗，猿隔數峰時一吟。

①「肯」原作「留」，今從宋本。

代先書寄盧帥朱龍圖行中[①]

楊花塞路春無聲，鳴鳩唤婦留春晴。揚鞭朝發浚遒縣[②]，卷帘暮宿金斗城。城中主人漢賈誼，妙年射策冠群英[③]。峨冠獨立御史府，冰霜凛凛清朝廷。忽乘白雲渡銀海[④]，十年望闕心常傾。只今淮西課异等，沉沉玉帳閑府兵。神機照物辨毫髮，提刀四顧新發硎。行聞召節返西掖，至尊開閣思談經。豈容燕寢自頤養，畫戟森衛清香凝。陳公雖解豫章榻，白頭重愧非徐生。飄零漁艇荷蓑笠，揣摩舊學荒柴荆。願公一吐太和氣，朽株岩下逢春榮。

①「帥」原作「郡」，據宋本改。「先書」原作「書先」，今從宋本。本卷以上《游陵陽》「先書」同。
②《新定九域志》卷五《廬州》有「古浚遒城」，《輿地紀勝》卷四十五《廬州·古迹》有浚遒縣城，謂在梁縣南三十里。「遒」原作「洎」，據上二書改。
③宋、影宋、庫本「冠」作「都」。
④宋、影宋本「忽」作「堯」。

合肥李天貺朝請招鍾離公序中散吳淵卿長官洎予同飲家園懷疏閣

一閣横空連野水，久客歸來洗雙耳。二疏雖解散黄金，家園未必臨清泚。坐見紛紛烟雨人，千里瀟湘畫圖濕。魚鳥相忘蒲荇深，兩岸桃花爲春泣。鍾離辭榮已三品，吳令早休今八十。我亦棄官姑孰閑，邂逅相過手重執。閣前旋解青板船，呼童移棹選清淵。四人白髮笑且飲，岸人疑是商山仙。亦如賀監在東吳，醉下山陰弄鏡湖。月色蓮香迷近遠，且要李白騎鯨魚。古人今人樂如此，出處無瑕傲生死。君不見功成不退人，重著藍衫脱金紫。

麗人曲贈鍾離中散侍姬

髮如盤鵶面如玉，飄飄羅袖長芬馥。妙年得侍碧虚卿，自道一生心已足。黄鶯流語春日長，緑窗綉出金鴛鴦。朝暮祝卿千萬壽，不識相思能斷腸。

中書舍人陳公元輿以詩送吾兒鼎赴尉慎邑卒章見及遂次元韵和答

嚼君老句勝牛乳，又如旱稼濛甘雨。龍眠一别魚雁稀，幾度看雲與雲語。鳳池摇筆贊帝齡，珠璣灑落黄金城。鼻端去堊鬼膽破，霹靂轟車風雨驚。事君以道非難事，不羡昔人囊有智。柏梁屹屹漢庭材，寶鼎顒顒周廟器。我在江湖寄此身，碧蘆青荇遠黄塵。感君問我尚安否，病樹前頭萬木春。强汎月船追李白，無人愛客似田文。

郭祥正集卷十四

七言古詩十六首

贈灊山伊居哲先生[1]

伊君頭戴星文冠，遨游五岳何時還。結茅却在灊山裏，閉息自養丹田丹。聞説年齡七十九，髮如鵶青亦稀有。生平讀盡道藏書，寓興成詩僅千首。清風生我太古弦，彈罷時傾一壺酒。門前手植數本松，看爾凌雲比予壽。高奔日月瞻玉京，陰氣煉盡陽氣成。行聞北帝呼六丁，紫書下詔鸞鳳迎[2]。灊山空留千載名，白雲不斷溪長清。

①《輿地紀勝》卷四十六《安慶府》、康熙《灊山縣志》「哲」作「晳」。
②「詔」原作「忍」，據宋、庫本改。

贈桐城青山隱者裴材

青山爲主身爲客，主人借客青山宅。白雲自在千里飛，長松不換三冬碧。藤枯誰與寫作龍，軀老何年化爲石。落花隨水眷深源①，鳴雁過江悲晚色。家無妻子心無累，頂冒寒霜踵藏息。月明舞影聊盡歡，一點塵寰不留迹。儻來軒冕真可嗟，朝爲公卿暮遭謫。屈原、賈誼爾爲誰，問君何似青山客。

寄劉繼鄴秀才

憶昔重游樂，尋春之宛陵。天機織出萬山錦，虹橋倒影銀河明。游絲縈空白日暖，好鳥亂響清風生。叠嶂樓中索美酒，座上客子皆豪英。諸姬合雜奏弦管，一人妙唱爲飛瓊②。玉板斜開厚冰裂，鴛鴦索拍秋波横。酒盞貪歡不知數，夢入瑶池逃宿醒。誰知一别萬事錯，荷衣倒着來江城。青雲散盡落青野，長絲掣斷無長鯨。鄉山好在却歸去，當共故人吟此情。

①「源」原作「淵」，今從宋、影宋、庫本。
②宋、影宋本「飛」作「井」。

題杏山阮氏高居

仙翁得仙朝玉皇，當時種杏盈山岡。傳聞落英堰流水，每到三月溪泉香。白雲霏霏出幽谷，獨鶴沉沉唳喬木。寒潭深處睡蟠龍，靈草芳時躍青鹿。丈人何年居此間，詵詵孫子如芝蘭。抱才求進十五六，亦有隨計鄉書還。步兵傲世逸千載，誰道風流至今在。軟炊玉粒烹黃鷄，客子雖多竟相待。我愛長吟登好山，到此便欲辭塵寰。可能築室輒延我，爲君煉熟黄金丹。丹成大笑分一粒，坐令緑髮回朱顔。浮生百歲不早悟①，日月擾擾空循環。杏山，葛洪種杏煉丹之地。

銅山寺

田塍行盡蒼山轉，溪水滔滔晴曝練。馬蹄怯石鞭不行，十步九蹶令人倦。黄昏到寺亟就榻，山僧苦來邀我飯。香粳新炊野菜肥②，一飽令人百憂散。篆香欲盡象燈暗，林聲敲敲苦霜霰。暫來福地能清虚，何用致身居諍諫。

① 宋本「悟」似「悮」。
② 「炊」原作「收」，今從宋本。

隱静寺二首

其一

門横大溪溪净碧，人不捕魚魚穩潛。哀猿長嘯霧垂地，餓虎一聲風動帘。金仙像古苔蘚剥，鐵磬夜敲規矩嚴。道師達性傲時輩，不信書生來養恬。

其二

碧霄峰下車輪停，道師未返誰逢迎。山雲着地雨正急，春水滿田人不耕。餓虎嘯風大石裂，倦鳥唤雛深澗鳴。客心欲去且復止，坐飽香飯餘何營。

浮丘觀

仙翁得仙二千載，滄海變田田變海。浮丘却接番禺西，鐏迹篙痕至今在[1]。朱明之門敲

①「篙」原作「蒿」，今從宋本。

不應，荆榛滿地誰重興。使君舉意要卜築，樓觀矗雲如化城。李白騎鯨下蓬島，常娥洗月來滄溟。相逢且勸百壺酒，蟠桃結實何時成。使君自有神仙骨，往往前身尋舊物。手探樹穴求玉環，肩拍洪崖猶彷彿。更提椽筆揮長篇，至理直欲追玄元。行當跨鳳返金闕，回首番禺空紫烟。

明皇十眉圖

明皇逸事傳十眉，正是唐家零落時。霓裳曲調雖依舊，阿蠻終不似楊妃。畫工貌得非無意，欲使流傳警來世。翠翹紅粉尚争春，隱約香風起仙袂。六龍真馭竟何之，泰陵荒草長狐狸。空將妙筆勸樽酒，醉覺人間萬事非。

九疑山圖

噫吁嚱，九疑山色何雄奇。坡陀詰曲不足狀，九峰萬丈排天扉。嶄嶄儼若九老坐，乾顛坤弱能扶持。崖回時復見華屋，原本旋有山經題。白雲綿聯芳草歇，拱木夭矯狂風吹。上有源源不絶之寒泉，下有沄沄不斷之深溪。初疑青銅照碧落，忽見雲漢飛虹霓。丹青畫出尚如此，而況高步窮嶇崎。或云重瞳一來不復返，二妃血泪斑竹枝。惜哉不經孔子辯，後世誰能公是非。堯非幽囚，舜不野死。堯崩民如喪考妣，舜非游仙而幸此。群猪聳耳聽童子，游人擊之變風雨。見豕負塗聖所惡，仙人護之亦何補。我知神仙術已卑，但愛此山雄而奇。背圖南望未能到，高吟盡日長吁嚱。

醉歌謝太平李倅自明除夜惠酒

一年醉三百六十日，今朝年盡酒未盡，自顧形骸無得失。浮生七十行六十，猛飲狂歌須汲汲。吾邦倅貳李自明，愛我頹然荷蓑笠。雙壺滿送瓊瑶漿，春氣争從四支入①。君不見劉項存亡安在哉，暫時龍虎轟風雷。袁盎説行晁錯戮，躡踪刺客横刀來。又云舜野死，堯幽囚，九疑連延雲霧愁。不如飲酒醒復醉，抱瓮負鍤渠無仇。滄海化爲酒，蓬萊作糟丘。與君携手去，赤脚踏鰲頭。

①宋本「風」作「氣」。「氣」原作「風」，今從宋。

同蔣穎叔林和中游鬱孤臺

匹馬初從瘴嶺來，登臨喜上鬱孤臺。鬱然而孤插天半，亂山却出晴雲堆。雙溪倒流玉綃颭，萬屋蘸碧長城開。捫參歷井豈足數，俯欄引手持斗魁。月空銀浪試一酌，坐愛桂樹生黄埃。妙娥舞袖回白雪，琵琶十面轟春雷。吟箋分軸造險語，酒令行賞無停杯。哀猿不斷片帆没，歸鳥自送殘陽頽。脱身我作耕釣客，兩翁均是岩廊材。共游絶境發佳唱，驪珠射日精光皚。升沉從此遂分手，願借惠澤蘇蒿萊。

贈南康劉叔和秀才

俊才落落如君少，養之九年應大妙。滿懷騷雅輒見投，圭璧琮璜予所要。勸君且學充其科，殿前筆陣揮長戈。錦標奪取獻天子，寵禄及親榮耀多。

擬桃花歌

酣酣桃始花，灼灼粉面笑。粉色射花光，奪盡丹青妙。藍衫馬上郎，風流亦年少。語言雖未通，精誠默相照。斂容緩步復掩門，只見桃花不見人。輕紅淺白正含露，欲落半開將送春。凝心駐馬日漸晚，隱忍時時下前坂。回頭又不見桃花，唯有青山遮醉眼。揚鞭擊鐙歌颲扇，相見不如不相見。逢人寄語問桃花，春殘吹洗落誰家。

怡軒吟贈番陽張孝子介[1]

古云蜀道難，蜀道之難難于上青天。孝子尋親不辭遠，草蹻負米離番川。西從荆州望夔國，捫羅躡石穿林巔。峽山愈深人迹絶，但聞悲風冷澗聲潺湲。汲溪鑽火行復餐，夜宿茅屋衣裳單。回首江南路九千，一見歸客吞悲酸。寄聲吾母形骸安，慎勿爲語皮皺乾。涪州城西遇征蠻，城門防盗白晝關。撫膺仰天涕汍瀾，見親之難難于蜀道難。成都漸近心稍寬，踴躍可得瞻耆顔。父昔離家子方孕，子得見父今壯年。胡弗歸兮死敢請，慰我慈母心懸懸。三往三返又十載，孝子執轡方言還。番人聞歸競嗟喜，夫婦白首重團圓。誅茅立屋奉甘旨，陳侯篆榜名怡軒。春禽提壺助春飲，彩衣自舞春風前。腰金饌玉非我欲，但願眉壽雙松堅。朝熙熙，暮熙熙，誰將朱絲繩，奏我怡軒詩。

①「介」原缺，據影宋補。

憶敬亭山作

忽憶敬亭山，翠碧千萬尋。白雲拂地弄晴影，黄猿嘯晚清人心。桃花流水三月深，柳絮披烟辭故林。重樓複殿據山脚，像塑制度祠非淫。昔時謝守曾賽雨，至今石上鎸遺吟。五言雅重參二典，琅琅一誦鏗鏐琳。緑潭無底白玉沉，千載何人知此音。李白騎鯨出滄海，回鞭曾宿岧嶤岑。却泛虚舟弄溪月，紫霞之杯傾不歇。醉來更約崔宗之，秋水玄談清興發。歎公逸駕何當還，悵望英風不可攀。信道相看兩不厭，古來只有敬亭山。

郭祥正集卷十五

七言古詩十六首

鄭州太守王龍圖贄之出家妓彈琵琶即席有贈

偶騎匹馬游仙關，瑶池夜宴歡未闌。邀予末座聞清彈，琵琶十槽聲正繁。初疑鐵鷲啄玉應天響，忽似霹靂數聲春氣還。曲遍將終檀板急，舞袖裂霞隨拍入。踏碎瓊筵鸞步嬌①，汗透香綃露桃濕。解綵罷舞整花鈿，宛轉仙容雁行立。主人使令持酒卮，香隨羅襪成塵飛。銅龍無聲夜無極，煌煌燭焰回朝暉。桃源花落長溪净，人着秦衣樽俎罄。豈如此會絶風流，主人殷勤賓客敬。我作短歌公聽取，人世百年能幾許。樂極哀來古所悲，不如立功當此時。

①「碎」原作「踤」，今從宋本。

瑞昌雙溪堂夜飲呈吴令子正

星斗闌干月未吐，但愛溪聲似山雨。青燈照室并銀花，白酒傾來不知數。子善評文我不如，我亦談詩子深許。酒酣索我須論兵，拔劍畫地軍陣成。十萬狂胡指掌取，五方應敵旋風生。文武道判惜已久，聖賢相遇猶難并。相如謾作《長門賦》，屈原虚著《離騷》經。不知于世竟何補，可憐博得千年名。韓信收身苦不早，功成伏劍真草草。始終最愛嚴子陵，坐視乾坤任傾倒。咄嗟語險氣已傷，况復賦詩聲調長。卷紙連書不磨琢，子鋒太峻非我當①。撥置萬慮付江海②，收拾寸心歸老莊。天地得一馬喻馬，請思前事皆佯狂。

寄吴著作

憶與君别時，君行朝北極。潯陽江頭車馬光，意氣翩翩動秋色。君還舊廬能寄書，謂

①「太」原作「大」，據宋、影宋本改。
②「付」原作「何」，今從宋、影宋、庫本。以下「請」原作「謂」，今從宋本。

我楚辭傳上都。是時盜賊正紛擾，日夜奔走承使符。謝君後時聞已惡①，交深豈必書問數。誠明相照期無窮，但惜遠別臨春風。春風來已老，落盡桃花紅。有時孤坐碧山裏，彈指倏忽成衰翁。文章不直一杯酒，功名付與千年松。何時逢君談，豁我此愁恨。攀雲不見麒麟踪，趨泥自笑駑駘鈍。兒女安否今何如，親雖未成交莫疏。願君富貴情不改②，敢將瓦礫贈明珠。

將至江夏先寄太守李學士公擇

二月發姑孰，三月到潯陽。聞君解纜才五日，驥尾雖追空斷腸。十年前作潯陽吏，老校相逢猶引避③。中丞孤憤已沉泉，時事愈新誰敢議。欲吐哀音寫心曲，濠須江聲摇地軸。横琴静夜按金徽，泛到商弦斷還續。憂能損氣須忘憂，移船漸近黄鶴樓。樓前芳草漬烟碧，君今賢過奇章侯。試詢樂部誰工笛，曹王舊曲何人識。水中龍應雲不飛，月華正在江心白。滿傾緑酒濃如油，爲君吞却鸚鵡洲。開帆快意出天外，可惜礙斷長

①底本校注：「惡，遏各切。」
②「改」原作「已」，今從宋、庫本。
③「校」原作「狡」，今從宋、影宋本。

江流。予嘗尉溧陽日，事故中丞吕獻可。

蔣公檜呈淮南運使金部穎叔此檜希魯侍郎漕淮日手植

淮南庭中有蒼檜，仰視四四翠爲蓋。直干每容鸞鳳栖，盤根深壓鯨鰲背。北風夜作兵陣聲，恐取蛟龍斷天外。呼童出屋爲我窺，摩颭清陰月光碎。問誰植之前蔣公，得地倏經三十載。不同種杏上青天，正似甘棠有遺愛。使華今復見公孫，太平事業鍾一門。祖廟冠蓋漸塵土，却嗟此檜春長存。孤高豈忘栽培力，秀發兼承造化恩。已看枝葉飽霜露，終作棟柱扶乾坤。新詩編聯盡珠玉，光大先烈聽篪塤。更憶丹青妙畫手，進入明堂逢至尊①。

蜀道難篇送别府尹吴龍圖仲庶

長吟李白《蜀道難》，蜀道之難難于上青天。長蛇并猛虎，殺人吮血毒氣何腥膻。錦城雖樂不可到，側身西望泣涕空漣漣。其詞辛酸語勢險，不如曲折頓挫萬丈之洪泉。

①庫本「逢」作「奉」。以上「祖廟」宋作「祖朝」。

世人不識寶玉璞[1]，每欲酬價齊刀鉛。求之往古疑未有，惜哉不經孔子之手加鑱鐫。公今易節帥蜀國，爲公重吟《蜀道篇》。旌旗翻空度劍閣，甲花照雪參林顛。雲罷連椎谷聲碎，畫角幔引斜陽懸。竹馬爭迎舊令尹，指公長髯皓素非往年。蜀道何坦然，和氣拂拂回星躔。長蛇深潛猛虎伏，但愛雄飛呼雌響亮調朱弦。時平樂哉，公之往也。九重深拱堯舜聖，廟堂論道丘軻賢[2]。撫綏斯民賴良守，平平政化公能宜。東兵興學有源本[3]，何必早夜開華筵。嘗聞家家賞釵釧，只待看舞青春前。此風不革久愈薄，稔歲往往成凶年。噫吁嚱，今我無匹馬，安得從公游，盡書政績表中州，獻之明堂付太史，陛下請捐西顧憂。

錢塘行送別簽判李太博 獻甫

東南會府唯錢塘，高門雙開南斗旁。門前碧瓦十萬户，曉色滿城烟雨香。聖祖神宗造區宇，應命最先吴越王。不經兵火二百載，地饒沃衍民康强。蓮花紅白西湖芳，南山

① 「寶」原作「賢」，今從宋、影宋本。
② 「丘」原作「尼」，今從宋本。
③ 「東兵」原作「來賓」，今從宋、影宋本。「源」原作「原」，今從影宋、庫本。

翠影臨滄浪。瓊樓寶塔照日月，塵埃不到炎天凉。畫船羅幕盡高卷，白玉美人游冶郎。年年中秋海潮過，萬頃銀山面前墮。少年輕命争弄潮，手掣紅旗逆潮簸。聞君此行承辟書，伯樂能求汗血駒。四時風物同吟嘯，十郡兵民歸卷舒。公閑畜德聊自養，承平功業還吾儒。况君登朝未四十，慎勿出處窮歡娱。慎勿出處窮歡娱，臨淵履冰佩瓊琚。

天台行送施山人

平生樂山水，聽客談天台。盤石摩挲浸海月，瀑布淙射烟霞開。山腰噴作千岩雨，潭底晝夜轟風雷。諸峰攢叢護寶刹，地與世隔無纖埃。仙葩靈鳥四時有，石　玉洞清風來。施夫子，欲長往，高謝功名脱塵網。况有西來老佛師，了悟無生任消長[1]。若許陶潛載酒過，便駕苔虬逐真賞。

①「悟」原作「晤」，今從宋本。

踔行送裴山人

踸踔踸踔裴山人，破帽麻衫被埃塵。忽來訪我環峰市，醉倒不顧旁人嗔。壯士不得志，污泥困修鱗。誰傾滄海救枯澤，矯首奮鬣乘風雲。回頭問燕雀，爾輩胡爲群。巢寄柏梁一朝火，孤栖風雨更誰鄰①。踸踔踸踔裴山人，行路無窮鼻酸辛。元通、獻甫倘不遇，況有特達朱純臣。踸踔勿踸踔，豈有壯士長邅迍。

道林寺送別崔提刑用沈傳師酬唐侍御姚員外韵

湘江傾瀉明河源，湘山來落如駿奔。尋幽乘興莫辭遠，白雲中有黃金園。佛師無心法愈密，徒衆先後陳卑尊。甘泉噴灑仙籟爽，此身已覺超籠樊。高堂却見山外水，古鑒磨開蒼蘚昏。長城深鎖萬家富，老木自作千營屯。兩洲半没鯨鼓鬣，雙崖斗起天爲門。滄溟不識幾番變，石泐猶有濤深痕②。茯苓愈大愈堪食，深斸但惜傷松根。登高覽物亦徒爾，秋色況是當離樽。崔侯饞思鋭無敵，蒼鷹得兔霜翎翻。嗟余染翰愧復止，

①「鄰」原作「憐」，今從宋本。
②宋本「深」作「淙」。

累句何足光行軒。故人柄政坐東府，請君獻策安黎元。

游石盆寺呈蔣殿院兼簡余光禄

石盆古寺蒼崖巔，斷碑皴剥無人傳。其文僅識隱岩字，御史飽學能推研。乃是鄭薰之別號，洛帥易節來刺宣[①]。風流直欲繼謝守，行春車馬時聯翩。紅粉行行杏花笑[②]，旌旛爍爍雌霓懸。松聲颼颾雜簫鼓[③]，薜囿繚繞凝檀烟。不知身世有軒冕，且將樽酒投林泉。暫時樂事亦難遇，高文大字精磨鐫。可嗟榛棘一藏晦，清風零落三百年。及逢佳士始珍賞，洗滌塵垢邀神仙。坐思往迹若夢寐，明河千丈傾辭源。啼烏至今不避客，上下啾聒兩耳邊。山僧構亭又高絶，群峰蕖蕖如青蓮。崔嵬寶塔掛落日，沆碭冰壺撑釣船。余公胡爲未嘗到，美景若此寧棄捐。請携吟筆窺造物，更向雲中調管弦。

①宋、庫本「帥」作「師」。
②底本原注：「行，音杭。」
③「颼颾」原作「颾颼」，今從宋本。下句「凝」原作「疑」，今從宋本。

凌歊臺呈同游李察推公擇

臘月欲盡春風來，壯士尋春上高臺。金烏慢飛光徘徊，照散冰霜天地開。梅花披香柳烟裊[1]，狂殺錢塘蘇小小。玉簫金笛鳴高樓[2]，悵望傳書落青鳥。吾曹强飲三百杯，老去功名安在哉。欲駕飛魚入東海，王母爲我傾金罍。蓮華變碧蟠桃熟，仙家四時應不速。醉來拍手乘紫烟，游遍洞天三十六。高歌杳渺春風裏，我懷清澈西江水。腐儒往往哈吾狂，猶幸揚雄作知己。脱君身上蜀錦袍，解我腰下并州刀。更沽美酒共君飲，不負今朝春思豪。

凌歊臺呈同游張兵部朱太守

江東使者武陵仙，姑孰太守南都賢。同時文采耀場屋，今日寵榮分使權。歲豐民樂官吏肅，登高望遠開華筵。凌歊古臺壓城北，天門、牛渚遥相連。六朝盛事竟何在，白雲芳草空綿聯。黄鳥聲酸落花雨，青蒲風送西江船。鳥聲繚亂帆影没，勸君莫負杯中

① 「梅」原作「桃」，今從宋、影宋、庫本。
② 「玉簫金笛」原作「玉簫金管」，今從宋　影宋、庫本。

物。百歲榮華如轉輪，一半光陰已倉卒。寧須雜弦管，不必繁綺羅[1]。紫蓴煮豉肥鱸膾，更聽江南賤士歌。堯崩舜立天下治，廟室靈芝最爲瑞。岩穴自此無遺民，請把長戈鑄農器。功名來時如等閑，四皓去矣誰復還。一朝攘臂揖太子，社稷不動安如山。可笑屈夫子，憔悴長江濱。欲將獨醒換衆醉，竟葬江魚愁殺人。古來得失既如此，今朝幸會青雲士。功成早晚歸桃源，回首塵寰脱雙屣。

嵩山歸送劉伯壽秘監

松荒菊老嵩山秋，翁將歸兮邈難留。幅巾短袖騎黄牛，倏然自作山中游。山中游，誰與伴，兩姬窈窕吹牙管。千岩萬壑鸞鳳吟，常娥側耳冰輪款。五音和暢王道成，不是嵇康《廣陵散》。問公此曲誰爲之？曲曲新翻公自爲。古人今人不到處，能與陰陽四序相推移。我知公心通造物，豈止人間妙音律。天子呼來换舊章，樂成四十有五日。奏之明堂奉祖宗，天地清明和氣溢。至尊寵賜腰横金，自謂榮華非本心。再拜辭魏闕，揚鞭歸故林。故林在嵩山，白雲幽徑深。濯我衣上塵，重瀉山水音。只應王子

①「繁」原作「煩」，今從宋本。

晉，跨鶴每相尋。

月下獨酌二首

其一

長空無雲江水净，月出東方掛金鏡。我時有酒何處斟，破碎寒光借魚艇。便邀玉兔乞靈藥，一粒爲醫天下病。玉兔既不報，我亦醉不知。舟人解事唤我起，月輪已轉西山西。人間萬事不可了，且與明月閑相隨。

其二

明月不解飲，何事解照琉璃鍾。金波蕩漾使我惜不徹，一酌萬事逃心胸。良時忍自棄，聖代真難逢。生平不知耕與戰，唯知猛飲大笑吟清風。竹林七子豈足數，淵明五柳方途窮。一身不爲萬乘屈，傲笑嚴陵垂釣翁。明朝官滿，歸去來兮，但願月輪不缺，樽酒不空。吾君萬歲坐法宫，四海長静無兵戎。

郭祥正集卷十六

雜題古詩二十九首

白玉笙

白玉笙，咸通十三年琢成。琢成匠人十指禿，進奉明堂聲妙曲。當時應賜恩澤家，流傳至煜煜好奢。高堂日日聽吹笙，不知國内非和平。仁兵萬衆一旦至，國破倉黄笙墮地。雖然訛缺未苦多，却落人間爲寶器。管長纖纖剥笋束，况值吴姬指如玉。不見排星换掩時，自然天韵來相續。昔時禍亂曲，今日太平歌。興亡不系白玉笙，但看君王政若何。

金熨斗

金熨斗，酌醇酒。熨開萬斛之愁腸，贈爾千年之眉壽。酣酣笑臉坐生春，安用逢人嗟白首。

翠碧杯

翠碧杯，滿酌正是桃花開。一年三百六十日，幾人待得春歸來。春歸來，不飲酒，翠碧之杯爾何有。

魏王臺

金城東百尺，高臺臨遠空。長江浩蕩劍門險，欲平吴蜀難爲功。誰傾黄金建佛廟，擊鼓撞鐘夜還曉。香厨供辦老僧閑，玉欄花謝游人少。我來獨立想英雄，戰艇連雲氣概中。猶有斯臺存舊址，可憐銅雀起悲風。

藏舟浦

金城北，荒荒野水連雲白。島嶼相望一徑通，繞堤楊柳迷春色。天下三分血戰秋，張遼鑿浦暗藏舟。吴蜀雖亡晉已起，山川自結寒烟愁。承平只作尋春處，關門鎖斷春歸路。畫船載酒歌白紵，不忍醒時送春去。

悲陽春

悲陽春，陽春可樂胡爲悲。桃花枝上開未足，數片已逐狂風吹。陽春能來不能久，年少看花今白首。擊球馳馬力已疲，欲傍樽罍先怕酒。佳人如皓月，顧我猶衰蓬。相倚不相似，兩心何可同。請折并蒂花，更看鴛鴦鳥。容華與毛羽，相鮮乃爲好。揮手謝佳人，浩歌悲陽春。陽春易衰歇，爾貌豈長新。

江上游

我乘逸興浮扁舟，楊花渡江飛滿頭。河豚初熟鱭魚爛，借問春光須少留。人間乍聽黄金鳥，物外誰憐白雪鷗。但願滄波化爲酒，青山兩岸皆糟丘。人生快意天地小，登覽何必須瀛洲。漁歌聲斷自起舞，酩酊更看江月流。

望夫石

杜鵑啼血春林碧，妾有離愁异今昔。上盡高山第一峰，口亂魂飛化爲石。化爲石，可奈何，泪懸白露衣薜蘿。千古萬古望夫恨，一江秋水寒蟾多。漢家天子點征役，良人荷戈歸不得。此身未老將何從，不似山頭化爲石。

兩山間

江南南山連北山，蒼藤翠木水潺潺。水深藤老木拱矣，不知游子何時還。白雲孤飛翠華晚，獨鶴一聲星斗殘。兩山秀色手可攬，嗟我不得山中閑。

蓮根有長絲

蓮根有長絲，不供貧女機。柳梢有飛綿①，不暖寒者衣。朝歌悠悠暮歌短，下地沉沉上天遠。東生白日還西流，志士長懷萬古愁。

朝出青閨裏

朝出青閨裏，自汲井華水。井水如磨銅，妾面似芙蓉。照影返自嘆，净洗鉛華濃。郎騎白馬玉關去，令人綉被冷春風。春風欲盡來何遲，蠶蛾散子鴉哺兒。寫得短書無寄

①「梢」原作「稍」，今從影宋、庫本。

處，幽恨填膺泪如雨。

墨染絲

繰絲自喜如霜白，輸入官家吏嫌黑。手持退印競傳呼，倏見長條染深墨。墨絲歸織家人衣，别買輸官吏嗔遲。寄言夷狄與三軍，汝得豐衣民苦辛。

苦雨行

陰風黑塞雲漫漫，虚空晝夜騰波瀾。群龍淫怒煩神官，銀河源源來未乾。日月暗行天豈安，地下萬物泥潦氿[1]。角鷹快鶻摧羽翰，小魚爲鳳蛙爲鸞。君子有憂心盤盤，欲上問天造化端。蒼天無路不可干，哀歌空屋聲何酸。

① 「氿」原作「灘」，今從宋、影宋本。以下《霎月歌》其二「寥」原作「風」，今從宋本。

曉晴歌

霜風刮刮侵人膚，宿雲卷卷歸江湖。天開碧幕萬里鋪，飛出東來三足烏。羽毛渾丹光焰敷，地下萬物凍以舒。我今踴躍行樵蘇，白粳可糴酒可沽。烏爲母，吾爲雛。致我之暖，令我之餔，嗟不能報烏區區。

麟州嘆

邊兵不覺西人至，麟州倉卒城門閉。城中帶甲僅防城，城外生靈任凋斃。元戎底事不防秋，千里郊原戰血流。謾說知兵范僕射，未免君王西顧憂。

雲月歌二首

其　一

白雲微散月華生，月下白雲和月明。白雲猶解背人去，明月只知隨我行。我行不停月未落，心期白雲出寥廓。披雲揖月邀常娥，願携素手濯銀河。

其二

月下聽吟雲月歌，歌聲寥亮舞娑娑。勸君一酌千萬壽，今宵雲月情偏多。不知雲月誰爲主，愁看月落雲飛去。願如明月有圓時，不學白雲無定處。

勸酒二首呈袁世弼

其一

湛湛酒杯緑，酣酣炭爐紅。佳人放玉板，拂鏡照芙蓉。四海無波瀾，吾曹方宴閑。大笑凌白日，高吟動南山。百歲能幾何，會少别離多。少年嗟賈誼，壯士憶廉頗。不知醉魂魄，冠巾任傾側。冥然逍遥鄉，杳與塵寰隔。

其二

陰雲蔽白日，長風卷驚濤，江上崢嶸百怪嘷。挽君船纜勸君住，且飲百盞之醇醪，吴姬笑臉如櫻桃。鯉魚紅絲落霜刀，醉來不識天爲高。共君攀天跨鯨鰲，下視萬物皆勞勞。

牡丹吟

三月金張啟仙館，百種名花此尤罕。昭君曉怯胡地寒，太真晝臥華清暖。夢爲莊叟蝴蝶狂，散作襄王雲雨短。莫笑空山芝與蘭，冷艷不隨金剪斷。

左真觀

逸士騎魚入滄海，石壇遺迹今猶在。桂烟散景夜寥寥，玉露凝華春璀璀①。重來舊隱經幾年，挈笠携鋤姓名改。主人不識何當留，墨灑梁塵爛星彩。事見本觀刻石。

琅琊行

琅琊异他山，坡陀晦諸峰。惟有山下水，其源與天通。尋源見樓閣，鴛瓦青重重。寶鏡遞華燈，空岩散疏鐘。薰成香積界，回首非塵籠。陽冰俗篆未足數，禹偁稱八咏元

①庫本「璀璀」作「璀璨」。

無功。我來獨酌惜已晚，醉倒不見歐陽公。摩挲蒼崖讀舊記，誰掣玉索纏蛟龍。不憂石泐解磨滅，斯文自與元氣同。徘徊落日跨馬去，老松爲我摇悲風。

交難

馬蕭蕭，車轣轣，道上行人半相識。識面雖多心友難，滄海可量人莫測。君不見張、陳昔日刎頸交，臨陣彎弓返相射。又不見座中耳語程將軍，背駡一錢猶不直。噫吁嚱，休休休。猿鳥可爲伴，麋鹿可與游。春日晴暉暉，春風思悠悠。春泉滑涓涓，春林碧柔柔。行止任所適，歌嘯忘吾憂。逢人輒掩口，語發多爲讎。

楊白花二首①

①「二首」二字原小寫，爲注文，今統一爲題目正文。

其一

池水滿，宫柳長，胡地沙晴日色黄。自知憔悴容華改，朝來臨鏡懶梳妝。却尋携手舊游處，拾得落花空斷腸。

其二

秋風起，黄葉飛，宫門深鎖日還西。背人一去音書斷，塞雁無情亦解歸。此恨此愁無處托，暗塵消盡縷金衣。

靈芝宫 子固傳王平父事

靈芝宫乃在滄海之上、白雲之中。樓閣縹渺金間碧，玉花露濕香隨風。寒光長瑩别有月，笙簫間作春冲融。來時不記夢中路[1]，覺後唯聞長樂鐘。神仙誰云與世隔，暫游復返精誠通。倏然物化豈真往，舉杯彷彿聲傳空。蓬萊异館信非妄，羅池廟食今猶豐。

① 「記」原作「托」，據宋、影宋本改。

仕途機阱了可畏，天地雖廣身不容。低催至死寄僧榻①，曠達一念超樊籠。揮毫不似人間世，想見光焰如長虹。

圓山謡

廟食圓山忘歲年，自言眈酒未能還。身披羽衣手提藥，時時混迹來人間。七言四句又奇絶，固非俗士能追攀。蓬萊却在漳水上，鰲頭突起滄波環。長蘿秀木鎖春色，石泉自瀉秋聲潺。伊予來漳四十日，始造秘殿瞻威顔。歸鞍未解疾遽作，寒氣束縛形骸跧。夜夢青衣捧玉盤，琉璃十顆傅靈丹。欣然投齒咀三四，若飲沆瀣生修翰。精神頓覺枕上醒，五鼓未送蟾光殘。明朝視事若平昔，僚吏争賀詢其端。真仙垂祐必終始，凡骨豈易當珍丸。便思勇决謝塵網，往跨皓鶴參翔鸞。吟詩賣藥同至樂，安用包羞拘一官。

①「催」疑應作「摧」。下句「超」原作「風」，今從宋本。

芳草渡

落日渡頭芳草碧，傷如之何送行客。客行無盡草相隨，塞北江南同一色。秋霜野燒年年事，緑芽迸地先春力。芳草多情不變常，行人自去無消息。

我歸矣

我歸矣，江之南，一蓑一釣桃花潭。桃花潭水深千丈，李白句。金鱗尾尾密如蠶。得魚輒笑放魚去，我不貪餌爾何貪。移船就月還一飲，天爲方床月爲枕。水紅芙蓉爛雲錦，醉則縱横看花寢。看花寢，如之何，向來憂患付烟波。

郭祥正集卷十七

五言律詩五十首

四皓

彼美四賢老，高風萬古寒。去逃秦鼎鑊，歸識漢衣冠。翼翼羽翰就，堂堂宗社安。商山弊廬在，還入白雲端。

晚望

久客心嘗折，登樓望轉迷。風傾蘋葉亂，雨重柳條低。未得趨金馬，何當似木鷄。細尋鄉國路，愁聽暝鵶啼。

即事

北户風欺幌，南橋水拍城。柳長無嫩色，鶯老有新聲。書帙看慵卷[1]，茶甌不厭擎。故園何日返，此地獨含情。

幽居

春晚堪行樂，幽居獨閉門。忘形付詩酒，吾道委乾坤。壞壁蝸涎亂，殘經鼠迹翻。交游今已絶，孤坐欲何言。

江亭

江亭孤坐久，野望眼偏明。映日浮雲薄，摇風細柳輕。出牆新笋熟，拍岸晚潮生。遣僕沽春酒，幽歡取次成。

[1] 宋、影宋本「帙」作「秩」。

遣意

髮爲烟嵐秃，愁因患難添。徑荒無過客，笋进任穿檐。啄雀誰能遣，驚烏不用占。有巾堪漉酒，聊欲效陶潛。

春水

春水碧泱泱，平堤映綠楊。田疇資灌溉，鷗鳥共徜徉。放餌愁空掣，浮杯興最長。晚風吹細浪，仍送落英香。

早起

客愁偏早起，衰病愜晴明。索酒防春瘴，披衣聽鳥聲。舊書慵檢閲，新客懶逢迎。何日籠樊啟，再歸溪上耕。

初夜

初月未成魄，瘴天雲霧低。浦昏船競入，林密鳥爭栖。褊性憐幽獨，香醪自挈携。布衾今夜冷，猶得避兒啼。

可惜

可惜花飛盡，春歸客未歸。艱難行路險，老大賞心稀。翰墨誰曾問，漁樵與願違。江干空駐日，藜杖得相依。

卧柳

冉冉碧濠邊，三株細柳眠。根欹元着水，葉大鎮藏烟。不作棟梁用，豈燹斤斧先。春風任飄泊①，客意亦留連。

①「泊」原作「汩」，據宋、康本改。

水漲

山雨連朝注，溪流没草亭。蛟鼉方汹汹，鴻鵠自冥冥。只恐翻河漢，終當見日星。波瀾平地作，嗟嘆未曾經。

水花

水畔花饒笑，攲枝映小亭。日光烘欲醉，江色冷還醒。淺白渾迷鷺，殘紅尚襯萍。幽人頗蕭索，此地要頻經。

西齋二首

其一

西齋吾所構，檐角頗依林。蕭灑松篁影，暄和燕雀音。青春那肯住，白髮任相侵。稍悟淵明樂，時時撫素琴。

其　二

西齋吾所愛，一徑緑蘿深。終日聽新鳥，令人忘故林。地偏無客到，山潤有苔侵。禍患須安命，優游不廢吟。

南　樓

兀坐南樓夜，欄竿俯列星。村遥喧瓦鼓，塔近震金鈴。濕草埋昏瘴，飛蟲接小螢。物生皆有理，吾亦委頹齡。

自　恨①

自恨心肝拙，題詩愈不工。痴迷循磨蟻，辛苦打窗蟲。妙道知何補，多言自取窮。不如長寂默，愧爾白頭翁。

①宋、庫本「恨」作「貽」。以下「愧」宋作「媿」。

溪岸

溪岸逢春暮，桑條盡意攀。輕鷗翔近渚，好鳥響空山。小艇長欹側，孤雲自往還。遠游成底事，白首憶鄉關。

要客

要客來何晚，垂乾漉酒巾。玉琴虛別操，藤榻恐流塵。山暗蕭蕭雨，花辭短短春。杖藜慵緩步，愁殺獨游人。

城南

淡沲城南路，參差柳絆烟。稻秧才一寸，蠶子始三眠。曲折藏花地，喧和載酒天。清江深有興，只欲解歸船。

夜興

日没草堂陰，收書復掛琴。閉門人迹絶，危坐客愁深。星漢光芒動，湖山氣象沉。常娥如借月，蚊蚋莫相侵。

夕陽

夕陽沉谷口，海水接天南。歸鳥自成陣，暝山如半酣。看雲貪仰面，移杖忽遺簪。幽獨誰相過，人情老始諳。

遷居

殊方留滯客，遷館避喧嘩。破榻依寒竹，疏窗對晚花。燕歸疑識面，烏噪猒懷家。囊無書卷，新愁有五車。

交游

一作閩南客，幽憂忽過春。交游半卿相，踪迹自埃塵。未附垂天翼，空成涸轍鱗。吾廬松菊在，悵望孰溪濱。

微寒

廣潦生寒夜，幽人獨倚樓。渚涯迷海若，燈火想漁舟。雷鼓蛙争響，雲天月暗流。未應時序變，初夏返如秋①。

旅食

旋煮青芹滑，新炊白稻香。僧居同淡泊，旅食幸康强。未擬沉湘水，深防死耒陽。上書終自達，聖世本虞唐。

① 「返」原作「反」，今從宋本。

客問

來時麥未吐，今見秀盈畦。投井還遭石，登雲孰有梯。爾讒徒似錦，吾醉只如泥。行止無勞問，空山杜宇啼。

廢閣

疊甓基猶在，排空閣已摧。燕愁尋舊棟，蟻蠹傍新苔。月色閑圓缺，風聲自去來。廢興何可問，劫火亦成灰。

松風

夜寂松風度，魂清客枕寒。琴聲傳不盡，詩句寫應難。驟雨傾瑶砌，真珠落玉盤。隱居如可訪，吾欲跨翔鸞。

客禁

客禁何時釋，驚魂夢裏歸。深憂鄰虎穴，那得并魚磯。草色欣欣茂，螢光個個微。殘生苦多難，搔首掩荆扉。

寓館

一徑松陰合，重門院落深。客來聽鵲喜，春過惜鶯吟。風月時縱檻，塵埃不到襟。《黄庭》看在手，白雪任盈簪。

松櫪

婆娑松與櫪，夾徑碧蒙蒙。未辨雪霜操，同沾雨露功。低枝翻翠蓋，垂葉密樊籠。它日爲梁柱[1]，掄材合至公[2]。

① 「它」原作「他」，今從宋本。
② 「掄」原作「論」，今從宋、庫本。

立夏

歲旦辭江國，炎天客瘴鄉。浴陂群鳥白，含霧野梅黄。恨別山隨眼，消愁酒滿觴。殘魂終易斷，回首只茫茫。

深夜

四天垂翠碧，一水湛星辰。寂寞殊方夜，漂流片葉深。帝鄉勞夢想，客路只風塵。鐘鼓還催曉，深慚釣渭濱。

競渡

競渡傳風俗，旁觀亦壯哉。棹争飛鳥疾，標奪彩龍回。江影渾翻錦，歌聲遠震雷。輕生一餉樂，時序密相催。

傷春二首

其一

臘月花開盡，中春不見花。柳陰空拂地，草色漫平沙。客路心常折，僧窗鬢自華。故鄉何處是，瘴海暗天涯。

其二

春雨時時暗，春花眼未經。生涯隨過鳥，世態委浮萍。瘴霧何由避，蠻歌不忍聽。誰家有醇酎，吾欲醉兼醒。

西池

雨漲西池水，微瀾拍畫橋。不愁蓮芡没，唯恐棟梁漂①。扶杖防危步，移床避晚潮。何當風日爽，一舞看纖腰。

①「恐」原作「有」，今從宋、庫本。

積潦

積潦連江海，舂撞鋭劍鋒[1]。郡城千丈折[2]，民食五年凶。雨脚懸麻直，雲頭潑墨濃。忘機唯白鳥，不解避蛟龍。

自笑

自笑姑溪客，還投瘴海邊。不才無進路，多病復殘年。欲種千竿竹，將求二頃田。人生底事足，且愛酒涓涓。

喜晴

瘴鄉仍久雨，生事念樵漁。江海雲歸盡，乾坤日上初。短垣張浣服，幽圃理殘蔬。佐國知無術，聊欣病體舒。

①「鋭」原作「説」，今從宋、影宋本。
②宋、庫本「折」作「拆」。

城上

危步欲何適，城頭獨杖藜。水歸滄海後，雲散暮天時。秋色長空淡，笳聲迥野悲。泥沙埋熟稻，一穗亦無遺。

獨醒

野性惟憐酒，無聊遂獨醒。風塵雙白鬢，天地一青萍。鵩鳥寧須賦，《離騷》未足經。回頭付陳迹，終欲醉冥冥。

邸報

立法新三省，論材只數公。簿書期會正，風俗見聞同。戎狄瘡痍後，朝廷氣概中。不才思獻賦，天路恐難通。

宦情

宦情寥落甚[1]，况在九溪邊。瘴霧易成雨，颶風偏覆船。水殘餘盜賊，村迴少人烟。欲達中州信，迢迢路六千。

自遣

骨相殊屯賤，無官只有階。半生萍梗過，兩鬢雪霜排。去國腸空斷，求田心未諧。新交莫相笑，中立一枝柴。

西庵

一庵丹荔下，更與晝橋鄰。不許塵埃到，每期風月親。好音聞度鳥，斜影辨疏筠。拂拭白藤榻，欹眠穩病身。

① 宋、影宋本「寥」作「聊」。

雨過

雨過添幽事，褰裳步暖沙。竹梢含凈霧，藤刺罥輕槎。鸂鶒雙隨浪，蜻蜓對覓花。老夫詩思愜，頗覺日沉車。

野寺

野寺盤山腹，高秋雨霽天。拂檐雲漫漫，穿竹水涓涓。接食憐馴鳥，揩筇慕老禪。經年無客到，門巷叠青錢。

揮扇

四月長汀郭，晴多暑氣濃。欲眠難藉草，選蔭必依松。緑水遥思濯，青雲底處逢。西岩殘照盡，揮扇待疏鐘。

郭祥正集卷十八

五言律詩五十首

晚晴

川漲那堪雨，今朝喜晚晴。幽花繁露重，濁水止蛙鳴。圩稻應全刈，村醪可强傾。吾雖無一畝，亦足慰餘生。

屏迹

屏迹已恨晚，疲軀今自由。百年無七十，一日有千憂。覓酒開青眼，憑詩遣白頭。莫言賓客少，池上兩三鷗。

却卧①

曉起梳頭畢，開窗却卧時。素烟收枕席，紅日上藩籬。仰面看書卷，移床近酒池。紛紛萬方事，安用老夫知。

無客

病久人情厭，經旬客不來。帘因風力卷，門待月華開。柳上新蟬咽，城頭暮角哀。勞生隨物化，孰免葬蒿萊。

門巷

肅肅秋容净，蕭蕭門巷深。荆榛元自合，車馬少過尋。問婢催蔬熟，呼兒取酒斟。藤床未成寐，野鳥噪歸林。

① 詩中「卧」，傅增湘校作「聽」，疑作「聽」是。宋作「所」。

賦分

賦分從來薄，明時敢妄干。六年悲對獄，五十速休官。水送雲天净，山開洞壑寒。一枝能息影，何假北溟寬。

農事

三歲悲農事，官倉亦已貧。敕書雖赦獄，恩澤未蘇民。南國供輸大，中宵涕泗頻。一心隨草木，無復念沉淪。

野望

暑雨收殘照[1]，秋雲結薄陰。山光翠兼紫，水影净還深。竹密群鵶入，天空一雁沉。興來搔白首，衰颯愧儒林。

[1] 宋、影宋、庫本「照」作「候」。

日暮

倚杖孤亭久，無心辨俗訛。暮山青掃靛[1]，秋漢白浮波。岸震歸船鼓，村喧刈稻歌。未收西望眼，問罪有干戈。

歸燕

天外秋風勁，梁間燕羽稀。營巢雛未老，何地汝成歸。靈澤多樓閣，茅堂無阱機。故園春色動，還趁社前飛。

遣懷

節物驚心事，搏金菊放花[2]。潛魚防餌釣，高雁避城笳。南浦秋風冷，西江夕照斜。异鄉消息斷，林外更聞鴉。

①影宋、庫本「靛」作「淀」。
②「搏」原作「搏」，今從宋、影宋本。

擣衣

清秋送殘暑，隔屋忽聞砧。遠震星河夜，遥興關塞心。欲知針縷密，即是泪痕深。他日功成後，逢人寄好音。

植杖

獨往憐漁艇，群飛愛暮鷗。誰云天地窄，自伴水雲游。荇葉青争老，蓼花紅半收。江頭人事絶，植杖我何憂。

空囊

床有牛衣卧，厨供石髓餐。此身知是幻，卒歲不爲難。水合潛蛟冷①，雲深病鶴寒。青錢無得還，空掛一囊看。

①宋、影宋本「蛟」作「虬」，「水」作「冰」。

秋笛

清秋聞笛弄，獨立露沾衣。天外雲留住，水中龍未歸。悠揚聲益苦，感激思何微。不似前春聽，梅花片片飛。

黄山二首

其一

秋物已瀟灑，臨高念歲窮。陣收群雁没，峰斷片雲空。月色山川内，笛聲關塞中。西人未柔服，長策在諸公。

其二

秋晚陟浮丘，西臨古渡頭。鐘聲沉斷岸，橋影散中流。雪讓蘆花密，雲排稻穗稠。乾坤均帝力，草木豈能酬。

柴門

水落烟村迥，柴門四五家。晚風回斷雁，寒雨側幽花。世事紛無已，人生自有涯。鯨鰲真可釣，吾興欲乘槎。

復寒

三月閩南國，陰寒變慘凄。市樓添酒價，山雨勒鶯啼。田父憂春種，商人怯路泥。何當好風日，稚子浴清溪。

元興携酒見過三首

其一

永日門常掩，欣聞五馬過。社餘巢燕入，花散蜜蜂多。望斷千山緑，愁來兩鬢皤。肝腸思一濯，須藉酒爲河。

其二

酒味年來美，携觴約屢過。交情貧始見，詩思老仍多。許國心嘗赤，思家髮任皤。誦君新得句，秀色攬山河。

其三

沉毅陳夫子，談兵孰與過。運籌知必勝，善將不論多。漢陣千重黑，胡沙萬里皤。如聞洗戈甲，誰爲挽天河。

雨中喜君儀要温老希聖同見過二首

其一

蕭蕭山寺雨，漠漠暮雲寒。不恨麻衣薄，深愁酒盞乾。離披花刺眼，容易雪衝冠。要客能相過，寧辭濕錦鞍。

其二

萬里鄉園別，一春風雨多。亂蛙聲門急，歸燕舞緣何。石榻昏苔蘚①，柴門暗薜蘿。㰅

①宋本「苔」作「台」。以上《黄山》宋「鐘」作「兵」。

株方自笑，忽枉故人過。

謝君儀携酒要客慰唁愁寂二首

其　一

佳客過窮巷，良朋復可要。静緣棋局亂，愁逐酒杯銷。花底鶯聲度，林間雨點飄。晚春頻一醉，何必擬松喬。

其　二

讒人未投北，君子獨相親。歲月驚春晚，壺觴慰我貧。松聲風外急，山色雨中新。一醉無歸夢，寧論寂寞濱。

白蓮啟日上人退避長老之命以四韵高之

結宇古城邊，能詩復悟禪。鉢分摩詰飯，池種遠公蓮。竹颭春烟静，禽歌夜月圓。潔身吾有趣，回首謝塵緣。

送李絳伯華户曹

國士苟微禄，携家千里行。鄉關寒食節，郵舍冷猿聲。落日和雲盡，離觴與汨傾。銜冤仍送别，何以慰浮生。

和石聲叔留題君儀基石亭二首

其一

高才攄遠趣，鑿石架危亭。宿鳥依林白，春苗接海青。雲光隨帚亂，泉響置琴聽。况得少陵句，宜鎸座右屏。

其二

因山基大石，華榜揭高亭。畦稻翻新緑，山嵐浮遠青。鳥行雲際度，松籟雨餘聽。安得吴生畫，爲予傅小屏。

謝君儀寄新茶二首

其一

建溪春物早，正月有新茶。得自參軍掾，分來居士家。輾開黯玉餅，湯潑白雲花。一啜清魂魄，醇醪豈足誇。

其二

北苑藏和氣，生成絕品茶。豈宜分旅館，只合在仙家。點處成雲蕊，看時變雪花。琳琅得新句，又勝玉川誇。

曉起聞禽寄元輿

幽鳥語清晨，窗間宅禁人。只知添白髮，不覺度青春。救過須三省，觀空止一塵。賢交如未棄，時送濁醪醇。

寒食感懷示子肅二首

其　一

柳暗青春暮，鶯啼静院陰。鄉關隔寒食，父子共沾襟。未舉鵬天翼，聊爲鵩舍吟。驚魂招不得，時節感人深。

其　二

寒食金波汨，他鄉此日心。草連天際色，泉斷隴頭音。先冢三年别，飛埃萬里侵。只憑欹枕夢，時到謝山陰。

寒食元輿見要南樓把酒

五馬登城堞，十分載酒船①。無家寒食客，小雨惜花天。循撫恩何厚，飄零命最遭。閑愁不用遣，一醉暫成仙。

①宋「十」作「千」，庫本作「平」。

夜雨感懷

夜雨淫難霽，溝塍復亂蛙。輕寒侵病骨，餘響答空階。杜子嗟沾濕，莊生失渚涯。通宵不成寐，歸思瀉長淮。

憶小子鼎

元朝别家去，音信隔三春。讀《易》應終卷，端居莫患貧。定交疏燕雀，養節慕松筠①。冤獄何時辨②，思兒泪滿巾。

排悶呈元興

交態非今薄③，人情自古難。敝裘甘我老，雄劍請君彈。魂逐雲峰斷，心依酒海寬。百年能幾許，日月似跳丸。

①「慕」原作「暮」，據宋、影宋、庫本改。
②「辨」原作「辯」，今從宋本。
③「今」原作「余」，今從宋、庫本。

懷天隱

築室君先隱，窮途我正難。流鶯春谷暖，別鶴玉琴寒。泉罄經時聽，雲光抵暮看。异方空泪眼，何日共幽歡。

元輿三月三十日致酒

衰病仍爲客，相依過一春。和篇驚韵險，把酒沃愁頻。紫燕巢方穩，黄鸝語尚新。何時公赴召，終欲托車輪。

元輿試北苑新茗

建溪雖接壤，春末始嘗茶。旋汲鄰僧水，同烹北苑芽。月圓龍隱鬣，雲散乳成花。貢入明光殿，分來王謝家。

別南樓

寄榻六十日，朝朝上碧城。雲光隨近遠，山色變陰晴。濠靜魚頻躍，樓空燕不驚。他時那復到，欲去重含情。

四月一日

有瘴從今始，斯須雨復晴。草蒸蛇肆毒，榛密鵰嘗鳴。晚食宜防飽，村醪可强傾。何時繫歸鐙，高視嘆浮生。俗傳晚食不可令飽，飽即中瘴，須數飲以禦之。

別濠上

自得莊生樂，觀魚近碧濠。鯛萍時鼓鬣，防餌不投刀。柳挹春風靜，鷗眠夜月高。舍旃吾有適，滄海釣金鰲。

聞舊居教樂

昔作幽人宅，今爲舞女場。燕鶯弦管雜，草避綺羅香。喧靜雖殊致，興衰自有常。遥憐岩桂下，誰拂讀書床。

登清音亭二首

其一

已別城樓景，還登樹杪亭。地高鄰北斗，山遠接南溟。蟾影依雲斷，樵歌隔浦聽。客愁安用遣，此處可忘形。

其二

薄暮杳何適，高高登古亭。地無南國瘴，帘卷半空星。石瘦長人立，潭春皓雪停[1]。短才吟不就，終欲付丹青。

① 「春」原作「春」，今從影宋本。

雨中懷元輿

暫阻龍山雨，還思鳳閣人。凌雲曾獻賦，薄霧豈藏身。酒釀公田秫，羹調紫豉蒓。稍晴應見過，酬唱莫辭頻。

雨晴都按口號呈元輿

雨爲華筵止，晴牽飲興長。管弦隨晝永，羅綺散風香。衛仗留春碧，宫衣想赭黄。明年今日事，歸捧祝堯觴。

郭祥正集卷十九

五言律詩五十一首五言排律一首

元輿憐我復有漳南之行以麴局不可出遂置一樽托公域弟酌發眷眷之情于此可見矣以四韵謝元輿并呈公域弟

憐我萬里别，南荒多瘴埃。身爲官事隔，酒托故人開。飲德知難報，論歡默可猜。宗家有毛女，冰潔勝寒梅。公域美姬姓毛。毛女，古仙人也。

與元輿論詩而風雨驟至

一作城頭飲，重論别後詩。倏然雲雨至，應有鬼神悲。叙事公偏富，求聲我最知。庶酬三百首，餘韵付咸池。

元輿近詩加妙用寄四韵

誰識子昂孫，新詩靄暮雲。體兼諸謝備，名與少陵分。今去知無敵，從來自出群。南山能射虎，只許李將軍。

謝元輿送鮮鯉煮酒

鮮鯉江湖味，香醪日月春。撫循時有贈，飽暖遂忘貧。玉縷空投箸，金波漫入脣。交情今乃見，晚節共松筠。

招孜祐二長老嘗茶二首

其　一

無物滋禪味，來烹北苑茶。碾成雲母粉，香濺碧松花。消渴梅何俗，安神術謾誇。清談嘗數碗，莫笑老盧家。

其二

昔人多嗜酒，今我酷憐茶。軟玉裁成餅，輕雲散作花。石泉助甘滑，腸胃滌煩邪。却怪少陵客，曾無新句誇。

追和故友袁世弼酬孜老四韻

坐諷湯休句，閩南朱夏時。碧雲生海嶠，清吹散松枝。救物寧論報，安禪不履危。江東飽芹蕨，肯赴野人期。

寄題建陽王祖聖朝奉南澗樓

郎省辭榮早，樓居鶴髮翁。響分南澗水，清占北窗風。紫府雲常近，黄塵路不通。何當陪杖屨，有意學冥鴻。

壺公山方卿墓亭

鄭國棠陰在，壺山墓草黄。慶源長不竭，善訓永無忘。燕雀春風裏，烟雲碧瓦傍。命書何日下，潛德發幽光。

至節日君儀見過誦思猿佳作

不赴郡樓宴，能過野寺門。撫循悲節物，飄泊任乾坤。瘴霧經霜盡，溪潮向晚渾。思猿有佳作，敢爲倒清樽。

雨懷安止三首

其　一

春雨淫難霽，春山阻俊游。緑迷芳草恨，紅濕落花愁。古劍空彈鋏，疏帘懶上鈎。何當生羽翼，一日似三秋。

其　二

身隔空山雨，心同物外游。成篇超俗格，開卷釋新愁。鸞鳳翔青瑣，蛟鼉掛玉鈎。重吟垂翼句，春氣返如秋。

其　三

雨隔陳夫子，僧房懶獨游①。閉門誰復過，欲語已含愁。病翼深防彈，驚鱗遠避鈎。交情君勿替，松柏挺霜秋。

聞惠休師將浮海如吳省寶覺禪師

去興已翩翩，輕包赴海船。霧收山翠濕，月出浪華鮮。鼓動看風力，浮沉信佛緣。何時達鍾阜，重省寶公禪。

雨霽懷進醇老

宿雨洗林扃，開窗曉色清。池深魚競躍，花落鳥頻驚。結友論三益，營居共一城。風騷真有意，世事久無情。

① 宋、庫本「房」作「坊」。

覽進醇老詩卷

羈栖海上州，歲晚得師游。句瀉碧潭月，篇成清夜秋。雲根龍洞鎖，花氣蜜房收。此理何人達，營營枉白頭①。

同蕭英伯登净惠寺山亭二首

其一

策杖輕衣慪，憑欄遠日明。清江排暮釣，緑野碎春耕。嗜酒今非勇，題詩尚有情。海游攀俊德，唐相舊家聲。

其二

一徑穿林麓，幽人借杖扶。西山螺頂秀，南塔筆鋒孤。好鳥當花語，輕烟襯草鋪。登臨情未足，暝色欲吞吴。

①「枉」原作「任」，今從宋、庫本。以下《又和英伯》「閑亭」原作「閑亭」，《送惠休師》「悵」原作「張」，今從宋。

又和英伯四首

其一

亭出林巒表，春歸氣象明。江晴稚子浴，田暖老夫耕。弱柳禁風力，游絲奈客情。欲歸歸未得，愁聽杜鵑聲。

其二

野興憐詩逸，春醒要酒扶。登臨同俊哲，笑傲不覊孤。日落金霞卷，江翻雪浪鋪。閩山又寒食，何日到東吴。

其三

亭臨天外構，春物望中明。客興托詩酒，野心憐釣耕。露花如有恨，風柳自含情。何事子規鳥，故爲腸斷聲。

其四

開亭當險絶，疑有百神扶。江静群鷗集，天空一鶚孤。落英紅錦碎，狂絮白毡鋪。試問江南信，歸帆至自吴。

送惠休師浮海如吳

游吳興不淺，直欲跨冥鴻。豈畏海波險，自明禪性空。柁樓瞻北斗，帆索帳東風。我欲江南去，音書却易通。

雨中酌君儀所送酒有懷

冬雷知不密，地震復如何。海角晴明少，客心憂慮多。白鷗欺浪舞，黃鳥挾春歌。幸有故人酒，門深掩薜蘿。

午日送酒與元輿

前歲菖蒲酒，臨汀共一樽。回思當觸網，猶有未招魂。抱義君偏厚，餘生我尚存。都城酬此酌，佳節可重論。

樂游軒呈運使陳大夫

狹徑通蕭寺，牆開薜荔陰。坐間松籟奏，歸待月華沉。雅有賢人樂，清無俗垒侵。一軒寧久駐，四海望爲霖。

西池水漫蓮葉資深勸予理之

短短芰荷葉，深深野水漫。何神能止雨，無術理驚湍。久客懷三徑，包羞拘一官。貲心那復數，歲望骨毛寒。

稍霽二首

其一

稍止今朝雨，猶埋瘴嶺雲。亂流安可塞，故老未嘗聞。陰怪群難數，陽光晚漸分。僅能存井邑，不復念鋤耘。

其　二

淫霖霾晝夜，積潦接郊郛。小艇家家有，危椽處處扶。稍晴人共喜，却暖鳥争呼。海若一何暴，幾翻天地樞。

自和二首

其　一

已喜收微雨，還愁合暮雲。潮痕殊未减，屋折厭頻聞[1]。天地溟濛内，山川早晚分。吾民方乏食，何以慰耕耘。

其　二

猛風來半夜，駭浪却平郛。避地憂橋斷，登山借杖扶。馬牛真不辨，老稚亂相呼。安得瞻晴景，耆苔綉户樞。

①宋本「折」作「拆」。

净惠橋亭爲水所漂因勸寬老葺之二首

其一

怊悵風兼雨，西橋半夜摧。青龍真變化，白鳥漫驚猜。蕩潏無遺迹，登臨不再來。道師如好事，重爲購良材。

其二

水漲西橋折，重來路已差。檜牙翻駭浪，石脚没平沙。夢想追塵迹，湮沉嘆物華。何人能起廢，壯觀老禪家[1]。

送陳輯都曹致仕還鄉

賦筆驚場屋，高才嘆陸沉。宦游今日盡，野興暮年深。黄菊看看秀，青雲處處陰。君懷能亢爽，吾意亦侵尋。

① 「壯」原作「北」，今從宋。

舟經彭澤謁靖節祠

彭澤江邊邑，蕭疏靖節祠。烟昏鹿皮畫，草暗菊花籬。咏德今千載，言歸彼一時。男兒要出處，此道幾人知。

竹子灘逢廣漕張公詡二首

其 一

泗水初傾蓋，西江再逆舟。策能誅賊滅，心不爲身謀。夜永談無寐，樽空幸少留。遲明還惜別，飛槳下灘頭。

其 二

會合嗟無酒，留連漫索茶。晚雲隨落日，歸雁集寒沙。自達聊安命，多言任指瑕。吾宗有令弟，恩復出君家。吾弟蒙正，爲公美所薦。

螺川送别王公濟朝奉還臺

亭上客送客，江頭山映山。白髭須酌盡，彩鳳欲飛還。帆轉疏林外，烟生遠渚間。離愁自堆積，輒莫唱陽關。

送郭晦叔知海州

凛凛汾陽秀，螺川舊徙居。文名動場屋，孝節冠鄉閭。御史論才久，方州躐等除。朝廷終器使，宗廟得璠璵。

英州烟雨樓

江路分韶廣，城樓壓郡東。妓歌星漢上，客醉水雲中。潑墨天涵暝，鋪綃月映空。登臨逢此景，不復念途窮。

南山禪院

棟宇新成寺，黄金貼翠微。山眉一雙碧，江帶兩條飛。亂石森門戟，晴雲作地衣①。薰弦誰與奏，松響瀉珠璣。

廖華國使君致酒

飛蓋穿林外，行厨就竹間。酒狂思海瀉，歌響遏雲還。逸驥方騰躍，疲駑强附攀。磨崖記名姓，長伴水潺潺。

同穎叔修撰游吴圃分得須字

地與浮丘接，花如錦帳鋪。杜康傾琥珀，海若獻珊瑚。老竹爭抽笋，幽禽自引雛。人生行樂爾，富貴亦何須。

①岫本「地」作「舞」。

即席和穎叔送别四韵

二月溟濛雨，春寒反似秋[1]。玉舩浮濁浪，蘭楫擬滄洲。自顧駑駘困，寧攀逸驥游。楚歌彈未徹，歸思已難留。

蔡梧州叙拜禮用四韵謝之兼送别

卓犖金閨客，經過慰老夫。能當韓子拜，深愧孟生愚。開卷詩千首，論交酒一壺。春風送和氣，連夜入蒼梧。

寄東莞李宰宣德

舊交幾人在，寧嫌雙鬢皤。一生長作客，九死漫悲歌。歲月驚秋速，關山恨别多。君須陟臺省，吾欲隱松蘿。

①宋「反」作「返」。以下《寄東莞李宰宣德》「交」宋作「友」。

送象守賈正夫朝奉還臺二首

其　一

六載爲南郡，歸時雪滿顛[1]。一家才度嶺，單騎欲朝天。介潔終無玷，精神老尚全。十分愁別酒，魂斷鵠亭前。

其　二

十載音書絶，扁舟忽見過。有樽傾別酒，無妓唱離歌。海闊春光少，城空瘴霧多。羨君先度嶺，猿叫隔雲蘿。

追和李白金陵月下懷古 唐格

歷覽古都會，金陵冠南州。天開鍾阜倚，江轉玉繩流。异代有興廢，前賢歸冢丘。草没烏衣巷，塵埋結綺樓。城空龍虎踞，臺罷鳳凰游。默想秦淮月，曾悲玉樹秋。

[1]「顛」原作「巔」，今從宋、影宋、庫本。

和穎叔千歲棗

彼美祇園棗，珍同玉井船。後期千載熟，今日萬珠圓。地潤仍依佛，欄深自冪烟。結花雖最晚，藏核莫如堅。鴨脚看何小，鷄頭美未全。種來誰共老，服久必成仙。大食移根遠，番禺記蔕蓮①。舊名稽藥録，新賞著詩編。甜出諸餳上，香居百果前。黑腰虚羨爾，紅皺豈爲然。柔脆憐金鳳，飄零嘆木綿。諷包丹荔賦②，精奪寶刀篇。静夜風回海，清秋月蘸天。彩山要客集，翠顆繞枝駢。邂逅爲公壽，婆娑與世延。暮鐘催酒散，嘶馬引旗旋。今作中州瑞，元從异國傳。何當廣栽植，欲以慰饑年。

廣福禪寺

寺與人寰隔，西軒更遠瞻。雲烟生卷箔，星斗半垂檐。山對屈雙碧，江空鏡一奩。旅魂招不盡，愁向酒中添。

①「記」原作「托」，今從宋本。
②宋、庫本「包」作「苞」。

馬仁山

在繁昌縣南。舊名馬人。唐德宗時，石馬妖鳴，斷其首以厭之，易今名。

崔嵬山下石，如馬亦如人。玉老龍蛇護，庵空歲月新。訪僧非舊識，覽壁但傷神。更恨無流水，難尋洞裏春。

郭祥正集卷二十

五言律詩四十六首五言排律四首

同潁叔修撰登蕃塔

寶塔疑神運，擎天此柱雄。勢分吳越半，影插斗牛中。拔地無層限，登霄有路通。三城依作鎮[1]，一海自横空。禮佛諸蕃异，焚香與漢同。祝堯齊北極，望舶請南風。瑞氣凝仙露，靈光散玉虹。鐸音争響亮，春色正冲融。視筆添清逸，凴欄説困蒙[2]。更當高萬丈，吾欲跨冥鴻。

① 庫本「三」作「一」。
② 宋本「説」作「洗」。

將至歷陽先寄王純父賢守

竹馬交游早，星軺會遇難。行年均坎坷，撫己共悲酸。鳳去鍾山暝，龍沉洛水寒。朝廷新日月，風俗舊衣冠。佳郡分符印，修途振羽翰。樽醪千蟻汎[1]，樓瓦萬鱗蟠。直節堅逾柏，忠心赤奪丹。才華僉論著，功業鼎銘刊。賤子初投井，收身即棄官。生涯添鬢雪，歲序走江湍。造膝思陳榻，論詩愧杜壇。鷦鷯信微物，聊假一枝寬。

鄭致國宣義見過小山留飯叙舊 毅夫丞相令子[2]

一見翰林子，悵然懷昨游。盡爲泉下鬼，猶有水中漚。皇祐京城之游，惟予獨在。屏迹今雖久，驚魂恐未收。殘年唯伏枕，幾月不登樓。促榻開青眼，論詩慰白頭。嶺雲遮薄暑，江雨濕新秋。蔬飯慚無味，星軺强少留。會難真可惜，老去只添愁。明歲聞官滿，高才副帝求。功名隨會遇，閥閱暢源流。養大應知損，安卑且尚柔。不孤將有托，吾説肯虛投。

①「汎」原作「況」，據宋、庫本改。
②「飯」原作「飲」，今從宋本。按詩中云及「蔬飯」。

得瑞金暉評上人書因以酬之

野寺三秋別，緘書一度收。青開今日眼，白盡昔年頭。高義嗟難得，勞生苦遠游。新亭名六以，真妄復何求。上人書云：林間新作小亭，名爲六以。

寄題六以亭

以幻聊觀幻，亭將六以名。隔林風籟息，滿地月華清。不動超千劫，隨緣度一生。有時拈榔栗，劃斷野泉聲。

立夏日示陳安國宣義

昨日春歸盡，輕衣畏暑侵。落花空眷影，新葉自成陰。晝永惟便睡，蟬清稍伴吟。小團宮様茗，分酌莫辭深。

携酒就陳安國隱居小酌

家住逍遥國，門無車馬音。十分消睡茗，一寸已灰心。春去花應盡，潮生岸恐沉。徑須携飲具，來傍荔支陰。

同崔員外訪陳安國隱居

共出塵埃外，來尋董監家。未能穿草屩，且欲駕柴車。谷斷雙橋險，門荒一徑斜。客心聊爲洗，石鼎煮新茶。

書尋真觀王契元先生祠堂

久悟尋真訣，應爲蜕骨仙。壽齡過九十，功行滿三千。舊話皆如約，八年前先生見予，約以九十二歲前尚可一見。知心信有緣。相思一杯酒，和泪灑雲泉。

寄九江陶子駿通直

家住廬山脚，堂開佚老名。清朝知止足，白髮慰平生。日月歸千載，乾坤付一觥。曾逢金馬客，喚作小淵明。

寄題程信叔朝散先墳思成堂歸真亭二首

其一

水聚山仍合，營祠構一堂。丹青瞻邃表，簪笏遍諸郎。烟雨和春暝，松篁浥野香[1]。命書連歲下，潛德發幽光。

其二

世澤從今遠，音容杳莫期。桃源春去後，華表鶴歸時。月慘烟雲晦，風生竹樹悲。登亭還灑涕，千載景豐碑。

[1] 底本原校：「浥野」一作「絶澗」。

題趙康州石聲編後

一賊鳴銅鼓，孤城隕使星。形骸糜矢石，忠義貫丹青。皎皎張巡傳，聖俞表。新新季子銘[1]。荆公志。吾詩愧涓滴，何以助南溟。

宿廣善院

峻嶺隔人世，深雲藏寶坊。龍鱗蟠碧瓦，虹影卧雕梁。道濟三途苦，齋餘七日香。炎天蚊蚋絶，此地信清凉。

謝賈明叔侍御見過敝廬

不是少陵客，寧煩謝子過[2]。雨昏窮巷柳，風折小池荷。至論鏗瓊玉，幽情愛薜蘿。公屢愛陋居幽僻。朝廷容直道，予亦樂漁蓑。

①「季」原作「李」，今從宋、影宋本。
②宋、影宋本「子」作「守」。

和胡與幾承議藏雲山雲際寺留題

山路入雲際，山深雲更深。老龍方晦角，秀木不依林。溪溜冰生面，泉泓月贈心①。何須長抱石，天下望成霖。

上巳席上有贈

眸子剪秋水，丹青畫不真。誰知上巳日，忽見浣紗人。姑射長留月，桃源別有春。地衣新樣錦，羅襪不生塵。

賈侍御同游石盆寺以白玉船酌酒

共訪青山寺，仍翻白玉船。不憂身墜馬，先覺口流涎。水鏡初涵月，雲峰半倚天。新堂雖未就，詩思已飄然。

①「贈」原作「作」，今從宋本。

寄漳州陳昌國解元

爲問陳昌國，醇醪幾度春。海中消息斷，予飲器名酒海。舊詩云：感君添我海中春。枕上夢魂頻。舊恨隨流水，新吟待故人。何當騎鹿去，重笑九溪濱。

送褚南翁赴潯幕

學行從來著，官臨益有規。衆人皆信謗，惟我獨無疑。萬里還趨幕，三年且待時。烟霄歧路在，晚達未爲遲。

送劉彦思推官

入幕三年久，還家萬里遥。道孤誰汲引，政善衆歌謡。北夢君方穩，南魂我未招。官醪不許買，別恨幾時銷。郡禁：官務不得賣細酒。

謝倪敦復惠酒

江雨今朝霽，柴門爽氣高。病餘逢七夕，書至得雙醪。飲德知無盡，論心敢憚勞。鳳團分賜茗，持以報詩豪。

喜胡展誠改官南歸

聞道扁舟至，南歸得意人。拜官臨百里，增禄慰雙親。所養應逾大，能廉不患貧。山家一樽酒，聊爲拂京塵。

何明道宣德話所見龍作四韵志之

跓步雙龍起，驚嗟莫遁藏。水鱗摇白影，火鬣縱紅光。穴地遺涎在，排雲曳尾長。不逢吴子畫①，想咏獨難忘。

①宋本「子」作「手」。以上「水」原作「冰」，今從宋。

送南劍王倅奉議

何幸一身老，親逢三世賢。文章吾已盡，閥閱爾能傳。歸劍光生夜，層樓影插天。課書登善最，漢殿席應前。

和劉漢陽見寄郎官湖佳作

出郭湖光滿，轉山湖影凉。得名因太白，起廢自劉郎。石鏡三更見，荷花一丈長。客來籌往事，蘭草死猶香。

和劉漢陽浩然亭

磴道通絶頂，登臨懷弊廬。山雲數峰斷，江樹一行疏。舊史名空在，新亭畫不如。自迷姑孰釣，深愧漢陽書。

雨中懷倪敦復因以蜜雲團寄之二首

其　一

曲巷無人至，幽居覺日長。數聲猜舊燕，一縷惜殘春。着雨花枝困，欹風柳帶忙。夢魂招不得，惟是到君傍。

其　二

三載久相依，看看嘆别離。可堪江雨隔，空對野梅悲。息迹無人問，因禪與物違。蜜雲新樣茗，封送習家池。

和朱行中龍圖游澄惠寺①

一水碧漪漪，更逢烟雨微。草昏千步障，松掛六銖衣。冷翠光争滴，殘紅濕不飛。自憐詩句拙，空伴史君歸。

①「朱」原作「宋」。據宋、彭宋、庫本改。朱行中名服，《宋史》有傳，郭祥正之友，本書屢及。

夏寒

三伏當炎熱，翻如九月天。晨興重衣夾，夜宿盡防川。船撼江聲怒，樓侵雨氣纏。白頭悲世態，何以度殘年。

元興待制招飲衣錦亭

宿雨消殘暑，嘶蟬引素秋。吟悲宋玉賦，醉倚仲宣樓。衣錦平時樂，藏舟戰國愁。蜀山斜照盡，歸興尚遲留。

元興待制藏舟浦宴集

聖世銷兵久，樓船不復藏。清瀾浮桂楫，紅袖薦瑶觴。荇菜風牽碧，荷花雨迸香。孔融真愛士，寧厭禰生狂。

合肥逢清璉上人即圓通慎禪師弟子

閩國衣冠後，羌廬法性師。江河傾辨説，冰雪净容儀。塔影龍蛇護，松聲猿鶴悲。門人忽相過，話舊涕空垂。

癸酉除夜呈鄰舍劉秀才

六十明朝是，今年此夜除。勞生一樽酒，陳事數行書。臘逐燈缸盡，春回律管初。不愁家信斷，安穩藉鄰居。

夜泛麻胡

片片冰消後，盈盈月落初。舟輕風勢急，水闊雁鳴疏。生事長飄泊，愁懷自卷舒。還憑過江夢，一爲省吾廬。

保寧寺静軒

隠几得真樂，此軒深復深。衆喧從過耳，一法不關心。雨止溪添漲，風行竹亂陰。誰云非對動，吾欲寫瑶琴。

風

颯颯來何處，空岩虎一聲。蕩摇神女態，飄忽楚王情。有力疇能禦，無根長自生。掃除天際霧，爲放日車明。

冬夜泊金山

寒野雲陰重，新冬客意忙。道途無處盡，歲月有時長。流落隨江海，崩騰避雪霜。還投白蓮社，清凈萬緣忘。

寄致政徐丞二首

其一

爲問徐夫子，歸歟樂幾何。宦情今日盡，野興與雲多。供佛延親壽，開樽許客過。終期卜鄰去，松下按長哦[1]。

其二

爲問徐夫子，身閑心若閑。一樽陶令酒，十頃謝家山。雲外冥鴻去，松顛獨鶴還。令人起高興，從此卜追攀。

送叔父入川

霰雪滿江海，破帆風易吹。從今孤鳥興，不及共巢時。讒謗寧須辨，神明豈易欺。峽山雲不老[2]，莫動故園悲。

①底本原校：「按」，一作「接」。
②宋本「不」作「木」，傅校作「不」，今從。

送人赴巫山尉

薄宦杳何所，令人重別離。暮天歸鳥盡，濕櫓渡江遲。神女十分色，襄王萬古悲。到官無盜賊，覽古數題詩。

送許秀才二首

其一

許子來何謂，還家興未忘。青山聊自愛，白路不知長。皓雪飄詩句，寒星動劍芒。嗟予倦塵俗，無術接翱翔。

其二

西風吹落葉，片片旅人心。半夜有歸興，明朝雪滿簪。濁醪聊惜別，精藝少知音。草店青山外，解鞍孤月沉。

送衡武陵赴闕

夫君老文學，國士盡知音。往奏相如賦，休憐阮籍吟[1]。一樽江上酒，千里日邊心。人問武陵事，桃花春水深。

采石觀

江水流還合[2]，山形到此孤。突然樓閣聳，疑有鬼神扶。門外橋踪在，沙邊王氣無。我來何所得，石上采菖蒲。

康王觀

路絶蒼崖險，橋横大壑飛。花殘啼鳥去，雲重老龍歸。劍珮塵埃化，冠纓繪塑非。客來空悵望，魂斷夕陽西。

①「籍」原作「藉」，據宋本改。
②底本原校：「還」，一作「環」。宋、影宋本「還」作「環」。

三妓頋予幽獨戲作四韵

忤俗遭羅網，何緣即掛冠。閉門誰復過，獨酌豈成歡。客久添衰疾，春餘尚苦寒。幽花雖入眼，不似故園看。

贈臨江守范希遠龍圖

傾蓋相逢晚，開樽上小樓。感時心尚壯，欲語涕難收。神主方思治，英才悉應求。邦畿分使節，玉陛邇宸旒。温密親聞詔，精忠屢獻謀。養兵能足食，行縣必寬囚。舜日期無盡，堯雲遽莫留。鼎湖龍化影，銀海雁沉秋。事畢身先貶，名高衆所尤。一麾甘去國，千里謾承流。兄弟皆朱紱，雙親未白頭。遭讒雖坎坷，安命亦優游。雪意饒冬暖，灘聲奈客愁。須君作霖雨，終附濟川舟。

郭祥正集卷二十一

七言律詩五十首

淮南韓魏公新祠

新祠重見舊風標，儀鳳無聲立紫霄。富貴榮華垂四紀，功名事迹冠三朝。月移帘影燈長在，春散庭陰木未喬。何獨斯民懷惠愛，帝詞天篆刻琨瑶。

韶州唐張文獻公祠堂

文獻頎頎學問該，可憐爲相遇嫌猜。當年致主陳金鏡，後世空祠見鐵胎。武水直疑龍卧久，韶山時想鶴歸來。我朝繼有襃公出，誰道南方乏美材。

謝發運穎叔寵寄新什

春風冉冉送流年，一望雲霄一慘然。帝闕輟才聞出使[1]，漁蓑終老不成仙。已甘荊棘填靈府，想見蛟龍走蜀箋。正是水深波浪闊，忽逢高雁寄華篇。

陳秀才惠示長歌答以四韵

世路飄零久愈羞，詩壇誰許結英游。身留海上三年夢，心寄江南一葉秋。已分羽毛藏枳棘，盡從讒謗起戈矛。真才合比驪珠貴，何事傾懷輒暗投。

和君儀感時書事

海角逢春仔細看，一番鶯燕展輕翰。約風柳帶金爭軟，着雨梨花玉斗寒。隴笛不知何處咽，秦筝着意爲誰彈。留郎更賦多情曲，直欲豪華將杜壇。

①底本原校：「輟」，疑作「掇」。

阮希聖新軒即席兼呈同會君儀温老三首

其一

阮軒要客暮春時，淡蕩晴絲日正遲。出屋花光紅瑪瑙[1]，隔湖山色碧琉璃。老榕垂干侵疏酒，新鴨呼雛過短籬。我欲高吟還閣筆，坐中留、蔡總能詩。

其二

海邊邂逅禁烟時，選勝携壺不可遲。日射山光如琥珀，水涵天影似琉璃。蝶隨柳絮翻羅幕，人并桃花映竹籬。却憶緑槐陰下路[2]，曾尋宫葉爲題詩。

其三

誰憐齟齬老明時，把酒尋春已恨遲。舟漾緑波飛舴艋，烟籠青瓦濕琉璃。狂嗟李白驅鯨海，醉笑陶潛倚菊籬。争似隔林聞一曲，與君重賦杜秋詩。

①宋本「瑪瑙」作「碼碯」。
②宋本「路」作「坐」。

聞陳伯育結彩舟作樂游湖戲寄三首

其一

湖波渺渺浸殘春，東郭開筵迴不群。聞結彩舟撐碧落，更携簫鼓度青雲。自憐玉海終無敵，却憶瓊漿竟未分。伯育先寄詩，有「與君分兩石」之諾。珠履難陪空悵望，且憑詩句張吾軍。

其二

東陳風義舊傳聞，雕鶚鸑凰果逸群。青竹題詩才倚馬，畫船撾鼓氣凌雲。賞心自向明時得，樂事應容下客分。敵飲會須翻玉海，背河決勝看齊軍。

其三

臨漳多士冠南閩，况復高才更出群。筆下文章翻錦綉，坐中談笑領風雲。美名合預青錢選，邪黨今從白眼分。聞欲高亭張雅宴，寂寥應憫舊將軍。

次韵君儀風物可愛之什

二月風光着意看，莫思旅食久艱難。林間鶯喜緡蠻語①，水畔花愁料峭寒。游子牽衣攔道飲，美人携瑟上樓彈。少陵野老誰能繼，君有新詩合築壇。

净惠山亭要客致酒

何處要賓入醉鄉，穿雲亭榭冠南漳。城隨山阜龍蛇轉，花覆園林錦綉香。三月風光聊酩酊，百年人世少康强。采薇甘餓簞瓢樂，安用須爲畫省郎。

感懷寄泉守陳君舉大夫

柴門永日泪沾巾，事與心違漸失真。家住江南幾萬里，身留海上已三春。明時枉作銜冤客，皓首翻爲哭子人。多謝泉州賢府主，數將書札問悲辛。

① 影宋「緡」作「綿」

再和阮軒即事

游人隨處踏青時，日永天低樂奏遲。水上往還多翠碧，盤中光潔盡琉璃。重山複嶺爭侵户，淺杏深桃半出籬。正是鮮春堪愛惜，勸君莫作送春詩。

和君儀高明軒

一軒華榜揭高明，檐角昭昭掛日星。鷗鷺翩翻下空渚，雲烟時復起中庭。長蘿却覆鮫綃帳，遠岫爭開翡翠屏。香篆半銷塵念息，始知天地一浮萍。

携茶訪徐彦醇助教

蓬蓽蕭然一畝宫，生涯四壁有清風。鄉閭高行終無玷，場屋遺才誤至公。書卷五車心盡記，年華八十耳猶聰。滿杯雪液聊分酌①，别後音塵豈易通。

①「杯」原作「林」，據宋本改。

送饒守李澤民承議

傾蓋論心古亦難，詞源向我瀉潺潺。番川共惜顔公去，漢室誰憎賈傅還。莫遣塵埃侵鬢髮，且張圖畫對雲山。公自畫番川一圖。何時樽酒重相遇，魏北江東落照間。

南樓有懷元輿

且欲臨高遣白髮，故携筇杖立城頭。田家隔水犬吠犬，天氣新晴鳩喚鳩。靡迤物華春又盡，紛霏塵事老何求。使君閑暇須游樂，莫爲愁人能樂游。元輿以予宅禁而未嘗把酒，豈可以僕而廢他客乎。

次韵元輿言懷

與君交臂每忘憂，用即三公尚黑頭。美化流行非乳虎，新詩老重似雎鳩。篋中璣貝方論價，江上田園未足求。信道斫輪真妙手，只慚縲紲玷英游。

臨汀春晚[1]

黯淡陰晴閣雨天，清明將近見秋千。風高喬木鶯初囀，水暖平沙鷺鬥眠。身計只知嫛陷井，年華豈解老神仙。迢迢歸路三千里，始信家書值萬錢。

次韵元興臨汀書事三首

其一

福撫開山罷戍兵，我朝仁澤始流行。嵐烟蒸濕同梅嶺，地脉逶迤接贛城。花木藏春先臘拆，兒童要壽半岩名。如今太守真黄霸，里巷歌謡善治聲。岩名謂南安岩王。

其二

碧瓦參差幾萬間，重樓複閣更回環。城池影浸水邊水，鼓角聲傳山外山。鑿落門傾元弛禁，秋千争蹴未容閑。使君得意同民樂，日擁笙歌倒醉顔。

①「汀」原作「江」，據宋、影宋本改。

其三

近郭溪山最可游，雨晴天氣返如秋[1]。人携羽扇防濃霧，馬惜轎泥涉淺流。竹葉要翻金盞底，梨花偏稱玉釵頭。卧龍勝事堪圖畫，迥壓閩南七八州。

雨中南樓望西方僧舍要元輿同賦[2]

殘春絲雨洗氛埃，一日重城望數回。黛色淺深添草樹[3]，輕綃高下覆樓臺。溪聲遠與鐘聲雜，山影分從電影開。不得畫工如立本，使君吟寫最多才。

東郊

東郊悵望惜春歸，頗覺年來萬事非。不奈離愁須覓酒，得聞歌響却沾衣[4]。蜜蜂捕蕊穿花去，巢燕尋泥拍水飛。物態風光能幾許，老無憂患世人稀。

① 「返」原作「反」，今從宋、影宋、庫本。
② 《永樂大典》卷七千八百九十二引《臨汀志》轉引此詩中四句，題作「南樓望西方院」。
③ 「黛」原作「黝」，今從《永樂大典》。
④ 「得」原作「待」，今從宋本。

雨霽

今朝晴日照柴扉，即看輕雲卷翠微。燕子有情歸舊棟，柳條牽恨拂征衣。故鄉書信何時到，瘴地烟嵐此處稀。白酒一杯聊强飲，物情人事恐相違。

白蓮院觀蔡君謨要師遺迹

盤屈龍蛇未奮身，老禪當日亦知人。來趨蓮幕文章客，去作金鑾侍從臣。物外論交終不泯，壁間題字尚如新。年年楊柳春先緑，誰復多情與望春。

開元客館

裂瓦攲椽五六間，地形高下頗依山。黄鸝相應雨初過，緑樹成陰春已還。土灶有烟營飯飽，柴門無客任苔斑。却思一釣滄浪去，蘋葉蓼花相伴閑。

開元禪寺

三寺參差見刹竿，東塔大王開元三寺相鄰。開元形勝據龍蟠。樓臺影落青霄險，鐘磬聲傳碧澗寒。物物有緣香供盛，塵塵無礙法筵寬。欲隨大士披華藏，北斗容身不亦難。

次韻元與雨中見懷二首

其一

屋漏沿窗玉篆斜，索居蒸濕度年華。銜冤欲訴中都獄，抱義難酬漂母家。地隔五湖秋雁絶，草荒三徑曉猿嗟。幸君數送瓊瑶句，枯卉蒙春亦吐花。

其二

雨鎖柴門一徑斜，詩筒時復睨英華。自憐白髮非商叟，却對青山憶謝家。卞玉逢知終薦達，隋珠投暗只驚嗟。悲歌半夜彈雄劍，恨血千年變土花。

小閣夜眺

白日壓寰憂思深，夜登危閣解煩襟。空江雲盡月涵壁，絶壑風生松奏琴。佳客不來分坐賞，濁醪誰爲此時斟。疏鐘輒莫催清曉，吾欲憑欄更一吟。

南山晚步簡白宣長老

雨過南山紫翠深，兩兩仙露灑衣襟。碧雲影裏寒猿嘯，玉澗聲中怨鶴吟。期赴前林同茗酌，倦投盤石揀蘿陰。憑誰寄語謝康樂，安用披榛故遠尋。

次韵元輿題王祖聖南澗樓清斯亭二首

其一

平昔朱衣駕兩轓，高樓歸隱卧雲泉。文章未許矜盤谷，水墨無勞畫輞川。春日半晴花照地，秋風入夜雁連天。燒丹辟穀非吾事，能遠塵寰即是仙。

其二

松徑沿溪溪水深，水光澄碧倒松陰。浮杯可酌劉伶酒，坐石仍彈靖節琴。無數輕鷗隨出處，幾番佳客伴登臨。自嗟羅網何時脱，往濯塵纓爲一吟。

贈武平許令

昔拜先翁匯水濱，存亡回首幾經春。鳳毛今喜爲花縣，鶴髮誰嗟困客塵。篋有贈篇長取讀，心藏遺德尚如新。源源世澤來無盡，桂籍傳家已四人。

遷居西湖普賢院寄自省上人

十畝方塘四岸榕，夕陽初盡月生東。不嫌瘴地無家別，猶喜山房有路通。寧使五塵長我縛，得超三界與師同。遷居却作安居計，病入殘年兩耳聾。

夢游金山作四韵既覺止記一聯因足成之夢中作第二聯

珠帘高卷倚危欄，望盡方知出世間。江海交流雲縹緲，樓臺相映月回環。薰成香界渾無地，化作天宮別有山①。京口、瓜洲竟安在，夢醒却欲泛舟還。

次韻無逸長老秋居見寄

榕樹蕭蕭一逕深，門庭秋靜紫苔侵。能依幻質循元覺，默運真悲拔衆沉。有想願分香界飯，忘言求出世間心。旃檀設把爐中熱，無盡無邊結寶陰。

追和紫霞翁記夢二首

其一

乘雲親到紫皇家，不是人間舊物華。四座散香春結蓋，一墀栽玉曉生花。入盤仙李皆含露，出鼎騣金尚帶砂。偶對吟箋追昔事，猶疑鸞鳳數行斜。

其二

笑上蓬萊第一山，葱蒼半落有無間。金雲璧月夜何永，玉殿珠樓人門閑。五岳已能超險路，九天從此造玄關。回頭爲問桃源客，底事鷄鳴便欲還。

①「別」原作「必」，今從宋、影宋、庫本。

次韵元輿見寄二首

其一

不得陪公九日行，想提椽筆瞰西城。風流自可追王粲，憔悴猶能憶禰生。萬里還家唯有夢，一身投獄豈忘情。何時共擲滄溟釣，醉倚三山欲鱠鯨。

其二

霜雪蕭然滿鬢鬚，平生憂患更無如。强傾濁酒消塵事，每見荒榛憶舊居。倦鳥久摧千里翼，故人頻枉數行書。城頭高閣何時到，多在三春細雨餘。

酬蔡温老秀才見寄

一庵聊寄碧岩陰，忽得新詩慰我心。俊逸自追天馬健，崩騰還與海濤深。門前俗子無行迹，物外松風有好音。病起可能携杖屨[1]，共尋明月到溪潯。

①宋、庫本「屨」作「屣」。

酬崇福長老見寄

寄榻西湖不掩關，殘年猶得伴僧閑。身投羅網歸無路，日送烟雲幸有山。新句忽傳文字外，舊游重想笑談間。故人風義如師少，慰我憂愁兩鬢斑。

再用前韵寄省上人

四壁蕭然我亦空，更無歸夢到江東。樓臺不礙塵塵現，鐘鼓相聞法法通。玉塵揮談真契合，蓮華分座夙緣同。回頭重濁堪憐憫，妙性如何自瞽聾。

和安止懷予北歸悵然有作三首

其一

濛濛春氣撲晴霄，游水登山望泬寥。舊學已荒三歲懶，故鄉何處一身遥。沉溝斷木思班匠，吹沫纖鱗待晚潮。君有高才當自奮，不應先我問耕樵。

其二

雨餘風物一番新，得句慚非畫手親。柳眼含烟如恨客①，花心凝露欲啼春。黄鸝出谷方求友，紫燕營巢不避人。獨我未沾青帝力，僧窗聊寄幻泡身。

其三

一讀詩翁寄我篇，却思鄉國醉瑶泉。數聲玉樹秦淮月，萬里春江采石船。軒冕浮沉真外物，寃親平等委前緣。杜陵子美知何意，更欲吹噓送上天。

①「恨」原作「悵」，今從宋、影宋、庫本。

郭祥正集卷二十二

七言律詩五十首

劍

不得公孫一舞看，空嗟塵漬血痕乾。鑄成星斗生光焰，化作龍蛇會屈盤。金匣藏時天地静，玉池磨處雪霜寒。誰爲將相扶明主，此物能令社稷安。

贈裴泰辰先生

匣劍光芒射斗牛，提携天下洗人仇。英雄心膽老猶在，道路風塵行未休。名重更須完小節，義高何足論閑愁。濛濛細雨陵陽市，折取紅梅上酒樓。

次韵俞資深承事二首

其一

聯車同入得仙山，下瞰重城指掌間，不慣青春添我老，且傾白酒伴君閑。三年共佐閩中郡，一檄誰招海上鑾。聞説天門新奏樂，帝樞佳氣紫回環。

其二

春歸漳岸撲晴嵐，紫燕黄鸝若縱談，自愧不才甘薄禄，喜逢佳客解羸驂。仙山有路終難繼，海品論珍昔未諳。地勝人醇真可樂，夢魂無復憶江南。

東湖

東湖北溆水相通，十里荷花半白紅[①]。冷艷可能消酷暑，暗香時復散清風。欲眠别浦無魚艇，且倚疏欄學釣翁。雲起仙庭飛晚雨，灑然身世出塵籠。

①「十」原作「千」，今從宋、影宋本。下句宋本「可」作「己」。

圓山謝雨二首

其 一

牲牷報祀入圓山，赫赫神功指顧間。水滿大田甘雨足，龍歸深澗宿雲閑。樂聲自和松聲奏，玉色遥瞻酒色殷。安得夢魂陪逸駕，更傳仙句落人寰。

其 二

自挈壺漿款廟門，黄蕉丹荔薦清芬。沉烟未過盤中篆，電影已翻江上雲。霈澤不惟滋稼穡，凉飈仍爲掃嵐氛。圓山信作漳南鎮，想戀枇杷玉色醺。

和留秀才秋日田舍

物幻非真只自知，却尋田舍度衰遲。漫爲陶令柴桑樂，不學荆軻易水悲。午睡最能消永日，一巢長欲寄深枝。聞君亦有逍遥趣，可濯滄浪共賦詩。

和宣守林子中修撰列岫亭

蘇州方稱白公才，又見宣城謝守來。兩處溪山重秀發，一亭風月助徘徊。水光颭灩龍鱗活，岫影參差雁序開。不用紅裙唱金縷，只題佳句殷春雷。

列岫後題

謝公遺句惜烟沉①，更作新亭一百尋。宿靄攤山眉斂翠，夕陽浮水帶横金。黄鸝唤友鳴聲軟，白鳥窺魚意思深。看盡物情俱是幻，要須携酒數登臨。

贈子中修撰

承明厭直下天來，聊繼昭亭小謝才。珠迸玉盤詩得句，月騰金浪酒盈杯。江城未許民心借，京國顒瞻召節回。試問行年俱乙亥，固應憐我困蒿萊。

①庫本「烟」作「湮」。

子中修撰叠嶂樓致酒

重山複水碧相連，勝地欣逢太守賢。欲倒樽罍秋色裏，故邀賓客畫圖邊。丹青迴壓王摩詰，騷雅仍兼白樂天。莫戀宣城風物美，玉堂提取筆如椽。

次韵子中修撰寵贈之什

聲名入洛弟兄傳，出擁旌旗老集仙。挹月珠璣光射海，凌秋雕鶚氣横天。文章落筆元無敵，器宇藏春豈有邊。一見音容聊莞爾，却携樽酒共頽然。金門曾奏相如賦，水閣重吟杜牧篇。强駕蹇驢追逸驥，已知霄壤不相連。

次韵子中修撰塔院題竹

不是集仙來咏竹，更誰能繼紫微吟。謂小杜也。看隨霜雪終吾老，寄語鋤犁勿見侵。欲把一竿垂直釣，更須千畝廣清陰。蕭郎妙筆堪圖寫，添入蓬萊第幾岑。

子中修撰示書有不得同游水晶宫之嘆作唐格四韵寄别

西庵吟醉憶君同，忽得新詩思愈工。下筆捷才如陣馬，接人和氣似春風。敬亭姑孰猶爲遠，庾嶺端山更幾重。自嘆鶺鴒無健翼，追飛不到水晶宫。

寄鳳凰山張居士

聞君深隱鳳凰山，池水相通竹石間。一念報親長不斷，六經傳子勝空閑。青猿摘果啼兼嘯，白鳥穿雲去復還。自愧塵埃行老矣，何時載酒伴酡顔。

永安戴公純秀才

駸駸鬢髮一衰翁，又泊倉頭阻逆風。推去未應如謝令，重來終是愧司農。熙寧父老知誰在，元祐田園喜再豐。置酒高臺要我醉，却尋陳迹喜君同。

次韵陳思道見送之什

誰聽袁宏夜半吟，一時傾蓋便知心。疲駑自信難追驥，秀木從來忌出林。巧匠旁觀應縮手，明珠所得已盈衿[1]。嶺頭孤唱思君和，着月梅花似縷金。

至萬安寄吉守李獻父大夫

江水成文地最奇，風流太守更能詩。送將臘盡梅花怨，喚得春回燕子知。一餉功勛真夢寐，千年名字付傷悲。盛携樽酒頻賡唱，幕下高才似牧之。

將至五羊先寄穎叔修撰

句水分携二十年，却臨南海望青天。元戎爲解陳公榻，下客慚非孺子賢。冷艷一枝梅照眼，清光五斗酒盈船。朝廷近日無新事，只恐西戎尚擾邊。

①庫本「所」作「取」。

南雄望遠亭本朝章郇公所作公嘗爲郡太守種荔子二株今方茂實而後人所種皆不成東美要予致酒亭上爲賦四韵

城角危亭面面開，塵侵丞相舊詩牌。凌江欲轉鯨魚活，荔子成陰玉樹埋。庾嶺乍過無瘴霧，長安不見奈愁懷。且傾濁酒承高論，秋水何由辨渚涯。

凌江立春日呈黎東美太守

斗杓東指斡春回，樂奏升平助殷雷。魚躍元無溪面凍，雪光散作嶺頭梅。主人和氣均千里，北客歸懷寄一杯。色滿皇州三殿喜，瓊林先放桂花開。是年龍虎榜。

韶州武溪亭唐格

滔滔武溪一何深，鳥飛莫渡獸莫臨。山色欲學翠鳳舞，笛聲自作蒼龍吟。樽罍謾借春力暖，鬢髮未免霜華侵。形容不上凌烟閣，馬革裹尸那可尋。

六祖南華寺

水轉山來曲曲梯，參差樓殿占清輝。龍章鳳篆藏天篆，玉索金鈎賁祖衣。春去不知庭柏老，月明誰棹釣船歸。曹溪有路人人到，踏斷玄關古亦稀。

六祖大湧泉

金鐶一卓透曹溪，禪祖心傳上上機。流出山腰蒼兕吼，湧開池面碧綃飛。應同霖雨能蘇旱，莫比滄浪只濯衣。不願夕陽催我去，要隨幽鳥帶雲歸。

武溪亭勸顧歸聖朝奉酒

邂逅窮荒遇俊才，故將懷抱向君開。功名未得金横帶，老大空驚雪滿腮①。嶺北佳蔬無此笋，江南相識尚逢梅。夜闌莫作思鄉夢，且聽清歌更一杯。

①宋、庫本「大」後原注：音惰。

雪夜宿月華寺 唐格

大庾南來山更佳，每逢古寺留柴車。曹溪衣傳葛獠布，月嶺樹種蘋婆花。千年不壞物稀有，一日寓賞心無涯。北人浪説瘴霧惡，行擁貂裘衝雪華。

補到難篇終別作八句寄吴聖與長官

結客元和六載春，探深碧落迹如新。寸量秋色三千丈，名寫嵐光十四人。文格迴欺韓愈老，字書尤過小王真。近來好事誰能及，我續遺音君可嗔。

廣慶寺[1]

寺當南北二禺間，合翠、亭名。全清閣名。總見山。一石尚存垂釣處，五羊時載老仙還。金流月影真盤谷[2]，黛潑嵐光小劍關[3]。安得鵲橋横絶頂，下臨河漢瀉潺潺。

①庫本卷二十四題作「峽山飛來寺」。
②庫本「金」作「泉」。
③「潑」原作「潑」，今從宋本。以下《次韻廣碕》「晴天」原作「暗天」，今從宋本。

次韵彭教授送别

平生愛着五雲裘，不愛身爲萬户侯。白石清泉隨步到，斷霞殘月滿懷收。故園已恨荒三徑，皓首何堪困一州。邂逅逢君滄海上，涸鱗終欲借洪流。

次韵湛判官送别

一朝傾蓋若忘年，更把新詩物外傳。側望風流還入幕，應憐憔悴未成仙。離樽謾托春風裏，短棹行依瘴海邊。十斛明珠君不惜，珊珊投擲滿巴箋。

次韵廣幕黄承事見寄二首

其一

不記西亭醉别時，别來佳句愈瑰奇。心隨雲影沉天角，夢逐灘聲到海湄。滿目青山誰共樂，何年黄卷得同披。遥憐嚴武能爲帥，幕下争傳杜老詩。

其二

孤城寂寞瘴嵐州，虎竹分符强少留。老鈍不知今世巧，行藏猶愧古人修。晴天理釣船千丈，紗帽籠頭茗一甌。無奈北歸忘未得，非君求友更誰求。

石室後游

七星山色碧離離，山下空岩世所稀。不獨霧深知豹隱，有時水長見龍歸。方床瑩潔仙人座，文石縱横織女機。旋剔蒼苔辨陳迹，李邕詞翰亦依稀。

寄惠守蘇元之

揮金愛士氣尤雄，暫擁旌旗碧海東。十八素娥傾皓月，三千佳客倚春風。高才可惜經綸晚，把酒何時笑語同。霜落草枯應射虎，短衣匹馬欲隨公。

寄題李封州宅生堂

鱗鱗鴛瓦構新堂，意在黔烏惠澤長。峴首去思聞墮泪，召南遺愛有甘棠。水光送月浮珍席[1]，山勢和雲插晝梁。安得才如張相國，爲君重賦宅生章。

寄題賀州甑山亭

賀州城西丹甑山，一亭遥插紫雲間。龍墀讓策名猶在，鶴馭凌風去不還。善政再應來瑞物[2]，勝游安得伴酡顔。元戎詞翰鏘金玉，千古長如碧澗潺。

次韵宜掾徐子美見寄

去年與子别當塗，彼此形骸若夢餘。悵望欲窮千里目，相思不寄一行書。青山歸去容身好，白眼從來處世疏。桂水東流須入海，新詩時復委雙魚。

故人李端夫昂赴廉州從事石室致酒留别二首[3]

①影宋本「席」作「蓆」。
②宋本「政」作「考」。
③「酒」原作「海」，據宋、影宋、庫本改。

其一

注地銀潢兩峽開，雲林冰凈不浮灰。新詩欲與何人論，舊友今從上國來。薄酒謾爲仙室飲，歸鞍無奈夕陽催。君懷自有驪珠富，合浦休將一顆回。

其二

才如吾子尚區區，羽檄從軍萬里餘。白髮可憐歸計晚，青衫只似拜恩初。一樽邀客非無酒，千卷隨車幸有書。已把窮通推定分，故人官達任情疏[1]。

留湯主簿小飲

窮荒得見故人稀，話舊還驚歲月飛。君有兒孫能力學，我無金穀可言歸。靈仙觀裏黄柑熟，采石江頭白蟹肥。北望何時同此樂，暫留行棹莫相違。

[1] 宋本「官達」作「達宦」。

送劉光道赴桂幕

氣吐虹霓髮未皤，逢人輒莫嘆蹉跎。邊隅鋒鏑從今少，幕下篇章所得多。雨洗山光浮碧玉，春回江色熨青羅。元戎早晚歸金闕，薦禰應先著述科。

九日登北樓示客

九日登高可强歡，聽歌莫放玉杯乾。黄花爛漫宜新酒，白髮稀疏落小冠。桂水波光趨海急，峽山嵐翠帶雲寒。故鄉萬里知何處，更憑朱欄向北看。

次韵宜掾徐子美見寄

忽逢便翼寄新章，不惜明珠滿斛量。姑孰萬家花映竹，丹湖千頃月和霜。結廬已許陪吟社，衣錦應須返故鄉。底事却言歸未得，夢魂猶欲泛滄浪。

次韵陳文思見寄

星灣高會豈能忘，萬丈離愁寸寸量。東閣賦梅攄錦綉，南山射虎凛冰霜。功名未得封千户，耕鑿何由共一鄉。春蘇秋鱸味偏美，時聽社鼓醉淋浪。

寄題羅池廟

種柳江邊不得歸，歿將靈魄寓羅池。名參韓子猶爲幸，黨入王生最可悲。帘卷瘴雲燈斷續，門荒秋雨菊離披。旱禳請禱年年事，瓦鼓巫歌奠一卮。

送穎叔待制拜六路都運之命

朝聞紫詔下龍樓，夕卷紅旌别海陬。六路理財煩侍從，一門傳節繼風流。希魯公嘗以待制領發運。詩如老杜猶爲達，才似劉蕡稍見收。廊廟乏材終大用，願均和氣及岩幽。予已乞骸，將歸舊廬。

次韵林辨之長宫送别之什

十年相識迹非疏，今日江亭嘆别卓。牢落名聲讒謗後，支離形影瘴氛餘。重來仕路誰爲援，却返家園欲自如。烟浪一犮無長物，罷官只似到官初。

謝洪府黄安中尚書惠雙泉二首

其一

北風遮莫阻歸舟，公有雙泉慰客愁。玉斗貯來雲尚凍，金蕉傾處蟻争浮。黄花遥想東籬畔，白浪正翻南浦頭。醉魄忽成蝴蝶夢，却尋春色到皇州。

其二

北風變冷水歸潙，南浦扁舟未得行。孤雁叫雲詩膽碎，怒濤春岸客魂驚。誰陪高論應懸榻，想有雄詞欲鱠鯨。病骨支離難强起，尚蒙樽酒慰餘生。

郭祥正集卷二十三

七言律詩五十首

次韵黎東美江上偶作

旂近江國屢相逢，不覺霜毛歲月空。君奏課書雙闕下，我携輪釣五湖東①。論歸學海方無迹，吟到詩壇始有功。一任北風翻地起，且圖樽酒暫時同。

吉州仙都觀覽前守李獻父留題

乍出鋒芒贛石來，仙都忽見五雲開。霓幡閃閃排真馭，珠網重重覆絳臺。照水碧蓮猶未變，繞壇紅杏亦新栽。劉郎去後誰行樂，壁上龍蛇半紫苔。

① 庫本「輪」作「綸」。

貴池寺照遠軒

碧瓦周遭映佛幢，更窮眼界敞軒窗。山光半擁初生日，天影寬圍不盡江。詩思未容秋色亂，酒醺能使客愁降。陶潛肯憶東籬菊，且倚欄干倒一缸。

追和梅侍讀題貴池寺元韵

寺插孤峰壓貴池，幽軒占勝敞雙扉。陰生廣野千山失，影落空江一雁歸。安得有緣陪社客，更尋何處息塵機。南來北去無時盡，誰念滄浪可濯衣。

寄題呂得中先墳懷先亭

亭壓全閩近冢丘，四時營祀想神游。毫添玉兔新成史，德合銀潢不盡流。翼翼棟梁横蜃澤，林林松檟冒霜秋。榮名已往餘陰騭，定有兒孫萬户侯。

送魏汝士宣德 唐格①

隔江爲宰便庭幃，歸去青霄結主知。租賦寬平民共樂，文書清簡吏常饑。始終不變溫如玉，離别相憐醉似泥。上國故人應問我，爲言耕釣老明時。

寄致政蘇子平大夫

十年想見蘇夫子，聞説腰金便棄官。雲在皖山峰上住，龍歸潛水窟中蟠。已無塵坌心休洗，更有春醪盞不乾。我亦江南專一壑，憶君相伴把漁竿。

送葉聖參守九江郡

湓浦夜濤聲動地，香爐晴影碧連天。樓中不負庾公賞，席上誰爲陶令賢。且擁旌旗飛畫鷁，行聞臺閣選青錢。班春過我舊游處，門巷桃花應寂然。

①「士」原作「大」，今從宋、影宋本。以下《寄致政》宋「塵」作「俗」。

送琳長老再游浙東

姑溪不是留君地，雪竇、天台更一游。玉浪濺雲泉尾活，金盤擎海月華秋。將心與客無痕迹，問疾何人敢對酬。我把釣竿相憶處，蓼花紅影上絲頭。

姜希哲四照軒送別

幽軒邀客每憑欄，景物蕭然世味閑。翠碧濕烟山匼匝，光明隨夜月回環。一杯濁酒超塵外，幾首新詩寄壁間。不得從容與君語，片帆却欲趁風還。

胡與幾被召訪別

已喜乘軺歸玉闕，尚能騎馬過柴門。離魂有底銷千丈，殘日無多寄一樽。得路看君終直節，閉關唯我守空言。霜風素髮頻攲帽，泪對桓伊不可捫。

再游浮山呈璞禪老

當年尋勝已忘還，乘輿重來倍覺閑。赤脚敬瞻新寶藏，白髯羞對舊青山。禪翁昔授嶺南衲，狂客今探樹穴環。行把生涯付妻子，幻身長寄一岩間。

寄題潘温叟林堂

有堂歸去容身好，天上人間已遍游。遠害果能超華左，忘情却欲繼雷劉。松臺風送晴空雨，荷沼雲生盡卷秋。浩氣本來緣直養，百年等是寄浮漚。

和倪敦復觀梅三首

其一

聞説觀梅借燭光，今宵爲我更開觴。月來枝上冰生艷，風過梢頭玉有香。羌笛幾聲傳舊曲，菱花一夜照繁妝。坐中老杜凌何遜，索酒題詩思欲狂。

其　二

江月江梅鬥冷光，就梅臨月舉瑶觴。素娥未許風摇影，青帝寧容蝶采香。迢遞一聲羌調怨，輕盈千點玉人妝。出塵標格情多少，東閣曾令杜甫狂。

其　三

月壓江梅似雪光，使君要我共飛觴。不饒桂樹輪中影，獨占霜娥鑒裏香。信報春來先衆卉，恨隨人去入殘妝。孔融愛客君能似，席上應容處士狂。

又同賞落梅二首

其　一

江梅千片惜離披，更向風前把一卮。冷艷不辭今日舞，清香還是隔年期。客經易水忘歸處，雲倚巫山欲散時。安得不吟仍不飲，滿頭華髮擬何爲。

其　二

誰惜東園玉樹空，且携樽酒與君同。盈盈素艷辭寒蕚，浥浥餘香散曉風。已許冰霜分我瑩，盡饒桃杏向人紅。能詩自有倪夫子，何必滁陽覓醉翁。

題方處士卷尾

子陵獨往已千年，處士重來把一竿。治亂不同非我計[①]，文章聊許後人看。璞中美玉誰雕琢，潭底神龍命蟠蟠[②]。七世有孫方遇主[③]，風流長在瀉鷩湍[④]。

題謝氏雙溪閣

謝家山下雙溪閣，水遠山深夏亦凉。霜練兩條初合影，菱花一鑒瀉餘光。樽罍日月邀賓客，倉廩年年富稻粱。更約諸孫勤問學，桂科將見緑衣郎。

①影印《詩淵》第四册有此詩。《詩淵》「同」作「干」。
②《詩淵》「潭」作「曠」；「蟠」原作「盤」，今從《詩淵》。
③《詩淵》「七」作「九」。
④《詩淵》「在瀉」作「布有」。

重陽懷歷陽孫公素太守

重陽應與客登臨，隔水無緣預盍簪。濁瓮撥醅初泛蟻，佳人纖手鬥挼金。南來縱有鷄山賞，北望頻興魏闕心。安得快風吹我去，勇提椽筆伴君吟。

公素送酒見及復次前韵和答

摻別城東秋未深，相思白髮已盈簪。遠分酒味須頳玉，正是秋香欲散金。潤澤生民公有志，浮沉末路我無心。扁舟明發穿南斗，聊學滄浪漁父吟。

送賈明叔侍御守宣

直節忠言久不聞，堂堂今見賈生孫。老奸去位朝廷正，聖母憐才德業尊。句水曉光塵不染，敬山秋色玉無痕。北樓把酒頻邀客，紫詔傳呼下國門。

次韵昭掾徐子美見寄二首

其一

居巷雖窮愧彼顔，門無車馬任苔斑。冰將合沼光容净，鳥不窺魚意思閑。踪迹疏來唯夢往，音郵漫去得詩還。浮生七十今六十，早晚歸飛尋舊山。

其二

侵伇白髮改朱顔，不比當年鬢始斑。五斗可憐須苟禄，一岩猶喜早偷閑。黄花籬下千枝秀，紫雁雲中幾度還。萬里未歸歸便得，昭州何似謝家山。

題金陵白鷺亭呈府公安中尚書二首

其一

青城突兀與雲連，誰作高亭落日邊。六代衣冠歸寂寞，一番羅綺自華鮮。低徊斗柄斟秋水，飛舞蘆花欲雪天。直上烟霄無尺五，欲要王母對賓筵。

其二

西望長安路幾千，此亭更在賞心邊。黄蘆正耐風霜老，白鷺相將羽翼鮮。城竦鰲身山匝地，舟排筭柱水連天。龍吟一曲斜陽下，况是使君開别筵。

次韵安中尚書鍾阜軒

鍾山鱗鬣奮晴雷，觀裏幽軒選勝開。江水北流朝海去，斗杓東轉斡春回。已將白雪傳龍笛，何用黄金築隗臺。寶塔中天掛刀尺①，層層鴛瓦不浮灰。

送錢朝請還臺

銓選相逢弱冠前，竹符分得各皤然。開樽且喜君尤健，問舍應輸我最先。北上有心思報國，南來無物載歸船。冰清世澤源流大，須享人間五福全。

①底本原校：「赤」，疑作「尺」。按：宋本、影宋本「尺」即作「赤」。宋本「尺」大多作「赤」，今改「赤」爲「尺」。

蕪陰北寺檜軒[1]

青幢碧蓋儼天成，濕翠濛濛滴晝楹。禪客自陪千歲老，游人時把一樽傾。耻隨桃李春風艷，奪盡松篁夜氣清。安得鬼仙提巨筆，不容左紐獨傳名。

明叔致酒疊嶂樓

陵陽峰頂敞欄干，三伏登臨冰骨寒。山卷宿雲開紫府，水和明月瀉金湍。謝公風味君能似，李白篇章我到難。幸有玉船騰酒浪，欲乘醉興效鵬摶[2]。

次韻鄒幾聖舟次蕪江見寄

東風冉冉送年華，末路浮沉豈足嗟。身着朱衣行直道，手披黄卷悟空花。世塵擾擾元無實，客宦悠悠没有涯[3]。尚喜甘棠遺愛在，畫船先許過漁家。

①庫本卷二十四題作「赭山滴翠軒」。以下「艷」原作「短」，今從嘉靖《太平府志》。
②「摶」原作「搏」，據宋、影宋本改。
③宋本「没」作「役」。

寄題歷陽王純甫新作連雲觀二首

其一

久持使節別堯天，故起朱樓北斗邊。勢壓江淮盤地厚，影分吴楚與雲連。一聲奏笛龍蛇曉，八法書牌劍戟懸。更借溢城庾家月，芟除桂樹照樽前。

其二

聞道連雲絶世無，急飛輕棹看規模。帘鈎低掛半輪月[1]，江岸平分千里圖。颭颭金船流玉液，森森珠履踏冰壺。高材自是明堂柱，試作斯樓雄楚都。

送黄奉議知白州前宰清遠

看君新作海邊樓，氣象雄兼四五州。把筆共題紅粉壁，開樽仍泛玉蟾秋。喜分符竹臨千里，莫羨漁蓑退一丘。此別定爲生死隔，雪霜沾盡暮年頭。

① 「鈎」原作「鈞」，今從宋、庫本。

次韻朱世昌察院登鍾山

盤龍首尾壓西東，寶塔稜層位正中。萬古林泉流王氣，六朝冠蓋入悲風。烟生城郭壓昏盡，月滿沙汀雪映空。回首臨川埋骨處，後來經緯付諸公。

次韻答光守楊公濟見寄

一別成都揚子雲，夢魂飛斷每沾巾。金門賦奏龍蛇曉，原廟詩成錦綉春。顧我漫爲長醉客，非君誰是廣騷人。榮分符竹歸無路，盛送佳篇慰病身。

病中先寄慎宰閣公達承議

松櫝相望孰俊名，高才暫屈浚遒城①。公庭寂寂無留訟，四野熙熙有讓耕。未作鹽梅調鼎鼐，且鏗金玉直蓬瀛。病骸尚阻趨東閣，懷抱思君爲一傾。

①「遒」原作「浦」，今從《輿地紀勝》卷四十五。

陪朱行中龍圖飲澄惠院二首

其一

寒烟淡日滿滄洲，臺榭相通一徑幽。志欲吞吴嗟隔水，力能成魏密藏舟。紙窗趁曉開黄卷，蒲葉涵春付白鷗。千載廢興何可問，一樽濁酒更遲留。

其二

島嶼回環水繞堤，碧蘆青荇密相依。凌風戰艦知何處，落日游人尚未歸。細細佛香時入座，雙雙沙鳥静忘機。使君自是蓬萊客，倚遍欄干戀翠微。

再見吴淵卿長官時年八十一

十七年前載酒過，重來携手喜如何。壽齊八十君方健，恩及妻兒我已多。對檻殘花猶可賞，隔帘小妓且頻歌。人間事了無憂患，頭上光陰任擲梭。

湍卿席上和李天貺四韵時與鍾離中散并予共四人

悠悠歲月走驚湍，四十三時便棄官。座上得陪諸老醉，樽前須盡一生歡[1]。花含餘恨春將去，棋算成功局未殘。欲向金城傳盛事，新詩聊代畫圖看。

次韵行中龍圖游後浦六首

其一

密竹疏松門老蒼，驚飛白鳥不成雙。樓船飄忽隨朝電，佛炬青熒徹夜窗。携酒且來尋島嶼，投竿那用憶湖江。君看雨過鋪晴練，得句須令小謝降。

其二

每欲收吴勢未任，繞城鑿浦迹堪尋。不知戰罷樓船散，空見春歸荇菜深。一座清風吹往事，四筵白酒洗煩襟。公提椽筆詩無敵，未必張遼善醉吟。

① 「生」原作「樽」，誤刊，據宋、影宋、庫本改。

其 三

細柳高松緑映萏，深沉臺榭晚生凉。沙邊宿鷺昏昏白，草際流螢點點光。投綱舟移牽碧荇，采蓮人去濕紅裳。欲追逸調嗟何及，雨入杯盤歸興忙。

其 四

巨鎮還須濟世才，要賓覽古笑談開。蜀山迴出千螺秀，肥水長縈一帶回。猶有金城藏後浦，不唯銅雀起高臺。昇時争戰歸何處，秋雁年年去復來。

其 五

錦棹飛飛畫舫迎，焚香夾道看雙旌。佳賓談笑民同樂，善政循良鳥不驚。花島可憐春自媚，柳洲遥覺月微明。使君一飲詩千句，擲地渾如金玉聲。

其 六

冠帶淮西第一州，揚鞭得從使君游。木魚聲斷東臺曉，水荇香傳後浦秋。雙脊自磨銅雀瓦，蜜雲時泛建溪甌。才清思健知無敵，且與衰殘作蔭庥。

次韵行中龍圖思宣城

公愛宣城心不休，當年應夢似崔俟[1]。兩條溪水横穿市，十里昭山半在州。小杜一時誇俊逸，玄暉千載擅風流。青毡舊物雖勤請，金馬新恩定再留。

寄題玉笥觀兼簡道正求逐馬草草名逐馬謂服之久則可以行逐良馬

仙梁飛去有遺壇，融結工夫玉未乾。一片碧烟鸞舞破，數枝紅蕊鹿銜殘。雨經梅澗芝田熟，路入蕭家月屋寒。晚影自憐行六十，欲求逐馬問黄冠。

①底本原校：「應」一作「思」。

郭祥正集卷二十四

七言律詩二十七首

端正肆赦

藹藹端門紫氣濃，卷帘蘭麝散和風。星環帝座天澄碧，傘映龍顔日透紅。寶扇參差移仗裹，金鷄綽約下雲中。恩覃草木先春力，萬歲歡聲闔國同。

王平甫下第南歸

一番黄紙集群材，南國儒英起草萊。至寶不逢知己鑒，束書重見下天來。壯心肯向明時屈，孤憤須臨濁酒開。許有新詩令我聽，夜堂還使鬼神哀。

贈歷溪張居士

七十人稀九十翁，數椽寒屋歷溪東。俯窺聲利非吾事，自得逍遥與古同。三疊琴心調夜月，一杯茗酌送春風。趨庭有子明詩禮，善澤源源未可窮。

題濮陽氏新閣

宅據中洲四望寬，隔江山勢舞青鸞。岧嶤更起千尋閣，汗漫平吞萬里湍。傳業有兒須折桂，開樽留客共彈冠。霜消冰泮春將暖，魏闕遥瞻獨倚欄。

代先書奉迎廬帥元興待制

倦提椽筆厭承明，帝與兵符帥十城。簫鼓裂雲迎五馬，山川收雨引雙旌。藏舟浦暖魚頻躍，教弩臺空雁不驚。入境觀風先可喜，秋田高下熟香粳。

許氏樂隱亭

曲水浮基竹繞檐，月華初度晚凉添。羽觴灔灔荷敷緑，象箸森森笋迸尖。白眼傲時饒阮籍①，素琴曲調慕陶潛。城居樂隱能如此，中散風流友弟兼。

重題嚴伯成秀才西齋喜其子高預鄉薦

賦似相如不遇知，喜聞鄉版薦麟兒。容身高穩書盈篋，與客翱翔酒滿巵。夜月影摇楊柳徑，秋風香散菊花籬。竇家千載傳遺美，一樹靈椿桂五枝。

劉交侍禁書報王君安鐸改官監懷州武德鎮以詩喜之

自得劉郎音信通，遂聞增秩喜無窮。江東子弟誰憐我，洛下文章只有公。形影蕭條千里外，交游零落百年中。韓、滕、鄭、李并予與君安皆皇祐中京國密友。何當老境重相遇，不話風流話苦空。

①「籍」原作「藉」，據宋本改。

雪中招徐子美秘校飲二首

其一

冰澌合硯漫書空，密雪飄餘曉色通。萬里雲光同浩蕩，四邊山影隔溟濛。明明月窟迷驚兔，陣陣桑林叫朔風。不惜金甌將貰酒，欲招南郭苦寒翁。

其二

霏霏皓雪翳長空，南國緣何有徑通。訪戴船歸清興逸，姓袁人卧冷光濛。欲傾樽俎延高蓋，忽得篇章邁古風。四十年前除夜樂，如今相對兩衰翁。

史君梁奉議送客至高明軒爲予言登覽之勝作四韻戲寄

史君送客陟高臺，天宇澄清四望開。一字横空霜雁去，兩眉分碧楚江來。廟堂孰是調羹手，郡國猶淹濟世才。新酒正香鱸蟹美，籃輿何日許重陪。

次韻徐子美見懷兼簡湯君材

闊别天涯每愴然，相思只欲學飛仙。君承交辟專民事①，我慕高風謝世緣。南郭不辭三徑遠，子美家在南郭。東山長與五雲連。君材家在東山。會須載酒勤相過，齒髮蕭條各暮年。

將至壽州先寄知府龍圖三首

其一

感公招我欲論詩，故歲新年頗後期。冰塞大江舟渡晚，雪迷官道馬行遲。深深畫戟雙開處，淺淺梅花半綻時。北闕除書應已到，願陪祖帳捧瓊卮。

其二

短帽輕衫信馬蹄，只愁吟社爽襟期。曉回谷口禽聲軟，寒束梅梢春思遲。幸挹清標憐野逸，肯將孤憤累明時。聽公高論何由盡，應比醍醐灌漏卮。

①「交」原作「反」，今從宋、影宋、庫本。

其三

采石江邊寂寞歸，壽陽重到信前期。聞韶忘味寧非美，傾蓋論交已恨遲。白鳳文章元出衆，青雲歧路合逢時，杏花正怯清明雨，强欲留連更一卮。

置酒壽陽樓呈主公龍圖二首

其一

珠履繽紛宴壽陽，欄干横出白雲傍[1]。清淮倒影長橋活，古壘無春峽石荒[2]。小艇門垂凹鼻釣，佳人猶學曉梅妝。史君筆力今誰敵，麗句須盈古錦囊。

其二

置酒南樓瞰夕陽，透迤淮影轉城傍。晝殘數幅山川舊，棋散一枰洲渚荒。細柳倚風相并舞，飛梅着地不成妝。坐中佳句誰先就，我欲窺公倒智囊。

① 「干」原作「杆」，今從宋本。
② 「古」原作「使」，今從宋、影宋、叢本。

置酒西樓呈主公龍圖

新樓與客一憑欄，眼界方驚阿堵寬。峽石倚天開玉壘，清淮浮日洗金丸。少陵才力吟非易，摩詰工夫畫亦難。向晚西風吹坐急，欲憑鴻鵠借修翰。

置酒思禹亭呈主公龍圖

小亭危瞰二峰尖，禹迹千年氣象炎。浪濺日華金沸鼎，雲收山色鏡開奩。持杯選勝吟誰敵，與客忘形德愈謙。淺量爲公甘醉倒，扶頭準擬病厭厭。

別行中龍圖

要登畫戟發江南，千里春泥倦亦甘。力探禹工觀駭浪，却尋佛迹宴圜庵。欲陳舊學羞茅塞，喜聽新詩縱酒酣。歸去憶公勞夢想，冷猿幽鳥語相參。

送盧倅趙習之朝奉還臺

洛陽美譽弟兄兼，霧拂青天幸一瞻。善政及瓜民惜去，美材如玉士稱淹。風搖湖浪應須避[1]，馬濺春泥不用嫌。公舍舟登陸，以避巢湖之險。聞説朝廷圖舊德，姓名交奏動宸嚴。

聞宣州王左丞被召還闕擬送

熙寧治迹儼如新，聖主今朝用舊臣。松冒秋霜方見節，玉經爐炭始知真。具瞻重喜周公入[2]，論道誰先孟子醇。試作雲霖蘇旱暵，西翾猶有未來人。

送王左丞移鎮金陵

千艘飛艣入淮灣，竹馬爭迎舊帥還。牛酒未頒諸邑下，旌旗先謁兩山間。武侯暫擁元戎節，裴度須歸上宰班。精義入神遺像在，載瞻堂廡泪垂潸。

①「湖」原作「洲」，據宋本改。按，據本詩自注，此湖乃指巢湖。
②宋本「重」作「喜」。以下《送王左丞》「堂」宋似「賓」。

題史君梁正叔浩然堂

養浩深思孟氏醇，一堂窗户更清新。篆香未過日停午，蟻酒初浮鶯弄春。枉尺直尋非我欲，仁民愛物任吾真。三年課績書優最，此地誰來繼後塵。

原武按堤

堤防興作幾時休，自笑羸驂不少留。身與春風來鄭國，心隨汴水到揚州。無功便合歸耕去，有命寧煩枉道求。白日西沉更回首，問人何處是重樓。

追和李白登金陵鳳凰臺二首

其　一

采鳳何年此地游，高臺千古自風流，寒烟淡淡籠城郭，寶器時時出冢丘。舴艋競歸芳草渡，鷺鷥群舞碧蘆洲。重華不返簫韶斷，落日秦淮添客愁。

其二

高臺不見鳳凰游，望望青天入海流[1]。舞罷翠娥同去國[2]，戰殘白骨尚盈丘。風搖落日催行棹，潮卷新沙換故洲。結綺臨春無覓處，年年芳草向人愁[3]。

①《娱書堂詩話》卷上引詩，「望望青天」作「浩浩長江」。
②《娱書堂詩話》「翠」作「青」。
③《娱書堂詩話》「芳」作「荒」。

郭祥正集卷二十五

六言絶句一首五言絶句七十首

月

安得妙畫師，畫取明月夜。將期月暗時，展向松窗下。

廣陶淵明四首

其一

春水滿四澤，原田高下耕。熙熙隨老農，志匪搴芳英。

其二

夏雲多奇峰，高低千萬重。巫山何處是，神女竟難逢。

其三

秋月揚明暉，大空碧無滓。鴻鵠正翺翔，燕雀方栖止。

其四

冬嶺秀孤松，雪霜任飄泊。悲含太古風，清立九霄鶴。

定林洗心軒

翼翼粉牆斷，修修緑徑深。師心不用洗，聊用洗人心。

簡寂碧溪亭

山光與溪色，一碧鴻雲中。倚檻久未去，更聽松上風。

看潮亭

縹緲孤亭出，深沉一徑開。須當踏雨去，且欲看潮來。

西岩寺六題

歸雲岩

春田雨既足，幽岩雲自歸。歸雲無覓處，不共鶴争飛。

愛日岩

古刹盤深塢，幽岩傍徑開。三冬藏暖氣，留客待春回。

看泉臺

溪源深幾里，絶壁瀉驚湍。欲識下岩處，請君臺上看。

定心塔

一塔倚雲根，他山面面新。不須驚險絶，自有定心人。

小瀑布

石架千層險，泉飛百尺高。能蘇旱田穀，何用作波濤。

雪　臺

一壑飛晴瀑，雙崖控蟄龍。欲知臺上雪，六月是三冬。

送孔掾

別酒莫辭醉，離歌難重論。一枝新綻柳，和雨泣黄昏。

吴子正召飲觀太白墨迹

不自烟霄謫，世間無此人。心聲與心畫，開卷見天真。

寄漳州詩僧緣進

一彈弦一絶，思君腸百結。雁過無書來，立盡松間月。

四月十九日自咏

落魄老道士，遥憶謝公山。眠雲坐盤石，盡日聽潺潺。

雪中同宋正卿訪太守�虛庵觀竹

偶陪天上人，來訪雪中竹。却笑陶淵明，孜孜愛黄菊。

玉井

淵淵玉井水，碧净覺春歸。不爲洗紅粉，邀郎濯錦衣。

酬陳糾

黄花開爛熳[1]，兵厨不送酒。吾欲挽明河，夜半斟北斗。

即席送崔奏議赴闕三首

①宋本「開」作「空」。以上《四月十九日自咏》「坐」原作「生」。今從宋本。

其一

駐馬惜分手，臨風開一觴。君趨紫金闕，我戀白雲鄉。

其二

明主幸兩學，上清儲百祥。恭觀希世事，歸信借餘光。

其三

一尺江南信，聊憑健翼飛。吾兒如問我，衰病要兒歸。

病中對月

一病三旬久，脾衰秋氣侵。誰憐形影瘦，猶喜月相尋。

小池白鷺

白鷺白如銀，窺魚意思馴。此中無彈弋，莫厭往來頻。

憶　別

佳人萬里別，一念腸千結。何處望書來，天南雁飛絕。

南豐道中六言

前溪淡淡日落，後山藹藹雲歸。桃花不知客恨，一片飛上征衣。

和楊公濟錢塘西湖百題

湖　堂

宴啟簪纓集，堂開錦綉重。舞娥臨短岸，天影襯芙蓉。

涌金池

衆沼皆涵碧，斯池獨涌金。寶光中夜見，不是月華深。

柳　洲

春光湖水滿，春色柳洲深。莫作風中綫，條條系客心。

新徑

使君開小徑，斜繞碧城隈。只欲通花縣，春風幾度來。

看經樓

樓下水連天，樓居即水仙。何須把黄卷，極目盡紅蓮。

白公石函①

開函測深淺，啟閉以時均。欲識白公惠，堂堂勒翠珉。

秦王纜船石

秦王昔觀海，此石系樓船。錦纜已無迹，蒼苔昏野烟。

十三間樓

危樓插湖脚，紺碧十三間②。待月客無寐，看山僧自閑③。

①「函」原作「臿」，今從宋本。
②「間」原作「閑」，據宋本改。
③「閑」原作「間」，據宋、影宋、庫本改。

水仙廟

丹青嚴像貌，藻荇薦杯盤。月掩廟門静，龍蛇驚夜寒。

寶叔塔

寶叔存遺塔，影摇湖水光。層層仙露濕，苔蘚自生香。

巾子山

嵯峨插天頂，寒翠灑湖光。吟客摇船子，猶疑漉酒香。

寶雲庵

有客學無心，庵雲結寶陰。松風深夜起，時作老龍吟。

林和靖橋

不作市朝客，甘爲漁釣翁。柴門危徑斷，猶喜一橋通。

巢居閣

小閣臨僧塢，容身慕鶴巢。乾坤隨俯仰，君相不容交。

白公竹閣

竹閣公所愛，延僧酌夜茶。漁歌天外起，何似聽琵琶。

孤山

壓寶千嶂合，月窟一峰孤。欲識僧歸處，飄然入寶珠。

辟支塔

崔嵬辟支塔，舒卷半腰雲。知是藏真骨，靈光五色紛。

陳朝檜

歲老枝葉簡，春深香氣新。可憐湖上檜，曾識井中人。

贊寧僧録房

有道歸真主，無心戀舊房。一燈長不滅，分付水雲鄉。

金沙井

泉脈應通海，沙痕漾細金。成仙吾未必，一酌洗煩心。

碼碯坡

坡頂夜光發，人來雨後尋。山祇元吝寶，君莫起貪心。

陶器墳

陶器爲棺槨，中庸孰可名。一丘春草色，兩樹野松聲。

夜講亭

往矣中庸子，亭標夜講名。我來何所得，襟袖水風清。

閑泉

人去泉長在，人忙泉自閑。不供魚鳥飲，只是照青山。

高僧塔

高僧何代僧，葬骨兩三層。不遣白雲護，游人取次登。

西村

遠近皆僧刹，西村八九家。得魚無賣處，沽酒入蘆花。

松門

沿湖九里松，行客憶江東①。盡掃炎天熱②，門深太古風。

合澗橋

兩澗飛來處，雲深合一橋。更無歧路別，從此入烟霄。

①「江東」原作「袁公」，今從宋本。彰宋本此二字原缺，朱補「江東」二字。
②「盡掃」原作「不識」，今從宋本。下首《合澗橋》宋「更無」作「不知」。

玉女岩

投壺非有術，掣電亦無心。月下與誰語，雲來自布陰。

靈隱浦

有靈何所隱，深浦老蒹葭。漁父一舟泊，却疑秋漢槎。

方外門

方外元無地，空中忽有門。請君從此入，輒莫羨桃源。

北高峰

翠出諸峰上，湖邊正北看。夜深雲霧散，獨掛斗杓寒。

錢　源

至寶豈無源，源深人姓錢。直須朝海去，餘派保千年。

呼猿澗

隔澗白猿子，呼來驗是真。一從滄海別，啼嘯不知春。

白雲峰

湖上峰争碧，此峰多白雲①。雪霜難辨色②，鷗鷺亦迷群。

袁公亭

民樂袁公惠，爲亭古澗邊③。名標公姓氏④，要與萬人傳⑤。

九師堂

爾學五古子，緣何繪九師。堂高秋月淡⑥，日用少人知。

朱　野

梁國衰微後，徵君隱逸時。至今風味在，試聽野猿悲。

葛　塢

二葛繼成仙，猶存煉丹處。有時化鶴來，徘徊不知去。

①「多」原作「藏」，今從宋。
②「雪霜難辨」原作「雪光連月」，今從宋本。影宋本此四字原缺，朱補「雪霜難辨」四字。
③「爲」原作「開」，今從宋本。「澗」原作「道」，今從宋本。影宋本原缺「澗」字，朱補。
④「名標公姓氏」原作「能將九里碧」，今從宋本。影宋本此五字原缺，朱補「名標公姓氏」五字。
⑤「要」原作「長」，今從宋本。影宋本原缺此字，朱補「要」字。
⑥「堂高秋」原作「一堂風」，今從宋本。影宋本原缺此三字，朱補「堂高秋」三字。

石橋

橋下無懸瀑，橋邊多緑苔。跨空才一丈，何處特飛來。

朱崖

彤霞貫來久，赤石昪諸崖。月照夜光發，風生雲霧埋。

青壁檻

仙家青壁檻，未見靈花發。我欲提碧壺，來斯挹明月。

渦渚東嶼

小嶼春歸後，青蒲渦渚東[1]。日高魚鳥散，烟淡一林風。

①「蒲」原作「浦」，今從宋、影宋本。

郭祥正集卷二十六

五言絶句六十九首

許先生書堂

丹井光長在，空堂貌亦存。鄰僧深夜磬，時復與招魂。

石門澗

敲閉何人見，湍流一澗分。仙家無路入，空鎖石樓雲。

卧龍石

龍卧蒼山下，豈知今古春。不憂雷雨作，頭角本非真。

連岩棧

鳥道出雲巔，雲深春更鮮。游人莫嗟險，一棧與岩連。

伏龍濺

潭心有伏龍，急湍和雲濺[1]。頭角何時成，願借風雷便。

西　庵藤州契嵩禪師舊樓

釋子能儒言，迴出惠遠上。庵中閱遺編，光焰高萬丈。

楓樹林

一塢藏深林，楓葉翻蜀錦。寄語别家人，路遥霜霰凜。

卧犀泉

有角翻害身，沉泉避刀剸。故依金地慈，非憚滄溟遠。

青林岩

青帝留行迹，岩前春不歸。盡從霜與雪，君看碧依依。

醴　泉大曆中出

不爲太平出，胡爲名醴泉。兵戈方滿眼，聊以慰凶年。

① 宋、庫本「湍」作「溜」。

西塢漾

漫漫西塢漾，青出秀菰蒲。源淺不通海，光寒稍映湖。

白沙泉

幽泉出白沙，流傍野僧家。欲試甘香味，須烹石鼎茶。

楊梅石門

顆顆龍睛赤，深深映石門。自憐非荔子，不得薦堯閽。

西　溪

西溪在湖外，一派濯殘陽。游子托漁艇[1]。却愁歸路長。

見山亭

游子一憑欄，遍看湖上山。不須飛瀉去[2]，已在畫屏間。

神尼塔

神尼鑿一塔，杳在碧雲端。舍利夜光現，君須正眼觀。

①「托」原作「能」，今從宋、庫本。
②「底本原校：「瀉」當作「寫」。

韜光庵[1]

逢人寂無語，結草自栖禪[2]。但見岩花笑，龐眉不記年。

香林洞

幽香來近遠，此洞接蟾宫。欲借飛翰去，聊乘桂子風。

天竺峰

誰從天竺國，分得一峰來。占盡湖山秀，最宜烟雨開。

煉丹井

欲息丹中火，須沈井底泉。何如栽杏實，亦解上青天。

香桂林

根托山中地，香分月裏秋。游人莫攀折，風散一岩幽。

重榮檜

人老不重少，檜枯還復榮。何時逢匠石，今日棟梁成。

①《詩林廣記》後集卷八題作「山寺老僧」。
②《詩林廣記》「自」作「日」。

龍泓洞

洞口無凡木①，陰森夏亦寒。誰知一泓水，曾有老龍蟠。

理公岩

晉代胡僧理，開山第一人。欲尋岩下迹，猿鳥送餘春。

客兒亭

翻經人已去，誰爲立幽亭。一望野雲白，半藏山骨青。

石蓮華峰

亭亭碧蓮華，何年化爲石。越女莫驚猜，岩猿自相識。

翻經臺

浣手天池水，熏毫海渚香。翻成多少帙②，臺石尚輝光。

葛仙丹竈

丹成灶猶在，夜氣接湖雲。仙路何由問，刀圭幸見分。

①「木」原作「水」，今從宋本。
②「帙」原作「秩」，今從庫本。

稽留峰

孤峰出天外，客到亦稽留。不覺月華晚，澗猿啼更愁。

流杯亭

斫石引溪水，杯行自勸人。試聽林下鳥，啼血不留春。

望海閣

客望海中日，窗開物外山。天形垂欲盡，飛鳥不知還。

東岡塔

窣堵藏真骨，東岡氣象殊。烟雲掃不盡，苔蘚一痕無。

西嶺草堂

應識游塵世，湖邊一草堂。松聲半夜雨，花氣四時香。

葛公石徑

誰來躡高步，幽徑已荒凉。落葉無人掃，哀猿空斷腸。

靈石山

靈石山前路，山深寺更深。不知明月去，空惜白雲沉。

靈石西庵

欲問庵中事，人馴虎亦馴。楊梅幾番熟，誰爲惜餘春。

南高峰

岌岌穿南斗，層層瞰下方。揭爲湖海鎮，半夜掛朝陽。

暗竹園

篁竹無人洗，烟雲暗不開。網羅無入處，豺虎莫驚猜。

夏珠泉

入夏泉嘗溢，光跳萬斛珠。世人收得去，此景已應無。

烟霞洞

玉像存深洞，烟霞分外多。焚香千騎入，猿鳥不經過。

大慈塢

十刹密相望，林開一塢香。木魚聲漸急，山衲下雲房。

虎跑泉

未見虎跑迹，窺泉試一吟。遺珠僧不取，密竹助泉深。

翠樾堂

深堂待游客，老木競留春。花發多臨水，雲開始見人。

陟崖門

陟彼崖上門，門深路還絶。香草遞仙風，怪林藏古雪。

步月徑

一步復一步，月華黏屐齒。不知山徑深，疑到蟾宫裏。

夏涼泉

六月想冰雪，此泉清且深。相如方病渴，植杖故來尋。

清隱閣

閣近山中寺，誰爲清隱人。移文招不得，騎馬入紅塵。

樵歌嶺

嶺下聽樵歌，歌聲雲外過。盡窮斤斧力，不道得樵多。

華嚴塔

講盡華嚴偈，擯衣辭世塵。泉淙死前語，玉凝塔中身[1]。

映發亭

吳越江分斷，山光還映發。白鳥東飛來，應隨渡江月。

楊梅塢

紅實綴青枝，爛熳照前塢。不及杏繁時，林間有仙虎。

修竹軒

不作笙簫用，開花待鳳凰。陰陰一軒裏，誰識阮生狂。

南屏山

真山返如假，叠徑入雲屏。不借湖光洗，朝朝潑黛青。

長　橋

橋短故名長，路穿雲水鄉。游人欲歸去，濯足弄殘陽。

①底本校注：「凝」，去聲。

慈雲嶺

峻極分南北，見湖仍見江。游人倦登陟，飛鳥自雙雙。

清　軒

軒壓冰壺上，風生玉宇間。客來清徹骨，不待看湖山。

西水亭

湖添秋氣净，鳥伴夕陽沉。嗚咽城笳起，猶忘歸去心。

山居絶句六首

曉

柴門曉初啟，晴嵐堆遠峰。不知何處鶴，踏折一枝松。

夜

夜闌窗户閉，《黄庭》看未終。西岩一聲虎，四壁生清風①。

①「生」原作「坐」，今從宋本。以下《春》宋「停」作「亭」。

春

自掃松間葉，冰霜一半開。碧桃花未發，停待漉香醅。

夏

永日琴爲伴，前村酒可沽。松陰拣盤石，赤脚踏冰壺。

秋

有酒看雲飲，無書寄雁回。數蛩鳴敗草，一葉落蒼苔[①]。

冬

黄昏鳥飛絶，夜半猿啼切。紙帳寒不眠，開門見猛雪[②]。

春草碧色

雪洗燒痕盡，春將碧色來。行人莫回首，渡口夕陽催。

①「蒼苔」原作「青」，今從宋本。。以上《夏》「前村」原作「村前」，今從宋本。
②「見猛」原作「數點」，今從宋本。

春水緑波

春江波自緑，不染木蘭舟。只與岸邊草，依依添客愁。

送君南浦

田園有餘樂，道路有餘悲。留君不肯住，君去欲何之。

傷如之何

漢武事遠征，征夫與家别。幾人衣錦還，多爲原上血。

蒼玉洞[1]

片片冰岩裂，淙淙雪浪深。舉頭看白鷺，相伴洗塵心。

①此詩不見宋、影宋本。《永樂大典》卷七千八百九十一引《臨汀志》有此詩，文字同。

郭祥正集卷二十七

七言絶句九十二首

百歲王姥自云平生未嘗服藥

不服丹砂不養真，老來天與健精神。自憐五十頭垂雪，始見人間百歲人。

津梁方丈

轉山樓閣路相通，屢得分經丈室中。六入循元無重濁，三緣故斷出樊籠。

月下懷廣勝華師

下方遥憶上方僧，素月青林隔幾層。鐘磬聲沉香篆熄，只應詩思冷如冰。

題華師院壁

邂逅營居得近僧，唯師更住最高層。半甌香茗浮春雪，一飯寒蔬帶曉冰。

全師惠詩

十里湖山紫翠秋，師居獨占一岩幽。談經已許分吾坐，更有新詩索獻酬。

次韵和孔周翰侍郎洪州絶句十首

其一

誰知北客與春期，乍見山桃一兩枝。却憶洛陽行樂處，賣花天氣晚晴時。

其二

漁船歸盡晚江空，只有楊花罥細風。多少春愁與春恨，爲君都付酒杯中。

其三

樓居且欲趁虚凉，九月江風未變霜。强把一樽開醉眼，長安不見又殘陽。

其　四

寸心無事自然灰，不是南柯一夢回。水畔小樓無客到，獨携筇杖等閑來。

其　五

行行楊柳古牆陰①，擺盡春風緑轉深。俯仰自能無一事，何須投迹向山林。

其　六

江雲凝雨疾風過，陣馬争回萬疊波。平地看時真一笑，鵬騰鰲倒欲如何。

其　七

爲問荷華能白紅，東湖遥想鑑湖同。金龜换酒要佳客，歸棹須乘月下風。

其　八

不到天門未肯回，重山複嶺一時開。仙風桂露争飄灑，襟袖都無世俗埃。

其　九

可憐一雨洗焦枯，卷盡浮雲日上初。獨倚高樓聊寫望，骨清神爽欲凌虚。

①宋、影宋本「行」下原注：杭。意爲讀杭。

其十

東湖入望晚波平，蒲葉圓荷各自青。不用更尋徐孺宅，編茅揷竹一碑亭。

金陵

洗盡青春初變晴，曉光微散淡烟横。謝家池上無多景，只有黄鸝一兩聲。

漁者

從來生計托魚蝦，賣得青錢付酒家。一醉不知波浪險，却垂長釣入蘆花。

琅琊道中

山頭臘雪未全消，山下春泉響石橋[1]。方丈不知深幾許，馬行時有冷香飄。

---

①「響」原作「饗」，今從庫本。

懷文忠公

平生最愛醉翁詩，游遍琅琊想醉時。一代風流隨手盡，谷泉岩鳥不勝悲。

日公緑蘿庵

一庵春静緑蘿舒，拂拂香風宴坐餘。只恐乘雲滄海去，未應池水老鯨魚。

示秦醫二首

其一

憂來何物可銷除，幸與秦醫校局圖。白黑勢成分勝負，不知柯爛得歸無。

其二

門臨池水静無風，緑樹陰陰小徑通。時有秦生來過我，一枰成敗漫論功。

和松長老龍井

龍蟠井底待風雷，誰謂無功洗旱埃。昨夜山前行雨足，收藏頭角復歸來。

再至汀州倅宅南樓二首

其一

一歲登樓只欲歸，得歸人事信難知。重來跨馬三千里，樓上春風爲我悲。

其二

樓外青山似故人，雨餘山色静無塵。青山依舊人還老，一片離愁掛晚春。

聞笛

何處佳人玉笛吹，春風已過落梅時。行雲不動殘陽下，歡樂悲愁各自知。

再登南樓懷元輿三首

其 一

欲上層樓足力微，世情塵事老方知。《離騷》一曲何人會，空使瀟湘鬼物悲。

其 二

憂患欣逢賢故人，南樓解榻振衣塵。赤壺頻送兵厨酒，滿酌能回老病春。

其 三

朽株難倚暖風吹，一日萌芽亦有時。試上高樓南北望，無私春力少人知。

書陶弘景傳後

能辭朝市隱山中，愛種青松聽好風。不學許由長洗耳，謬爲圖讖悦蕭公。

桐城青山裴山人枉步見尋興盡遽歸

門外青山是我山，手携笻杖只今還。岩花落盡鶯啼懶，紙帳孤燈夢亦閑。

史充侍禁以簡問予小舟摇兀絶句戲謝

渡江乘輿泊江干，草襯殘花色未乾。慣在釣魚船上住，一蓑一笠伴春寒。

寺壁史侍禁畫竹

不假研磨丹與青，只將墨妙奪天成。始知春力無虚實，老竹横穿棟柱生。

西軒看山懷荆公

長憶金陵數往還，誦公佳句伴公閑。如今不復聞公語，獨自西軒卧看山。公見寄云：且欲相要卧看山。

雨霽看小山

一番過雨碧生烟①，移得蓬瀛在枕前。范蠡更閑吾不愛，風波摇兀釣魚船。

①「過」原作「遇」，今從宋、影宋本。以下《吊明悲師》宋「餘」作「悲」。

辨山亭二首

其一

疊徑縈迂上小亭，雲收天末數峰青。不嫌一鳥横空没，直恐纖埃點畫屏。

其二

小亭新得辨山名，雲外峰巒畫數層。太守引賓謀一醉，甘瓜不用集青蠅。

和敦復往池陽留别

梅花含雪豈無情，更在城南送客行。願得車輪回路速，莫教落盡去年英。

吊明惠師平雲閣寄隱軒

平雲、寄隱盡成灰，三十年間一夢回。言説已無形影在，屋梁殘月送餘哀。

寄留二君儀

今歲看書眼覺昏，憶君待酒只銷魂。臨漳姑孰五千里，懷抱何時得再論。

曉發

欲就滄浪濯煩熱，解纜莫愁潮信歇。陰雲映日滿帆風[1]，信道長江無六月。

代刺訪歷陽孫守公素

月洗晴江秋愈清，扁舟西渡歷陽城。漁翁贅見無羔雁，滿袖盈襟皆月明。

代刺別孫守公素

過雲歌闋酒樽空，離別情懷自古同。卷取西城吟袖月，却飛蘭棹過江東。

①宋本「滿」作「一」。上首宋「待酒」作「持酒」。

原武按堤雜詩五首

其一

原武城西看杏花，紛紛紅雪委黃沙。何如姑孰溪頭見，照水蒙烟小謝家。

其二

黃塵蔽日晚風高，兩日昏花客思勞。却憶江南漁父樂，河魨入網采蔞蒿。

其三

聖賢君相繼虞唐，問罪戎夷復故疆。不得一軍提將印，漫來淤地閱堤防。

其四

白駒馳隙鬢毛斑，簿領紛紛世愈難。安得一軍提將印，橫行西域斬樓蘭。

其五

雲溶溶，風習習。桃花露點胭脂濕。青春歸盡人未歸，原武岡頭時獨立。

書景德寺刑法試官題名後

刑場訖事欲分携，猶有殘花戀故枝。更繞庭陰行數匝，九人重到定難期。

君儀惠莆田陳紫荔乾即蔡君謨謂之老楊妃者二首

其一

莆田乾荔老楊妃，誰在開元得見之。却憶沉香亭北畔，輕紅曾照赭黄衣。杜甫云：輕紅擘荔枝。

其二

紅綃皮皺核丁香，日曝風凝玉露漿。不向海邊爲逐客，長安無此荔枝嘗。

崇因老禪詮公携詩見訪

禪定安詳元契佛[1]，年華八十尚能詩。何人斷臂來求法，庭柏蕭蕭度歲時。

安止同登王園葆光閣二首

其一

清風吹座冷蕭蕭，更有南溪透海潮。白酒一樽須酩酊，荔枝紅映碧芽蕉。

其二

海潮溪鷺絶纖塵，酒浪燈花自在春。醒眼莫嫌長醉客，回頭俱是幻泡身。安止食素不飲酒。

訪林居士

門無車馬緑生苔，今日軒窗爲我開。邂逅同爲方外客，得携笻杖等閑來。

①「詳」原作「祥」，今從宋本。

和安止登山

鬢髮鬖鬖一幅巾，可將身世等浮雲。人間禍患無如我，物外逍遥只有君。

白蓮日師北軒

家風清白世相傳，自小能吟晚好禪。瀟灑一軒無長物，荔枝茶品寫遺篇。

齊公長老卧雲軒二首

其　一

雲本無心師亦閑，閑身聊卧白雲間。白雲不滅身長在，時往香臺請供還。

其　二

安詳禪定悟塵勞，放去收來没一毫。門掩白雲聊晝卧，世間言説付兒曹。

次韵元輿七絶[1]

睡起

睡覺紗厨酒尚醺，老來詩句怯題春。冥搜一夜添蕪髮，不認青銅照裏人。

種竹二首

其一

旋斸牆根數十尋，琅玕移種碧林林[2]。何須待得鸞凰食，且欲炎天布好陰。

其二

龍角犀尖一夜長，爲憐剛節不須香。他時截作鯨鰲釣，豈止濃陰覆女牆。

春歸四首

①「七」原作「十」。按：此處次韵元輿詩爲七首。今改「十」爲「七」。
②「種」原作「動」，今從宋、庫本。

其一

九十日春今日歸，丁寧鶯蝶莫相疑。明年信到梅梢早[1]，不似人心有改時。

其二

斷送春歸海水邊，淡烟輕吹半晴天。東皇若問人間事，爲報君王壽萬年。

其三

青春歸去豈無情，分付朱明事已成。爲向殘年問消息，再吹陽律到枯莖。

其四

誰道青春去未回，我疑長在黄金杯。只嫌花片隨流水，蕩漾無情唤不來。

答省師詩卷

手携詩卷屢相過，要把青銅垢盡磨。言説從來無實義[2]，更尋佳句欲如何。

①「梢」原作「稍」，今從宋本。
②「從來無」原作「無從來」，今從宋本。

休師携茶相過二首

其 一

世情彈指旋成塵，物外論交只與君。試揀松陰投石坐，一杯分我建溪雲。

其 二

晚風吹座忽生凉，旋碾新茶與客嘗。我本無心無所證，沉烟何事結圓光。坐中香烟結成圓相，放青、黄、白三色寶光。

寄李伯華法曹

同异從來勢所分，感君憐我屢過門。西風掃盡林間瘴，更欲相要倒一樽。

食紫蒓赤鱘示王博士二首

其 一

辭家倏忽已殘年，身世今爲海上仙。飽食紫蒓香味美，不知歸路隔三千。

其　二

西湖寄榻絕逢迎，唯只雲山似有情。底事却忘遷謫恨，江南無此赤鰐羹。

和休師見懷二首

其　一

幽栖新卜野僧鄰，憔悴誰憐舊使君。幸有松聲吹驟雨，何須歌響遏行雲①。

其　二

細路沿崖過女牆，壓枝黄橘旋分嘗。林間可樂無如此，更問常娥借月光。

李伯華見過小飲二首

其　一

伴我林間倒一樽，西湖紫翠變黄昏。鳥還深樹魚依藻，客散樽空亦閉門。

①宋、庫本「何」作「可」。

其　二

感君飛蓋過雲林，濁酒沽來取次斟。冠幘欹斜傾醉耳，水聲松響洗塵心。

陳老父携茶見訪因留小飲二首

其　一

有兒不娶似龐公，香火傳家悟性空。父子相扶俱白髮，人間能有幾人同。

其　二

憐我非辜掛網羅，手携笻杖數相過。一杯得伴仙翁醉，譏喙雖長奈我何。

病中寄休師三首

其　一

南漳佛子素多聞，穎秀從來更出群。無量寶臺師化坐，一盂香飯我求分。

其　二

元無一物不須空，寄語文殊任過從。展轉形骸聊示疾，坐分高廣頗相容。

其　三

僧窗寄榻斷來車，一飯供盤只野蔬。癘鬼見侵寧有智，我今皮骨已無餘。

所　居

營居未就借僧居，貝篆翻尋頗食蔬。獨步青苔人散後，旋收紅柿鳥分餘。

休師惠雪筍

雪竹生芽玉一簪，北人此味豈嘗諳。病中得食勝牛乳，行矣阿難師勿慚。

謝阮幾聖惠大蟹

感君風誼我何堪，問遺時時過草庵。今歲未知霜蟹美，一餐還似到江南。

酒海吾飲器也

紅浪滔天玉海春，方壺有路可藏真。長鯨一吸桑田變，知是人間幾歲人。

寄陳顯仁秀才二首

其一

君家大阮最能詩，又見麟孫出盛時。筆力縱横驅陣馬，成才不患少人知。

其二

自憐破甑已無堪，况復經年卧瘴岩。忽得新詩慰牢落，却疑仙露灑塵衫。

君儀惠玳瑁冠犀簪并分泉守茶六餅二首

其一

玳瑁裁冠犀作簪，正宜蕭散野人心。從今頂戴抛烏帽，一任秋霜兩鬢侵。

其二

分送泉州太守茶，團團紫餅社前芽。從今不復憂煩渴，時取甘泉煮雪華。

夜雨感懷

羽毛零落易摧傷，父子同幽瘴癘鄉。歸夢不成殘夜雨，空階滴滴到愁腸。

寄王丞相荆公

謝公投老宅鍾山，門外江潮去復還。欲買扁舟都載月，一身和影伴公閑。

荆公和答附

且欲相要卧看山，扁舟自可送君還。留連城郭今如此，知復何時伴我閑。

次韵和上荆公

溝水回環蓮子多，小橋時有野禽過。移船更近東陂去，冉冉黄塵奈我何。

荆公原韵[1]

南蕩東陂水漸多，陌頭車馬斷經過。鍾山未放朝雲散，奈此黄梅細雨何。

①宋、影宋本作「東陂荆公作」。

郭祥正集卷二十八

七言絶句九十八首

次凌江先寄太守黎東美二首

其一

去歲同班别帝庭，君先度嶺我方行。縱横才力知無敵，到未期年政已成。

其二

暐暐寒日溪雲開，北客新過庾嶺來。聞説凌江風物好，清香先見數枝梅。

次曲江先寄太守劉宜翁五首

其一

行徹凌江到曲江，使君才業世無雙。前人俗政應除盡，盛賦新詩倒玉缸。

其 二

路絶曹溪孰敢過，主君才辯瀉懸河。一時風物應丕變，人眼山川秀氣多。

其 三

韓愈莫吟瀧吏問，梁鴻休賦五噫歌。百年榮辱能多少，且倒芳樽養粹和。

其 四

學佛學仙君自悟，多愁多病我難任。兵厨酒熟青梅小，且置玄談伴醉吟。

其 五

落盡梅花君未歸，且携樽酒賦新詩。逢人少説瑶臺事，得道寧要俗子知①。

次五羊先寄帥公穎叔

玉帳元戎金馬儒，還同嚴武在成都。新詩欲得何人和，席上能容杜老無。

①底本校注：「要」，平。

聞五羊今歲有雪口號寄穎叔修撰

南人不識白皚皚[1]，直怪狂風舞亂梅。聞道元戎召和氣，嶺雲翻雪入城來。

古羊江口

古羊江口兩山陰，野客停橈爲一吟。面逆寒風望蒼翠，老來唯有愛山心。

四恩禪院

石門雙崖控碧溪，榕陰冉冉與雲齊。寺門欲出渾無路，直上青天萬丈梯。

仙庭觀

樓閣依稀踞鳳凰，入門松檜自然香。蟠桃已熟桑田變，應與皇家共久長。

① 「白」原作「北」，據宋、彭宋、雇本改。以下宋「聞」作「向」。

入清遠峽

舟繞蒼崖轉碧津，層層雲樹畫屏新。分明便是桃源路，底事無花不見人。

出清遠峽

軋軋孤舟兩櫓鳴，悠悠山闊白沙平[1]。回瞻蒼峽來時路，只得銀潢半日行。

雙溪呈帥座穎叔

雙溪流過碧灣灣，兩帶青羅繞玉環。入海未甘隨鹹鹵，助公吟筆瀉潺湲。

和穎叔别後見寄

白頭方得嶺南麾，却望長安恨不飛。毒霧腥烟非我樂，未從公辟敢言歸。

①「白」原作「北」，據宋、影宋、庫本改。

雨霽小飲示曾令

嵐雲送雨一番凉，把酒休言憶故鄉。荔子鯡魚相伴熟，畫船搥鼓下靈羊。

潁叔爲余親札補到難并和篇開刻既成以二絶句送上

其一

投老文章遇己知①，感公書我《到難》詩。銀鈎玉鈕徒稱妙，大庾嶺南無此碑。

其二

英詞妙翰兩無雙，彼有浯溪此北江。下視塵寰真一撮，到無難處爲公降。

送王侃主簿棄官歸南城三首

① 「遇」原作「過」，今從宋本。詩題「開」原作「聞」，今亦從宋。

其 一

紛紛嵐翠撲征衣，滿酌離觴對落暉。憶着故園心已醉，更堪臨水送人歸。

其 二

侵侵壓土欲何爲，滿腹詩書不遇知。歸去青山終我老，掛冠全勝拜官時。

其 三

泠泠風露菊花時，有客言歸便得歸。自是不歸歸便得，靈羊峽口棹如飛。

再送穎叔待制度嶺

迹滯端江心欲飛，要將清泪灑行衣。雲間驥尾終難附，梅子黄時公自歸。公屢有佳句見約同歸。

蒙詔許歸二首

其 一

衆人應笑乞歸忙，自覺生緣不久長[1]。舞棹呈橈無伴侣，冷雲寒水是家鄉。

其　二

昨日恩書許拂衣[2]，今朝著句咏將歸[3]。蘆花明月無人占，一笑勞生早息機[4]。

別吴漕翼道[5]

歲晚分符出瘴烟[6]，樗材無用只公憐[7]。此身乞得生前去，却向江南雲水邊[8]。

①宋本「覺」作「分」。以下「是」原作「寔」，今從宋本。
②「恩書」原作「書思」，據宋、影宋、庫本改。
③此句原作「西江却掉釣船歸」，今從宋本。影宋本「今朝著句咏將」六字原缺，朱補此六字。
④「早息機」原作「萬事非」，今從宋本。
⑤此題原作「别翼道運判」，今從宋本。影宋「漕翼道」三字原缺，朱補此三字。
⑥「出瘴烟」原作「瘴海邊」，今從宋本。影宋本「出瘴烟」三字原缺，朱補此三字。
⑦「樗材無用」原作「衆人欲殺」，今從宋本。影宋本「樗材無用」四字原缺，朱補此四字。
⑧「雲水邊」原作「棹釣船」，今從宋本。影宋本「雲水邊」三字原缺，朱補此三字。

林和中家觀畫卷五首

寒蘆飛雁仍和子中修撰舊韵①

蘆黄水落秋將暮，鼓翼各尋雲外路。爲問歸飛歸底處，我今亦向江南去。

曹霸畫馬王荆公手寫杜甫丹青引跋其尾

曹將軍畫少陵詩，林氏家藏相國題。不動精神瞻御座，風雲萬里入霜蹄。

王摩詰捕魚圖

魚躍魚沉都不知，垂竿只要得魚歸。天寒浪急魚難得，愁入蘆花日又西。

王昭君上馬圖

飄飄秀色奪仙春，只恐丹青畫不真。能爲君王罷征戍，甘心玉骨葬胡塵。

胡馬圖②

①此題原置于詩後，别行起，占一行。「寒」前有「右」字，今删去「右」字，移至此，以統一體例。以下《曹霸畫馬……》、《王摩詰捕魚圖》、《王昭君上馬圖》、《胡馬圖》四詩并同。

②「胡」原缺，據宋本補。影宋本「胡」作「鬍」。

唐時胡馬入長安[1]，下馬胡兒倚馬鞍[2]。今日升平無此物，樽前聊寫畫圖看。

余八月十六日携家玉笥山觀月覽潁叔蔣待制寄題絶句

然公之往還終不暇游此也故次其韵以寄潁叔[3]

玉笥深深水石幽[4]，驂鸞不到欲誰尤。公臨瓠子方憂决，輸我携家蹋月游。

玉澗橋[5]

橋名玉澗玉淙琤，覆水松陰兩岸清。野草已香仙露濕，客從此去問長生[6]。

①「胡」原缺，據宋、影宋本補。
②「胡」原缺，據宋、影宋本補。
③「余」、「蔣」、「此」三字原缺，據宋本補。
④「宋本「水石」作「路更」。影宋本「水」作「谷」，朱改「水」；「石」原缺，朱補。
⑤底本題下原注「在峽江縣。」據宋、影宋本删。按：宋時無峽江縣名。
⑥底本謂此詩第三、四兩句一作「野色花香仙露濕，客來從此問長生」。

入承天觀二首

其一

飄飄飛蓋入仙山，樓閣初逢碧靄間。爲問蟠桃今熟未？客來一食欲忘還。

其二

雲舒雲卷曉風凉，千尺松梢鶴唳長。昨夜月宫飄桂子，至今樓殿帶天香。

出觀

沉沉樓殿五雲藏，草木長春水石香。一榻可能容我住，桃源迷路笑漁郎。

次新淦先寄劉中叟①

平生志願各懷歸，今日江湖樂自知。一艇一蓑明月夜，竿頭絲動得魚時。

①宋本「叟」作「丈」。

新淦西禪緑野庵

其一

草心回暖春風香，柳眼半開春日長。老禪隱几萬事畢，春去春歸春自忙。

其二

圓如鵠卵壓滄州，一榻欹眠頗自由[1]。春色解回林野緑，如何只白老人頭。

游生米施真君觀閲李德素舊題五絶句遂次韵和之

其一

寄語人間學道人，無真可學乃爲真。施郎昔日投竿處，直下尋綸透海濱。

其二

學道多年未得仙，漫將芝草種瑶田。索綸不起龍吞釣，爲問漁翁直幾錢。

① 「欹」原作「歌」，今從宋、影宋、庫本。

其三

水鵶山鵲語相傳，風阻歸航未得前。老檜一株壇石静，道人無事看殘年。

其四

來尋遺事問神仙，坐石垂綸不記年。水鳥自來雲自去，月和蟾影幾回圓。

其五

晴雲落日似横金，水鳥松風伴我吟。題壁高人竟何在，猶應施老笑無心。

呈同行黎東美朝散

風日蕭蕭暑氣無，櫓聲相逐轉江湖。西山廬阜青如靛①，應有新詩入畫圖。

望廬山二首

①宋、影宋、庫本「靛」作「淀」。

其一

西山行徹見羌廬，碧玉棱棱奠一區。南去北來頭白盡，不知五老鬢斑無。

其二

三十年前湓浦尉，五千里外解符歸。廬山相見應相笑，爲借雲泉一濯衣。

廟灣夜泊

薄昏洲渚鷗梟靜，照網漁家燈火紅。盡道龍歸井泉濁，明朝願借一帆風。

樠溪懷亡友張慎微

秋風入夜透征衣，點點漁燈各自歸。投老重來江上泊，廬山如舊故人非。

九日游净社院二首

其一

旋披榛棘尋山徑，忽繞松篁入寺門。九日臨高無此處，佛香禪味解塵昏。

其　二

前年九日別家時，黄菊才開一兩枝。今歲重陽歸未得，却尋蓮社步遲遲。

羅漢院五老亭

五峰相向碧參差，插地擎天力不衰。要學世人頭亦白，晴烟時起數條絲。

入萬杉

翠靄紛紛蔽一岩，何年人種萬株杉。天翁已許虬龍卧，匠石不勞斤斧劖。

出萬杉

禪庭欲別更遲遲，猶戀凉風灑客衣。無力便分青嶂住，滿懷空帶白雲歸。

香　澗

涉溪攀磴興何長，隔岸人家桃杏香。便是武陵迷路處，只無鷄酒勸漁郎。

静明軒

道人得道萬緣灰[1]，欄下幽花手自栽。終日開軒無客到，清風時引竹聲來。

送菊與劉守漢臣

一年愛惜傍東籬，今日才開四五枝。折與劉郎休嘆老，嫩黄新白恰相宜。

送菊與倪倅敦復

重陽相近雁初飛，誰剪黄金撒翠微。莫學龍山空落帽，杜郎須插滿頭歸。

望夫石

帆去帆來人不識，歲歲年年望無極。夕陽欲盡洲渚昏，猶見天門一雙碧。

①「得」原作「傳」，今從宋本。

謝賈侍御惠酒

赤壺分送陵陽酒，黄菊猶開雨後花。一醉不知身世晚，却臨河漢欲乘槎。

再送賈明叔侍御

宣城重見謝玄暉，只恐斯民不久依。爲報聖朝容諫諍，南床虚位待公歸。

宗公香瑩軒二首

其一

酴醾洞口作新軒，香瑩佳名自此傳。要是釀爲光禄酒，醉來騎鶴上青天。

其二

索質曾將蘭麝熏①，開軒有意待游人。請看一架晴空雪，又勝桃源洞裏春。

①宋本「曾」作「仍」。

次韵池守富仲容寄詩酒爲别二首

其一

投老應須結主知，翱翔郎省已多時。南風一送輕舟去，更與何人細論詩。

其二

萬事無心只自知，一庵高卧樂明時。池州太守能憐客，美酒分來更贈詩。

奠謁王荆公墳三首

其一

再拜孤墳奠濁醪，春風斜日漫蓬蒿。扶持自出軻、雄上，光焰寧論萬丈高。

其二

大手曾將元鼎調，龍沉鶴去事寥寥。寺樓早晚傳鐘響，墳草春回雪半消。公蔣山絶句云：「他生來聽此樓鐘。」

其三

平昔偏蒙愛小詩，如今吟就復誰知。篋中不忍開遺卷，矯矯龍蛇彼一時。

狄倅伯通席上二首

其一

梅山曾共聽蠻鼙，又看汀州白鷺飛。一榼瓊漿要我醉，不忘交舊似君稀。

其二

小妓三嬌舞玳筵，芙蓉照水一枝鮮。層冰赤脚真吾事，笑倚春風愧暮年。

壽寧禪院瓊花張唐公内翰手植①

一種瓊花内相栽②，隔年琲璨待春開。誰知暖日留繁雪，更有清香引蝶來。

①「張唐公内翰手植」七字，宋、影宋本爲題下注文。
②「栽」原作「裁」，今從宋、庫本。

次韵徐希皋解元送白蓮栽兼寄昭掾子美三首

其一

吾家新叠小蓬萊，三尺青天一沼開。更得城南白蓮種，花時留待月光來。

其二

城南移得玉華栽，栽向方池兩歲開。有酒有花無伴侣，良朋何日遠方來。

其三

玉蓮移得手親栽①，要看中秋月下開。安得君歸相伴飲，君家子弟亦嘗來。

藏雲寺酌泉

不到藏雲四十年，寺名重换屋新遷。清冷不變當時味，只有庭心一眼泉。

①「親」原作「新」，今從宋、影宋本。。以下《九日蓬萊亭》宋「已」作「先」。

別賈侍御二首

其　一

君正忙時我正閑，思君乘興出青山。倚樓懷抱都傾盡，却駕柴車破雨還。

其　二

連日持杯選勝游，今朝興盡棹歸舟。欲知魂夢思君處，却御清風過北樓。

太平天慶觀題壁五首

其　一

縹緲朱樓浮絳烟，彌漫碧酒汎金船。瓊花滿樹春長在，知是人間換幾年。

其　二

琳宮緩步獨移時，世事紛紛不復知。且看滿庭松上雨，碧瑶幢節覆青絲。

其　三

一枰棋散復持杯，却繞長廊步懶回。且看滿庭松下月，斷金斜玉間蒼苔。

其　四

風吹雲雨霽，人門松檜香。何處有煩暑，心官自清涼。

其　五

聽君彈《别鶴》，《别鶴》怨離索。何以動乾坤，六月秋霜落。

九日蓬萊亭周彦達節推酌發

萬里行人辭故鄉，登高回首更重陽。黄花折盡碧雲晚，未聽離歌已斷腸。

永安榮仲謀秘校訪别三首

其　一

感君隨月跨征鞍，來訪熙寧舊長官。莫訝髭須渾雪白，哭兒清泪不曾乾。

其　二

相逢投老愈情深，不獨開懷又吐心。更上高臺同一醉，十年陳迹漫追尋。

其　三

行義都無一點瑕，詩書滿腹貯英華。老來方得青衫着，便近廬山五柳家。榮授彭澤簿。

達觀臺黄魯直名之二首

其　一

戴氏山頭一席平，集仙椽筆寫臺名。長江自與天爲鏡，不用風雲變晦明①。

其　二

高臺千尺俯江干，達觀寧論眼界寬。但見青山圍遠水，不知何處是長安。

靖節真像乃庸畫思得伯時貌之遂以一絶寄簡

古帳蕭蕭畫不真，空祠猶與狄公鄰。憑君妙手重圖貌，不是尋常行路人。老杜云：屢貌尋常行路人。

①「雲」原作「雨」，今從宋、影宋、庫本。

招德觀見老道士李如海年八十六矣

棄官歸去又重來，三十三年幾人在。玉虹横截碧雲溪，不見騰空見如海。

與吴子正言懷

山南山北屢相逢，年少今成二老翁。不向烟霄共飛舞，且來傾倒玉瓶空。

承天院清輝閣

一軒誰與寫清輝，地近城闉却少知。只待中秋深夜看，玉蟾低蘸碧琉璃。

丁卯十月十日游開先瀑布絶流

山源久涸旱塵飄，想見潺湲瀉石橋。只道海風吹不斷，爲誰收起玉鮫綃。

寄吉守李獻父二首

其 一

半月樽罍爲我開，琵琶圍座殷晴雷。船頭一轉如天上，猶有新聲入夢來。

其 二

昭亭交舊半存亡，只有君家近我鄉。終約月明搥鼓過，賀公須愛李生狂。

次芙蓉渡和穎叔修撰舊題

綽約芙蓉照碧湍，紅綃衫薄不勝寒。吹香洗露情多少，只得元戎一餉看。

次南安驛和穎叔修撰舊題①

南來匹馬厭紅塵，喜見梅花似玉人。都爲嶺頭無臘雪，故教六出占先春。

①「安」原作「蠻」，今從宋本。

郭祥正集卷二十九

七言絶句一百一十九首

别尋真觀

尋真幽徑入深源，一宿清虚寄洞天。歸去姑溪度殘日，無因重到五峰前。

逢東林舊僧

寶陀岩下種松篁，舊客欣逢煮术湯。憶着東林携手處，十年添得兩眉霜。

追和杜牧之貴池亭

悠悠江水緑于苔，楊柳迎風眼半開。行客不如沙上雁，每逢春暖即知回。

觀德亭畫壁

畫手非工本亦佳，四時景物寓天涯[1]。最憐荷折秋容晚，雙雁徘徊下軟沙。

寄耿天隲二首

其　一

海棠妍媚露桃紅[2]，高卧遥知錦綉中。欲問何時渡江去，看花準擬趁春風。

其　二

北山曾賞浪山梅，梅蕊含冰一半開。國老自亡梅自發，送梅人在亦悲哀。

永安再見裴材山人二首

①「寓」原作「寫」，今從宋、影宋、庫本。
②宋本「妍」作「研」。

其一

青布爲巾白布裘，逢人不拜肯低柔。一缸濁酒凝春緑，只與雲山相獻酬。

其二

未到君家興已闌，浮山十里望青山。梅花正似山陰雪，却棹孤舟夜半還。

重題公純池亭

憑欄盡日看山色，欹枕連宵聽水聲。一點紅塵無入處，戴家池館近清明。

浮山阻雨二首

其一

尋山一日遍浮山，却望江南興欲還。半夜神龍興驟雨，故留閑客伴僧閑。

其二

雲顛辭世幾番春，老令霜髯未變塵。重拂舊題悲往事，幻身今幸作閑人。

喜雪呈守倅二首

其一

出門騎馬踏黄塵，歸路隨鞭布黑雲。一夜猛風吹大雪，玉華千里壓妖氛。

其二

四面嵐光似玉光，滿城和氣賀豐穰。紅爐底事不邀客，回雪落梅空斷腸。

贈嘯月岩吴居士

幅巾藜杖客浮山，便隱深岩避世喧。每見月華何事嘯，此身聊欲伴孤猿。

撫鴻亭

誰開岩户最高峰，更作欄干出半空。只道冥鴻遠塵世，我今直下看冥鴻。

游西岩寺二首

其一

西崖瀑布瀉雲中，移得羌廬一半工。要看玉潭千丈雪，莫教江月照還空。

其二

三人同結静中緣，一到西岩思豁然。何必擁爐傾濁酒，且來攀樹聽寒泉。戴約裴材同至。

中方寺題壁

西岩曉起過中方，欲趁春歸客思忙。不似野僧忘歲月，手披黄卷滿頭霜。

題潘温叟家藏戴牛畫卷二首

其一

不辭耕遍主家田，日暮歸時欲飽眠。渡盡驚波莫回首，後來猶苦牧兒鞭。

其二

茫茫陂水暮秋天，乍晚耕犁未得眠。矯首衝波方盡力，牧兒何用更揮鞭。

招陳守倪倅小酌

梅花落盡杏花遲，終日廉纖細雨霏。不倒一樽消客恨，可令醒眼送春歸。

書無想山先域屋壁二首①

其一

東嶺杉松手自栽，已成濃蔭覆泉臺。滿頭白髮行催死，能得生前幾度來。

其二

寒食年年一度來，傷心捫涕陟崔嵬。溪雲欲雨還催去，更繞營丘百匝回。

域」原作「城」，今從宋、庫本。

出城

籃輿投曉出重城，桃李無言似有情。淡白輕紅能幾日，可憐吹洗過清明。

敦復午節惠酒

雙壺分送赤泥封，辟惡須令氣吐虹。何用江心鑄明鏡，清樽照面似青銅。

次韵楊侯見送游五峰

飄然忽作五峰游，三伏誰知冷似秋。爲在深雲更深處，手提白羽看泉流。

舟經天門山

輕舟幸借東風便，帆掛危檣掣驚電。萬群白馬度天門，誰道澄江净如練。

宿蕪湖口

菱荇芬香蓮子熟，扁舟夜趁湖陰宿。一杯獨酌未成歌，漁人解唱遺鞭曲。

秀公見喜飯僧二首

其一

百年光景逐飛螢，會脱塵勞只有僧。一飯聊爲清净樂，福田求報我何能。

其二

審觀六入本來空，覺海迷波理亦同。滿鉢香粳聊共飽，此緣不落有爲中。

國清院

深深樓殿妙峰攢，竹露松風夏亦寒。莫道西湖近乾淺，此中曾有老龍蟠。

送李伯華

患難相親似子稀，倏然分手重傷悲。官閑肯憶西湖上，淡月寒梅只自知。

送吴山人二首

其一

邂逅相逢瘴海頭，白雲黄菊漫遲留。它年江浙能尋我[1]，多在蘆花擬釣舟。

其二

生死波中止一漚，離家失子已忘憂。只思北苑春芽熟，安得騎鯨逐俊游。

①「它」原作「他」，今從宋本。

阮師旦希聖徹垣開軒而東湖仙亭射的諸山如在掌上予爲之名曰新軒蓋取景物變態新新無窮之義賦十絶句

其一

群山高下漫湖潯①，暝靄朝霞物物新。驛道更穿東北去，青銅影裏看行人。

其二

東湖水似鑒湖明，紅白荷花自在生。只有香風吹客座，更無煩暑到檐楹。

其三

軒窗得地向湖開，要客登臨共一杯。白鳥採魚長不去，清風吹水等閑來。

①宋本「漫」作「浸」。宋、影宋本「潯」作「滑」。

其四

一軒正在碧湖傍，蓮子枯時荇菜香。最愛夜深鷗鷺散，釣船明月似瀟湘。

其五

湖外青山案几横，卷帘幽坐少逢迎。一鈎香餌看魚上，萬頃金波待月生。

其六

一湖緑水當窗净，百里青山卷箔開。只恐夕陽催客去，不嫌幽鳥趁人來。

其七

一炷沉烟一案書，憐君重葺紫霞居。溪山朝暮能新美，世慮塵緣并掃除。

其八

鋤去蒿萊地勢平，開軒瀟灑瞰東城。湖山變盡朝昏景，只欠青猿一兩聲。

其九

誰知城郭有山林，選勝營居遣壯心。一片遠烟添暮色，數聲歸鳥變春音。

其十

仙庭射的門崔嵬，紫翠飄飄落酒杯。更待春陰須一往，要看雷雨過湖來。

次韵安止春詞十首

尋春行過古城東，春氣先從海角通。池草怯霜拳嫩緑，山桃迎日展新紅。

其 二

池塘新水碧泱泱，楊柳牽風緑綫長。已信形骸隨野馬，不思功業到岩廊。

其 三

一聽春聲只自悲，山山相應鷓鴣啼。却尋花島看花處，水上紅雲數片低。

其 四

一杯濁酒覽春光，人世紛紛任短長。細草自匀新歲緑，落梅猶散去年香。

其 五

雲影暮時鶯語低，花枝深處蝶魂迷。青樓不遠要佳客，錦纜牽船更向西。

其 六

草色葱蒼遍冢丘，花枝紅白倚城頭。憑誰唤取王摩詰，畫出傷春一段愁。

其七

茸茸緑芷香先吐，點點緋桃蕚半敷。却憶江南江水滿，一條晴練接天鋪。

其八

數行徙倚迎風柳，幾樹參差照水花。最惜去年梁上燕，曾隨春色到貧家。

其九

青春又送一年來，不道春霜兩鬢催。春淺春深春自老，且將懷抱向春開。

其十

花開游女門明妝，馬上誰憐白首郎。社叟從今歌擊壤，詩人不用嘆繁霜。

又和

其一

關關禽語弄輕風，決決田流上下通。行過小橋穿竹塢，山花時見一枝紅。

其二

無數幽花裂水香，一條輕素引烟長。客情春恨都銷盡[1]，把筆題詩獨繞廊。

其　三

新鶯求友出林飛，穀穀催耕着處啼。野渡無人芳草碧，前山欲雨暮雲低。

其　四

斜日會扶嵐氣暖，好風能送笛聲長。倦投芳草人人醉，流出殘花澗澗香。

其　五

花枝自倚青春笑，客恨須憑濁酒迷。望斷夕陽無問處，只今應照故園西。

其　六

春事須臾不可留，花枝争上少年頭。欲乘舴艋凌波去，何處佳人似莫愁。

其　七

花笑鶯啼酒可沽，山光水影淡烟敷。垂楊欲礙春歸路，更放輕綿匝地鋪。

①宋本「銷」作「消」。以上《次韵安止春詞》其三「島」原作「烏」，今從宋。

其　八

營巢新燕鶩垂幕，采蕊嬌蜂避落花。着處風光濃似酒，行人何事苦思家。

其　九

尋春眷眷惜春回，四序相新一氣催。桃李無言貪結子，野棠閑淡爲誰開。

其　十

盈筐門草紅裙女，襌袖看球白面郎。歸去不嫌清夜冷，李花枝上月凝霜。

訪隱者

一徑沿崖踏蒼壁，半塢寒雲抱泉石。山翁酒熟不出門，殘花滿地無行迹。

題蘇紫霞選仙集後二首

其　一

六博成書意在仙，每要佳客造玄天。不由功行渾由彩，一局升沉亦偶然。

其　二

知君本是紫霞仙，夢入瑶池泛酒船。功行已成真馭遠，却嗟塵世閲遺篇。

謝陳昌國惠酒二首

其　一

平生愛酒養天真，醉眼聊爲混俗人。玉斗貯來紅浪溢，感君添我海中春。

其　二

欲瀉瓊漿洗我憂，玉壺分送不知休。醉來一覺還鄉夢，看盡江南二十州。

半漳亭

飛檐赤白壓層丘①，見盡漳南一半州。倦步且來消午暑，穿雲此去徹鰲頭。

①《輿地紀勝》卷一百三十一《漳州·景物下·半漳臺》引此詩，「飛檐赤白」作「危檐飛赤」。

城東延福禪院避暑五首

榕陰缺處見西山，步遍牆陰落照間。誰信使君無一事，只知終日與僧閑。

其　二

暑雨霏微濕翠嵐，共投蕭寺解塵驂。黄粱初熟鱘羹美①，恰稱嵇家七不堪。

其　三

急手輕調北苑茶，未收雲霧乳成花。靈襟習習清風起，歸夢遥知不到家。

其　四

碧玉枝柯柑橘林，開花結子未成金。何當爛熟經霜露，更約提壺一訪尋。

其　五

隔澗人家通小橋，家家沽酒可相邀。深沉榕葉遮煩日，浩蕩風頭駕晚潮。

①「粱」原作「梁」，據庫本改。

荔枝二首

其　一

枝條相軋碧雲濃，襯出驪珠落照中。未説甘香消酷熱，且看輕手擘輕紅。

其　二

暑館風沉睡眼醒，荔枝新熟暗香生。玉纖爲剥紅綃顆，甘露初凝濕水晶。

寄資深承事行營二首

其　一

縱横才略領千兵，雕鶚群飛戰艦輕。海浪掀天須破賊，始知名將是儒生。

其　二

黄梅欲落雨霏霏，想過重岡濕戰衣。破賊有期先可喜，裂雲簫鼓待君歸。

浮惠寺清軒二首

其　一

枯笻壞衲老清時，萬事紛紛久不知。隔屋荷香消午暑，紅薇花影在深池。

其　二

一軒蕭灑静無塵，萬柄荷花别是春。莫道南州無北客，壁間猶對洛陽人。

七夕不飲

明河初月静娟娟[1]，樓閣帘開門管弦。不飲一樽當此夕，我心于巧久無緣。

和子中修撰石盆題壁二首

[1]宋、影宋、庫本「娟娟」作「消消」。以上《荔枝》宋「輕手」作「纖手」。

其　一

沉沉石室亂雲間，萬事都忘只有閑。暫輟玉堂揮翰手，一時吟遍謝家山。

其　二

青山重複路透迤，雖近州城俗客稀。只有使君頻得句，時時吟袖帶雲歸。

和子中忘歸軒

忘歸歸去盡强名，山鳥山花任送迎。未信使君長戀此，馬頭將逐詔書行。

和子中修撰石盆轉輪藏

包涵藏軸一輪中，種種難名寶網叢。莫道石盆無大地，只今成就聖王宮。

吊聖俞墳

一生懷抱只君知，想見音容涕泗垂。宅舍已荒兒女散，孤墳秋草自離離。

寄新軒阮希聖

遥想新軒日日新，清風細細起青蘋。後來詩客誰如我，定有新交勝故人。

予家小山四首

曉

曉光初透玉玲瓏，迴出真山意思同。蒼翠正含烟霧濕，一峰先占太陽紅。

雨

林林銀竹注潺湲，迸玉跳珠亂壑間。不惜倚欄襟袖濕，爲君吟出雨中山。

月

小山凝望月明間，天與金銀作小山。願得月輪長不去，一山光景付吾閑。

雪

皎皎群峰照畫欄，深深岩竇逼人寒。雪中更看玲瓏雪[1]，縱有丹青貌亦難。

---

[1]「雪中」原作「雷中」。底本謂「雷」誤，疑作「窗」。今從宋、影宋本。以下《院主》「求」原作「永」，今從宋。

西軒默懷敦復二首

其　一

小盆小石小芭蕉，水面紋生暑氣消。明眼客來時一眄，已知吾意在鷗鵜。

其　二

山下無塵枕簟涼，綠池水滿即瀟湘。青蕉況有菖蒲伴，閑淡風標細細香。

出城至龍泉院

出城霜霰侵衣冷，入寺雲山掠眼明。幸有青錢沽白酒，得閑行處即閑行。

院主老僧年八十三齋潔可喜遂贈二韵

八十餘三老阿師，雲山深僻少人知。不嫌野鶴求爲伴，庭下閑松借一枝。

城西阻雨寄純父太守

三春復作歷陽游，傾聽高談洗我憂。已出重城望賓榻，暗天風雨泊孤舟。

浚遒卧病少愈言懷

入竹細風連陣暖，隔牆幽鳥數聲和。病餘斗惜春歸速，枝上殘紅應不多。

玉蝶球

玉蝶交加翅羽柔，八仙瓊萼并含羞。春殘應恨無花采，翠碧枝間戲作球。

懷　歸

黄鸝出谷鳴聲軟，紫燕營巢意思和。欲問江南近消息，落花飛絮向人多。

睡

窗户無風天氣陰，屏山圍枕髻雲深。秋波不動芙蓉暖，化蝶驚飛君莫尋。

笑

檀口微開皓齒香，眼波浮動臉生光。桃花未落燕脂淺，半颭春風半倚牆。

元輿待制以書酒見招

驛騎東來得素書，便趨賓榻駕柴車。賦詩我未如陶令，養浩君能似子輿。

弈

一枰相對漫怡神，白黑爭先局局新。不覺斧柯從此爛，甘心誰是肯輸人。

和北山泉老三首

其一

從來心照兩相通，信餉瓶盛自在空。誰道鍾山遠姑孰，北窗時復揖清風。

其二

蓼花紅淡葦條黄，故有離人思抑揚。手眼不知相拗否，墨華時寄兩三行。

其三

已將形影老江南，不飲情懷稍自諳。安得道人揮玉麈，一宵清話響團庵[1]。

和僧誂見懷二首

其一

城角蓬茅三畝居[2]，空堂唯有一床書。感師相過憐清淡，若比陶潛尚不如。師以陶自比。

①「話」原作「語」，今從宋本。
②「茅」原作「芽」，據宋本改。以下「過」原作「遇」，今從宋本。

其二

眉目棱棱有古風，却疑曾作釣魚翁。一竿明月空拋擲，誰道烟波無處窮。

訪華陽隱者

小徑斜分石磴通，蕭蕭古屋隔杉松。主人無事晝慵起，殘雪滿庭春未溶[1]。

雪次大澗

連山接野冷光鋪，望望村烟問道途。不似在家蓬户閉，妻兒歡笑擁紅爐。

將至慎邑寄鼎

踏盡瓊瑶百里山，欲投城郭暮雲間。紅爐速置一壺酒，故歲離家新歲還。

①「溶」原作「融」，今從宋本。

峽石道中口占

淮日暉暉浴暖沙，小橋斜巷兩三家。不知春色來多少，是處牆頭見杏花。

通惠寺小柏

周遭松檜漫爲鄰，翠碧婆娑未出群。但願盤根堅似石，不憂枝干不凌雲。

香社院

重陰消散日車明，社鼓村歌樂太平。行過柘塘蕭寺宿，隔牆猶聽賣花聲。

院庭檜樹

花開供蜜葉禁霜，老柏喬松氣亦降。未遇李聃誰愛惜，柘塘西院碧油幢。

三月三日

一盞扶頭又半酣，久無歸夢到江南。桃花欲發杏花謝，細雨斜風三月三。

清明風雨懷光遠

少年多難復遭憂，自昔王孫故倦游。愁見清明歸未得，小山風雨想添愁[1]。時光遠借居吾西園。

慎辛練德符招飲僧舍二首

其一

雜花開遍縣城東，不惜提壺細雨中。應是花枝羞老客，故含春恨泣殘紅。

①影宋本「添」作「天」。以下《慎辛》宋「開」作「間」；「倒」原作「到」，今從宋。

其二

一庭寒柏寺荒凉，亦有花枝出短牆。善政得閑能唤客，春風相伴倒壺觴。

郭祥正集卷三十

挽詩三十首

神宗皇帝挽詞二首

其　一

物物皆成化，熙熙十九春。壽觴方奏樂，法座忽流塵。遺治前無古，稱宗孰有神。烟霄歧路别，百辟共沾巾。

其　二

原廟工初畢，神游竟不還。鼎湖龍馭遠，湘岸竹枝斑。謚號尊逾聖，陵基别有山。陵去諸陵三十餘里。九重春忽暝，四海慘愁顔。

王丞相荊公挽詞二首

其一

間世君臣會，中天日月圓，裕陵龍始蟄，鍾阜鶴隨仙。畜德何人紹，成書闔國傳。回頭盡陳迹，麟石卧孤烟。

其二

公在神明聚，公亡泰華傾。文章千古重，富貴一毫輕。若聖丘非敢，猶龍耳强名。悲風白門路，啼血送銘旌。

哭梅直講聖俞

生事念死隔，欻如過鳥飛。長空不留迹，清叫竟何之。死者固已矣，生者謾相思。昭亭雪塞山，相遇忘寒饑。解劍貰濁酒，果肴躬自携。掃除長少分，曠蕩文章期。贈蒙以太白，自謂無復疑。及將起草茅，謹札還先馳[1]。邀我采石渡，爛醉霜蟹肥。沉吟望

① 「札」原作「所」，今從宋、康本。

夫曲，朗咏天門詩[1]。險絶必使和，凡魚豈龍追。篇篇被許可，當友不當師。予嘗以師禮見聖俞，聖俞不予當也。凌晨掛高帆，公行我言歸。一別三四秋，音問山中稀。去年集選曹，僮瘦馬力羸。訪公國東門，問我來何時。青芻與白飯，諸子争資持。論新復談故，謂我今逾奇。南還得長篇，萬里銜光輝。此德未云報，訃音裂肝脾[2]。桓桓萬人英，不遇終愁羈。一官止太學，薄命吁可悲。所嗟吾道喪，斯文竟何爲。譬彼卞子玉，棄置污濁泥。鳳來無嘉禾，啄肉紛群鴟。彼蒼厥有主，此理安無欺[3]。嗚呼如之何，酸嘶復酸嘶。

哭夏寺丞公酉

齊山鬱愁烟，鏡潭墜孤月。佳人去不還，生別成死別。有才曾未施，負冤終莫雪。世情多反覆，美玉不如鐵。無路攀魂車，隔江寄清血。

①「咏」原作「誦」，今從宋本。
②「宋本「訃」作「仆」。
③「理」原作「聖」，今從宋本。

哭子點

五歲養育恩，一朝隨埃塵。琅琅讀書聲，在耳猶如新。哽哽臨絶言，唤爺眉屢顰。永痛卑栖邑，醫脉非良真。微疾遽夭殤，吾家失麒麟。嘷天天莫知，拊地地不聞。泪迸睛欲枯，腸斷鼻愈辛。汝卧長夜臺，我孤大夢身。後嗣復誰望，有車已摧輪。佳雛墮危巢，异芳零短春。黄泉無白日，青冢多愁雲。哀弦寫悲歌，吊汝冥漠魂。

哭宗叔致政大將軍

文鋒困挫離場屋，武略縱横動冕旒。國士傳家雖有子，將軍終老不封侯。抱冰末路垂三紀，埋玉空山第一秋。餘脈江東藉雲蔭，載瞻遺像涕交流。

故臨川太守石公挽詞二首

其　一

憶昔江頭别，悲歡失後期。奸言誣直節，枉獄累明時。白玉元無玷，青天孰可期。有兒能雪耻，泉壤釋餘悲。

其 二

半道逢豺虎，吞聲力已窮。命從寃獄喪，言有諫臣公。玉樹埋長夜，金魚委斷蓬。旅魂雖獲雪，千載起悲風。

陳伯育承事挽詞二首

其 一

海鶴冰爲骨，霜潭月作心。要賓唯飲酒，焚券不論金。公因二子登第，盡召鄉人素負公金者合飲，折券二千餘緡。相望縈離恨，何嗟得訃音。春回墳草綠，誰伴夜臺吟。

其 二

二子皆攀桂，一生唯好吟。夜臺如得句，泉路孰知音。飲態思頹玉，交情失斷金。奠芻何以報，折盡老夫心。

鄒宣德挽詞二首

其一

憶昔姑溪上，分携歲月賒。清標冰有骨，静德玉無瑕。不殺居爲戒，傳經大厥家。西山問仙籍，公合在烟霞。

其二

静樂疇能匹，翛然几杖間。有兒專使節，無念落塵寰。流水歸何處，孤雲去不還。成仙應蜕骨，誰爲掩泉關。

哭漳州蔡温老秀才

交游氣概如君少，患難扶持及我多。萬里相思魂往返，一書報死泪滂沱。文場決策終難必，旅館捐軀可奈何。猶得有兒傳素業，幾時歸葬舊山坡。

楊次公侍講挽詞二首

其一

力學窺前古，扶經翊太平。樂成天地格，祧正祖宗明。知命窮猶達，趨玄死亦生。世無班馬筆，誰爲勒幽銘。

其 二

孤進終難達，文章誤此生。才趨王府講，已夢玉樓成。遺篋書千卷，招魂酒一觥。空餘淮上月，不到夜臺明。

楊次思博士挽詞

有志吞戎虜，成書達帝庭。長江傾學術，短炬速年齡。玉樹埋蒿壤，泉臺掩夜扃。功勳何可問，不得上丹青。

亡友留君儀挽詞二首

其 一

信報君儀訃，將如吾道何。交游亡玉樹，涕泪瀉金波。三子先凋泯，一身纏病疴。人生誰不死，遺恨獨君多。

其 二

壯子皆先隕，親喪未啟欑。病成終不愈，魂散若爲安。結義從今泯，遺編忍復看。亭開基石處，雲水想漫漫。

吊故友吴延之屯田

吴老歸泉後，人間未有君。春深耒陽草，月亂采江雲。孤嘯猿求侣，哀鳴雁失群。姑溪一樽酒，遥酹五峰墳。

哭亡友李公達

忽得凶音泪不收，可憐英氣隕荒幽。天垂北斗夜臺静，虎嘯西風墳樹愁。學道未行嘗自信，高名雖在復何求。謾携一榼招魂酒，獨對修江想獻酬。

吊黄塘寺知白上人

今日黄塘寺，昔年知白師。悟禪兼悟律，能畫亦能詩。舊卷春涵暝，新墳月掩悲。餘生我何有，騎馬送衰遲。

吊亡友袁世弼太博

自掩斯人骨，西山秀色低。文章驚早悟，壽夭理難齊。絶壑沉寒玉，空江没斷霓。兒孫今寶宅，感舊只酸嘶。

三亡詩

榮翁周詢仲謨。苦于學，腹實五車書。尤明禮樂事，畫就百幅圖。獻之神宗朝，不報還舊廬。白頭着青衫，老憤猶欲舒。佐邑曾未赴，瞑目忽已殂。何子敏中仲文。稍家富，恬不爲利拘。執筆工詞章，科第學有餘。終遭有司黜，才命誠難俱。今聞亦長往，令我勤悲吁①。二家各有子，素業傳門閭。登科既同籍，奔喪又同途。李君洙聖源。出世胄，軒軒佩瓊琚。計偕冠多士，場屋喧名譽。晚乃樂高隱，賣藥荒村墟。愈貧愈自信，純潔不可污。天胡奪其齡，否極泰則無。斯人皆舊游，想望空踟躕。顧我雖未死，目眊霜盈須。近酒已先惡，趨時迹尤疏。飛章乞殘骸，輕舟下重湖。將投永安泊，訪舊相歡

---

①「勤」原作「動」，今從宋本。

娱。那知死生隔，三秀同時枯。欲爲招魂篇，悲風涕沾濡。

擬挽歌五首

其　一

百年苦役役，一死已休休。惟我方自適，妻子空悲愁。滿樽奠美酒，滿盤薦珍羞。我終不可起，汝情謾悠悠。送我入蒿里，寂寞無春秋。

其　二

形壞影亦滅，有神竟何依。漠漠空木中，豈知經四時。以此爲長年，誰人不同歸。兒孫汝勿泣，朋舊汝勿悲。歲月易經過，冥默終相期。

其　三

生前勢有殊，死去分始齊。且將耳目静，安用親舊啼。鴻雁任南北，日月隨東西。陵谷亦已變，道化復何爲。

其　四

于生動以擾，既死静且潛。黄土假面目，青草爲鬢髯。榮華春風吹，憔悴秋霜沾。回嗟在世人，不識此理廉[1]。

其五

枯骨螻蟻餘，空棺蔓草纏。欲訴既無路，欲窺不見天。休休可奈何，達道乃自然。

①「廉」原作「兼」，今從宋、影宋本。

郭祥正集輯佚卷一

五言古詩三十首

望九華山寄夏公西

扁舟溯南江，群山漸秀發。遥瞻九華峰，點點出天末。迤邐見雄奇，平地犀尖拔。夕陽凝紫烟，仙髻聚鴉髮。又疑碧蓮花，倒插黄金闕。想像終未工，靈襟謾超越。矧彼山中人，了與塵事絶。采秀既忘年，道授飛仙説。世間名任高，物外緣皆滅。百憂眷薄禄，我輩志已屑。趦榮羞捷途，就卑老剛節。雅知名山樂，勇往胡未决。此興待君論，青衫可偕裂。

感懷贈鄂守李公擇

君顔削寒冰，君心抱堅玉。自甘正諫黜，不受公議辱。請言會面初，遭艱守窮屋。屋臨修水陽，蓬門入深竹。伯季止三人，群書聚頭讀。野夫學孟郊，苦吟中夜哭。公達學伊尹，經濟飽胸腹。君乃學揚雄，草《玄》明倚伏。遂兼孔氏《易》，極變悟神速。亭亭出林材，濯春千丈緑。我願從之游，且暮同飲餗。忠規日有益，文彩觀郁郁。不肖俄遭譏，逃形入空谷。諸君釋服起，爲貧苟微禄。君來宣城幕，衆謂得杜牧。我適游昭亭，林中騎白鹿。時趨資深堂，遇君亦休沐。飲酣河漢低，談高鬼神肅。出處二三年，于焉失羈束。一别幾何時，離群念幽獨。野夫今郎官，佐郡馳朱轂。公達遽不幸，高名收鬼録。君昔居諫省，上方容啟沃。忽分江夏符，善教蘇弊俗。衆饑發倉賑，賣丁與金贖。載歌奇章公，間運始來復。顧我最飄零，塵網自投足。遐趨僻小郡，勢若羝羊觸。道出賢侯藩，菁莪聞樂育。况當黄鶴樓，晴江春撲撲。美人卷紅綃，笛奏梅花曲。龍行水底吟，雲在山頭宿。酩酊安敢辭，念此齡運促。君名方顯顯，我困已碌碌。一爲涸轍魚，一作秋空鵠。愁來如江河，簣障不可築。聊書感懷篇，泪下遂盈掬。

采石峨嵋亭登覽贈翰林張唐公

巨舟發長溪，簫鼓奏雲漢。史君領賓從，險絶窮壯觀。透迤轉滄洲，稍泊大江岸。前登千丈峰，萬里瞰瀰漫。峨嵋聳雙碧，斬斬天塹斷。誰驅六龍轡，事逐孤烟散。如聞限南北，謬彼曹公嘆。寧知真人興，遐徼服輝焕。僭王苟餘息，窘束若鼠竄。虹霓渡戈甲，雷雨洗屯難。石根有遺迹，俯首想神算。承平逾百年，針砭决癰疣。幸兹國老賢，州事無留斷。披榛構危亭，突兀出天半。樂成須吾曹，嘯咏争璀璨。天空鐵嶲没，川動日華亂。群鷗或飛舞，縞練遺片段。歸艎鯨鬣擺，漁火星點燦。靈犀安用毁，神理幽可贊。翻思袁、謝輩，道貴一以貫。過古名空傳，逢今歲非宴。我公神采瑩，皎皎白玉瓘。言詞珠貝擲，肝腎錦綉爛。平生存至誠，許與比象彖。况當仙府間，長謡愈華奂。原原無根涯，天馬脱羈絆。顧子亦何人，勇和不知歎。譬彼禽之雛，斂翼自投彈。飲闌記名姓，會稽妙揮翰。滑磨青瑶碑，八法素常按。點畫猶生成，霜池聚鴻雁。千載期弗訛，鑒賞永傳玩。盛事難再并，月上歸興逭。

贈泗守宋子堅

憶昔始相遇，諫院吴侯家。君顔青且少，皓雪敷瓊花。把酒聽高談，正氣横鏌鋣。倏别二十載，各在天一涯。君去登朝闈，我方浮海槎。進退自殊轍，音塵空雁鴐。朅來淮上守，政聲被幽遐。填德在風俗，餘春散禾麻。斤斤梁棟材，葱蒼蟄龍蛇。匠石未回首，黽竈無傾斜。而我造賓榻，蓬鬢吹塵沙。歡言問往事，念此歲月賒。開館使休息，投文誤矜誇。伯樂雖一顧，慚非真渥洼。功名業已晚，世路今仍差。獨醒既不容，混迹良可嗟。清江秀山水，白酒浮月華。深犁熟粳稻，淺釣多魚蝦。長爲避俗翁，不落猛虎牙。願言雖未諧，行矣君及瓜。

贈元龍圖子發時左官宣城

明公有盛名，十年懷慕向。昨聞守桂林，清風掃蠻瘴。否來偶遷謫，暫泊宛溪上。斯事公議存，君命詎惆悵。坐局顧申卯，自忘曾帥將。公餘領兒孫，時時入重嶂。遇勝寄幽懷，覽古興絶唱。況逢謫御史，文章號宗匠。賡酬戛金玉，側耳聽響亮。神交付逍遥，外物隨得喪。漢庭變乏才，賈誼豈終放！未即登金鑾，行須復牙帳。矧公飽經術，義足明霸王。推忠結聖主，大業繼賢相。霈成三日霖，一慰天下望。微生實幸會，漫刺詣高亢。塵埃蒙弊裘，何以异罔象。屏詘誠所宜，獎與若爲當。逢知信有時，報德亦非妄。且陪昭亭游，昭亭春盎盎。

贈夏公酉寺丞

秋浦明似鏡，九華碧參天。秀色動南斗，乃生名世賢。卓越夏夫子，其才文武全。一覽無復遺，萬卷能口傳。奏書黄金闕，坐可安二邊。功名初自許，世路多回邅。亭亭出林干，暴爲狂風纏。乘槎往滄海，怒濤觀大川。還聞上南岳，闊步從飛仙。解衣祝融峰，濯足天池淵。下視白日没，九州渺莟烟。傾壘吊屈賈，汝道吾未然。胡爲奪浩氣，慘淡趨重泉。冥心想太古，妙理追淳源。白雲起歸興，却泛千丈船。少泊姑溪頭，春林聽杜鵑。謝李迹已往，高風在遺編。浮魂試一招，相望誰後先。伊余亦何人，謬拍洪崖肩。放身逍遥鄉，致主知何緣。斯時方泰熙，薰風播朱弦。奇才森大庭，拔茅茹相連。豈聞卞氏璧，指以微瑕捐。願取魋倉徒，投北首可懸。嘆息比不足，浩歌成此篇。

贈二李居士伯時、德素

二子跨黄犢，尋春造龍眠。身披五雲裘，翠髮散垂肩。群兒漫相逐，不識南昌仙。我往一長揖，問我聊停鞭。深林藉草坐，對酌臨潺湲。琅琅聽險語，了了出愛纏。月殿折芳桂，高名金榜懸。掉頭不回顧，息迹翅淳原。窮幽采紫芝，長嘯呼青猿。使我慕高節，神魄方森然。言歸恨不早，白雪羞盈顛。于時業無補，碌碌隨冗員。交趾近反逆，蟻聚浮戰船。邕、廉皆失守，聖主憂南邊。上將命逵卨，睿算天所傳。虎羆十萬衆，干戈與雲連。傾海洗梟巢，拓境除狼烟。悵懷炎瘴地，何日聞凱旋。北虜恃驕黠，分疆亦逾年。廟謨非不深，遣使皆俊賢。此事竟未果，鄭虞甚防川。安得傅介子，萬里威名宣。不然隨隱淪，漁釣求深淵。出處兩齟齬，悲歌寫哀弦。二子顧我笑，汝心殊未堅。浩氣本完潔，胡爲自鑱鐫。請駕逍遥車，共游方廣田。饑餐種成玉，渴飲華池泉。我命永不滅，是身猶蛻蟬。世紛速辭謝，來續清净緣。

贈樂岳山人

樂老出三峽，騎驢訪名山。一見五老峰，笑傲遂忘還。蕭蕭太古松，徙倚青崖間。泉石托生計，雲霞會追攀。我寧求世人，世人非我閑。煉氣得真惠，神針起疵癏。何時駕皓鶴，定應出塵寰。王母如問僕，爲謝今鈍頑。

贈辨才宗衍大師

開帆出長淮，泊舟近禪刹。仰瞻窣雲塔，俯壓神物穴。衍語如懸河，事從古先説。欣聞佛力聖，降魔未嘗殺。爾來居幾年，戒履皎霜雪。領徒三百人，晝飯天厨設。重重殿閣陰，清爽無六月。固知出世緣，了與俗士别。此生猶孤蓬，驚風良飄瞥。長林宿鳥盡，而我歸路絶。出處既不同，净社無由結。三嘆復何言，疏鐘雲外滅。

贈圓通訥禪師

禪師古豪英，識之已恨晚。浩氣雖自充，靈標固天産。瓊枝玉府秀，春波鏡湖滿。妙趣玄中玄，高談簡復簡。痊余萬古病，金刀刮昏眼。朗如秋月明，不害浮雲生。始知金仙教，六幽同一情。一情亦何有，紛紛逐妍醜。遂令世上人，浮沉嗟白首。我願卿相知，薦師爲國師。一言了萬化，堯舜誠無爲。逢時揚至道，曠劫開群迷。儒佛實皆聖，胡爲相是非。本亡末愈弱，行僞言空持。嗚呼可奈何，師也余同歸。

贈端禪師

十年不變舊，交深情愈淡。世樂貽真羞，去若出阱陷。故林泉石新，悠然在虛鑒。寂寂夜香沉，無心答鐘梵。

贈隱静觀禪師

平生厭羈束，樂爲名山游。五峰數千仞，拔地凌斗牛。山光落澗影，倒掛天河流。靈草霧露香，老木陰翳稠。鳥鳴春盎盎，虎嘯風颼颼。耳目兩以醒，虛襟清氣浮。況有希世交，居焉治林丘。玄談傾醍醐，蕩滌方寸愁。出没死生際，日用誠吾由。應嗟世俗士，俯首窺王侯。百年聊汩汩，外物終何求。我將脱冠帶，築室東岩陬。長年丐香飯，師也能容不？

贈利安禪伯

名山多隱者，五峰遇僧安。屹然高世姿，眉目冰雪寒。極談了無迹，卷舌回驚湍。令我愧道心，齷齪滯小官。不能與斯人，物外振羽翰。惜爲山下别，落月在林端。

贈陳醫

吾嘗奇華佗，腸胃真割剖。神膏既傅之，頃刻活殘朽。昔聞今則信，絶技世嘗有。堂堂潁川客，察脉極淵藪。攣足四五年，下針使之走。珍丸起病瘠，蟲鱠隨泄嘔。一言倘不合，萬金莫可誘。又復能賦詩，往往吐瓊玖。卷紙誇速成，語怪若神授。名聲動京洛，混迹逐莨莠。相逢但長嘯，遇飲輒掩口。獨醒竟何如，無乃寡俗偶。顧非避世翁，疑是壁中叟。安得斯人術，付之經國手。

寄常執中長官棄官歸書上

高飛不上雲，不如栖白蘋。屈身五斗粟，何似種松筠。聞君將掛冠，築室苕溪濱。況有朱少翁，達論可相親。欹枕待落月，尋花送餘春。市喧不入耳，休羨桃源人。我亦促歸計，行當趨後塵。

寄清流許令升卿

朁溪皎寒玉，朁山卧蒼龍。我方窮眺覽，忽與旌陽逢。教告非俗語，泠泠啟昏蒙。我歸騎蹇驢，君去跨冥鴻。一別十五載，曠懷渴清風。今聞佩縣印，高鳳潛衰蓬。誰信五彩爛，卑栖能自容。終當振羽翮，萬里滄溟東。

寄虔州慈雲惠禪師

惟昔廬山舊，舜師稱老禪。惠也乃上足，解空無比肩。我嘗叩其説，活活如涌泉。况復能吟哦，俯視唐皎然。一別二十載，相望修途遭。音信誰謂隔，月華長自圓。嗟予困俗累，久負香火緣。適爲幕府客，遠泛瀟湘船。還過廬山下，廬山安足憐。既無故人語，頑碧徒參天。多謝子規鳥，數聲空谷傳。準擬趁汝飛，飛落贛水邊。

蔣穎叔要予同賦平雲閣

宣城多名山，詩人舊經歷。獨無平雲篇，疑怯作者敵。不然靈祇護，晦此神女色。留與無心人，開軒初占得。群奔萬馬放，片墮孤鷹擊。縷縷蠶繭抽，樅樅羽林直。恍隨片月散，又逐嵐光滴。縞帶裁未成，蛟綃瑩無隔。蒼龍奮修鱗，皓鶴舒春翼。天墀登群玉，胡陣望鳴鏑。尤憐欲雪時，鐵甲萬重黑。變化固無窮，想象豈盡識。賢哉謫御史，注目倚寒壁。吟非宋玉賦，心在漢皇席。愁來把樽酒，薄咏繼朝夕。迷魂招屈賈，大句壓甫白。初屯念經綸，作解須霹靂。終期去爲霖，未信長抱石。卷舒能及時，慰此長太息。詩言我枯疏，返類群兒劇。君探驪頷珠，不憚海神惜。更當俟來唱，研盡廷圭墨。

寄題陳生九華閣

潁川有佳士，放懷慕清閑。或游公侯門，得詩乃言還。蕭灑青松姿，俗駕何由攀。買田數百畝，家住濡須灣。匣有雷張琴，旋撥春醅緑。客來留一醉，聽我彈數曲。收身趣已遠，愛山心未足。千金建危閣，遥望九華峰。紫光射晚日，點點金芙蓉。南風吹秀色，半落樽罍中。酒味愈冷冽，琴聲又玲瓏。飄然紫霄想，何日跨冥鴻。

寄題東城耿天騭歸潔堂

東城耿天騭，讀書五千卷。有義或未通，至忘寢與膳。潛心唯丘軻，弟子并時彦。晚從進士起，青衫落銓選。捕賊偶註誤，差池困州縣。寧知賈馬才，不上明光殿。功名既無成，禄廩豈足戀。歸來潔其身，舊學進吾善。構堂剪深竹，江山使對面。秀色覽天鏡，毛髮瑩可見。閑情寄浮雲，零落兩三片。頽然墮支體，隱几自峨弁。有時明月來，朋簪合清宴。狂爲梁甫吟，璀錯珠玉串。夫人無妬忌，群妾美目眴。大兒富文學，又隨太守薦。百口不憂貧，九品不爲賤。内足外亦足，此樂信無倦。軒冕達士寄，形色聖人踐。他時采高名，猶冠儒林傳。

寄題吴子山孤雲亭

重華不可見，曾參久爲塵。孝道遂零落，爲子吟孤雲。孤雲泊南山，山下藏二親。孤雲自朝夕，墳草幾冬春。悠悠我之思，孤雲浩無垠。注視詎能攬，傾耳那得聞。音容勞夢想，涕泪濡衣巾。作亭墳之隅，奚止簠簋陳。揚名與行道，勉勉期終身。采彼孤雲篇，爲子書諸紳。

題冶父山實際禪院

虎兮弗食子，誰謂虎性惡。一見慈孝人，帖身不敢縛。蒨廬當絶巔，今寺據幽壑。人虎皆已非，斷碑苔蘚剥。

題宣州天慶觀秋水閣

偶登秋水閣，静吟秋水篇。初不辨牛馬，河伯方欣然。及見北海若，始驚大小懸。大小不相借，致令夔愛蚿。學者倘悟此，心忘真乃全。白雲散林表，蒼山落檐前。中有醉道士，兀兀知何年。寒風灑面醒，暖日曝背眠。彈琴不終曲，撫掌望青天。誰來達渠意，勿作虚名傳。

題旌德虞令觀妙庵

深溪徹寒鑒，蒼山開翠屏。結庵當此間，觀妙題其扃。借問觀何妙，伊人養性靈。豈爲娱耳目，是將達神明。滯有乃爲病，趨無亦何營。外感適變化，中虚藏窈冥。夜深片月散，林鳥三四聲。寥寥太古風，吹我襟off惺。逍遥形骸外，浩蕩天地情。未能同子樂，聊用歌强名。

題泗州龜山寺

蒼山如巨龜，長淮就吞吐。石林含霜明，爻卦儼可數。相傳有神物，在昔遭聖禹。縶鐵送潭中，作鎮亘萬古。乾坤未云息，魑魅那得侮。至今崖下潭，不敢設網罟。邇來建佛廟，金碧爛庭户。長廊肖深洞，夜香鬱濃霧。一讀碑上文，颯爾精神聚。憫旱截臂翁，開山即初祖。供僧百萬人，下壇三尺雨。至尊親賜詩，高名動寰宇。樓閣疑化成，何年運斤斧。洄流漲平沙，舟楫永無阻。尤憐瞻仰地，曾是欹傾所。王者惟好仁，佛力豈無補。我來解征鞍，赫日正卓午。凉風如冰霜，灑我襟上土。仰慚雲衲禪，未嘗倦行旅。還思治水功，冥寞今何許。

題抱黄洞景德觀觀有道士姓竺三十年不出門

地晉道昔紛亂，志士多學仙。乃願脱塵網，舉身飛絳烟。卓彼抱黄子，遺迹兹山巔。微風靈無惡木，杉松碧參天。四時不變春，修修女蘿鮮。下有白鹿卧，上有青猿懸。回念時五音奏，不假朱絲弦。來者迭宏構，深門秘真筵。餘芳考金刻，眇末期羌肩。

運泰，岩谷無逃賢。寓游足以樂，携壺謾思玄。黄冠四五輩，達者余所憐。未嘗詣州府，白髮猶侵顛。而况塵中人，欲以永歲年。聊書一日事，繼之逍遥篇。

題雨華臺仲庶龍圖新作于梁雲公講臺之上

雲公説法時，諸天雨名花。此事古老傳，豈爲虚語誇。至今數畝地，長松肖龍蛇。下不生蔓草，上不存栖鵶。夜或散瑞光，爛若赤城霞。沿崖僅可到，狹徑寧容車。嚴嚴渤海公，好古心無涯。携筇徐步至，極眺頻吁嗟。不唯古佛迹，絶景來幽遐。城郭如鈎環，井廬雜禾麻。青山斷緑野，白水連平沙。翔帆出天鏡，叠鼓傳摻撾。又復聽歸櫓，大澤鳴雁鴐。雲烟失浦溆，霜雪摧蒹葭。顧瞻指掌間，千里無毫差。中天二龍飛，此邦恃犬牙。納土業已綏，何殊井中蛙。神兵半夜集，城裂如剖瓜。唯仁乃無敵，四海同一家。我公乘閑來，式宴賓亦嘉。作亭當舊址，海月浮窗紗。舉杯莫辭酒，越女彈琵琶。爲我謝雲公，亦有三春葩。真法忌揀擇，豈校静與嘩。酩酊上馬歸，鬢髮從紗紗。

太平觀

下馬携瘦笻，凌晨極幽賞。騰身孤峰半，縱目浮雲上。巖巖同天路，靄靄靈氣王。古木藏春容，飛流落天幌。斷崖傾鬱蘿，深宮秘真像。壇心彩虹貫，幡脚仙飆颺。老鶴時一鳴，衆鳥不敢傍。人寰杳何處，仕路險已忘。高歌樂逍遥，撫掌遺得喪。長生豈無術，静理聊自放。獨醒世不容，苟合情輒枉。咄嗟胡爲乎，兹焉卜長往。

尋真觀

蒼崖猶積雪，凍林春未歸。石徑稍可通，决决泉聲遲。薄游欲何適，携笻負陽暉。覽勝輒長嘯，世事吾何羈。忽到仙人家，樓殿勢欲飛。皓鶴向人舞，青猿攀樹啼。屏風疊蒼玉，深潭瑩琉璃。誰云蟄龍卧，朗咏前人詩。颼飀太古風，會生松桂枝。回首歸興遥，日暮青雲低。

水磨

盤石琢深齒，貫輪激清陂。運動無晝夜，柄任誰與持。霹靂駕飛雪，盛夏移冬威。功成給衆食，勢轉隨圓機。翻思兵家言，千仞俯可窺。又想對明月，大壑投珠璣。睥睨巧匠手，不使差毫釐。牛驢免穿領，僮僕逃胼胝。利用固已博，沉吟豈虚辭。顧將水磨篇，薦之調鼎司。以上俱見影宋刻本《青山集》卷十二

郭祥正集輯佚卷二

五言古詩三十首

同蔡持正長官觀齊景茜虞部家藏遠祖成公監修國史誥

稟稟齊成業，得之權公碑。逢時初多難，退密安庭闈。深懷經綸策，起佐虎羆師。省郎拜侍御，出賑關中饑。俄登諫諍列，忤旨領一麾。徐遷河南府，法令嚴張施。宿奸即誅殄，和氣回霜威。德宗治勤勞，器公達精微。付之元化柄，庶績幾純熙。兼職在國史，直筆信不疑。皇皇君臣際，忠孝世所推。宜其源流長，千載尚弗遺。于今見遠孫，大雅敦形儀。銀章佩縣印，白玉涵山輝。丈人與先翁，登科實同時。先卿與先子皆祥符八年進士。相逢講餘烈，語訖及祖基。家傳唐相誥，綈襲常親携。焚香俾一讀，令我增嘆嘻。璽文儼如新，是亦權公詞。顧鄭崔許輩，其名各親題。邈然想高風，拂拂雲霧披。芬芳一何遠，陰德未少隳。幾經兵火餘，定有神物持。不落他人家，後嗣賢可知。請令妙絶手，模將刻瑶琪。傳之固無窮，永作來孫規。

觀柳殿丞家藏竹柏圖

君實名卿孫，妙畫篋所聚。壁間四幅圖，收盡蒼洲趣。瘦柏盤大石，雪霜迴不懼。舉斧揮棟材，未辨在縑素。離披老竹梢，直裂見枯處。鳳凰欲來巢，俯視猶屢顧。壯觀殊未已，白日去還暮。愁懷起窗壁，注目亂烟霧。煩君燈燭張，免我顔色沮。乃知頃刻意，直有千載寓。

李公擇學士出示胡九齡歸牧圖

横披五尺素，中有萬叠山。山下千丈溪，恍疑瀉潺潺。西風偃古木，慘淡秋色頑。蓼紅菱荇碧，缺岸如破環。小舟半閣沙，茅屋深無關。三牛行嚙草，一犢隨母還。牧兒掣牛鼻，望家喜生顔。欲知田家樂，此趣何由攀。而况畫手妙，意思能餘閑。遠出物象外，不在粉墨間。臨之發孤興，飄忽辭塵寰。

謝許栖默道士手寫黄庭經見寄

與君有前期，共爲名山樂。十宿太上家，近同游潛山也。百骸失塵縛。夜半瞻星辰，離離半空閣。香氳結蓋網，華粉焕朱堊。金鐘擊清霜，遠響答玄壑。太霞無别境，洞章自酬酢。君雖潛賤貧，志意在寥廓。暫爲處群鷄，曾是横空鶴。一别幾何時，又見圓蟾落。長須俄及門，金石重然諾。手寫黄庭經，寄我辟邪惡。我方閉空屋①，隱几效南郭。爲君興一讀，玉液瀉河洛。何當結長游，相伴趣恬寞。

蔣穎叔招游琅琊以馬病不赴

一别隔千里，夢寐期追尋。聞君宿琅琊，浩氣酬雲林。雪㵎望明月，山光如鏤金。天高歸鳥盡，海凍諸峰沉。騎鯨人已去，玉溜揚清音。君當繼絶唱，老鳳霜梧吟。釋彼猿鶴愁，解此塵坌襟。駑馬鞭不行，空負希驥心。

①「閉」後原注「方結切」。

與柳丞夜話廬山

君家廬山下，我昔廬山游。蕪陰偶會合，共憶林泉幽。山脚仙佛居，寶閣連瓊樓。客子多所至，未足勤吾求。最愛山北岡，鳥道通岩陬。其初惠遠輩，遺芳至今留。嵬峨定心石，欲脱如簪抽。下視千仞溪，半空五雲浮。石門扼危磴，天瀑垂還收。微風仙籟奏，薝草香氣柔。龍吟萬壑響，桂子落三秋。安栖雖未能，歷覽稍已周。一别幾三年，萬事何悠悠。日月隨轉口，霜雪易滿頭。饑將無稻粱，寒亦乏衣裘。雖非聖賢耻，自起妻兒羞。慨欲携鋤犁，爲君耕舊丘。經年飽蔬菜，吾道從休休。

蔣穎叔席上

春風歸未歸，白日一何速。偶陪御史驄，逶迤傍林麓。名花結深洞，繁枝綴寒玉。疏青愛老柏，壯節咏孤竹。諸君皆俊賢，笑傲失羈束。何生家最窮，昨日旋糴粟。尚能邀我飲，盤饌逮張燭。今夕寧須辭，酩酊固所欲。醉則騎馬歸，官長定不辱。酒行姑徐之，聊用講心曲。

自適

積憂避紛謗，杜門甘賤貧。破屋敗風雨，荒蹊絶車輪。幸無塵坌集，静與鴟雁鄰。吾年半已過，空花眷餘春。往來猶康莊，安用煩距欣。念此良自適，浩歌洗憂屯。

溪上閑居三首

其　一

溪頭守窮屋，白晝常静卧。唯聞鳥雀喧，豈有車馬過。苔沿土階緑，風尖紙窗破。遺編對古人，千載默相和。

其　二

愛此城南静，窮年守茅舍。無能聊自安，有智必趨詐。紅蕖笑池面，白鷺時時下。呼兒補疏籬，選吉得天赦。

其　三

衡茅頗幽獨，物景資所好。修篁清風來，遠渚曉烟冒。才短難趨時，屢空不憂盜。静几無纖塵，焚香讀真誥。

倚樓

官閑何所之，倚樓縱遠目。田疇耒耜出，高下春雨足。人家有生意，慰我苦幽獨。憶昨水沴餘，海氣蕩坤軸。蛟龍坼川原，舟楫造溪谷。禾麻安更論，未能保骨肉。有子殺爲食，何以厚風俗。上賴天子聖，詔書勤撫育。雖使發倉廩，飽歲實無畜。郡縣徒倉黄，論丁具糟粥。所救無幾何，往往委溝瀆。今兹氣候正，逋民稍來復。楚風重祠廟，才歸競巫祝。此物豈有靈，焉能助豐熟。涉思濟時策，慎擇良宰牧。金繒斥誅求，教化行比屋。祖宗德澤深，萬歲長沐浴。題詩起高興，飄然跨鴻鵠。

與内飲有贈

瓮中有濁酒，畦中多美蔬。呼童起大網，更向溪中漁。鱍鱍得鮮鱗，斫膾選肥鱸。君生不能織，我生不能鋤。兒孫無白丁，生理已有餘。陶然共一醉，隙間馳白駒。倏忽各已死，體化委蚰蜒。

送湖南運判蔡如晦赴闕

鶚飛不在泥，决有青雲趣。鳳凰不妄出，恐爲時所誤。桓桓南都賢，幸遭明主顧。垂紳正手板，磊落奏治具。源流出無窮，胸膽豁以露。帝曰卿良哉，予僚汝之父。果見麒麟兒，騰驤蹈前步。擢爲東宫允，往漕八州賦。予將觀汝能，慎勿憚細故。朅來重湖南，君恩密宣布。拔才惟俊明，逐吏皆狡蠹。朝廷方更化，免役出金助。深沉詳施爲，委曲善告諭。有司絶誅求，比屋樂農務。貧富一以均，歌頌喧道路。七月新書成，入奏馳駿馭。君來萬家春，君去秋色暮。清湘似君心，偏使醜影懼。何時到金闕，顒用期必遇。成法無瑕疵，後效有程度。皇皇太上聖，赫赫師尹輔。大業日愈新，虚懷未嘗飫。諫垣將峻陟，使節豈還付。却憶仁祖朝，天下復庠序。南都最爲盛，萬里英才聚。嚴嚴高平公，明堂真棟柱。尚書繼踵來，兩獻仲舒疏。君家有大阮，斂縮未騰翥。名聲晚乃達，霖雨今仍霔。信哉顔淵氏，必用孔子鑄。邦家不乏才，社稷永盤固。伊予亦何人，不异置中兔。時命適大謬，與物竟多迕。卑栖邵陵幕，竊禄飽嬰孺。不才甘委置，朽木費吹嘘。一朝逢知己，拔茅冀連茹。翻思刷羽翰，翩翩厠鴛鷺。不然棄已歸，築室幽閑處。吐納元和津，萬事不掛慮。韓子亦嘗

五三七

云，豈肯居沮洳。

湘西四絶堂再送蔡如晦二首 用韓退之游湘西韵

其一

長城截湘江，盤盤據天險。承平逾百年，民富德澤漸。層居出雲漢，門户當翠琰。尤愛湘西山，佛寺金碧儼。引泉甃深池，因崖起危广。長松争嵯峨，衆木就退斂。遠思秦漢間，疑此藏玉檢。盤石可徑卧，苔髮滑勝簟。方塘才俯窺，引手起蓮芡。四絶校重輕，歐沈信已忝。卓然韓杜詩，光焰不可掩。大羹味全醇，美玉滅瑕點。峭若蓬萊峰，夜浪豈憂颭。又如上帝籙，默誦破群魘。惟驚落俗口，一讀一遭貶。知音希世逢，誰謂此言諂。窮奇須竟歡，憂來熱吾臉。不得陪俊游，自知冗官玷。論情既霄壤，咫尺隔秦陝。不爲謝安侈，應慕楊綰儉。賡酬繼前唱，岩壁俟鎸剡。去爲經世霖，慰此楚封歉。離杯空酣酣，離恨猶冉冉。雁鳴洞庭闊，霜雪鬢毛染。行矣無淹留，路轉雙旌睒。

其二

嘗讀大易辭，可止戒遇險。麓山俯城郭，盤盤進以漸。重岡如連環，斗起若圭琰。佛宫敞金碧，儒舍陋茅广。修篁萬兵肅，老柏壯士儼。獨鶴時一鳴，衆鳥歸翼斂。蘭風新爵裂，芰雨真珠颭。虚堂群動寂，冠纓墮枕簟。頽然委支體，清夢竟無魘。引吭酌醇醑，激齒碎圓芡。載歌少陵篇，一重復一掩。桃源歸路隔，回首驚俗檢。不唯縱逍遥，且喜遠邪諂。清湘稚子浴，其樂吾與點。况聞長老言，了悟生理忝。心如碧蓮花，忍使紅塵染。又愛御史碑，白玉不可玷。能忘遷謫憂，直筆正褒貶。蔣穎叔自御史府謫道州，游岳麓山道林寺之四絶，於是爲文，進歐陽詢書道林寺牌退裴休書詩版進韓退之詩，退宋之問詩。清曠終何爲，名迹漫鐫剡。吾君方更化，凡百務節儉。楚封勞賢侯，重地比二陜。施爲若霖雨，一飽蒼生歉。新法持以歸，戀山休荏苒。想當奏御時，和氣動舜臉。拜恩明光殿，日射腰金睒。

高鴻送唐彦範司勛移蘇守公云白此乞分務矣

高鴻方冥飛，萬里不回首。况當秋杪時，霜露濕星斗。鼓翼無何鄉，永避網羅咎。君子重出處，此義安可負！嶷嶷潭府公，清譽比瓊玖。節制臨八州，時命非不偶。胡爲請分務，念念在林藪。切嘗聽公言，三朝禄食久。四十有五年，數爲漕與守。愼事無纖瑕，收身養吾壽。兒孫皆賞延，君恩誠已厚。朝廷新法度，利害喧衆口。紛馳使者車，必行無可否。嗟予力已疲，何以爲父母。不待老有請，連章至八九。君相惜其才，符竹今仍剖。蘇臺古名邦，震澤當户牖。拜恩豈邀，客賀但揖手。便道將徑歸，辭疾上印綬。家園瞰西湖，雲月是鄰友。翛然一榻外，長物復何有。隱几悟僧禪，癯形若陵阜。不學陶朱公，反爲利端誘。不學陶淵明，區區愛琴酒。文王如搜賢，肯棄渭川叟。行已無固必，資深逢左右。重來作霖雨，一洗蒼生垢。信哉孟軻氏，和任著伊柳。獨善名易滅，兼濟垂不朽。噫嘻高鴻篇，在理或可取。

送宋景瞻秘校赴選

我欲渡湖湘，君乃赴京闕。官期安可常，念此千里別。人生幾何時，倏忽變華髮。難成唯功名，易往嗟日月。在貴勿外矜，抱窮豈中熱。顧彼四老人，未嘗事干謁。一朝扶太子，千載名不滅。安之命與時，爲君頗詳説。西風吹月華，冷静若冰雪。何處望鄉關，鄉關此時節。

送鄭説道太博監内法酒庫

故人京洛來，共話十年別。朱顔雖未彫，頗有鬢間雪。夫君起文學，今乃官曲蘖。雖云屈雄才，猶喜待金闕。朝政今更新，百執勇施設。願言慎所職，法釀務精潔。上方祭祀餘，一飲茲以悦。雲霄即横飛，勉勉著勛烈。行將鴛鷺群，何暇笑跛鼈。跛鼈亦自知，中心冷如鐵。

寄别朱復之郎中

我昔發溪口，君來具華筵。燭光射酒色，四座凝春烟。飲闌贈嘉唱，響韵勝彈弦。聞君今解印，念我簿書攣。不及姑溪流，會隨千丈船。君才世無雙，君名天下傳。五十試一州，治術如潁川。上方急政務，下詔稽漢宣。誰能薦此人，惟賢乃知賢。聃聃范文正，道德諸公先。辟君登幕府，師友金石堅。大匠忽云逝，美璞疇敢鎸。古來出林秀，多爲風雨纏。明主往自結，獻書玉墀前。功名期特達，况當未衰年。

留别受禪師

長沙多禪翁，受也予所慕。清猶玉潭冰，不著纖垢污。堅如歲寒柏，不入螻蟻蠹。一聽玄談玄，銀潢自天注。源流何其長，涌絶曹溪路。請陳會面初，赤白照窗户。短鞭驅瘦馬，一蹶復一步。北趨林下門，解榻欣我遇。圓瓜剖青瑶，激齒寒漿聚。揞筇拈古語，法樂過韶頀。廓然外生死，頭角白牛露。師云三百年，儒者莫爾悟。自兹往游數，道合忘細故。倏忽捧邊檄，狡穴首招諭。微功有司奏，一命金闕赴。扁舟泊沙尾，行色業已具。惆悵難再留，何以慰心素。日月若馳駛，報體孰堅固。願期圓照中，生生迭相度。回首欲無言，月上瀟湘渡。

送寶覺大師懷義還湖南

雲收岳麓静，月渡湘水明。獨鶴唳空谷，哀笳奏重城。巾屨塵坌遠，懷抱冰霜清。云何别彼土，忽作中州行。中州七八載，浪得丹青名。歸心故歲發，白髩新年生。客帆欣所托，何時經洞庭。逸筆寫秋色，烟嵐吹素屏。殷勤遠相寄，萬里鴻冥冥。

送僧白

我有高世想，喜逢高世人。談詩何所極，元化浩無垠。物象不得晦，丹青亦通神。逃名出京洛，寓迹遺埃壒。錫飛天柱月，杯泛洞庭春。問我別來久，請吟佳句新。便欲結幽社，静栖還本真。陶潛須一醉，寧起遠公嗔。

送僧璉

釋從白雲來，衣上白雲濕。借問來何勤，道師碑未立。文言予豈能，孝節爾誰及。却返舊山中，猿啼暮風急。

送吴景山宫教供職

先生辭太學，得邑治陽羨。仁義稍施設，澆浮遂丕變。訟庭寂無事，案几閑筆硯。青山落樽酒，白鳥聚畦甸。長橋跨空碧，溪光拖晴練。追隨斬蛟處，想象昔人見。高吟壯魂魄，老句挐驚電。休焉聊自放，性理還吾善。忽聞新天子，下詔羅俊彦。教由宗族先，六經咨講辨。先生應詔起，肝膽露萬卷。制度惟日新，漸磨豈聞倦。長苗忌速揠，良金務多煉。杳杳青雲衢[1]，闊步從茲踐。朝登諸王府，暮侍金鑾殿。勿興山水思，固有夔高願。寄聲陽羨人，棠陰有餘戀。

送周泳主簿

東風不肯住，發盡梅花白。又着柳梢黄，摇摇向行客。客行無時休，何以銷客憂。今古一樽酒，酩酊江上樓。黄鵠飛青雲，誤隨秋雁群。網羅千萬里，涇渭欲誰分。詩思陽春發，平湖望明月。若遇北歸人，芳音無我絶。

送錢公瑾長官

群山凌皓雪，修途無點塵。寒梅數枝發，持送北歸人。人歸向瑶闕，頭角屈以伸。十年困塵滓，一旦乘風雲。大用多晚年，請看釣渭濱。又如四公子，長揖取名勛。其餘瑣細輩，爲君何足陳。我忝交君印，俯顔愧斯民。疲駑追逸驥，澆漓雜醲醇。物理有屯泰，賢愚固難倫。感君重然諾，西郊待歸輪。非君肯卑屈，誰復許相親。

①「杳杳」原作「査査」，誤，今正。

送陶秀才二首

其　一

我愛陶淵明，隱不群异學。今朝識其孫，璨璨真玉璞。森然家風在，辯説傾雹雹。江頭偶逢我，笑我何齪齪。恨不從君去，高飛同飲啄。顧此翅翎短，豈能超五岳。我止愁復愁，君行樂其樂。

其　二

江天九旬雨，江路三尺泥，扶家遂遠適，羸馬正難騎。傳舍野烟中，子規連夜啼。鄉園歸得到，應已血沾衣。

同蔣穎叔游丁山彰教寺

北風方苦寒，冰霜晝未消。偶傾御史蓋，同上丁山椒。空崖白雲宿，拱木獼猴跳。碑皴龜腹裂，泉活龍尾摇。枯松起幽籟，中天奏雲韶。苔深鴉髮翠，石立壯士翹。荒墳瘞參軍，沉魄誰與招。却讀樂安詞，慘淡窺泬寥。孫參軍漢墳在山下，希魯侍郎有辭吊之。矧復見猶子，危言動清朝。甘心脱豸冠，竄迹投冗寮。公議在後世，美才無吝驕。六經收滿腹，辨析皆有條。登山聽君語，淙淙碎瓊瑶。但驚白日落，歸馭不可邀。明發余亦往，安得同漁樵。以上俱見影宋刻本《青山集》卷十二

郭祥正集輯佚卷三

古今體詩二十五首文九首（包括殘篇）

玩鞭亭

平蕪春靜水彌天，基壓危城駕廣椽。駿馬豈能追晚日，將軍莫悔玩遺鞭。高才共倚新亭賦，逸翰重尋舊曲鐫。千古英雄只如此，黄花修竹付幽禪。民國《蕪湖縣志》卷五十九；第三、四兩句，《輿地紀勝》卷十八《太平州·蕪湖縣詩》引

過蕪湖縣

詩中長愛杜池州，説著蕪城是勝游。山掩縣城當北起，渡衝官道向南流。《輿地紀勝》卷十八《太平州·蕪湖縣詩》引

西方院

欲出西方更少留，雲泉都占一岩幽。勸僧洗浄閣前竹，要看南山十里秋。《永樂大典》卷七千八百九十三引《臨汀志》，又見清同治重刊乾隆《汀州府志》卷七

法林院

落日疏雲催晚景，殘花美酒送閑心。《永樂大典》卷七千八百九十二引《臨汀志》

羅漢院

蒼松夾徑二十丈，碧殿藏雲五百尊。金鐘散響撼星斗，衆燈續焰移朝昏。《永樂大典》卷七千八百九十二引《臨汀志》

西峰院和陳元輿

寺占西山第一峰，與君高步躡雲踪。西風吹盡霜林葉，放出亭亭十丈松。《永樂大典》卷七千八百九十二引《臨汀志》

南安岩

汀梅之間山萬重，南安岩實何玲瓏。青瑶屹立敞四壁[1]，巧匠縮手難爲工。嗟予俗縛未能往，願得結草與岩松。遂登彼岸達正覺，月落岩下松生風。同治重刊乾隆《汀州府志》卷四十四；《輿地紀勝》卷一百三十二《汀州》有前四句

鷄籠山

神仙之府名鷄籠，千尋翠玉擎寒空。秀色凌風入城郭，半街曉日金濛濛。《輿地紀勝》卷一百三十二《汀州·景物下》

臨漳臺

道邊松。大義渡至漳城東，問誰植之我蔡公。歲久廣蔭如雲濃，甘棠蔽芾安可同。六月行人不知暑，千古萬古揚清風。

①《汀州府志》「瑶」作「葱」。

又

我愛臨漳郡，地兼山海秀。

又

長風吹海作寒霧，往往六月披重袍。仙魚通印勝鴞炙，荔子丹艷疑蟠桃。

以上俱見《輿地紀勝》卷一百三十一《漳州·詩》

古松行

空山古松閱人代，黛色銅姿終不改。蚴蟉詰曲還相向，千尋氣結雲靉靆。風雨冥冥秋氣深，耳邊往往蒼龍吟。蓬萊仙子有無間，往來白鶴書常陰。百尺樛枝拓金戟，山中十月飛霹靂。千年化作虬龍形，流脂下見成靈珀。方今樓閣連飛甍，斧斤未敢來相傾。晦冥神物共訶護，一物鍾靈天不輕。我來撫此重嘆息，造物由來貴孤直。趺坐松前日將暝，謖謖寒風落巾幘。

醉歌行

明月珠，不可襦，連城璧，不可餔，世間所有皆虚無。百年光景駒過隙，功名富貴將焉如。君不見北邙山，石羊石虎排無數。舊時多有帝王墳，今日纍纍蟄狐兔，殘碑斷碣爲行路。又不見秦漢都，百二山河能險固。舊時宫闕亘雲霄，今日原田但禾黍，古恨新愁迷草樹。不如且買葡萄醅，推壺挈榼閑往來。日日大醉春風臺，何用感慨生悲哀。

古劍歌

古有名劍似秋水，龍盤虎拿焰欲起。鷄林削鐵不足言，昆吾百煉安足齒。淬花曾瑩鸊鵜膏，掉箭却敵龍鳳髓。憶昔破敵如破竹，帶霜飛渡桑乾曲。電光晝閃白日匿，魍魅走逃罔魎伏。于今銹澀混鉛刀，夜凉風雨青龍哭。冰翼雲淡雪花白，血痕冷剥苔花緑。我來拔鞘秋風前，毛髮凛凛肝膽寒。書生無用暫掛壁，夜來虎氣騰重泉。酒酣聞鷄起欲舞，明星錯落銀河旋。吾聞神物不終藏，豐城紫氛斗牛旁。及時與人成大功，豈肯棄置鈍鋒芒。會當斬蛟深入吴潭裏，不然仗汝西域擊名王。

漁舟歌

四山颯沓江水流，兩岸西風蘆荻荻。漁歌杳杳隔港浦，烟波冥冥來孤舟。漁人舉網得赤鯉，魚尾𦆭𦆭相顧喜。撑船就岸維樹旁，夕陽篷底炊烟起。白鷺洲邊隨意浴，孤雲岩際無心逐。月明烟岸撇波去，格磔一聲山水緑。

楚江行

吾生磊落無滯留，一生好作大江游。任爾鼉鼉跋浪蛟龍愁。昨夜天風下荆楚，我來此地重懷古。洛妃湘女不足數，渺渺兮三閭在何所。浩蕩烟波江水闊，冥寞神交兩相許。倒提金斗傾濁醪，滴瀝招魂寂無語。斜陽銜山暝潮退，兩兩漁舟迷向背。便欲因之垂釣竿，六鰲一擲天門外。以上俱見影宋刻本卷一。

觀蘇子瞻畫雪雀有感寄惠州

平生才力信瑰奇，今在窮荒豈易歸。正似雪林枝上畫，羽翰雖好不能飛。《蘇軾詩集》卷四十五《次韵郭功甫觀予畫雪雀有感二首》引宋人林子仁注文，又見《詩林廣記》後集卷八

聞蘇子瞻北歸次前韵以寄

秋霜春雨不同時，萬里今從海外歸。已出網羅毛羽在，却尋雲迹貼天飛。《蘇軾詩集》卷四十五《次韵郭功甫觀予畫雪雀有感二首》引宋人林子仁注文，又見《詩林廣記》後集卷八。

聞蘇子瞻移合浦寄詩

君恩浩蕩似陽春，海外移來住海濱①。莫向沙邊弄明月②，夜深無數采珠人③。《鶴林玉露》乙編卷四《詩禍》

題清溪圖絶句（殘）

唯欠子瞻詩。《吴禮部詩話》

①清馮應榴《蘇文忠詩合注》卷四十八作「合浦何如在海濱」。
②《蘇文忠詩合注》「莫向沙邊」作「莫趁明珠」；《重編東坡先生外集》作「若趁明珠」。
③《重編東坡先生外集》「無」作「可」。

失題

欲尋鐵索排橋處，只有楊花慘客愁。《竹坡詩話》

和王相國舊題蘇子瞻書子由詩

老鶴唳風……。《景定建康志》卷四十五

訪五祖法演禪師

白雲岩畔舊相逢，往日今朝事不同。夜静水寒魚不食，一爐香散白蓮峰。《五燈會元》卷十九《提刑郭祥正居士》

重來桐城

碧水蒼山照眼青，始知朱邑愛桐城。重來二十三年後，猶有斯民眷眷情。《輿地紀勝》卷四十六《淮南西路·安慶府·詩》

治平三年秋七月當塗郭功父招無爲楊次公會于環峰時五雲叟陳德孚以詩寄吾二人因聯句酬之

空山坐寥落，匹馬邀俊哲。入門肆高談，清風掃煩熱。功父。憶昔治平年，姑孰溪上別。歲時激箭急，倏忽三十月。次公。讀書非少鋭，欲論先卷舌。歸田殊未成，累累逐羈紲。功父。孰謂趙魏老，不能佐滕薛。由來歲大寒，松柏見孤節。次公。朋心久愈至，忠規補殘缺。兒童喜父執，飣餖成羅列。功父。壺有玉泉酒，庖有冰裙鱉。野芡剖珠璣，秋瓜咀霜雪。次公。新粳刈且舂，香炊軟三浙。放匕聊醉飽，百憂旋磨滅。功父。升平擊堯壤，險怪探禹穴。吐氣直虹霓，落筆淬金鐵。次公。詞源河漢翻，俯視堤防決。文章貴天成，追琢譏竄竊。次公。抵掌萬古事，高下爭蟻蛭。挹酌華陽水，蕩滌塵土咽。次公。吾心了何染，本理忘巧拙。聖賢久不作，情僞愈分別。功父。竹陰臥片石，浩歌聲欲闋。山童倏及門，喜音屈高潔。次公。傳聞脱世累，天境妙搜抉。疏帘卷危閣，九峰青嵽嵲。次公。吟餘琴一弄，鏗然響環玦。老鶴不敢鳴，十里飛雲絶。次公。次公君素交，嗟余尚契闊。疇能枉籃輿，相期出寥泬。功父。《無爲集》卷四

繁昌建御書閣記

聖宋御天下垂百有餘年，滋煦生息，内恬外安，民不知兵，可謂極治無爲之時矣。皇帝乃留神翰墨，龍踪天畫，充盈内府，或賜近臣之家，或頒名山洞府之寺觀。太平州隱静山普惠寺所藏百有二十軸，歲久寺圮，兼主者非其人，御書所藏，幾不蔽風雨。前太守集賢刁侯約、縣令夏君希道觀瞻之餘，咨嗟省懼，遂下主者于獄，命達觀禪師曇穎主之。穎大葺舍宇，工未既，以疾求去。弟子懷賢者，是爲員通大師①，代厥寺事，益肆其力。七八年間，高甍巨棟，罔不新者。于是御書之閣尤甲于諸屋。厲工課督，實縣之大姓楊氏緒也。造深原，窮茂林，擇材之美，至于瓦甃漆雕之工，無不求盡其妙。閣成，凡三十有六楹，拱桷榱棟稱之，總用錢一百三十萬，積工二千五百八十役，歷日一百四十八而竣，實惟嘉祐三年八月既望也。後八年，治平三年六月，求文刻石以記之。緒性倜儻，喜赴人之急難，客至，無不滿其意而去，是以來請予文，余因樂爲之記。康熙《太平府志》卷三十六、庫本及道光本《青山集》附録

①庫本「員」作「圓」。

青山記[1]

當塗有山曰青山，又曰謝公山。齊謝玄暉守宣城時，建别宅于此山，而每往游焉[2]。山廢地遺址，隱隱尚存。左丹湖，右長江，穹窿盤礴，延數十里，爲當塗諸山之表。山之東南，修松夾徑而上，幾二百丈，依岸立屋，曰巢雲亭。亭之陰，甃甓爲磴道，又十餘丈，三門翼然，臨于亭上，曰白雲之院。院之中亭，有石窟渟泉，深三十尺，色若粉乳而味甘宜茶，歲或大旱，不竭。因窟纍石爲方池，跨池爲飛橋，以登于殿。殿之北爲堂，環以廊廡，東爲齋羞之厨，西爲待賓之所，堂之北爲檻。面圃植金沙，荼蘼延蔓而爲洞，佳花美竹，交干而成林，當濤明花敷之時，游人無日不來，雖太守亦有時而至也。由巢雲而望，則遠空晴明，千里一碧，良田沃壤，高下而相連，長溪深溝[3]，回旋而交映，行人往來，飛鳥出没，蓋不可以目力窮也。而或雲烟晦冥，雷雨震作，窗户之下，咫尺莫辨，居僧恬然，見以爲常，則院據山之高處，概可知矣。始謂

①道光本原校：「當是青山白雲院記」。
②道光本「往」作「經」。
③道光本「溝」作「清」。

之南峰院，載于圖經，而無碑志可以考其建置之迹。嘉祐中，改賜今額。我先君金紫，當祥符間爲進士，結友習課于南峰者久之。吾母同安郡太夫人張氏，又家于此山之下。予晚仕于朝[1]，或進或退，數過是院，登高望遠，而思吾先君之遺風，思無可得者，欹椽敗瓦，不蔽風雨，未嘗不感慨太息而去。至熙寧中，有僧希仁始來住持，未果興構，遽卒，弟子懷式者繼之。式有才略，不求于人，而求于己，一金而積，積至數千萬緡，歷二十有餘年，而所謂殿堂廊廡三門池亭之屋，一切新之。又召良匠塑佛菩薩侍衛凡九軀，金碧焕耀，冠纓飛動，爲一山之鎮焉，嗚呼盛哉。蓋院之廢興，系乎主者之才否，抑亦有其時耶！宋受天命，神聖繼位，皆以仁治天下，好生而惡殺，戢兵而惠民，是以時和歲豐，民阜于財，而浮屠氏求取于民者無厭，然民亦喜爲之施也，于是列刹相望，争以侈大爲勝事。若式師則不然，因山而爲屋，因泉而爲池，壯而不僭，樸而不陋，聚景物之佳趣，資衣冠之盛游，其興作之費，一出于己，而不求于人也，得不謂之才乎！浮屠氏聞式師之風者，亦可以愧矣。予故爲之叙其事，刻于碑，使後之人有以考焉[2]。康熙《太平府志》卷三十六、庫本及道光本《青山集》附録。

①「晚」字疑有誤。
②道光本「有」作「可」。

題名

戊辰三月晦日，高要曾令孝傑、謝公山人郭祥正同游。《金石續編》卷十六《郭祥正題名》

自題石室游詩

宋元祐戊辰二月廿有八日，當塗郭祥正子功來治州事。即明年，以其日上書乞骸骨，作《石室游》一首，刻之崖間，記其姓名，與山俱盡。《金石續編》卷十六《郭祥正石室游詩》

按：《金石續編》謂《題名》與《石室游》詩相連，謂此石刻「高四尺五寸，廣九尺。前刻《題名》二行，首行十一字，次行十字。後刻《石室游》，二十四行，行十三字。字徑二寸五分，行楷書，在肇慶府七星岩」。二者非同時事，疑爲後人所刻，《自題石室游詩》之首有「宋」字，疑亦爲後人所加。又：「子功」疑爲「功父」之誤。

磨崖詩刻序

余自宜城來游涇邑，遂同權令晁端本本之、尉劉誼公旻、進士梅及中、晁端佐、管道、王偉至此，各賦詩而去。大宋熙寧三年九月三日書。當塗郭祥正題。《涇川金石記》

按：《涇川金石記》清趙紹祖輯。

漳州記

閩之八州，漳最在南。民有田以耕，紡苧以爲布，弗迫于衣食，樂善遠罪，非七州之比也。……爲守令者，得婆娑乎山水之間。《輿地紀勝》卷一百三十一《福建路·漳州·風俗形勝》

按《輿地紀勝》謂此文作于元豐五年。

醉吟先生傳（殘）

朝霞濯鮮于水上，夕風泛凉于木末。月魄在鈎，蓮香滿船。康熙《太平府志》卷二十七《郭祥正傳》引

含山縣記（殘）

至魏闕，則思大禹治水之功，而覩魏、吴、齊、梁用兵之處。其遺臺廢址，隱約尚在，何其壯也。……方用兵時，而含山爲内險之地。當江淮水陸之衝，故鋭師宿將嘗屯營于此。《輿地紀勝》卷四十八《淮南西路·和州·風俗形勝》

跋黄魯直書東坡所畫壁上墨竹詩

東坡作于予家漆屏之上，觀魯直之詩，可以見其仿佛矣。《山谷别集詩注》卷下《書東坡畫郭功父壁上墨竹》注文引。

附録一：郭祥正事迹編年

小引

《東都事略》及《宋史》之《郭祥正傳》有失實、失次之處，且甚簡略。康熙《太平府志》郭傳雖紀事略詳，然亦有失次、失實之處。考訂郭祥正一生行實，其主要依據，乃郭之作品，即《集》與《輯佚》。《集》之版本，今所見者凡三。一爲南宋初刻本，傅增湘據以校道光本，今存北圖；清影宋抄本，即出自此本或與此本同一源流之本。一爲庫本。一爲道光本。三者除挽詩外，皆按五七古、五七律、五七絶分卷。後二者與前者大部份卷編次不同，卷内所收詩及各詩先後次第亦不同。後二者之間少數卷所收詩不同。各本少數卷乃編年；少數卷卷首若干首或自卷中起若干首編年，若干首之後或先失次；少數卷似有類編痕迹，然亦不甚分明。其中編年詩，乃郭祥正行實第一手確切資料。《集》與《輯佚》所及交游，可考者半數略過。今廣泛參稽郭祥正同時代人作品，益以史籍、筆記、詩話、方志、佛書、金石，而後《詩》與《輯佚》所收之詩作大部分可考知其寫作時間（或約略知之），郭祥正一生之主要經歷亦由是知之，史傳及其他傳記失實、失次之處亦得以訂正、理順，于研究郭祥正及其詩作，或不爲無補。

郭祥正，字功父（功甫、公甫），號謝公山人、醉吟先生、漳南浪士，净空居士。太平州當塗人。

《東都事略》卷一百一十五《郭祥正傳》、《永樂大典》卷七千八百九十二引《臨汀志•郭祥正傳》、《宋史》卷四百四十四《郭祥正傳》稱字功父，《五燈會元》卷十九《郭祥正居士》、康熙《太平府志》卷二十七《郭祥正傳》稱字功甫。「父」、「甫」，古人用于人之字時蓋通。《王臨川集》卷二十七正文詩題「功」作「公」。

《臨汀志》郭傳謂「家出于青山，一名謝公山，因號謝公山人」。《輿地紀勝》卷十八《太平州•景物上•青山》：「在當塗縣東南三十里。……《寰宇記》：齊宣城太守謝朓，築室于山南，遺址猶存。絕頂有池，稱爲謝公池。唐天寶改爲謝公山。」

《集》卷四《浪士歌》序云：「郭子棄官合肥，歸隱姑孰，一吟一酌，婆娑溪上，自號曰醉吟先生。」又云得罪留漳幾三年，「一吟一酌，逍遥乎一室之中，未嘗有變色，又自號曰漳南浪士」。

《臨汀志》、《太平府志》郭傳均稱祥正又號醉吟先生、漳南浪士。

楊傑《無爲集》卷三《屏石謠贈郭功甫》有「净空居士物鑒精」之句，以净空居士稱祥正。《五燈會元》卷十九稱祥正號净空居士。

太平州治當塗縣，屬江南東路，見《元豐九域志》卷六。

曾祖某，不仕。祖父某，贈殿中丞。祖母劉氏，贈仙源縣太君。父維，字仲逸。真宗大中祥符八年進士。母張氏。

以上俱見《王臨川集》卷九十五《尚書度支員外郎郭公墓志銘》，詳慶曆二年紀事。

康熙《太平府志》卷二十七《郭維傳》：「少苦學，讀書石城山，鄉黨師事之。」石城山在當塗縣東二十里，見《輿地紀勝》卷十八。

叔經、縉。

分别詳寶元元年、皇祐元年紀事。

兒二：先正、聰正。女兒弟六人，其一適沈氏。

先正爲烏江尉，嘗與王安石游。聰正舉進士。均詳《尚書度支員外郎郭公墓志銘》，見慶曆二年紀事。聰正并見慶曆六年紀事。適沈氏女兒見慶曆三年紀事。

子之可考者有：

鼎。見元祐七年、紹聖元年紀事。

點。《集》卷三十《哭子點》：「五歲養育恩，一朝隨埃塵。」早殤。

燕。《集》卷十八《寒食感懷示子燕二首》，作于漳州。

大兒。失其名。《集》卷二《將歸行》：「桐鄉雖好大兒死。」

《集》卷五《同蕭英伯登陳安止嘯臺》：「兒歸半道死。」此當爲另一兒。詩作于漳州。

少即有詩名，人以李白後身相譽。詩風豪邁，畢生致力于詩不懈。爲北宋名家。

譽祥正爲李白後身者，有梅堯臣、鄭獬、章望之、章衡等。王安石稱祥正詩「豪邁精絶」，又稱「豪邁出于天才」，胡仔稱「豪壯」，黄昇稱「得太白體」。分見本文有關紀事及「郭祥正研究資料輯録」。

祥正現存詩一千四百餘首。少時在當塗與袁陟詩、在宜城與梅堯臣詩，元豐七年與蘇軾詩等等，皆不見，當是祥正有意删落，不入集。足見創作態度嚴肅，去取甚嚴。據《竹坡詩話》，祥正晚年不廢作詩，然紹聖以後詩，集中甚少，知散佚甚多。

宋仁宗景祐二年（一〇三五）乙亥

是歲，祥正生。

《集》卷二十《癸酉除夜呈鄰舍劉秀才》：「六十明朝是，今年此夜除。」癸酉乃元祐八年（一〇九三），其明年爲紹聖元年（一〇九四），據是逆推。

《集》卷二十二《贈子中修撰》：「試問行年俱乙亥。」

是歲，祥正交游年歲之可考者：

彭思永（季長）三十六歲。

據《宋史》卷三百二十《彭思永傳》。

梅堯臣（聖俞）三十四歲。

據《歐陽文忠公集·居士集》卷三十三《梅聖俞堯臣墓志銘》。

張瓌（唐公）三十二歲。

《宋史》卷三百三十《張瓌傳》謂卒年七十，《續資治通鑑長編》（以下簡稱《長編》）卷二百四十二謂卒于熙寧六年，據是推。

沈立（立之）二十九歲。

《宋史》卷三百三十三《沈立傳》謂卒年七十二，《長編》卷二百八十七謂卒于元豐元年正月，據是推。

劉几（伯壽）二十八歲。

據《宋史》卷二百六十二《劉几傳》、《温國文正司馬公文集》卷六十五《洛陽耆英會序》。

趙抃（閲道）二十八歲。

據《蘇軾文集》卷十七《趙清獻公神道碑》。

朱從道（復之）二十七歲。

據《宋元學案補遺》卷三。

吴中復（仲庶）二十五歲。

《宋史》卷三百二十二謂卒年六十八，《長編》卷二百九十五謂卒于元豐元年，據是推。

吕誨（獻可）二十二歲。

據《温國文正司馬公文集》卷七十七《右諫議大夫吕府君墓志銘》。

陳偁（君舉）二十一歲。

據《永樂大典》卷三千一百四十一引陳瓘撰《先君行述》。

曾鞏（子固）十七歲。

據《曾鞏集》附録行狀。

潘興嗣（延之）十五歲。

《曾鞏集》卷三十三《奏乞與潘興嗣子推恩狀》謂「今年五十六歲」。熙寧九年，曾鞏知洪州，見同上書卷十九《洪州東門記》，奏文實作于此年。據此推。

王安石（介甫）十五歲。

據《王荆公年譜考略》。

錢藻（純老、醇老）十四歲。

據《曾鞏集》卷四十二《故翰林侍讀學士錢公墓志銘》。

鄭獬（毅夫）十四歲。

據《瑰琰集删存》卷三《鄭翰林獬傳》（《實録》）。

傅堯俞（欽之）十二歲。

據《長編》卷四百六十八、《宋史》卷三百四十一《傅堯俞傳》。

章衡（子平）十一歲。

據《長編》卷五百一十四、《宋史》卷三百四十七《章衡傳》。

釋守端十一歲。

據《五燈會元》卷十九《白雲守端禪師》。

徐洪（孺興）十歲。

據《曾鞏集》卷四十四《徐洪墓志銘》。

李常（公擇）九歲。

據《蘇魏公文集》卷五十五《龍圖閣直學士知成都府李公墓志銘》。

劉摯（莘老）六歲。

據《長編》卷四百九十三、《宋史》卷三百四十《劉摯傳》。

蔣之奇（穎叔）五歲。

據《宋史》卷三百四十三《蔣之奇傳》。

王令（逢原）四歲。

據李壁注《王荆文公詩》卷十《思王逢原》題下注文。

章惇（子厚）一歲。

《曲洧舊聞》卷五謂生于乙亥。

林希（子中）一歲。

據《宋史》卷三百四十三《林希傳》

王安禮（和甫）一歲。

《宋會要輯稿》第三十三册《禮》四一之四四至四五謂卒于紹聖三年，《宋史》卷三百二十七《王安禮傳》謂卒年六十二。據是推。

景祐三年（一〇三六）丙子，二歲。

是歲，蘇軾生。據施宿《東坡先生年譜》。

寶元元年（一〇三八）戊寅　四歲

叔經登進士第。司馬光嘗薦之。

康熙《太平府志》卷二十七《郭維傳》：「弟經……寶元元年……登進士第。經初調宣州司理參軍，遷成都府節度推官，移知梓州永泰縣。時司馬光知諫院，薦之，曰：「謹以立身，敏以從政。」其爲人推獎如此，器干可知也。」

《集》卷二十有《送叔父入川》，當爲送經之作。

慶曆二年（一〇四二）年壬午　八歲

正月，父維卒。維歷仕二十七年，勇不自恤，不避權倖，有能名。

《集》卷一《言歸》：「予七齡而孤兮。」

《王臨川集》卷九十五《尚書度支員外郎郭公墓志銘》：「公諱維，字仲逸。少好學，有大志。年二十五，起爲泰州司理。調泰、真二州判官。以能聞。監真州之酒稅。丁母憂。服除，改著作佐郎、知南豐縣。俗喜訟，令始至，豪猾輒構事入縣，察令能否。公至，叩得其妄，窮而徙之。由此無敢犯法。改新都縣。又以治稱，既去，民思之，相與繪公像祠焉。使者薦其材，就知雅州。王蒙正姻明肅太后家。侵民田幾至百家，有訴者，更數獄無敢直其事，詔公治之。其行也，人爲公憚。公至，則拔根摘節，不漏毫末，以田歸民，蒙正坐除名。既歸，天子目之，賜之朱衣，得尚書屯田員外郎、知常州。至州，索宿奸數人流之，州以無事。移提點淮南刑獄。吏不治道，聞公至，往往豫以事求解。部中肅然。遷度支以卒，慶曆二年正月也。仕二十七年。公剛毅能斷，當事勇不自恤，由景德、祥符之間，四海平治，寬文法待吏，而吏乃相習爲遨嬉。浮沉者，或按一吏，則交譏群詆，以爲暴刻生事，日浸月積，而民敝于下矣，至公始按吏而獨急于權倖，有大臣出揚不治，曲以禮事公，公奏斥，不報，既代，猶斥之，以是被按一無憾言，以聲威聞，而所至即有惠愛。某嘗竊游過常里中，民有以褻語相駡者，其長者怒曰：「爾欲忘郭屯田耶？」蓋公在常以此法其民。時卒已九年矣，猶不忘之。惜乎朝廷方欲顯用，而公已不幸。其出于治者，猶未足以盡其志，故不悉書，特掇其一二而存之，此足以見公之志也。祖某，不仕。父某，贈殿中丞。母劉氏，仙源縣太君。妻張氏，南陽縣君。子男三人：先正，烏江縣尉；聰正，舉進士；祥正，星子主簿。女六人。以某年月日葬公于某處，公之里也。將葬，先正等以今司封員外郎趙誠書來乞銘。先人與公祥符八年以進士起，而公子且與某游有好也，銘不敢讓。銘曰：翼翼汾陽，子儀始王。德完道粹，功蓋于唐。宜享世澤，流如海長。原原南寓，孰嗣而昌。公生而明，剛簡自徇。拔身貧竊，誼不辱進。蘇窮斥奸，惠立威振。而年不長，志不時盡。既畜既材，天奚弗憖。刻銘在幽，來者之憾。」卒贈金紫大夫，見康熙《太平府志》卷二十。《集》卷二十九有《書無想山先域屋壁》詩，無想山當爲父維葬地。

康熙《太平府志》卷二十七《郭維傳》：「維持己端介，面目嚴肅，然接物恂恂，臨事必酌以情，故所至威望而民安常，民尤化之。」其他略見《王臨川集》墓銘，不録。

慶曆三年（一〇四三）

姊之適沈氏者挈祥正往臨川。姊之夫乃沈遵。

《集》卷六《送外甥法真一師》中云：「我方齠齔時，巨岳遭摧顛。汝母挈我往，西江赴臨川。愛育比其兒，衣食無頗偏。追隨兩三載，思親我言歸。」臨川屬江南西路撫州，見《元豐九域志》卷六。

據《蘇軾文集》卷七十《書醉翁操後》，知法真姓沈。再參據《蘇軾詩集》卷四十八《醉翁操》引，知法真之父乃沈遵。

遵官太常博士，善琴，作《醉翁操》。《歐陽文忠公全集·居士集》卷六有《贈沈遵》詩，卷七《贈沈博士歌》，亦爲遵作。

隨沈氏姊在臨川。

慶曆四年（一〇四四）甲申　十歲。

見慶曆三年紀事。

慶曆五年（一〇四五）乙酉　十一歲

自臨川歸當塗。

《集》卷六《送外甥法真一師》：「追隨兩三載，思親我言歸。」

黄庭堅生。

據《山谷全書》卷首年譜。

慶曆六年（一〇四六）丙戌　十二歲

兄聰正約爲是年進士。

《王臨川集》卷九十五《尚書度支員外郎郭公墓志銘》，康熙《太平府志》卷二十七《郭維傳》謂聰正舉進士，清抄本《當塗縣志》第一册謂聰正爲慶曆間進士。今考慶曆間禮部試凡二次，一爲二年，一爲今年，今姑入今年。

與徐子美、徐子山、楊君倚、李元翰等共學，乃此後數歲間事。《集》卷四《昨游寄徐子美學正》：「念昔未弱冠，與君昆弟游。各懷經綸業，壯氣凌陽秋。」以下有「子山僅五十，感疾遽不瘳」句，子山或爲子美之兄。《集》卷七《徐子美楊君倚李元翰小酌言舊》：「念昔共庠序，垂髫竟痴頑。」

慶曆八年（一〇四八）戊子　十四歲

袁陟爲當塗令。

康熙《太平府志》卷十五謂陟慶曆末知當塗。康熙《當塗縣志》卷十二謂本年知。陟字世弼，號遁翁，南昌人。慶曆六年進士。未冠時即有詩名。讀書刻苦，因爾攖瘠。見《宋詩話輯佚》卷上《潘子真詩話》第二十一則《袁世弼詩》及民國《南昌縣志》卷二十一。

皇祐元年（一〇四九）己丑　十五歲

叔緡登進士第。

據康熙《太平府志》卷二十七《郭維傳》；《郭維傳》謂「緡仕不知所終」。

皇祐三年（一〇五一）辛卯　十七歲

袁陟罷當塗令。陟嘗與祥正游方山。陟愛祥正之才，爲汲引之，祥正甚感之。

《集》卷十二《送袁殿丞世弼》首云「與君六年别」，末云「若駕鸞鳳赴瑶闕，先到臨川與君别」。臨川乃撫州之治。《梅堯臣集編年校注》卷二十六有送陟赴撫州通判詩，作于嘉祐二年（一〇五七）。據是逆推，知能當塗令爲今年。

《集》卷四《昨游寄徐子美學正》叙未弱冠，「知音得袁宰，鑒賞稱琳璆」。《宋詩話輯佚》卷上《潘子真詩話》：「袁世弼，南昌人，宦游當塗，時功父尚未冠也。世弼愛其才，薦于梅聖俞，自爾有聲。功父嘗謂吾大父清逸云：『數載汲引，袁二丈力也。蒿埋三尺，不敢忘其賜。』」《輿地紀勝》卷二十六《隆興府·人物·袁陟》亦略及此。

同上《王直方詩話》第二百四十九則《袁世弼詩》引陟贈祥正詩，首二句云：「方山憶共泛金船，屈指于今五六年。」當叙爲當塗令時與祥正共游事。方山，在上元東南七十里，屬建康。見《輿地紀勝》卷十七《建康府·景物上》。參嘉祐二年紀事。

皇祐五年（一〇五三）癸巳　十九歲

至京師應禮部試中進士。與王鐸（君安）、鄭致國等人游。

《宋史》本傳、康熙《太平府志》本傳謂祥正「舉進士」，不載具體年代。清抄本《當塗縣志》謂爲慶曆間進士。按，慶曆八年時，祥正才十四歲，况是年無禮部試，禮部試在慶曆六年，祥正才十二歲，不合。祥正應禮部試爲進士，當爲本年事。參本年「除秘閣校理」條、明年「棄官歸」條紀事。

《集》卷二十《鄭致國宣義見過小山留飲叙舊（原注：毅夫内相令子）》「猶有」句下自注：「皇祐京城之游，惟予獨在。」卷二十四《劉交侍禁書報王君安鐸改官監懷州武德鎮，以詩喜之》「零落」句下自注：「韓、滕、鄭、李并予與君安，皆皇祐中密友。」毅夫，乃鄭獬之字，本年進士及第第一人。子三：語、許、譙。未知致國屬誰。見《琬琰集删存》卷三《鄭翰林獬傳》。

鐸，嘗官主簿。《王臨川集》卷二十九有詩及之。

除秘閣校理，爲星子主簿。

《梅堯臣集編年校注》卷二十四至和元年所作詩屢稱祥正爲秘校，即秘閣校理。《集》卷四《咋游寄徐子美學正》：「我初佐星子。」康熙《太平府志》本傳謂舉進士後除秘閣校理，然謂之爲慶曆初事，則大誤。《王臨川集》卷九十五《尚書度支員外郎郭公墓志銘》稱撰銘時祥正爲星子主簿。星子屬江南東路南康軍，見《元豐九域志》卷六。

始識守端禪師。

《五燈會元》卷十九《郭祥正居士》引守端語：「廬山二十年之舊。」同上卷《守端禪師》謂嘗居廬山。參熙寧五年紀事。

至和元年（一〇五四）甲午　二十歲

棄官歸，寓宣城昭亭。

《集》卷四《咋游寄徐子美學正》：「我初佐星子，老守如寇仇。避之拂衣去，寓迹昭亭幽。」《集》卷二十八《招德觀見老道士李如海年八十六矣》：「棄官歸去又重來，三十三年幾人在。」詩作于元祐二年，距今三十三年，當爲在星子時事。

《梅堯臣集編年校注》卷二十四《依韵和郭秘校昭亭山偶作》首云：「知君棄官後，江上尋名山。心既慣世内，迹欲還人間。昭亭忽來過，覽古興長嘆。」與《集》合。

康熙《太平府志》本傳：「除秘閣校理、德化尉。每于太守前論事侃侃不阿，太守以其持論高，牴牾不合，棄官歸。」按：祥正在德化尉任中，并未棄官，見嘉祐六年、七年紀事。此「德化尉」乃爲星子簿之誤。

據以上所述，可證明祥正應禮部試爲進士乃皇祐五年事。

始登沈立之門。

《集》卷十《贈提宮諫議沈公立之》：「顧我登門二十載。」詩作于熙寧七年，至今爲二十年。

沈立字立之，歷陽人。《宋史》卷三百三十三有傳。

在宜城，晤李琮（獻父）、李常（公擇）。

《集》卷十二《送李節推獻父》：「昨對桃花與君别，共唱離人眼中血。」卷八《留别宜城李節推獻父》云：「君作宜城幕下吏。」又云：「不如飲酒臨春風。」叙相晤事。《梅堯臣集編年校注》卷二十四有《避爲師依韵答李獻甫》，作于本年，時堯臣在宜城。《宋史》卷三百三十三《李琮傳》謂琮江寧人，登進士第後，調寧國軍推官。琮爲慶曆二年進士，見嘉慶《寧國府志》卷二十九。

《集》卷十二《送李察推公擇》：「去年遇君陵陽峰，杜鵑聲亂桃花紅。」《宋史》卷三百四十四《李常傳》謂常乃南康建昌人，既擢第，調江州判官、宜州觀察推官。《輿地紀勝》卷十九《江南東路·寧國府·景物下·陵陽山》：「在宜城，一峰爲叠嶂樓，一峰爲郡譙樓，又一峰爲景德寺。」參至和二年紀事。

歲暮，拜見梅堯臣，爲誦歐陽修《廬山高》詩。堯臣嘗譽祥正爲李白後身。

《梅堯臣集編年校注》卷二十四《依韵和郭祥正秘校遇雨宿昭亭見懷》：「君乘瘦馬來，骨竦毛何長。下馬與我語，滿屋聲琅琅。一誦《廬山高》，萬景不得藏。出没望林寺，遠近數鳥行。鬼神露怪變，天地無炎凉。設令古畫師，極意未能詳。誦説冒雨去，夜宿昭亭傍。明朝有使至，寄多驚俗章（原注：郭來誦歐陽永叔《廬山高送劉復》）。」祥正原韵已佚。歐陽詩見《歐陽文忠公集·居士集》卷五。堯臣宣城人，時丁母憂居鄉。

同上《采石月贈郭功甫》：「采石月下聞謫仙，夜披錦袍坐釣船。醉中愛月江底懸，以手弄月身翻然。不應暴落饑蛟涎，便當騎魚上九天。青山有冢人謾傳，却來人間知幾年。在昔熟識汾陽王，納官貰死義難忘。今觀郭裔奇俊郎，眉目真似攻文章。死生往復猶康莊，樹穴探環知姓羊。」

同上《依韵和郭秘校苦寒》：「噫風鳴悲鳶鳴哀，雨霰枯木爲之摧。昭亭山頭野火滅，海水夜凍迷蓬萊。燭籠以爪自掩耳，酒盞生冰拈不起。陶潛棄官屋無米，兒啼妻啼付鄰里。」祥正原韵已佚。

同上《依韵和郭秘校昭亭山偶作》：「知君棄官後，江上尋名山。心既慣世内，迹欲還人間。昭亭忽來過，覽古興長嘆。野寺拂塵壁，丹陽已爛煸。殿角虚寶鐸，微風聲珊珊。遺像與筆迹，始得觀裴、顔。淺井何泠泠，前溪何潺潺。幽幽隨猿鳥，渾渾忘區寰。裂裳不爲愧，餌芝不爲難。坐對寒雨中，松上孤鶴還。」祥正原韵已佚。

同上《送郭功甫還青山》：「來何遲遲去何勇，羸馬寒僮肩竦竦。昨日棄爲梅福官，扁舟早勝大夫種。負經不厭關山遥，訪我猶將歲月恐。得言會意若秋鷹，反翅歸飛輕飽氄。明朝到家年始開，椒花壽酒期親捧。何當交臂須强行，莫作區區事丘壠。」

《宋詩話輯佚》卷上《王直方詩話》第八十五則《郭功父誦廬山高詩》：「郭功父少時喜誦文忠公詩。一日過聖俞，聖俞曰：「近得永叔書云：作《廬山高》詩送劉同年，自以爲得意。恨未見此詩。」功父誦之。聖俞擊節嘆賞曰：「使吾更學作詩三十年，亦不能道其中一句。」功父再誦，不覺心醉，遂置酒，又再誦，酒數行，凡誦十數遍，不交一言而罷。明日，聖俞贈功父詩曰：「一誦《廬山高》，萬景不可藏。設如古畫詩，極意未能忘。」」

同上第二十五則《郭功父詩》：「郭祥正自梅聖俞贈詩有「采石月下聞謫仙」，以爲李白後身，緣此有名。」

《宋史》本傳：「少有詩聲。梅堯臣方擅名一時，見而嘆曰：「天才如此，真太白後身也。」」

《集》卷三十《哭梅直講聖俞》：「昭亭雪塞山，相遇忘寒饑。解劍貰濁酒，果肴躬自携。掃除長少分，曠蕩文章期。贈蒙以太白，自謂無復疑。」乃叙此時事。《輿地紀勝》卷十九《江南東路•寧國府•景物下•昭亭山》：「宋《永初山水記》云：『宛陵北有昭亭山。』」宛陵即宣城。

至和二年（一〇五五）乙未　二十一歲

李琮（獻甫、獻父）行，有詩送之。

《集》卷十二《送李節推獻父》：「昨對桃花與君别，共唱離人眼中血。今見桃花君復來，似與東風趁時節。」

《梅堯臣集編年校注》卷二十五《送李節推挈内歸寧池陽……》，次于本年春，與《集》合。

詩贈李常。

《集》卷十二《送李察推公擇》：「去年遇君陵陽峰，杜鵑聲亂桃花紅。……今朝此地重相逢，秋漢無雲江月空。」《梅堯臣集編年校注》有《依韵公擇察推》詩，次本年九月行將離宣城之際。

梅堯臣離宣城赴京師，采石渡途中，邀别祥正，祥正有詩送行。

考《梅堯臣集編年校注》，堯臣離宣城，約爲九月事。《集》卷三十《哭梅直講聖俞》：「及將起草茅，謾札還先馳。邀我采石渡，爛醉霜蟹肥。沉吟望夫曲，朗誦天門詩。險絶必使和，凡魚豈龍追。篇篇被許可，當友不當師（原注：予嘗以師禮見聖俞，聖俞不予當也）。凌晨掛高帆，公行我言歸。」據「霜蟹」云云，已及十月。祥正采石與堯臣相聚詩，已佚。送行詩，乃《集》卷十二《送梅侍講聖俞》。

嘉祐元年（一〇五六）丙申　二十二歲

作詩寄雲居了元（佛印）禪師。祥正嘗至南康軍雲居山，參謁了元。

《集》卷二《前雲居行寄元禪師》：「青春一往二十二。」

《五燈會元》卷十九《郭祥正居士》：「到雲居，請佛印升座。公拈香曰：『覓地相逢一何早，鶻臭布衫今脱了。要識雲居一句玄，珍重後園驢吃草。』召大衆曰：『此一瓣香，熏天炙地去也。』印曰：『今日不著，便被這漢當面塗糊。』便打，乃曰：『謝公千里來相訪，共話東山竹徑深。借與一龍騎出洞，若逢天旱便爲霖。』擲拄杖下座，公拜起。印曰：『收得龍麽？』公曰：『已在這裏。』印曰：『作麽生騎？』公擺手作舞便打。印撫掌曰：『只有這漢，猶較些子。』」原謂此乃崇寧或崇寧以後事，誤。

佛印，全稱南康軍雲居山了元佛印禪師。《五燈會元》卷十六有傳。《蘇軾文集》卷六十四《怪石供》作于元豐五年五月，時佛印居廬山歸宗。《輿地紀勝》卷二十五《南康軍》謂佛印先居南康軍之雲居後住袁州之仰山。則佛印居雲居或爲熙寧間事。今入于本年。

《集》卷一有《前雲居行寄元禪師》，乃爲了元佛印而作。

晤宣州通判杜叔元（君懿）及其孫傳（孟堅），約爲本歲或本歲後一二年事。

《集》卷十《謝杜倅職方兼簡湯使君》中云：「杜陵遠孫駕別乘，恩威得所名聲馳。華堂重構喚賓客，風前共倒黄金卮。我爲下客最疏放，辱君許可能文詞。」湯使君名夏，時守宣，見嘉慶《寧國府志》卷二。

《集》卷八《向舜畢秘校席上贈黄州法曹杜孟堅，即君懿職方之孫也》：「宣城憶拜乃翁時，幕中珠履皆雄奇。至今名姓記僧壁，當年已識麒麟兒。」

《梅堯臣集編年校注》卷二十五有《送杜君懿屯田通判宣州》詩，次于至和二年末。叔元至宣州，當爲本年事。

叔元，蜀人，與蘇洵善。善書，學李建中。見《蘇軾文集》卷七十《書許敬宗硯二首》、康熙《太平府志·杜俣傳》。孟堅名傳，見《湖北金石志》卷九，《蘇軾文集》卷五十八有與傳簡。

嘉祐二年（一〇五七）丁酉　二十三歲

袁陟（世弼）爲撫州通判，過當塗，與祥正晤。祥正有詩贈行，陟有贈祥正詩。

《集》卷六《送袁殿丞世弼》云：「與君六年别，愁見雲開露明月。樽中有酒雖獨傾，萬古情懷共誰說。」叙别後思念之殷。又云：「昨日聞君來，我心如鑿龍門開」，叙待見時愉悦之情。此詩寫作時間，考見皇祐三年紀事。

《宋詩話輯佚》卷上《王直方詩話》第二百四十九則《袁世弼詩》引陟贈祥正詩：「方山憶共泛金船，屈指于今五六年。風送梨花吹醉面，月和溪水上歸轎。浮生聚散應難料，末路窮通盡偶然。欲問故人牢落事，鹿裘深入白雲眠。」

同上《潘子真詩話》第二十一則《袁世弼詩》引陟贈祥正詩：「從來多病王僧祐，自小能文謝惠連。各厭塵勞思物外，莫辭携手訪林泉。」惠連謂祥正也。又云：「雪後姑溪水更深，冥冥寒雨作連陰。旅懷未可頓消遣，思與洛生溪上吟。」

以上三詩，皆當作于此時。

八月十一日，友人徐洪（孺輿）卒。有哀詞。

八月云云，據《曾鞏集》卷四十四《撫州金溪縣主簿徐洪墓志銘》。文謂：「〔洪〕爲人有大志，讀書好其治亂得失之大旨，爲文長于辯説，其奔放馳騁、上下反覆之際，有足壯也。未冠，聲號聞四方。初中進士，除洪州司户參軍，不就。退居大江之南，好倜儻非常之奇節，不肯少屈于人。居八年，以父命始强出爲主簿，非所好也。」洪，建安人。卒時年三十二。

哀詞見《集》卷一。

嘉祐四年（一〇五八）己亥　二十五歲

赴京師，集選曹，謁見梅堯臣、吴中復（仲庶）。得德化尉。旋回當塗，待時赴任。

《集》卷三十《哭梅直講聖俞》叙至和二年采石渡之别後，云：「一别三四秋，音問山中稀。去年集選曹，僮瘦馬力羸。訪公國東門，問我來何時。青芻與白飯，諸子争賫持。論新復談故，謂我今逾奇。南還得長篇，萬里銜光輝。」

《梅堯臣集編年校注》卷二十八《次韵答德化尉郭功甫遂以送之》：「江南有嘉禽，乘春弄清吭。流音入我耳，慰愜若猨睍。朝聽已孤高，暮聽轉幽曠。何多燕雀群，聲迹不相傍。始聞汾陽生，文行衆所諒。獨哦青山間，悼古或悲愴。棄官不屈人，頗學陶元亮。是時予愛之，顔采莫得望。恨然能見過，遠涉丹湖浪。袖攜一卷詩，行橐更無長。固與俗人殊，于焉識敦尚。嗟嗟二千石，不知子所向。駭子發論高，萬仞聳孤嶂。又如决河湍，捧土安可障。吾方嘆瑰材，恨未逢良匠。信哉騏驥駒，誰用伯樂相。自從昔還朝，汩汩走俗狀。未嘗寄子書，子言今行行。亦似昧相知，曾非事高亢。把筆誠不勤，强意乃爲妄。兹晨去溢城，聊以和子唱。子辭猶瀑布，敢挹不知量。」此詩當即哭堯臣詩所云之長篇。據梅詩，知此次集選曹，得德化尉。梅集次此詩于嘉祐三年。按：據哭堯臣詩「去年」云云，當爲本年作。

梅集同上卷《次韵和吴仲庶舍人送德化郭尉》：「蒲葉高帆十二幅，秋風逆水滿檣開。是時不畏浪頭起，到日定將船尾堆。周舍東方言虎鼠，賤疏梅福比蒿萊。少年才辨無如美，廬岳峰前莫滯回。」

是歲，徐徽（仲元）中進士。祥正與徽有交往。

民國《全椒縣志》卷十有《徐徽傳》，傳謂徽全椒人。并謂：「〔徽〕嘉祐四年進士。授承議郎，知無爲軍，遷提舉利州，改常平，……以左朝散郎致仕。居縣獨山，自號獨山居士。詩深沉艷逸，文亦淵雅。紹聖中，曾肇典滁，與結文字交。集唐宋以來文詞可傳者爲一編，曾肇序之，名爲《滁陽慶曆集》。」

是歲，王令（逢原）卒。有哀詞。

《集》卷十二《送徐長官仲元》詩，歷叙交往。作時不詳。姑次于此。

是歲云云，據《王荆文公詩》卷十李壁注；卒時年三十八。

哀詞見《集》卷一。

李廌生。據《墨莊漫録》卷四。

嘉祐五年（一〇六〇）庚子　二十六歲

四月二十五日，梅堯臣卒。哭詩感嘆道喪斯文。

四月云云，據《梅堯臣集編年校注》卷三十；堯臣年五十九。

《集》卷三十《哭梅直講聖俞》：「桓桓萬人英，不遇終愁竆。一官止太學，薄命吁可悲。所嗟吾道喪，斯文竟何爲。」

同上卷二十九《吊聖俞墳》：「平生懷抱只君知，想見音容涕泗垂。」

十月，赴德化尉任。

《集》卷一《泛江》序云：「歲在庚子，月惟孟冬，遷予職事，鼓楫長江，感慨其懷而爲之辭云。」辭有「被命于九江之潯」之句。辭又云：「士有以處兮，無畝以耕。眷余緒之尚抽兮，慨慈親以遲榮。」其仕蓋爲養親。

德化屬江南東路江州，爲江州之治。見《元豐九域志》卷六。

上趙抃詩。時抃爲右司諫。

《集》卷十《上趙司諫悦道》：「願學李賀逢韓公。」是望抃汲引揄揚也。

《長編》卷一百九十一：本年五月癸丑，以侍御史趙抃爲右司諫，諫院供職。

抃字悦道，衢之西安人。事迹詳《蘇軾文集》卷十七《趙清獻公神道碑》、《宋史》卷三百一十六《趙抃傳》。

嘉祐六年（一〇六一）辛丑　二十七歲

爲德化尉。時知州爲呂誨（獻可）。

《集》卷四《昨游寄徐子美學正》：「慈母待禄養，復尉湓浦州。」以下叙在湓浦三載周。湓浦即指德化，見《輿地紀勝》卷三十。

《集》卷十五《將至江夏先寄太守李公擇》中云：「十年前作潯陽吏，老校相逢猶引避。中丞孤憤已沉泉，時事愈新誰敢議。」詩末自注：「予嘗尉潯陽日，事故中丞呂獻可。」詩作于熙寧五年，距今年爲十一年，言「十年」乃舉成數。

《宋史》卷三百二十一《呂誨傳》：誨字獻可，開封人。祖端，相太宗、真宗。進士登第，由屯田員外郎爲殿中侍御史。以彈奏大臣，嘉祐六年出知江州。神宗立，拜御史中丞，以論王安石，改知河南。卒于熙寧四年五月（見《溫國文正司馬公文集》卷七十七墓志銘），年五十八。

嘉祐七年（一〇六二）壬寅　二十八歲

爲德化尉。晤陳子儀，爲德化任中事。

見嘉祐六年「爲德化尉」條紀事。

《集》卷二十八《望廬山》其二：「三十年前溢浦尉。」詩作于元祐四年，「三十年」蓋舉成數。

《集》卷八《送陳大夫罷太平守還臺》叙及與子儀「溢江初識面」。

嘉祐八年（一〇六三）癸卯　二十九歲

三月，仁宗卒，英宗即位。

據《宋史·仁宗紀》。

是歲，德化尉任滿，歸，母張氏卒。

《集》卷四《昨游寄徐子美學正》叙爲德化尉三載周後，云：「才歸遭酷罰，五體戕戈矛。旦夕期殞滅，餘生安敢偷。」母贈南陽縣君，見《王臨川集·尚書度支員外郎郭公墓志銘》。《輯佚》卷三《青山記》稱「同安郡太夫人」。

英宗治平元年（一〇六四）甲辰　三十歲

是歲前後，嘗往旌德，題縣令虞太熙觀妙庵。

《輯佚》卷一《題旌德虞令觀妙庵》：「寥寥太古風，吹我旌嘗惺。」是往其地也。

嘉慶《旌德縣志》卷六：嘉祐八年，虞太熙知縣事；其繼任者劉載，治平三年知縣事。祥正往旌德，不詳具體時日，姑次之于此。

太熙字元叟，宜興人。皇祐元年進士。歷官崇文院校書、知大宗正丞事。權館閣校勘，充開封府推官，改集賢校理，遷判官轉太常博士、尚書屯田員外郎。知太平州。官至諸王府侍講。元豐八年十月卒，年六十八。事迹詳《江蘇金石志》卷九《朝散郎虞公墓志銘》、《咸淳毗陵志》卷十七太熙傳。《宋詩紀事補遺》卷十三有太熙詩。

旌德屬宣州，在州西南二百四十五里，見《元豐九域志》卷六。

治平二年（一〇六五）乙巳　三十一歲

鄭獬（毅夫）知荆南，祥正寄詩獻之。獬嘗贊祥正爲謫仙人。《集》卷十《寄獻荆州鄭紫微毅夫》：「公嘗愛我如李白，恨不即往從公游。」

《琬琰集删存》卷三《鄭翰林獬傳》：「治平二年秋，京師大雨水，詔求直言，獬……上疏曰：……出知荆南。召還，干當三班院。上即位，人翰林，爲學士。」《宋史·英宗紀》本年八月乙未紀事：「以雨灾詔責躬乞言。」獬知荆南爲本年事。《宋史》卷三百二十一《鄭獬傳》亦略及此事。

《鄖溪集》卷二十八《寄郭祥正》：「天門翠色未繞雲，姑熟波光欲奪春。怪得溪山不寂寞，江南又有謫仙人。」《集》所云「公嘗愛我」二句，當指此詩。

按：《元豐九域志》卷六《荆湖北路》首列：「次府，江陵府，江陵郡，荆南節度。治江陵縣。」江陵府古稱荆州，即荆南。

獬撰有《郧溪集》，乃自《永樂大典》輯出者。《宋史》獬本傳贊獬「少負俊才。詞章豪偉峭整，流輩莫敢望。」

治平三年（一〇六六）丙午　三十二歲

六月，繁昌人楊緒求文記該縣所建御書閣，從其請。文見《輯佚》卷三。

七月，招楊傑（次公）會于環峰，聯句。聯句詩見《輯佚》卷三。

傑，無爲人，少有名于時。《宋史》卷四百四十三有傳，人文苑。有《無爲集》，今傳本乃南宋時之輯本。

楊傑赴南城主簿任，有送行詩。傑嘗有詩贈祥正。《集》卷十二《送楊主簿次公》首云：「浪花卷雪秋風起，開帆日行三百里。問君此去安所之，佐邑南城風俗美。」此所云「秋風」，乃叙楊傑告辭季節。當塗在無爲東，告辭後，尚須回無爲，故啟行已至冬。

《無爲集》卷七《廬山五笑·序》：「無爲子願游廬山者二十年矣，治平三年冬，赴官江西，舟過匯澤，乃得侍親携幼搜奇尋勝以償。」

南城屬江南西路建昌軍，見《元豐九域志》卷六。

《無爲集》卷三《屏石謡贈郭功甫》：「屏石屏石何嶄岩，云初得自江之南。沙埋土蝕幾千載，無人辨别嗟沉淹。净空居士物鑒精，獲之不貴黄金兼。清泉洗滌露真璞，野雲凝結堆濃藍。巫峽山前暮雨霽，參差十二排峰尖。比干骨朽心不朽，通竅至今存四三。蜂房蟻垤豈足數，或疏或密爭嵌嵌。銅臺古硯置其下，一片皴碧沉寒潭。唐朝牛公嗜怪石，取之不已其亦貪。爭如夫君一勝百，得此自足無傷廉。我嘗乘醉到君家，臨風叩以蒼玉簪。其聲清越合律吕，箕簴可與大樂參。何當琢磨中勾股，列爲編磬歌雲咸。薦郊廟，孰若藏在青山庵。」此詩撰寫時間不詳，以其内容考之，約在祥正至邵州前，姑志之于此。

謝劉摯（莘老）惠詩，答詩。

《集》卷十《謝劉察推莘老》：「秋風吹霜入松柏，虚谷聲遥寒刺刺。月華正高星宿稀，獨鶴不鳴猜插翼。是時夫子爲我吟，逸調雄才世無敵。」以摯惠以詩也。

《宋史》卷三百四十《劉摯傳》謂摯永静東光人。嘉祐中，擢甲科，歷冀州南宫令，徙江陵觀察推官。《蘇軾詩集》卷六《廣陵會三同舍以其字爲韵仍邀同賦·劉莘老》施元之注文謂莘治平三年間爲江陵觀察推官。

治平四年（一〇六七）丁未　三十三歲

正月，英宗卒，神宗即位。

據《宋史·英宗紀》。

五月二十六日，王安石知江寧府。祥正與安石交往，當自是始。安石盛稱祥正詩。

五月云云，據《景定建康志》卷十三：安石以尚書工部郎中知制誥知，十月二十三日赴闕。《東軒筆録》卷六引王安石語：「臣頃在江東嘗識之（按：指郭祥正）。」《永樂大典》卷七千八百九十二引《臨汀志》轉引《郭祥正傳》：「王荆公稱其詩豪邁精絶。」次此事于熙寧以前。

與王安石登鳳凰臺次李白韵，或爲此時事。

《娱書堂詩話》卷上：「郭功甫嘗與王荆公登金陵鳳凰臺，追次李太白韵，援筆立成，一座盡傾。……太白云：『鳳凰臺上鳳凰游，鳳去臺空江自流。（下略）』」

《集》卷二十四有《追和李白登金陵鳳凰臺二首》，《娱書堂詩話》所指者乃第二首。

章衡（子平）治平間知蘄州，作《涵輝閣記》，祥正有詩寄題。衡與其叔望之（表民）嘗贊祥正爲李白後身。

《輿地紀勝》卷四十七《淮南西路・蘄州・景物下・涵輝閣》：「在郡齋子城之上，有治平年中記。郭祥正寄題蘄州涵輝閣呈太守章子平詩（略）」詩見《集》卷二，首云：「讀君《涵輝記》，恍若登蓬萊。」

《能改齋漫録》卷十《聖俞諸公以郭功甫爲李太白後身》：「章衡子平答郭功甫書，其略云：「鄭公毅夫、吾叔表民及梅聖俞，皆以功甫爲李謫仙之後身。吾不知謫仙之如夫子之少時，其標格淵緻，已能如此老成否？」

望之，建州浦城人。《宋史》卷四百四十三有傳，傳稱望之「少孤，喜問學，志氣宏放，爲文辯博，長于議論」。又稱望之「有歌詩、雜文數百篇，集爲三十卷」，已佚。

《集》卷十二《送章秘書表民》叙望之南游蒼梧、洞庭、岳陽，云：「如何南還過我别，却言北去朝天闕。上書力訴元兄冤，洗眼看君成一節。」《宋史》望之傳云：「其兄拱之知晉江縣，忤其守蔡襄，襄怒，誣以臟，貶。望之號泣，歷訴于朝。時襄方貴顯，事久不得直。望之訴不已，章十餘上，起獄數年，朝廷爲再劾，卒脱拱之冤，復官如初，望之遂不復仕。」查《宋史》卷三百二十《蔡襄傳》及《北宋經撫年表》，襄知泉州（晉江屬泉州），爲嘉祐三年事。祥正詩約作于嘉祐末，或已至治平。

衡，嘉祐二年進士第一。《宋史》卷三百四十七有傳。傳失載守蘄事。

神宗熙寧元年（一〇六八）戊申　三十四歲

四月二十八日，吴中復（仲庶）來知江寧府。中復新修雨華臺，祥正題詩。

四月云云，據《景定建康志》卷十三；《景定建康志》謂中復以龍圖閣直學士、左諫議大夫知。

《輯佚》卷一《題雨華臺》（原注：「仲庶龍圖新作于梁雲公講臺之上。」）：「我公乘閑來，式宴賓亦嘉。作亭當舊地，海月浮窗紗。」祥正當亦與其宴。

《與地紀勝》卷十七《江南東路・建康府・景物下・雨花臺》：「在江寧縣城南三里，據岡阜最高處，俯瞰城闉。舊傳梁武帝時，有雲光法師講經于此，感天雨賜花故名。」

中復，興國軍永興人。《宋史》卷三百二十二有傳。

七月丁丑（初七日），王安國（平甫）賜進士及第。祥正與安國有交往。

七月云云，據《長編拾補》卷三。

《集》卷二十八有《王平甫下第南歸》詩，作于此以前。

余良肱知宣州，蔣之奇（穎叔）監宣州税，祥正嘗往宣州與二人游。

《宋史》卷三百三十三《余良肱傳》謂良肱字康臣，洪州分寧人；以光禄卿知宣州，治爲江東最。嘉慶《寧國府志》卷二謂治平四年良肱知宣州。

《宋史》卷三百四十三《蔣之奇傳》謂之奇言歐陽修事無實，貶監道州酒税。查《長編》卷二百零九，乃治平四年三月事。之奇至道州後，上表哀謝，神宗知其有母，乃改宣州，居道州五月。見《長編》卷二百一十八熙寧三年十二月丁丑紀事。據此，之奇至宣州，當已及本年。

《集》卷二有《宣州雙溪閣夜宴呈太守余光禄》詩，卷十五有《游石盆寺呈蔣殿院兼簡余光禄》詩。之奇嘗爲殿中侍御史，故以殿院稱之也。

上引《長編》卷二百一十八：熙寧三年十二月丁丑，蔣之奇權福建路轉運判官，之奇在宣州期間，二人交往頗多。

本年，或與蔡確（持正）有交往。

《輯佚》卷二有《同蔡持正長官觀齊景茜虞部家藏遠祖成公監修國史誥》詩。

康熙《太平府志》卷三十六，有確所作《北園記》，作于熙寧元年十二月十五日，中有「余來官之明年」、「余將罷官」之語。檢同上書卷十六，知確其時爲繁昌令。宋時稱縣令爲長官。祥正與確交往，或爲此時事。

確，泉州晉江人。《宋史》卷四百七十一有傳。

熙寧二年（一〇六九）乙酉　三十五歲

五月十九日，吴中復（仲庶）自江寧府移知真定府。有詩送行。

五月云云，見《景定建康志》卷十三。

《集》卷十二《送吴龍圖帥真定（原注：仲庶）》：「昨朝除命下金闕，再備將印嚴邊樞。南民遮道留不得，老幼挽轡相攜扶。」盛贊中復得民心。

彭思永知太平州，約爲本歲事。祥正與思永有交往。

《集》卷十《贈彭明微判官》首云：「昔謁公家賢侍郎，一見許我能篇章。倅梗兵酒屢持送，時時解榻令登堂。」

《宋史》卷三百二十《彭思永傳》：思永字季長，廬陵人。神宗即位，出知黄州，改太平州。熙寧三年，以户部侍郎致仕，卒年七十一。史稱之爲名士。子衛，當即明微。

自本年至赴邵州前，嘗有詩寄題潘興嗣（延之）清逸樓。

《集》卷二《寄題洪州潘延之家園清逸樓》，次《宣州雙溪閣夜宴呈太守余光禄》後，《寄題德興余氏聚遠樓》前。

《輿地紀勝》卷二十六《江南西路・隆興府・景物下・清逸樓》條引祥正題詩前六句。同上《人物》有興嗣傳，云：「居豫章城南，與王介甫、曾子固友善。初調德化縣尉。許瑊初拜江州守，居同郡，興嗣往見，瑊以刺史自踞，坐不爲禮。興嗣徑去，懷刺而歸，不之見，足不造請。六十餘年，手不釋書，徜徉山水間，嘗曰：『我清世之逸民也。』因自號清逸居士。熙寧以瑞州推官起不赴。士大夫高其風。」

《宋詩話輯佚》卷上《潘子真詩話》第二十則《潘清逸論郭功甫詩》首叙祥正嘗語興嗣感激哀陟汲引，以下云：「功甫既壯，頗恃其才力，下筆曾不經意，論者或惜其造語無刻勵之功。清逸云：『如功甫豈易得哉，但置作者中，使覺有優劣耳。正如晳、楚之輕剽，不當威、文之節制也。』清逸嘗有詩戲之云：『休恨古人不見我，尤喜江東獨有君。盡怪阿戎從幼异，人疑太白是重生。雲間鸞鳳人間現，天上麒麟地上行。詩律暮年誰可敵？筆頭談笑掃千兵。』」

《集》卷一《孤雲寄潘延之先生》：「匪妻子之累兮，實吾親之憂。」卷十《孤山謡寄潘延之之先生》首云：「男兒無成羈薄禄」，約作于初入仕時，在此以前。

余仕隆構聚遠樓。祥正嘗爲題詩。

《集》卷二《寄題德興余氏聚遠樓》：「嗟予南望未能往，小宰壓勞真擬擬。感君寄我群公篇，覽記方驚子先作。」是詩作于樓成後稍晚。姑以樓成之年次詩于此。

同治《德興縣志》卷八《文苑》：「余仕隆，字宗道。性豪邁。常登賓賢坊之山，顧而樂之，創樓其下。後以樓址專一邑之勝，輸其地以建學宫。熙寧二年，復構樓于後山之巔，邑令單錫，顔曰聚遠，因以爲號。」又謂：「皇祐辛卯，邑大饑，罄所有以賑，上嘉其行誼，欲官之，固辭不受。嘉祐間徵之，不就，詔旌其門曰江南長者。年九十有七。」同上書卷一謂樓在縣東南二百步學宫後。

《蘇軾詩集》卷十二有《單同年求德興俞氏聚遠樓詩三首》，作于熙寧七年。單同年，即邑令錫也。

熙寧三年（一〇七〇）庚戌　三十六歲

九月三日，自宣城游涇邑，與劉誼等賦詩并題名。

據《輯佚》卷三《磨崖詩刻序》。時誼爲涇邑尉，序中所云詩，已佚。序中所云劉誼，以後有交往，見元祐三年紀事。

誼字宜翁，吴興人。治平四年進士。《嘉泰吴興志》卷十七有傳。熙寧中持節南方，論新法不便，罷。有文集三十卷，奏議四十卷，不傳。

十月，吴中復仲庶改知成都。有送行詩。

《集》卷十五《蜀道難篇送別府尹吴龍圖仲庶》：「公今易節帥蜀國。」仲復乃自真定移成都也。

十月云云，據《長編》卷二百十六。

熙寧四年（一〇七一）辛亥　三十七歲

張瓌（唐公）來知太平州。祥正嘗與瓌登采石蛾眉亭，有詩贈之。

《輯佚》卷一《采石蛾眉亭登覽贈翰林張唐公》首云：「巨舟發長溪，簫鼓奏雲漢。史君領賓從，險絶窮壯觀。」中有云：「幸兹國老賢，州事無留斷。」瓌時爲知州也。

《集》卷四《望白紵山》：「前年翰林公（原注：張唐公也），絶頂構堂廡。我方客沅湘，盛事未能睹。」是祥正與瓌同游采石爲祥正赴邵州以前事。計時爲本年。

瓌，《宋史》卷三百三十有傳。滁州全椒人。祖父洎，宋初名臣，《宋史》卷二百六十七有傳。英宗時，瓌爲翰林學士，故以翰林稱之。

贈傅堯俞（欽之）濟源草堂歌或作于本年。

詩見《集》卷七。

《蘇軾詩集》卷六有《傅堯俞濟源草堂》詩，作于熙寧四年。姑以此次祥正詩于本年。

傅堯俞，本鄆州須城人，徙孟州濟源。《宋史》卷三百四十一有傳。

自本歲起至以前數年間，元積中（子發）嘗知宣州。祥正與積中有交往。

《輯佚》卷一《贈元龍圖子發》（題下原注：時左官宣城）：「明公有盛名，十年懷慕向。昨聞守桂林，清風掃蠻瘴。否來偶遷謫，暫泊宛溪上。」據「十年」句，此詩約作于熙寧五年赴湘前，時尚屬青年，故有如此口吻。故次之于此。詩又云：「賡酬戛金玉，側耳聽響亮。……且陪昭亭游，昭亭春盎盎。」是祥正嘗往宣州與積中倡酬游樂。

《宋詩紀事》卷十三謂元積中，錢唐人，「熙寧初，爲司封郎中、直史館，知桂州事」。據此，知子發乃積中之字。

積中知宣州，嘉慶《寧國府志》失載。《輿地紀勝》卷十九《江南東路·寧國府·詩》有積中詩「江東一十州，宣城名善地」云云。

積中，《宋史》無傳，熙寧八年至元豐三年間，嘗知福州、江寧、洪州。見《淳熙三山志》、《景定建康志》。

熙寧五年（一〇七二）壬子　三十八歲

宋景瞻赴選，有詩送行。

《輯佚》卷二《送宋景瞻秘校赴選》：「我欲渡湖湘，君乃赴京闕。官期安可常，念此千里別。」

景瞻，乃太平州人。熙寧三年進士。見康熙《太平府志》卷二十。赴知武岡縣令任，并應辟赴權邵州防禦判官任。二月，自當塗姑孰啟行。朱從道（復之）餞行。

《東都事略》卷一百一十五、《宋史》及康熙《太平府志》本傳皆言熙寧中知武岡。

《集》卷二《將歸行》：「低徊却入邵陵幕。」卷四《昨游寄徐子美學正》：「復入湖外幕，萬里浮扁舟。」權邵州云云，見熙寧六年四月壬辰紀事。

《集》卷十五《將至江夏先寄太守李學士公擇》：「二月發姑孰。」

邵陵，乃邵陽。見《輿地紀勝》卷五十九。邵陽屬荆湖南路，乃邵州之治，武岡屬邵州，在州西二百七十里。見《元豐九域志》卷六。

《輯佚》卷二《寄别朱復之郎中》首云：「我昔發溪口，君來具華筵。燭光射酒色，四座凝春烟。飲闌贈嘉唱，響翻勝彈弦。」詩有「君才世無雙，君名天下傳」之句，盛贊從道。

從道，沛國人。爲南京府學生，范仲淹嘗爲名述。《范文正公集》卷六有《南京府學生朱從道名述》一文。張方平嘗舉之，見《樂全集》卷三十《舉朱從道》。歷官屯田郎中。《王臨川集》卷五十有《職方員外郎朱從道可屯田郎中制》，稱從道「精敏强果，號爲才臣」。

過貴池，晤夏噩（公酉）、劉暐（光道）。

《集》卷九《舟經池州先寄夏寺丞公酉》：「去年收帆貴池口，聞君高歌撞玉斗。」噩字公酉，見《蘇軾詩集》卷二十四《王中甫哀辭》注文。《長編》卷一百八十六嘉祐二年八月癸亥紀事：「策試材識兼茂明于體用、明州觀察推官夏噩，入第四等，授光禄寺丞。」《輿地紀勝》卷二十二《池州》有噩詩殘句，聯系祥正詩，噩或居池州。餘詳熙寧十年紀事。

《集》卷五《端州逢故人劉暐光道致酒鵠奔亭作》：「貴池昔分袂，端江復傾蓋。屈指十六秋，華發驚老大。」元祐三年，祥正與暐會于端州，距此適爲十六年。餘詳元祐三年紀事。

三月，到潯陽。

據《集》卷十五《將至江夏先寄太守李學士公擇》。

至鄂州，晤州守李常（公擇），有詩贈之。

《集》卷十有《公擇鄂守學士三堂請雨》詩。《輯佚》卷一有《感懷贈鄂守李公擇》。《蘇軾詩集》卷八《李公擇求黄鶴樓詩，因舊所聞于馮當世者》，次本年，注文謂時知鄂州。并可參《欒城集》卷四《賦黄鶴樓贈李公擇》。鄂州治江夏，見《元豐九域志》卷六。

游樊山、怡亭、殊亭、石門、郎官湖。

《集》卷四有《樊山》、《觀怡亭序銘》、《殊亭》、《怡亭》、《石門》、《郎官湖》詩。

《輿地紀勝》卷八十一《荆湖北路●壽昌軍》領縣一，治武昌。其《景物上》、《人物》、《碑記》云：樊山，在武昌縣西四里，元結（次山）居地，殊亭，在武昌縣，亭臨大江，復出山上，扶風馬向理武昌日，作元次山記，取其才殊、政殊、迹殊，此亭又殊，命曰殊亭；怡亭，在殊亭東，裴虬作亭銘，李陽冰篆，李莒八分書；石門，在武昌散花灘，兩石對峙如門。同上書卷七十九《漢陽軍●古迹》：郎官湖，在漢陽城北。

炎蒸，洞庭湖阻風。過洞庭湖，至長沙，晤湖南轉運判官蔡奕（如晦）。

《集》卷四《洞庭阻風》：「南風吹炎蒸。」《集》卷九《游道林寺呈運判蔡中允如晦昆仲用杜甫元韵》：「長沙城西湘水隅，道林古寺松門紆。嘗聞秀絶超五岳，果見氣象吞重湖。（下略）」《忠肅集》卷十二《直龍圖閣蔡君墓志銘》：「君諱奕，字如晦，蔡氏，宋人也。……父挺，由樞密副使拜資政殿學士。……熙寧……，青苗助役法出，選建諸路使者推行之，曰提舉常平倉兼農田水利差役事。君得湖南，既對語，當。上指選太子中允改轉運判官，領其事。」祥正過長沙時，奕正在任。

同劉繼鄴出長沙，渡瀟湘，登法華臺。

《集》卷三《同劉繼鄴秀才游岳麓，登法華臺，呈如水長老》首云：「南出長沙城，西渡瀟湘水」，繼叙過清風峽，「塵寰自此隔」，「遂登法華臺，平日瞰千里，還驚人世卑，塹壁徒爲耳」。

《輿地紀勝》卷五十九《景物下》謂法華臺在東山絶頂，「實邵陽之勝概」。

《梅堯臣集編年校注》卷二十六《送劉繼鄴秀才歸當塗》：「鵷雛始出巢，欲矜五色羽。乃見郡鴟盤，壞中將有取。梧桐與竹實，安得在平土。所趣固已殊，而何不遠舉。幸失網羅目，宜還蘭蕙圃。故鄉有嘉林，其下可以處。會侍朝陽鳴，賀夔成律吕。」「故鄉」云者，繼鄴蓋爲當塗人。《集》卷十二有《送劉繼鄴秀才之岳陽訪木尉》、卷十四有《寄劉繼鄴秀才》詩。

《集》卷三次《同劉繼鄴秀才……》，有《游雲蓋寺》詩。《輿地紀勝》卷五十九有雲岩寺、雲臺寺，均在邵陽。不知是否爲雲蓋寺。再次爲《游鹿苑寺》，首云：「游遍湘西山，晚到鹿苑寺。」二詩當爲此時所作。

至邵州。

《集》卷九《祀南岳喜雨呈李倅元吉》首云「六月赤日方炎炎，雲不行天龍遁潛」。繼云「府官惶惶使臺恐，祀壇禱岳惟精嚴，君馳剧車職其事，秘文在板香盈奩」，時元吉以通判攝邵州事。此乃叙祥正到任初事。

章惇爲湖南、北察訪使，經制梅山峒蠻事宜。祥正與其事。同僚有毛漸（正仲）、狄咸（伯通）、胡子企。

《宋史》卷四百七十一《章惇傳》：「爲湖南、北察訪使。」《長編》卷二百三十六熙寧五年閏七月庚戌紀事：遣秘書丞、集賢校理、檢正中書户房公事章惇察訪荆湖南路農田水利常平等事，始議經制蠻事。即指此事。同上書卷二百三十七熙寧五年八月壬午紀事稱惇爲察訪荆湖路常平等事，即湖南、北察訪使。同上書卷二百三十八本年九月丁卯，有「詔比差章惇經制梅山蠻事」語。

《蘇軾文集》卷七十二《溪洞蠻神事李師中》：「過太平州，見郭祥正，言：嘗從章惇辟，入梅山溪洞中，説諭其首領，見洞主蘇甘家有神畫像，被服如士大夫，事之甚嚴。問之，曰：此知桂府李大夫也。問其名，曰：此豈可名哉！叩頭稱死罪數四，卒不敢名。徐考其年月本末，則李公師中誠之也。誠之嘗爲提刑，權桂府耳。吾識誠之，知其爲一時豪杰也。」

《集》卷十三《酬運判毛正仲》：「上下梅山成昨游。」詳以下十一月壬申紀事。

《集》卷二十八《狄倅伯通席上二首》其一：「梅山曾共聽蠻謳。」咸乃衡州人。見《蘇軾詩集》卷四十四《次韵韶守狄大夫見贈》注文。咸字伯通，見《廣東通志●金石略》。

《集》卷六《送胡子企大夫還臺》：「聯鑣出梅山。」梅山詳以下十一月紀事。

詩送湖南運判蔡奕（如晦）赴京師，求其汲引。奕赴京師，遷湖南轉運副使。旋回。

《輯佚》卷二《送湖南運判蔡如晦赴闕》中云：「伊予亦何人，不异罝中兔。時命適大謬，與物競多迕。卑栖邵陵幕，竊禄飽嬰孺。不才甘委罷，朽木費吹噓。一朝逢知己，拔茅冀連茹。翻思刷羽翰，翩翩廁鴛鷺。」同上尚有《湘西四絶堂再送蔡如晦》詩。

《忠肅集》卷十二《直龍圖閣蔡君墓志銘》叙本年奕「來朝」，遷湖南轉運副使，賜五品服。餘參以下九月丁卯紀事。

九月丁卯（二十二日），詔蔡奕與章惇協力處議經制梅山事。

據《長編》卷二百二十八；《長編》「奕」作「煜」，今從下引《忠肅集》。

《忠肅集》卷十二《直龍圖閣蔡君墓志銘》叙本年奕朝京師，云：「上……頗采其議，可通行者下他路。潭、邵間所謂上下梅山，其地千里，馬氏以來，猺人據之，號莫猺。國朝有厲禁，制其耕墾出入，然歲久公然冒法，又稍招萃流浪，君曰：省地養此，後日爲大患，今變猺爲漢，無難也。開其猷以禍福，使爲士，民口授其田，略爲貸助，使業其生，建邑置吏，使知有政，如此而已。于是面敷其説及區畫之序，上嘉納其策，會今門下侍郎章公惇察訪本路，即付其事，同君經之。」

十一月，章惇招降梅山峒蠻。以梅山爲新化縣。

《元豐九域志》卷六《荆湖南路·邵州》：「熙寧五年收復梅山，以其地置新化縣。」梅山，峒蠻居地。

《續資治通鑑》卷六十九本年十一月紀事：「章惇招降梅山峒蠻。蠻姓蘇氏，舊不通中國。其地東接潭，南接邵，西接辰，北接鼎、澧。惇招降之，籍其地民萬四千八百餘户，田二十六萬四百餘畝，均定其税，使歲一輸，築武陽、開陜二城，置新化縣，隸邵州。」

《集》卷四《昨游寄徐子美學正》：「復入湖外幕，萬里浮扁舟。……到官未三月，開疆預參謀。招降五萬户，給田使鋤耰。論功輒第一……」卷二《將歸行》：「低徊却入邵陵幕，梅嶺招降建城郭。」以下亦有「論功第一」之語。

《宋史》卷三百四十八《毛漸傳》：「毛漸字正仲，衢州江山人。第進士，知寧鄉縣。熙寧經理五溪，漸條利害以上察訪使，使者諉以區畫，遂建新化、開化二縣。漸由是得著作佐郎、知開化縣。」

是歲，白雲守端禪師卒。祥正嘗訪舒州太湖白雲山海會寺，參謁守端禪師，有詩贈之。

是歲云云，據《五燈會元》卷十九《白雲守端禪師》。守端乃衡陽葛氏子，乃南岳下十二世，楊岐會禪師法嗣；卒時年四十八。

《五燈會元》卷十九有《郭祥正居士》，謂祥正爲守端法嗣。文首云：「提刑郭祥正，字功甫，號净空居士。志樂泉石，不羡紛華。因謁白雲，雲上堂曰：『夜來枕上作得個山頌，謝功甫大儒，廬山二十年之舊，今日遠訪白雲之勤，當須舉與大衆，請已後分明舉似諸方。此頌豈唯謝功甫大儒，直要與天下有鼻孔衲僧脱却著肉汗衫。莫言不道！』乃曰：『上大人，丘乙己。化三千，七十士。爾小生，八九子，佳作仁，可知禮也。』公竊疑，後聞小兒誦之，忽有省。以書報雲，雲以偈答曰『藏身不用縮頭，斂迹何須收脚。金爲半夜遼天，玉兔趕他不著』」。祥正往海會寺時間不詳。又，祥正未嘗官提刑，此所云有誤。

《輿地紀勝》卷四十六謂白雲山在太湖縣東三十里，有海會寺。其寺今尚存。

《輯佚》卷一《贈端禪師》詩，乃爲守端作。

熙寧六年（一〇七三）癸丑　三十九歲

四月壬辰（十九日），祥正爲太子中舍，與江東路家便差遣。以遭謗言也。

四月云云，據《長編》卷二百四十四。《長編》云：「章惇言，祥正均給梅山田及根括增税有勞也。」以下，《長編》考注云：「魏泰云：王荆公當國，有郭祥正知邵州武岡縣，實封附遞奏書，乞天下之計專聽王安石處畫，凡議論有异于安石者，雖大吏亦當屏黜。表辭亦甚辨暢。上覽而异之，一日，問荆公曰：『卿識一郭祥正否？其才似可用。』荆公曰：『臣頃在江東嘗識之。其爲人縱横捭闔而薄行，不知何人引薦而聖德聞知也？』上出其章以示荆公，荆公耻爲小人所薦，因極口陳其不可，遂止。是時，祥正方從章惇辟，以軍功遷殿中丞，及聞荆公上前之語，遂以本官致仕去。此事當考。安石嘗言郭逢原輕俊可使，何獨于祥正乃爾，恐未必爾也。」郭逢原事見《長編》卷二百三十五熙寧五年八月紀事。《長編》謂逢原上疏神宗，謂神宗以師臣之禮待安石，未極優异，尚守君臣之常分，任安石不專。神宗不悦，謂逢原必輕俊，安石曰：人才難得，如逢原亦且曉事，可試用也。逢原時以縉雲縣尉編修三司敕并諸司庫務，歲計及條例删定官。

《長編》「魏泰」云云，見今本《東軒筆録》卷六，爲《宋史•郭祥正傳》主要依據，影響甚大。其中問題甚多，不可不辯。其一，祥正以殿中丞致仕，詳考《集》中所述，乃熙寧十年事，見該年紀事。其二，祥正自與王安石相識，一直崇敬，發自内心，并無虚僞做着之迹，觀安石晚年與祥正往來及祥正挽安石詩可知。苟如魏泰所云，祥正當恨之不暇，又何尊崇之有，此在理之所必無也。其三，以安石爲人考之，亦不至此。李燾所疑，足見史學家卓識。

《長編》「太子中舍」云云，章惇謂爲有勞。易言之，即獎之之意。然考其實，「與江東家便差遣」云云，乃貶之也。不知《長編》何以如是書？《集》卷二《將歸行》云：「論功第一遭衆譏，斷木浮沉委溝壑。」卷四《昨游寄徐子美學正》云：「論功輒第一，謗語達冕旒。」可見祥正備受委屈。

過池州，晤夏噩（公酉）。回至當塗。

《集》卷九《舟經池州先寄夏寺丞公酉》：「今朝至自大湖南，五溪新事爲君談。一年往返七千里，鄉國生還真可喜。君家白醪應已熟，正好齊山泛黄菊。」是回至池州已九月也。

旋往河北就新任。

《集》卷《中秋登白紵山呈同游蘇寺丞子駿》：「前年從軍梅山下，林黑只憂偏弩射。去歲點夫大河北，黄土吹衣無晝夜。」詳熙寧七年紀事。

熙寧七年（一〇七四）甲寅　四十歲

按堤原武，賦詩。

《集》卷二十七《原武按堤雜詩五首》其一：「原武城西看杏花，紛紛紅雪委黄沙。」其五有「桃花露點胭脂濕」之句，知按堤爲春季。

原武屬京西北路鄭州，在州北六十里，境内有黄河、汴河。見《元豐九域志》卷一。

晤鄭州太守王贄之，有詩贈之。

《集》卷二五有《鄭州太守王龍圖贄之出家妓彈琵琶即席有贈》詩。

贄之，待考。

旋回當塗。中秋與蘇子駿登白紵山，賦詩。

詩見《集》卷九。詩叙前年在梅山，去年在河北，今年此時則在當塗。白紵山在當塗縣東五里，見《輿地紀勝》卷十八。

沈立（立之）自江寧移知宣州，提舉崇禧觀。祥正有詩寄贈。

《集》卷十《贈提宫諫議沈公立之》：「往年作鎮來金陵。……易節暫刺玄暉城。懇請仙宫遂知止，車蓋翩翩還故里。」

《景定建康志》卷十三謂立移知宣州爲本年六月十五日事。《宋史》卷三百三十三《沈立傳》謂：「徙宣州，提舉崇禧觀。」聯系祥正詩，是到任即請宫觀也。

作詩送外甥法真禪師。

詩見《集》卷六。詩云及父辭世後，隨法真之母往臨川二三載然後回當塗，云：「是時汝未産，顧今三十年。」則此詩約作于四十歲時。今據此系人。

法真全稱秀州本覺寺守一法真禪師。《五燈會元》卷十六有傳。傳稱法真爲「江陰沈氏子」。知爲江陰人。法真乃青原下十二世，慧林本禪師法嗣。法真乃名僧，其法嗣有越峰粹珪禪師、天台如庵主、西竺尼法海禪師。餘參元祐七年紀事。

熙寧八年（一〇七五）乙卯　四十一歲

爲桐城令。

《集》卷二《將歸行》：「株坐桐鄉三見春。」桐鄉即桐城，見《輿地紀勝》卷四十六《安慶府●縣沿革●桐城縣》。《集》卷四《春日懷桐鄉舊游》：「二年桐鄉邑，乘春覽榮芳。」則祥正爲令桐城，凡二年。「三見春」，當以春日到。

桐城時屬淮南西路舒州，見《元豐九域志》卷五。李廌《濟南集》卷三《題郭功甫詩卷》稱祥正爲「桐城明府」。

至舒州，有詩呈州守朱公綽。

《集》卷九《舒州使宅天柱閣呈朱光禄》：「伊予困躓坐小邑。」謂桐城令也。《輿地紀勝》卷四十六《淮南西路●安慶府●景物下》：「天柱閣，在郡圃。」據同上書《府沿革》，政和五年（一一一五），改舒州爲德慶軍，紹興十七年（一一四七）改爲安慶軍，慶元元年（一一九五）爲安慶府。

康熙《潛山縣志》卷二十三引朱公綽《加司命冕服記》，云：「歲在乙卯，孟陬之月望日戊申，公綽親詣祠下。」時公綽爲州。故次「至舒州」事于本年。

公綽，字成之，吳縣人。長文之父。天聖八年進士。初官秘書省，歷監官令，仕至光禄卿知舒州。見朱長文《樂圃餘稿》并參《宋詩紀事》卷十三、《宋詩紀事小傳補正》卷一。

晤公綽之子長文（伯原），有詩贈之。

《集》卷四《送朱伯原秘校》首云「泠泠皖溪水，悠悠天柱云」，皖水、天柱皆在舒州，是與長文相晤在舒州也。中云「扁舟連夜發，往登姑蘇臺」，是此詩乃送長文回蘇州家鄉也。

長文，《宋史》卷四百四十四有傳。年未冠，舉進士乙科，以病足不肯試吏，築室樂圃坊，著書閱古。元祐中，起教授于鄉，召爲太學博士，遷秘書省正字。元符元年二月卒，年六十。有《樂圃餘稿》傳世。事迹并詳《餘稿》附編墓志銘。

游潛山。有詩贈伊居哲。

《集》卷二有《留題潛山山谷寺》、《潛山行》。

《集》卷十四有《贈潛山伊居哲先生》詩。

康熙《潛山縣志》卷二十三《雜類志・寺觀》：「存真庵，在真源山谷之間。先生姓伊名居晳（按：疑應從《集》作「哲」），字仲□，廬陵人。熙寧中，結廬居此。草木衣食，操行清潔，士大夫多與之游。」《輿地紀勝》卷四十六《安慶府・古迹》謂存真庵爲伊先生庵，并謂「李淑作記，王原叔書，隸法甚古」。《輿地紀勝》亦謂伊名居晳。《沈氏三先生文集・雲巢編》有詩及之。《雲巢編》乃沈遼所撰。

晤醫人李惟熙，有詩贈之。

《集》卷十《贈舒州李居士惟熙》首云「李居士存心最慕韓伯休，州城賣藥不二價」，中云「偶來握手爲一言」，是祥正與惟熙在舒州相晤也。

惟熙，舒州人。與蘇軾有交往。《蘇軾文集》卷七十三《菱芡桃杏説》稱惟熙「爲人清妙，善論物理」。《蘇軾佚文匯編》卷三有《與李惟熙》簡一首。

唐詔（彦範）爲蘇州守，賦詩寄送。時祥正請退，朝廷不許。祥正嘗與詔之子植夫有交往。

《輯佚》卷一《高鴻送唐彦範司勛移蘇守》中云：「朝廷新法度，利害喧衆口。紛馳使者車，必行無可否。嗟予力已疲，何以爲父母。不待老有請，連章至八九。君相惜其才，符竹今仍剖。」據《宋史宰輔表》，本年二月癸酉，王安石復入相。詩中「君相」云者，當指王安石。

《吴郡志》卷十《本朝牧守題名》次唐詔于王誨之後，韓朴之前，注「熙寧」二字，「朴」下注「尚書度支郎中」，熙寧九年。《蘇軾詩集》卷十一有《劉孝叔會虎丘，時王規父齋素祈雨，不至》詩，作于熙寧七年春。規父乃誨之字，時爲蘇州守。據此，詔知蘇州，乃熙寧七、八年間事。

詔字彦範，肅子，詢弟，錢唐人。見《平園續稿》卷九《跋蔡君謨與唐詔帖》。治平中知潭州，善文章，精翰墨。《皇宋書録》卷中稱詔遺一小札，亦必華箋妙管。

《集》卷六《觀唐植夫所藏古墨》：「植夫名世後，所蓄號奇絶。」

熙寧九年（一〇七六）丙辰　四十歲

在桐城令任。《集》卷二《將歸》：「株坐桐鄉三見春。」

在桐城爲令期間，嘗游龍眠山、浮山、青山，從名僧修顒游，從僧璞禪老、惠雲、洪璉游。

《集》卷十三《重九日同修顒、惠雲二禪師游浮山訪洪璉長老》首云：「邑城東南百餘里，穿盡荒山渡重水。林傾路轉大壑開，峭壁崔嵬半空倚。」同上《龍眠行留别修顒禪師》：「桐鄉山水天下名，龍眠氣勢如長城。重岡複嶺跨三郡，盤壓厚地攢青冥。東南佛寺號投子，寺門洞啟元無扃。」同上卷二十三《再游浮山呈璞禪老》：「當年尋勝已忘還。」并云璞投嶺頭衲。《輿地紀勝》卷四十六謂龍眠山在桐城縣西北二十里；又謂縣東九十里有浮渡山，當即浮山。修顒，《五燈會元》卷十六有傳。全稱舒州投子修顒證悟禪師，乃青原下十二世，慧林本禪師法嗣。修顒禪師之法嗣，有壽州資善灌禪師、西京白馬崇壽江禪師、鄧州香嚴智月海印禪師及丞相富弼。弼聞修顒主持投子，法席冠淮甸，乃執弟子禮，往質所疑。

在桐城爲令期間，嘗與隱者裴材游，嘗與陳子儀晤。

《集》卷十四《贈桐城青山隱者裴材》：「青山爲主身爲客，主人借客青山宅。」卷二十七有《桐城青山裴山人枉步見尋輿盡遽歸》詩。《集》卷八《送陳大夫罷太平守還臺》：「桐鄉之會愈相樂。」

在桐城爲令期間，嘗晤李公麟（伯時）、李䆳（德素），有詩贈之。公麟嘗爲祥正畫像。《輯佚》卷一《贈二李居士》（原注：伯時、德素）：「二子跨黄犢，尋春造龍眠。身披五雲裘，翠髮散垂肩。群兒漫相逐，不識南昌仙。我往一長揖，問我聊停鞭。深林藉草坐，對酌臨潺湲。（下略）」

公麟乃舒城人。熙寧三年登進士第。事迹詳《畫繼》卷三、《宋史》卷四百四十四傳。《宣和畫譜》稱公麟「文章則有建安風格，書體則如晉、宋間人，畫則追顧、陸。至于辨鐘鼎古器，博聞强識，當世無與倫比」。

䆳，隱舒州龍眠山。見《山谷詩集注》卷七《送李德素歸舒城》題下注文；同卷有《咏李伯時摹韓干三馬次蘇子由韵簡伯時兼寄李德素》詩：作于元祐二年。䆳乃公麟堂弟，見《平園續稿》卷九《題鞠城銘》。

康熙《太平府志》卷二十七《郭祥正傳》：「交游皆天下名士，李公麟繪其像。」像不知作于何時，兹附志于此。

在桐城令任中，有兒女死去。

《集》卷二《將歸行》：「桐鄉雖好大兒死，滿眼風物唯悲辛。」

《集》卷四《咋游寄徐子美學正》：「得邑敢自訴，斷木當沉溝。兒女相繼死，泣多昏兩眸。」

投詩江淮制置發運副使張頡（仲舉）乞歸，約爲本歲事。

《集》卷八《投别發運張職方仲舉》中云：「秋風已老白雲飛，鄉關咫尺未能歸。」又云：「願君聞此頗矜側，許借長帆還澤國。」

頡，《宋史》卷三百三十一有傳。其先金陵人，徙鼎州桃源。章惇克梅山後，尋擢江淮制置發運副使，改知荆南。《長編》卷二百八十：熙寧十年正月庚申，新知荆南章惇移湖州。據《北宋經撫年表》，頡乃替惇者。則祥正之詩約作于本年。

熙寧十年（一〇七七）丁巳　四十三歲

春，在桐城令任。

《集》卷二《將歸行》：「株坐桐鄉三見春。」

自桐城令徙爲簽書保信軍節度判官。

《集》卷二《將歸行》敘在桐城令任中大兒死去之後，即云：「邇來又赴肥上辟，碌碌隨人亦何益。」

《集》卷四《春日懷桐鄉舊游》首敘爲令桐城生活，嗣云：「詔書徙幕府。」《望白紵山》：「及令佐肥幕。」據《春日……》詩，至合肥亦爲春間事。

《集》卷四《咋游寄徐子美學正》歷敘人邵州幕、遭謗、得邑，然後敘「才趨合肥府」。

《東軒筆録》卷六、《東都事略》、《宋史》、康熙《太平府志》祥正傳皆言祥正熙寧中簽書保信軍節度判官。即幕職。《元豐九域志》卷五《淮南西路》：「廬州，廬江郡，保信軍節度。治合肥縣。」與《集》合。然《東軒筆録》卷四以簽書保信軍節度判官置于邵州上奏朝廷乞天下大事專聽王安石區畫前，則大誤。

治獄歷陽。嘗有詩與耿天騭。

《集》卷四《春日懷桐鄉舊游》：「詔書徙幕府，籠鳥無高翔。却治歷川獄，幽憂坐空堂。」同上卷《望白紵山》：「及今佐肥幕，治獄歷陽府。」《和耿天騭見寄二首》其一：「我方治幽獄。」望牛渚有感三首》其一：「身滯歷陽浦。」卷五《將歸行》：「法網深懸無縱鱗。」亦言治獄。耿天騭，《集》屢及。《王臨川集》卷一有《己未，耿天騭著作自烏江來，予逆沈氏妹于白鷺洲，遇雪，作此詩寄天騭》詩。題下原注：「辛酉冬，天騭復來誦之，遂書于壁，請天騭書所酬于右。」己未乃元豐二年，辛酉乃元豐四年。同上書卷四有《和耿天騭同游定林》詩。他卷及天騭詩尚多。

與吳淵卿、李天皃、鍾離景伯游。

《集》卷二十三《再見吳淵卿長官，時年八十一》：「十七年前載酒過。」詩作于元祐七年。同上有《淵卿席上和李天皃四韵，時與鍾離中散并予共四人》詩。參元祐七年紀事。

張介（吉父）本歲自蜀中迎其父歸。賦《怡軒吟》寄贈介。

詩見《集》卷十四，題作《怡軒吟贈番陽張孝子》。

《能改齋漫録》卷十一《張吉父作怡軒以安其父》：「番陽張吉父介，方娠時，父去客東西川不還。張君自爲兒時，已愴然有感。其言語食息，未嘗不在蜀也。與尚書彭公器資同學，作詩云：『應是子規啼不到，致令我父未歸家。』聞者皆憐之。既長，走蜀，公初無還意。乃歸省母。復至涪、閬，往返者三。其父遂以熙寧十年三月至自蜀，鄉人迎謁嘆息，或爲感泣。一時名士，咸賦詩以紀其事。器資詩略云：『河可以竭山可徙，我翁不歸行不已。三往三復翁歸止。翁行尚壯今老矣，兒昔未生今壯齒。」云云。郭公功甫詩：（略）張君自其父歸，又作軒以安之，而名之曰怡軒，器資爲之記云。」

以殿中丞致仕，歸隱姑孰。

《集》卷二十三《淵卿席上和李天貺四韵，時與鍾離中散并予共四人》：「悠悠歲月走鶩湍，四十三時便棄官。」以時考之，當已及歲末。

《永樂大典》卷七千八百九十二引《臨汀志・郭祥正傳》：「熙寧間，仕至殿中丞、簽書保信軍節度判官。即掛冠。」

《集》卷四《浪士歌・序》：「郭子棄官合肥，歸隱姑孰，一吟一酌，婆娑溪上，自號曰醉吟先生。」

姑孰：有姑孰城，即當塗。有姑孰溪，經城中。見《輿地紀勝》卷十九。

夏噩（公酉）卒于本歲至元豐七年數年間，有挽詞。

挽詞見《集》卷三十。未著寫作時間。

《蘇軾詩集》卷二十四《王中甫哀辭・叙》謂軾登制科後十五年，即熙寧九年，噩尚在；其後八年，即元豐七年，噩已殁。

李薦約于本歲題祥正詩卷，薦盛贊祥正詩，欲祥正爲詩壇盟主。

《濟南集》卷三《題郭功甫詩卷》：「山人跨魚天上來，識者珍重儒者猜。或呼文舉异童子，林宗獨謂王佐才。蚩蚩衆目如瞽矇，白馬羽雪皆皚皚。古有仁賢不愚者，舉足嗁路心徘徊。桐城明府住姑孰，襟裾瀟灑天與才。讒言屢改恥自雪，政事報成羞援媒。臨川先生久知己，十年執政居公臺。橫飛後生盡豪俊，往往拔越自草萊。洪爐造化豈一端，如何不與斑璵坯。盛朝能詩可屈指，少師、僕射、蘇與梅。少師新爲地下客，蘇、梅骨化成塵埃。金陵僕射今已老，班班絲雪侵頤腮。當今儒生迂此道，如使杞柳爲棬杯。好古愛詩惟有君，獨使筆力驚風雷。清音繞齒嚼鳴玉，爛光滿紙如瓊瑰。古原夜燭光奪月，立使萬物有灰煤。清泉漱石白鑿鑿，湍落急瀨成淵洄。才雄句險駭人膽，九月秋水漲涵堆。有時清貞叩玄關，至誠直可歆郊禖。公才穎粟公望异，卒落下位命何乖。豈無白虹夜貫斗，猶使寶劍豐城埋。幾年令尉困下國，板簡青衫趨邵階。猶將富貴委脫殼，苟不知命安爲懷。竹溪逸人杜陵翁，當年得意稱壯哉。直言時病傲宮禁，謂可立致青雲階。公行孰避蹲草虎，由徑不畏當路豺。輸忠獻策持才藻，宰輔切齒全班排。遂離黼座謫千里，翻疑方直爲禍胎。杳如躡雲上幽頂，文石嵲屼懸虛岩。下視黑潭鰐魚窟，山雨潤澤浮蒼苔。臨危惴惴榴石隕，况更步滑粘青鞋。上訴逢怒下見誚，愠望寧與群小諧。秋江接天静如練，桂宫隱見瓊瑶臺。泛舟夜披紫綺裘，興發鼓枻傾金罍。岸人疑是王子猷，姜女揶揄言謔諧。滄浪水深波浪闊，醉謂止可探一柴。徜徉濯纓傲巨浸，掬月不得翻委骸。上皇雖悼屈平善，千載乃得爲朋儕。秋霜何草不玄黄，蜀山戍削青崔嵬。馬如蹇驢不慣遠，陟險色變成虺隤。闊道繁霜曉成凘，古壑暴雨飛陰霾。散鬬野哭夜悲怨，倏見鬼燐明岩隈。長蛇食象留齒骨，猛虎噬人餘釧釵。故人招庇豈憚遠，軍謀宥密惟參陪。春雨瀫沐輿槁苗，膏潤不及枯根荄。正風浸熄雅頌廢，吾言來自單于垓。古今厩馬詎爲匹，驊騮駒駱駑與駘。力良調俊惟騏驥，李杜故得其魁梧。前輩罄轅讓馳道，下石夾轂謙争推。二公當年走聲價，日月左運天旋回。方今明時廢聲律，將使湮淪如爐煨。非君鼓吹力主持，是道不世將傾頹。關西鄙夫懷此憤，白石空煉如女媧。命途時否口常鈍，如掛風鐸環堵齋。安得獻言彤庭下，出入金馬如皋枚。乘鈞廟堂司慘舒，建旌立節如張、裴（原注：九齡、裴休度）。古云能詩多坎軻，苟或信矣良可哀。倘使文章敵天下，再使神禹驅秦淮。」

廌字方叔，其先自鄆徙華。善詩文，爲蘇軾所賞。《宋史》卷四百四十四有傳。詩中所云少師乃歐陽修，所云金陵僕射乃王安石。查《宋史·宰輔表》，安石于熙寧七年四月丙戌，自禮部侍郎、同平章事以史部尚書、觀文殿大學士知江寧府，明年二月癸酉，依前官加同平章事、昭文館大學士，回朝。熙寧九年十月丙午，安石自檢校太傅依前尚書左僕射，領鎮南軍節度使判江寧府。此詩約作于本年，時廌爲十九歲。

在桐城、合肥任中，或與陳彥默（子真、懶散）游。祥正嘗有詩贈彥默。

《永樂大典》卷三千一百四十七引《宋陳子齋集》轉引《陳子真墓志銘》：「子真姓陳氏，諱彥默，子真其字也。世家洛陽。中大夫提舉西京嵩山崇福宮紘之子。子真好讀書，善屬文，慕古人奇節，……善論經世大略，豪于詩，工作草字。……嘗謂嵇康性懶，陸龜蒙號江湖散人，慕二人所爲，自號懶散。又喜與釋子游。」以下叙彥默官至通直郎，以後云：「……卒，崇寧四年十一月十六日也。享年六十。母蘇氏，秘閣校理舜欽之女。……子真歌詩雄偉，語多警拔，有文集二十卷。……熙寧中，中大公爲淮西提刑，先公守龍舒，某與子真俱在龍舒侍下，數得爲潛皖之游。」先公乃陳偁。

《集》卷十有《贈陳懶散》卷八有《和懶散贈葫公》詩。

元豐元年（一〇七八）戊午　四十四歲

在姑孰。

據《集》卷四《浪士歌●序》。

蘇軾在徐州作黄樓，八月癸丑，樓成。祥正作歌寄軾。

蘇軾在徐州云云，見《蘇軾文集》卷六十六《書子由黄樓賦後》。該文并謂：「九月庚辰，大合樂以落之。」時軾知徐州。

歌見《集》卷五。

吴中復卒。祥正與中復之子則禮（子副）有交往，則禮嘗有詩贈祥正。

中復卒，見《長編》卷二百九十五。《宋史》卷三百二十二《吴中復傳》謂中復卒時年六十八。

《北湖集》卷三《贈郭功父》：「兒童時昔看揮毫，未覺雄詞愧廣騷。談壓縱横遠雷電，詩壇磊落建麾旄。捐身魚鳥黄塵遠，隱几紅塵白浪高。短褐婆娑弄明月，紛紛尋覓一鴻毛。」

則禮以父中復之澤入仕，晚居豫章，自號北湖居士。官至直秘閣、知虢州，有《北湖集》十卷，《直齋書録解題》卷十七著録。原書已佚，今所傳者爲《永樂大典》輯本。

陳子儀來訪。時知太平州王君章邀祥正與子儀共游。

《集》卷八《送陳大夫罷太平守還臺》敘解印後，中云：「公乘扁舟過溪口，殷勤訪我論新詩。君章下車始命客，邀我與公同遨嬉。」

《集》卷十二有《逍遥亭歌一首贈太守王君章》，作于君章任中。

康熙《太平府志》卷十四謂君章于元符初知太平州，誤。

自是歲起，王安石以集禧觀使居鍾山。安石贊祥正之詩，祥正與安石交往頗多。

「自是歲」云云，據《王荆公年譜考略》。熙寧九年十月，王安石罷相判江寧府。本年正月，爲集禧觀使。鍾山在上元縣東北十八里，見《輿地紀勝》卷十七。

《宋詩話輯佚》卷上《王直方詩話》第二十五則《郭功父詩》：「『郭祥正……有《金山行》云：「鳥飛不盡暮天碧，漁歌忽斷蘆花風。」大爲王荆公所賞。』《金山行》在《集》卷二，作于早期。

同上第四十七則《沙詩》：「郭功父方與荆公坐，有一人展刺云：『詩人龍太初。』功父勃然，曰：『相公前敢稱詩人，其不識去就如此。』荆公曰：『且請來相見。』既坐。功父曰：『賢道能作詩，能爲我賦乎？』太初曰：『甚好。』功父曰：『只從相公請個詩題。』時方有一老兵，以沙擦銅器，荆公曰：『可作沙詩。』太初不頃刻間，誦曰：『茫茫黄出塞，漠漠白鋪汀。鳥過風平篆，潮回日射星。』功父閣筆，太初緣此名聞東南。」龍太初，乃道者。

同上第二百四十九則《哀世弼詩》謂安石嘗手書哀陟贈祥正詩「方山憶共泛金舡」云云。同上《潘子真詩話》第二十一則《哀世弼詩》謂安石居金陵，嘗爲祥正書哀陟所贈詩「從來多病王僧祐」、「雪後姑溪水更深」二絶云云。陟詩已見嘉祐二年紀事。

《竹坡詩話》：「郭功父有《示耿大鷙》一詩，王荆公常爲之書其尾曰：『廟前古木藏訓狐，豪氣英風亦何有。」」

《苕溪漁隱叢話》前集卷三十七引《遁齋閑覽》云：「功甫曾題人山居一聯云：『謝家莊上無多景，只有黄鸝三兩聲。』荆公命工繪爲圖，自題其上云：『此是功甫題山居詩處。』即遣人以金酒鍾并圖遺之。」

餘參見元豐八年紀事。

元豐二年（一〇七九）己未　四十五歲

在姑孰。

本歲前後，嘗投宿繁昌徐遘、徐迪兄弟水閣。

據《集》卷四《浪士歌·序》。

《集》卷六《投宿繁昌徐氏水閣》叙徐氏兄弟皆業儒，以下云：「大弟已登科，高名動鄉閭。季弟復連薦，豹變應時須。長兄恬自養，雲卧隨卷舒。」大弟乃遘，季弟乃迪，長兄不知名。以下有云：「客有醉吟叟，六月騎蹇驢。避暑尋名山，遂登君子居。飲弄池上月，一宿能清虚。」康熙《太平府志》卷二十八《人物下·繁昌縣》：「徐遘、徐迪，兄弟也。遘登熙寧九年進士，迪登紹聖元年進士。昆季相師友，專勤學問。爲詞清麗，尤工詩。而友于篤愛，人以軾、轍目之。」其詞、詩均不傳。

是歲前後，嘗有詩投獻三司使李承之（奉世），求其汲引。

《集》卷二十《投獻省主李奉世密學》末云：「涸鱗悵望一杯水，安用西江浩渺之波瀾。願公吐和氣，稍回岩谷春。旋成尺寸木，爲公車下輪。他年青史上，報德豈無人。」詩有「熙寧神化邁前古」之句，知作于元豐時。詩有「四十栖遲埋冗員」之句，當叙熙寧間官桐城、合肥時事。詩有「貨泉交匯指諸掌」之句。考《宋史·職官志》，省主即三司使，掌管國家財政事宜。承之，其先趙郡人，後徙幽州。迪之子。《宋史》卷三百一十有傳。

《長編》卷二百八十三：熙寧十年七月丁巳，李承之以工部員外郎寶文閣待制檢正中書五房公事權發遣三司使，卷二百八十八：元豐元年二月庚戌，權發遣三司使天章閣待制權三司使；卷二百九十六：元豐二年正月乙未，寶文閣待制權三司使李承之爲龍圖閣直學士；卷三百二：元豐三年二月戊申，有「三司使李承之等言」記載，已去「權」字。疑祥正復起知汀州，或與李承之汲引有關。

元豐三年（一〇八〇）庚申　四十六歲

蘇轍赴筠州，途經當塗，晤祥正，賦詩題醉吟庵。

《欒城集》卷十《郭祥正國博醉吟庵》：「姑孰溪頭醉吟客，歸作茅庵劣容席。囫圇鵠卵中自明，窗前月出夜更清。醉吟自作溪上語，不學擁鼻洛陽生。詩成付與坐中讀，知有清溪可終日。作詩飲酒聊復同，誰來共枕溪中石。圓天方地千萬里，中與此間大相似。嚚然一息不自停，水火雷風相滅起。直須只作此庵看，歌罷曲肱還醉眠。不用騎鯨學太白，東入滄海觀桑田。」

據《蘇潁濱年表》，元豐二年十二月，蘇轍以兄軾得罪朝廷之故，貶監筠州鹽酒税；轍于本年赴任，五月至黄州。其至當塗，當爲四月間事。

據蘇轍詩，知祥正嘗爲國子博士。

劉几（伯壽）是歲定新樂成，賦《嵩山歸》寄贈。

《集》卷十五《嵩山歸送劉伯壽秘監》叙几通造物，妙音律，以下云：「天子呼來換舊章。樂成四十有五日，奏之明堂奉祖宗，天地清明和氣溢。」《宋史》卷二百六十二《劉几傳》叙神宗即位，轉四方館使，知保州，以下云：「逾六年，即請老，還爲秘書監致仕。元豐三年，祀明堂，大臣言几知音，詔詣太常定雅樂。几曰：『古樂備四清聲，沿五季亂離廢，請增之。』樂成，予一子官。」《續資治通鑑》卷七十五本年八月戊中，有秘書監致仕劉几等言定樂記載。《集》卷十七有《洛中王秀才談劉伯壽動静，慕其瀟灑，作詩識之》詩。史傳言「几得謝二十年，放曠嵩、少間」。

元豐四年（一〇八一）辛酉　四十七歲

起通判汀州。歲旦，赴汀州任。

《集》卷四《浪士歌•序》：「歸隱姑孰，……居五年，或者謂其未老，可任以事，薦于上，上即召之，復序于朝，俾監閩汀郡。」按：「五年」當爲「三年」之誤。祥正監汀後，據《序》，留于漳幾三年。祥正于元豐七年三月勑停。由此知祥正至漳，約爲元豐五年初事。參元豐五年紀事。《永樂大典》卷七千八百九十二引《臨汀志•郭祥正傳》：「時方强仕，諸公交薦于朝，尋通判于汀。」諸公之中，或有李承之。康熙《太平府志》卷二十七《郭祥正傳》：「元豐中，起爲通判汀州。」

《集》卷十七《立夏》：「歲旦辭鄉國。」

至汀州。

《集》卷十七《揮扇》：「四月長汀郭。」是至汀爲春季事。

汀州屬福建路，治長汀縣。見《元豐九域志》卷九。

與州守陳軒倡酬頗多，甚相得。

《永樂大典》引《臨汀志·郭祥正傳》：「通判于汀，與守陳公軒相歡莫逆，每于暇日，觴咏酬酢，今所傳詩猶百餘篇。」《永樂大典》卷七千八百九十四引《臨汀志·陳軒傳》：「暇口與郡倅郭祥正登山臨水，觴咏酬酢百餘篇，邦人至今以爲美談。」

《永樂大典》卷七千八百九十三引《臨汀志》謂軒于元豐六年以朝請郎知州事。按：祥正多次言及在漳州幾三年，見元豐七年紀事。以情度之，祥正通判汀州，當爲本年事。「元豐六年」當爲「元豐三年」之誤。

《永樂大典》卷七千八百九十一引《臨汀志》：「南山：在長汀縣南三里。……元豐中，郡守陳公軒有詩云：『渡溪緣石磴，問寺轉松崗。』又有與郡倅郭公祥正游南山倡和長篇（原注：見《鄞江集》）。」按：《鄞江集》九卷，《宋史·藝文志》著録，已早佚。

同上：「法林袈裟院：在長汀縣西法林院。……自郡守陳公軒、郡倅郭公祥正烹茗泉上，唱和長篇凡八。郭命名新泉，泉價頗高。陳詩云：「逗石無聲下無穴，停之不盈酌不竭。銀瓶送響落清甃，鏡奩破碎冰壺冽。」又云：「奇哉江南郭夫子，一飲能令泉價美。」郭云：「惜哉無名人不聞，惟有寒泉弄清泚。」同上書卷七千八百九十二引《臨汀志》：「法林院，在長汀縣西二里。……郡守陳公軒有詩云：『雲邊借榻開僧閣，松下聽泉洗客心。』郡倅郭公祥正云：『落日疏雲催晚景，殘花美酒送閑心。』院西有泉名袈裟泉。」

同上：「西峰院：在長汀縣西一里。……郡守陳公軒有絕句云：『捫羅百尺上孤峰，紅蘚斑斑杖屨蹤。惟有潮聲生絕頂，晚風吹動半岩松。』郡倅郭公祥正和云：『寺占西山第一峰，與君高步躡雲蹤。西風吹盡霜林葉，故出亭亭十丈松。』」

據以上叙述，知陳、郭倡酬之密。以上所引郭詩，惟「惜哉」云云二句，見《集》卷十三《卧龍山泉上茗酌呈太守陳元輿》。《大典》云：「烹茗泉上，唱和長篇凡八。」今陳作除《大典》所引者外，已佚，郭作亦僅存此一首。

軒字元輿，建州建陽人。《宋史》卷三百四十六有傳。

與狄咸（伯通）晤。

《集》卷二十八《狄倅伯通席上二首》其一：「梅山曾共聽蠻謳，又看汀州白鷺飛。」不知咸是否官于汀州，抑或因他事至汀。參元祐七年紀事。

元豐五年（一〇八二）壬戌　四十八歲

正月庚寅（初八日），錢藻（醇老、純老）卒。祥正與藻有交往。

正月云云，據《曾鞏集》卷四十二《故翰林侍讀學士錢公墓志銘》；年六十一。

《集》卷十二有《送錢賢良醇老》詩。約作于嘉祐間。據《墓志銘》，藻家和州，和州當塗相距不遠，交往固甚便也。藻嘗中賢良方正科，故以賢良稱之。藻，《宋史》卷三百一十七有傳。

春，攝漳州。

《集》卷十六《圓山謡》始云「廟食圓山忘歲年」，中云「長蘿秀木鎖春色」，又云「伊予來漳四十日，始造秘殿瞻威顔」。其到漳爲春間事。圓山在漳城之西，見《輿地紀勝》卷一百三十一《景物上》。

《集》卷四《浪士歌•序》：「尋攝守漳南。」《永樂大典》引《臨汀志》、康熙《太平府志》祥正之傳皆言攝漳州。

漳州屬福建路，治龍溪縣。唐漳州後改南州，故以漳南稱之。見《元豐九域志》卷九。

俞括（資深）爲通判。

光緒《漳州府志》卷九謂本年俞括以宣德郎通判漳州。

《集》卷十九有《西池水漫蓮葉資深勸予理之》；卷二十二有《次韵俞資深承事二首》；卷二十九有《寄資深承事行營二首》，稱括才略縱横。

括字資深，見《蘇軾文集》卷五十九《答虔倅俞括一首》。熙寧六年進士。見《八閩通志》卷五十二《選舉•科第•延平府》。《輿地紀勝》卷一百一十一《廣南西路•賀州•詩》有括詩，括嘗爲郡守。其倅虔，在紹聖初。

李絳（伯華）爲法曹、户曹。

《集》卷二十七有《寄李伯華法曹》、《李伯華見過小飲二首》，卷十八有《送李絳伯華户曹》，後爲户曹。

光緒《漳州府志》卷二十八：「李絳，字伯華，龍溪人，初知貴州。秩滿，除編修國史，出爲福州參議。尋知建州。歲荒，捐己俸羅……以賑濟饑民。左翼軍叛，其勢凶凶，人莫敢前，絳獨身出誘諭之，軍皆庭拜，州賴以安。子寧國，朝奉大夫；光國，承議郎；安國，承奉郎。」在漳州，與游者除俞括、李絳外，尚有留定（君儀）、陳伯育、陳安止、蔡温老等。留定，漳州人。《集》卷一《留君儀哀詞》稱之爲才行之士。

《集》卷二十一《聞陳伯育結彩舟行樂游湖戲寄三首》其二有「臨漳多士冠南閩，况復高才更出群」之句。卷三十《陳伯育承事挽詞》其二謂「二子皆攀桂」。查光緒《漳州府志》，伯育二子乃玠、璪；玠爲元豐二年進士，璪爲熙寧九年進士。

《集》卷五《陳安止遷居三首》其一贊安止「勇于退」，則安止嘗歷仕途。

蔡温老見元豐六年紀事。

祥正在漳州，倡酬賦咏甚多。詩中提及之人，除以上六人外，尚有蕭英伯、啟日上人、惠休、齊公、阮師旦（希聖）、詮公、林居士、陳昌國、蒙禪伯、王博士、崇福長老、省上人、陳老父、醇老。此時詩，《輿地紀勝》卷一百三十一《漳州》多處引録。

從弟蒙正中進士。

據康熙《太平府志》卷二十。

《集》卷十九《竹子灘逢廣漕張公翊二首》其二末云：「吾宗有令弟，恩復出君家。」自注：「吾弟蒙正，爲公美所薦。」

公美當爲升卿（公翊）兄弟輩。《清江三孔集・宗伯集》卷十二《張公美偈言記》：「左藏庫副使張宗旦，字公美，開封人。元豐七年七月卒于江湖。」不知是否爲此公美。

七月十九日，漳州風災、水災。視察災情，以民爲憂。

《集》卷五《漳南書事》首云：「元豐五年秋，七月十九日。猛風終夜發，拔木壞廬室。須臾海濤翻，倒注九溪溢。」末云：「緣何漳南民，憔悴抱愁疾。終當呼長鯨，一吸見蓬蓽。」同上《臨漳亭觀水分得大字》首云：「憂民登危亭，注視萬里外」。

作《漳州記》。

見《輯佚》卷三。

廣東漕孫知損失官歸汶上，送行詩或作于此時。

詩見《集》卷五，次于漳州所作詩中。《蘇軾文集》卷四十九有《與孫知損運使書》，作于元祐八年。《清江三孔集・朝散集》有《席上送孫知損通直廣東漕》。

奉詔赴京師，行至半道，閩使者奏朝廷謂祥正有罪，遂下吏。

據《集》卷四《浪士歌・序》。祥正所得「罪」具體情況，已無可考，僅可參元豐七年三月紀事。《永樂大典》卷七千八百九十二引《臨汀志・郭祥正傳》：「攝漳州，忤部使者，陷以他獄。」康熙《太平府志・郭祥正傳》同。

約于歲末回至汀州。依州守陳軒（元輿）。《集》卷十八《元輿三月三十日致酒》：「衰病仍爲客，相依過一春。」既云一春，則是歲末至汀也。依陳軒，見元豐六年「春在汀州」條記事。

元豐六年（一〇八三）癸亥　四十九歲

春，在汀州。住南樓六十日。與陳軒（元輿）倡酬，訴内心冤苦。《集》卷十八《元輿三月三十日致酒》：「衰病仍爲客，相依過一春。」《集》卷二十七《再至汀州倅宅南樓二首》其一：「重來跨馬三千里，樓上春風爲我悲。」其二：「青山依舊人還老，一片離愁掛晚春。」《再登南樓懷元輿三首》其二：「憂患欣逢賢故人，南樓解榻振衣塵。赤壺頻送兵厨酒，滿酌能回老病春。」故人謂陳軒也。《集》卷十八《別南樓》：「寄榻六十日，朝朝上碧城。」《集》卷二十一《次韵元輿見懷》其一：「銜冤欲訴中都獄。」

夏，往漳州。陳軒（元輿）置樽，托從弟郭公域餞行。留別陳軒。《集》卷十九詩題：「元輿憐我復有漳南之行，以麴局不可出，遂置一樽，托公域弟酌發，眷眷之情，于此可見矣。以四韵謝元輿并呈公域弟。」詩首云「憐我萬里別」。詩有「飲德知難報」之句，謝陳軒也。此所云「弟」乃從弟。時有郭逢原，字公域，開封人，前已及。據上引《元輿三月三十日致酒》、《別南樓》，知祥正離汀赴漳爲夏季事。《集》卷七《留别陳元輿待制用李白贈友人韵》中云：「弱羽戀一枝，敢思浴天池。聞君有餘力，何惜一嘘吹。」乞援。

至漳州，居一室之中。多得留定（君儀）、蔡温老、李絳（伯華）等扶持。

《集》卷四《浪士歌•序》：「一吟一酌，逍遥乎一室之中。」

《集》卷一《留君儀哀詞》：「彼知予之横罹兮，眷縈縈而弗支。氛侵侵而襲衣兮，子獨贈我以蘭芝。芳芬芬而爽吾衷兮，雖厄窮而弗疑。言涓涓而洗吾耳兮，寂塵聽而洯其。炊嘉黍而納吾腹兮，使朝則忘饑。采薜荔爲予之服兮，慨前修之可追。脂吾車而秣吾駉兮，造仙窟之幽奇。煮甘溜而茗酌兮，珍盤進乎離文。……」

《集》卷三十《哭漳州蔡温老秀才》：「交游氣概如君少，患難扶持及我多。」

《集》卷十八《憶小子鼎》：「冤獄何時辨，思兒泪滿襟。」

元豐七年（一〇八四）甲子　五十歲

泉州守陳偁（君舉）數簡相慰，答詩。

《集》卷二十一《感懷寄泉守陳君舉大夫》：「多謝泉州賢府主，數將書札問悲辛。」詩有「身留海上已三春」之句，作于本年春。

事迹見《永樂大典》卷三千一百四十一引《延平志•陳偁傳》及其子瓘所撰《先君行述》。偁，沙縣人。以父蔭補太廟齋郎，調羅源令，有惠政。通判蔡州。擢知惠州，有善政，民立生祠祀之。知宿州，知開封府，除泉州，知舒州，再知泉州。此其再知泉州時。

作《浪士歌》。歌見《集》卷四。序云「留于漳幾三年」，知作于此時。序云：「士有可以憂，有不足以憂者。仰愧于天，俯愧于人，内愧于心，此可以憂矣。反是，夫何憂之有。」詩有云：

「浪士乘浪舟，兀兀在浪間。浪頭幾時息，士心殊自閑。」

三月十三日，朝廷命勒停。回當塗。

《宋會要輯稿》第九十八册《職官》六六之二七本日紀事：「前汀州通判奉議郎郭祥正勒停。坐權漳州補僧道亨住持，不當受金悔過還主及違法差送還人，經赦也。」《長編》卷三百四十四本年三月壬子（十三日）紀其事，「還人」作「接人」。

離漳州，留定（君儀）餞行，回至當塗。

《集》卷一《留君儀哀詞》：「泊中吉而啟行兮，艤桂槳以違離。」

七月，蘇軾赴臨汝途中至當塗，晤祥正。軾醉畫竹石于祥正家壁上，祥正贈以二古銅劍。軾與祥正辨《姑孰十咏》真僞。祥正爲言熙寧五年梅山時事。

《蘇軾詩集》卷二十三《郭祥正家醉畫竹石壁上郭作詩爲謝，且遺二古銅劍》：「空腸得酒芒角出，肝肺槎牙生竹石。森然欲作不可回，吐向君家雪色壁。平生好詩仍好畫，書牆涴壁長遭罵。不瞋不罵喜有餘，世間誰復如君者。一雙銅劍秋水光，兩首新詩爭劍芒。劍在床頭詩在手，不知誰作蛟龍吼。」祥正詩未入《集》，已早佚。《蘇軾文集》卷六十七《題温庭筠湖陰曲後》謂本年六月二十三日，舟過蕪湖；卷十九《天石硯》謂「七月舟行至當塗」。

《入蜀記》乾道六年七月十三日紀事：「《李太白集》有《姑孰十咏》，予族伯父彦遠嘗言東坡自黄州還，過當塗，讀之，撫手大笑曰：『贋物敗矣，豈有李白作此語者。』郭功父爭以爲不然。東坡又笑曰：『但恐是太白後身所作耳。』功父甚愠。蓋功父少時，詩句俊逸，前輩或許之，以爲太白後身，功父亦遂以自負，故東坡因是戲之。」《蘇軾文集》卷六十七《書李白十咏》：「過姑孰堂下，讀李白《十咏》，疑其語淺陋。」可爲印證。

言梅山事，見熙寧五年紀事。

張升卿（公詡、公翊）作《清溪圖》。祥正賦詩，并求蘇軾賦《清溪詞》，當爲此時事。

《吳禮部詩話》：「張公翊《清溪圖》，畫池陽清溪也。郭功甫題五絶句，有「唯欠子瞻詩」之語，遂求東坡爲賦《清溪詞》。」祥正之詩已佚。

《蘇軾佚文匯編》卷三《與王文玉》第七簡：「見張公翊。出《清溪圖》，甚佳。……曾與公翊作《清溪詞》，熱甚，文多，未暇録去，後信寄呈也。」簡作于元豐八年，時在真州。《清溪詞》見《詩集》卷四十八。作于元豐八年，祥正詩當作于本年。《清波別志》卷上亦及《清溪圖》事，公翊作公詡。公詡名升卿，見元祐二年紀事。

是歲，或與程節（信叔）、陶騤（子駿）、方彦德有文字交往。

《集》卷二十有《寄題程信叔朝散先墳思成堂歸真亭二首》、卷七有《寄題九江陶子駿佚老堂》、卷二十有《寄九江陶子駿通直》、卷八有《送方奉議倅保德（原注：彦德）》、卷十一有《謝方彦德奉議惠羅文硯》。

節，《新安文獻志》卷八十有傳。節，浮梁人，嘉祐六年進士。累官廣西運使，帥桂林。官至寶文閣待制。有《竹溪集》三十卷，不傳。《蘇軾詩集》卷二十三有《同年程筠德林求先墳二詩》，筠，節之弟，見《新安文獻志》。

《集》卷二十寄驥詩稱「家住廬山脚」。或與祥正相識已久。《蘇軾詩集》卷二十三、《清江三孔集·宗伯集》卷五、《參寥子詩集》卷一均有詩題驥之佚老堂。

《蘇軾詩集》卷二十三有《龍尾硯歌》，爲求方彦德之龍尾大硯而作。蘇軾以上三詩，前二者作于本年經廬山時，後者作于經當塗時。故系祥正之作于此。

元豐八年（一〇八五）乙丑　五十一歲

三月戊戌（初五日），神宗卒，哲宗即位。作神宗挽詞。

三月云云，據《宋史·神宗紀》。挽詞見《集》卷三十。

與王安石倡酬往還。

《集》卷二十七《寄王丞相荆公》首云：「謝公投老宅鍾山。」謝公指王安石。詩作于安石歸老鍾山期間，或在漳州歸來之後，姑系于此。《集》附録安石和作，在《王臨川集》卷二十七。

《集》同上卷僅次上詩之後，爲《次韵和上荆公》詩，附録安石原作，在《王臨川集》卷二十七，題作《南澗》。

《集》同上卷《西軒看山懷荆公》：「長憶金陵數往還，誦公佳句伴公閑。」

袁陟（世弼）約卒于今年或今年以後數年間。有挽詞。

《蘇軾詩集》卷二十四有《贈袁陟》，作于元豐七年，時陟知真州。《蘇軾文集》卷五十七有《與袁真州四首》（尺牘）。有關陟之文字記載止于此。

《臨漢隱居詩話》謂陟官至太常博士，壽不滿四十。《宋詩話輯佚》卷上《潘子真詩話》第二十一條《袁世弼詩》謂陟「没時才三十四歲」。陟爲慶曆六年進士（見本文慶曆八年紀事），如是年爲十六歲，則至元豐七年已五十五歲。以上二書誤。然陟未享高壽，則爲事實。《集》卷三十《吊亡友袁世弼太博》有云：「文章驚早悟，壽夭理難齊。」以未享高年爲嘆。故系陟卒于此。

與孔宗翰（周翰）有倡酬，時宗翰知洪州。

《集》卷二十七有《次韵和孔周翰侍郎洪州絶句十首》。

本年十一月丙申，宗翰除司農少卿；此前知洪州。見《長編》卷三百六十八元祐元年閏二月壬辰紀事。

宗翰，孔子之後，《宋史》卷二百九十七有傳。

哲宗元祐元年（一〇八六）丙寅　五十二歲

祥正以覃恩轉承議郎。漳州之冤得直。

《蘇軾文集》卷三十八《郭祥正覃恩轉承議郎》：「敕具官郭祥正。朕丕承六朝，陳錫四國，覃及方外，浹于有生。矧余通籍之臣，可無增秩之寵。祗服休命，永肩一心。可。」

《長編》卷三百七十一謂本年三月辛未（十四日）蘇軾爲中書舍人。制文次《王安石贈太傅》制文前。

康熙《太平府志·郭祥正傳》謂漳州之冤「五年而後直」。自元豐五年至此，首尾適爲五年。

四月癸巳（初六日），王安石卒。作挽詞，盛贊安石。

四月云云，據《宋史·哲宗紀》。

挽詞見《集》卷三十。其一首云「間世君臣會，中天日月圓」，叙君臣相得。其二首四句：「公在神明聚，公亡泰華傾。文章千古重，富貴一毫輕。」祥正始終尊崇安石，發自内心。《集》卷二十七《西軒看山懷荆公》有「如今不復聞公語」之句。

七月丙寅（十一日），陳偁卒。偁之子瓘與祥正有交往。

七月云云，據《永樂大典》卷三千一百四十一引陳瓘所撰《先君行述》。偁卒時年七十二。康熙《太平府志》卷二十七《郭祥正傳》謂李公麟繪祥正之像，作贊者有陳瓘。

　　字瑩中，《宋史》卷三百四十五有傳，宣和元年卒，年六十五。祥正長瓘二十四歲。

官京師，與黎珣（東美）同班。珣旋知南雄州。

康熙《太平府志·郭祥正傳》：「元祐初仕于朝。」《集》卷二十八《次凌江先寄太守黎東美二首》其一：「去歲同班别帝庭。」作于元祐二年。《蘇軾文集》卷三十九有《黎珣知南雄州》制。祥正不知爲何官，何時赴京師。珣，寧都人。治平四年進士乙科。官至右文殿修撰，贈少師。見《吴文正公集》卷二十二《黎氏賢良祠記》。

知撫州石禹勤遭冤獄致死，朝廷派員往撫州根治，得雪。祥正有詩挽禹勤。

《長編》卷三百七十元祐元年閏二月壬子紀事：「左司諫王岩叟言：竊聞江西提舉曾孝廉挾私不法，驅迫知撫州石禹勤下獄，差有嫌隙人李秠爲勘官，非理凌虐，一月之間，致禹勤于垂命，至家一夕而卒。乞選朝臣就往根治，重行竄黜。詔差錢亜範往撫州根治聞奏（原注：……十月二十八口，孝廉追停編管。）」

《集》卷三十《故臨川太守石公挽詞二首》其二：「命從冤獄喪，言有諫臣公。」康熙《太平府志》卷二十八《石禹勤傳》：「字力臣。皇祐元年登進士乙科。爲靖安令。邑有大木，妖憑焉，民淫祀，禹勤伐其木，卒無害。守唐介薦其能，除通判辰州。時章惇經畫南北江，議者以南江之蠻易下，競獻策。禹勤獨請招徠北江，皆相率聽命。會上遣使撫諭諸蠻，其酋列狀，願得禹勤爲守，不報。移之建州，轉運司奏禹勤督鹽課，捕强寇，爲一路最。會蹇序辰提舉江西鹽事，上言撫州當閩嶺衝要，宜擇守，遂改知撫州。部使者交薦其才。提舉曾孝廉素不相能，摭指其過，逼系之獄，飲恨而卒。」以下叙其子振訴于朝，得雪。黄庭堅題墓，謂「禹勤秉直道不能詭隨」，見同上書卷二十四。

元祐二年（一〇八七）丁卯　五十三歲

知端州告下，回當塗。

知端州告下，不知具體時日。《集》卷二十八《次凌江先寄太守黎東美二首》其一云：「去歲同班别帝庭，君先度嶺我方行。」是珣（東美）赴知南雄州任後不久即行。計端州告下回當塗，已及本年。姑系之于此。

徐子美赴宣州掾，别于當塗。

《集》卷二十二《次韵宣掾徐子美見寄》，作于元祐三年端州。詩首云：「去年與子别當塗。」

林希（子中）知宣州。嘗往宣州訪之，有倡酬。

《集》卷二十二有《和宣守林子中修撰列岫亭》、《列岫後題》、《贈子中修撰》、《子中修撰疊嶂樓致酒》、《次韻子中修撰寵贈之什》、《次韻子中修撰塔院題竹》、《子中修撰示書有不得同游水晶宫之嘆，作唐格四韻寄别》等詩，卷二十九有《和子中修撰石盆題壁二首》。

希，福州人。《宋史》卷三百四十三有傳。傳謂希元祐初歷秘書少監、起居舍人、起居郎、中書舍人，知蘇州、宣州而湖州。《長編》卷三百七十三謂元祐元年三月己卯，希以左司郎中兼著作佐郎爲起居舍人。《嘉泰吴興志》卷十四謂本年八月二十八日希知湖州。則希知宣州，爲本年事。詩題中所云水晶宫，乃指湖州，詩中云及「庾嶺端山更幾重」，以將赴知端州任，故希有不得同游之嘆。

九月，離當塗赴知端州任，周彦達餞送。

《集》卷二十八《九日蓬萊亭周彦達節推酌發》：「萬里行人辭故鄉，登高回首更重陽。」彦達乃太平州幕官。

同上《九日游净社院二首》其二：「前年九日别家時，黄菊才開一兩枝。」

過彭澤，榮仲謀訪别。

《集》卷二十八《永安榮仲謀秘校訪别二首》其一首云：「感君隨月跨征鞍，來訪熙寧舊長官。」則仲謀似嘗爲僚于桐城。其三末自注：「榮授彭澤簿。」

《集》卷三十《三亡詩》首悼榮周詢（仲謨），云：「榮翁苦于學，腹實五車書。尤明禮樂事，畫就百幅圖。獻之神宗朝，不報還舊廬。白頭著青衫，老憤猶欲舒。佐邑曾未赴，瞑目忽已殂。」周詢或爲仲謀之兄弟輩。

題達觀臺　黄庭堅所名也。

《集》卷二十八《達觀臺，黄魯直名之二首》：「高臺千尺俯江干。」此臺當在廬山。

黄庭堅時在京師秘書省兼史局，見《山谷全書》卷首《黄文節年譜》。在此以前，二人當有交往。

寄詩李公麟（伯時），求爲陶潛畫像。

《集》卷二十八《靖節真像乃牖畫，思得伯時貌之，遂以一絶寄簡》：「古帳蕭蕭畫不真，空祠猶與狄公鄰。」廬山有陶靖節祠，在德化縣西南九十里柴桑陶潛故宅，見《與地紀勝》卷三十《江州・古迹》。然彭澤亦有之。《集》卷十九有《舟經彭澤謁靖節祠》，亦作於此時。

晤廬山招德觀老道山李如海。

據《集》卷二十八詩題；時如海年八十六矣。詩首云：「棄官歸去又重來，三十三年幾人在。」祥正初仕星子，至是適爲三十三年。

晤吴子正。

《集》卷二十八《與吴子正言懷》：「山南山北屢相逢。」蓋晤于廬山。以下云及「年少今成二老翁」，蓋祥正與子正爲老友。

《集》中屢及子正。卷八有《酬吴著作子正》、卷十五有《瑞昌雙溪堂夜飲呈吴令子正》及《寄吴著作》、卷二十五有《吴子正召飲觀太白墨迹》詩。子正或爲中復之子。中復之子有則禮（子副）、立禮（子初）。則禮已見元豐元年紀事。元祐四年，祥正自端州回當塗途中，見子正于虔州，年紀事。

十月十日，游開先。

據《集》卷二十八；并謂游開先瀑布絶流。

《輿地紀勝》卷二十五《江南東路・南康軍・景物下》：「開先寺，在城西十五里。……寺後有瀑布泉。」

舟行過竹子灘，遇廣南東路轉運判官張升卿（公詡），有詩。

《集》卷十九《竹子灘逢廣漕張公詡二首》其一首云：「泗水初傾蓋，西江再逆舟。策能誅賊滅，心不爲身謀。」

光緒《廣州府志》卷一百零一有本年三月十六日與蔣之奇、吴荀等會于藥洲題名，知公詡名升卿。同上書同上卷尚有升卿等元祐元年三月初八日題名，知升卿來廣南東路任職已有時日。

《長編》卷四百本年五月乙卯紀事：「詔前廣南東路經略安撫使張頡、提點刑獄林顔各展二年磨勘，轉運副使高鎛、轉運判官張升卿各降一官，升卿仍與小處通判，坐言者論頡等不取將佐，因捕岑探，殺及平民故也。」岑探，新昌「狂寇」，元祐元年冬起事，後「平」，見《集》卷五《新昌吟寄穎叔待制》。據祥正詩，升卿以有功而謫降，似有委屈。

至吉州，晤州守李琮（獻父），留半月。

《集》卷二十八《寄吉守李獻父二首》其一：「半月樽罍爲我開，琵琶園座殷晴雷。船頭一轉如天上，猶有新聲入夢來。」

《蘇軾文集》卷三十八有《李琮知吉州》制。該制文作于元祐元年，時琮正在州守任。吉州屬江南西路，治廬陵縣。見《元豐九域志》卷六。

《廬陵樂府》十首，或作于此時。

《廬陵樂府》在卷七。

祥正在吉州留半月，寄李琮詩云及之「新聲」，疑即此《樂府》。

在吉州，送別王汝舟（公濟）。

《集》卷十九《螺川送別王公濟朝奉還臺》首云「亭上客送客」，以祥正亦在客中也。螺川乃吉州，見《輿地紀勝》卷三十一《江南西路●吉州●景物上●螺川》。此條之下，引有祥正《廬陵樂府》「不作巫山雨，螺川久住家」句。

康熙《徽州府志》卷十四《宦業●王汝舟傳》：「字公濟，婺源武溪人。登皇祐五年第。知舒城縣。歲饑，推行荒政，全活甚衆。後知南劍州，所部獲强盗十三人，捕監官邀賞，增入其贓，皆擬死。汝舟閲牘得其狀，皆爲免死。以治行第一，除知建州，後又知虔州，以惠愛聞。哲宗擢爲京東轉運判官，轉河北，諫罷市珠之令。又數條奏弊事，多見施行。歷夔州提點刑獄，以老歸。汝舟事祖孝，繼祖母胡氏殁，季父持喪百日而卒，汝舟時守南劍，上言諸父無在者，臣以嫡孫乞解官，接服以終三年。下禮官議，詔特聽之，因著爲令。晚號雲溪翁，有《雲溪文集》百餘卷，手所校書百餘卷。」祥正在吉州相晤之時，或即汝舟知虔官滿擢京東轉運判官時也。

《集》卷十一有《謝王公濟節推惠硯》詩。

至萬安，有詩寄李琮。

《集》卷二十二有《至萬安寄吉守李獻父大夫》。

萬安在吉州南一百八十里，見《元豐九域志》卷六。屬吉州。

過庾嶺，至南雄州，晤州守黎珣（東美）。在南雄州度歲。

《永樂大典》卷六百六十五引《南雄府志・太守題名》：黎珣，朝散郎，元祐元年十二月到任。時正在任。《集》卷二十二《南雄望遠亭》：「……東美要予致酒亭上，爲賦四韻」：「庾嶺乍過無瘴霧。」

在南雄州度歲。《集》卷八有《南雄除夜讀老杜集至「歲云暮矣多北風」之句，感時撫事，命題爲篇》。

南雄州屬廣南東路，治保昌縣。見《元豐九域志》卷九。

元祐三年（一〇八八）戊辰　五十四歲

立春日，在南雄州，作詩呈州守黎珣。

《集》卷二十二《凌江立春日呈黎東美太守》：「主人和氣均千里。」

南雄州城西百步，有凌江水。故稱南雄爲凌江。參《輿地紀勝》卷九十三《南雄州・景物下》。

至曲江，先寄太守劉誼（宜翁）。

《集》卷二十八《次曲江先寄太守劉宜翁五首》其一：「行徹凌江到曲江。」曲江即韶州。《蘇軾文集》卷三十九有《劉誼知韶州》制文。時誼正知韶。

《集》卷二《韶石行》、《武溪深呈廣帥蔣修撰》、卷二十二《韶州武溪亭》、《六祖南華寺》、《六祖大湧泉》、《武溪亭勸顧歸聖朝奉酒》、《雪夜宿月華寺》，皆寫此時事。韶石山，在韶州東北八十里，傳舜登此山，石奏樂，因名。武溪，岩崖峻阻，湍浪震驚。六祖南華寺，爲嶺外禪林之冠，開寶八年賜額。乃六祖大鑒禪師道場。見《輿地紀勝》卷九十《廣南東路•韶州•景物上、景物下》。月華寺去曹溪三十里，在韶州南百里。見《蘇軾詩集》卷三十八《月華寺》注文。《輿地紀勝》同上卷《景物下》有曹溪水，在曲江縣東南三十五里，或即大湧泉。

過鳳凰驛。至英州，登烟雨樓。

《集》卷五《鳳凰驛》首云「晚泊鳳凰驛」，中云「驛吏指英州，兩舍皆平坡」，則驛在英州北。同上卷十九《英州烟雨樓》：「江路分韶廣，城樓壓郡東。」樓在州治東壘，千岩萬壑，羅列遠近，爲一州登臨之勝。見《輿地紀勝》卷九十五《廣南東路•英德府•景物下》。

游英州碧落洞，做《補到難》。

《集》卷一《補到難•序》：「真陽有山，削立出江上，陰翳其外，軒豁其内，名爲碧落洞天。唐冏夔羽皇題文，命曰《到難》，言其去中國之遠，而賢士大夫之所難到也。詞則麗矣，然未能盡碧落之狀，予取其言而補之，題曰《補到難》篇云。」《輿地紀勝》卷九十五《景物下》：「碧落洞，在州南十五里，懸石如霓旌羽蓋狀。」真陽乃英州之治。《蘇軾詩集》卷三十八有《碧落洞》詩。

《集》卷二十八有《潁叔爲余親札補到難并和篇，開刻既成，以二絕句送上》詩，卷二十二有《補到難篇終，別作八句寄吴聖與長官》詩。

過清遠峽，題廣慶寺壁。

《集》卷二十八有出入清遠峽詩，卷五有《題清遠峽廣慶寺壁》詩，卷二十二有《廣慶寺》詩。《輿地紀勝》卷八十九《廣南東路●廣州●景物上》：「峽山：在清遠縣東三十里。崇山峻峙，如壁太華，中通江流。廣慶寺居峽山之中，有殿甚古，梁武帝時物也。」同上書同上卷謂清遠在廣州北二百四十里。

至廣州。時蔣之奇（穎叔）知廣州，吴荀（巽道）爲廣南東路轉運判官。

《集》卷二十二有《將至五羊先寄穎叔修撰》詩，五羊乃廣州。嘉靖《廣東通志》卷九：蔣之奇，元祐元年十二月到知廣州任。

光緒《廣州府志》卷十《李之紀等題名》：「李之紀仲明、吴荀巽道、張升卿公翊、蔣之奇穎叔，元祐二年三月十六日，會于藥洲，觀九曜石。」《蘇軾文集》卷二十七有《繳進吴荀詞頭狀》，奏于元祐元年三月十六日，繳進吴荀可廣東運判詞頭。據《廣州府志》，是以後不久，朝廷復除荀廣東運判。

蔣、吴與祥正交往，詳下。

正月二十五日，廣州蒲澗會，祥正有詩呈蔣之奇。

《集》卷八《蒲澗奉呈蔣帥待制》中云：「至今正月二十五，城北夾道珠帘張。元戎要賓錘大鼓，老蠻獻饌燒肥羊。傾城盡作蒲澗飲，美俗眷戀神仙鄉。穿雲絲竹度別浦，繞山金翠明殘陽。我乘款段到已晚，越臺僅得參壺觴。公携人句使我讀，冰澌戛齒清琅琅。張侯繼作亦精緻，蘭茝相倚傳芬芳。」

廣州東北二十里有菖蒲澗，舊有菖蒲，一寸九節，傳安期生服之仙去。見嵇含《南方草木狀》《輿地紀勝》卷八十九《廣南東路·廣州·景物下》。《南越志》有蒲澗會記載，云：咸平中，姚成甫于蒲澗側，遇一丈夫，曰：「此菖蒲，安期生所餌，可以忘老。」《南越志》并謂俗以七月二十五日安期生上升，故相率爲蒲澗之游，履綦駢錯。與詩中所云「正月二十五日」不同。

在廣州，游朱明洞、藥洲、九曜石、浮丘觀、越王臺、石屏臺、朝漢臺等名勝，與蔣之奇、吴荀交往頗密。

《集》卷五有《次韵穎叔修撰游朱明及字》、《五仙謡》、《志游呈蔣帥穎叔》、《再和穎叔志游》、《獨游藥洲懷穎叔修撰》、《九曜石奉呈同游蔣帥穎叔吴漕冀道》、《和穎叔游浮丘觀》、《穎叔招飲吴園》等詩。卷八有《廣州越王臺呈蔣帥待制》、《石屏臺致酒呈蔣帥待制》詩。該卷《朝漢臺寄呈蔣帥待制》，亦寫此事。卷二十有《同穎叔修撰登蕃塔》。據《輿地紀勝》卷八十九《廣州·景物上·景物下·古迹》，州西有朱明觀，在浮丘山，乃浮丘道人得道之地；藥洲在西園之石洲，九曜石在城西；朝漢臺，在城西五里，高數十丈，傳趙佗嘗登此望漢而朝拜；越王臺，在州北悟性寺，登臺顧瞻，越中諸山不召而自至；石屏臺，在經略廳西，有池百餘步，池中刻石，其狀若屏。有千佛塔，在州西净普寺，端拱中修建。或即蕃塔。

離廣州，蔣之奇有詩送別，和韻。

《集》卷十九《即席和穎叔送別四韻》首云「二月溟濛雨，春寒反似秋」，是離廣州已及二月。

二月二十八日，到知端州任。

據《輯佚》卷三《自題石室游詩》。《輿地紀勝》卷九十六謂以朝奉郎知。

廣南東路所屬十五州，端其一。端州治高要縣。見《元豐九域志》卷九。

三月三十日，與高要令曾孝傑同游石室，題名。

據《輯佚》卷三《題名》。

《集》卷二十八有《雨霽小飲示曾令》。此曾令即孝傑。

梧州守蔡瑗（希蘧）來，敘拜禮，作詩送別。

《集》卷十九，《蔡梧州叙拜禮用四韵謝之兼送別》：「卓犖金閨客，經過慰老夫。」是來端也。又「春風送和氣，連夜入蒼梧。」乃春季事。由廣州至梧州，須經端州。

此梧州，字希蘧。見《集》卷十三。希蘧名瑗，漳州龍溪人。嘉祐六年進士。官至朝請大夫。見光緒《漳州府志》卷十六。

《集》卷十三《奉和梧守蔡希蘧留題石室》、《奉和蔡希蘧鵠奔亭留別》亦作于此時。

作詩寄題知封州李思純宅生堂。

《集》卷二十二《寄題李封州宅生堂》：「鱗鱗鴛瓦構新堂，意在黔烏惠澤長。」

道光《德慶府志》卷十一：李思純，元祐年知封州。知《集》所云之李封州乃思純。

乾隆《歸善縣志》卷十四：「李思純，皇祐五年以三禮出身，歷官至瓊州安撫使。有遺愛于民。」《蘇軾文集》卷十九《惠州李氏潛珍閣銘》，乃爲思純而作。

作詩寄題東莞令李巖。

《集》卷十九《寄東莞李宰宣德》：「舊交幾人在，寧嫌雙鬢皤。」

民國《東莞縣志》卷四十六《宦績》：「李巖，臨江人。元祐二年任邑令。爲人端謹，富才力，有善政。」同上卷八十九有岩所撰《重修城隍廟記》。

逢故人劉暐（光道），有詩。暐乃赴桂州幕，其行，有送行詩。

《集》卷五《端州逢故人劉暐光道，致酒鵠奔亭作》：「貴池昔分袂，端江復傾蓋。屈指十六秋，華發驚老大。」卷二十二有《送劉光道赴桂幕》。

《宋元學案補遺》别附卷一：劉暐，韶州翁源人。博學洽聞。熙寧三年進士。歷官中外有聲。崇寧初，置廣南東路提舉學事司，歲察師行優劣，諸生勤惰，命暐充之。教士子立課程，稽實行，崇信讓，雖鄉曲一無私。宣和三年罷歸。士林稱之。

吳荀（巽道）、蔣之奇（穎叔）嘗行部先後來端，留題石室，有和。

《集》卷十三《奉和運判吳巽道留題石室》云：「滁陽吳公富文采，來擁皇華宣使指。」又云：「明朝大句揮長篇。」

同上《奉和廣帥蔣穎叔留題石室》：「六月一游乃挾纊。」

《集》卷五有《鵠奔亭呈帥漕二公》詩。

重九，與客登北樓，賦詩。

《集》卷二十二《九日登北樓示客》：「故鄉萬里知何處，更憑朱欄向北看。」

毛漸（正仲）以廣東轉運判官行部至端州，祥正有詩。

《集》卷十三《酬運判毛正仲》：「感公爲我須臾留。」

漸爲廣東運判，見《宋史》卷三百四十八本傳。

元祐四年（一〇八九）己巳　五十五歲

二月二十八日，上書請老；作《石室游》一首，刻之七星岩。

據《輯佚》卷三《自題石室游詩》及按語。《石室游》詩見《集》卷一。

蔣之奇赴江淮荆浙等路制置發運使新任，有送行詩。

《集》卷二十二《送潁叔待制拜六路都運之命》首云：「朝聞紫詔下龍樓，夕卷紅旌別海陬。」末自注：「予已乞骸骨，將歸舊廬。」之奇除命之下爲三月乙酉，見《長編》卷四百二十四。《集》卷二十八有《再送潁叔待制度嶺》末云「梅子黄時公自歸」，則之奇之離廣州約爲四月事。

朝廷詔下許歸。

《集》卷二十八《蒙詔許歸二首》其二：「蘆花明月無人占，一笑勞生早息機。」卷五《將歸》其三：「逾年忝禄食，歸思忽驚秋。」詔下已及秋。

將歸。林辨之送别，黄履（安中）自洪州惠茶來。

《集》卷二十二《次韵林辨之長官送别之什》：「烟浪一舟無長物，罷官只似到官初。」宋人稱縣令爲長官。端州轄兩縣：高要、四會。此林辨之或爲四會令，或爲督曾孝傑者。

同上《謝洪府黄安中尚書惠雙泉》其一首云：「北風遮莫阻歸舟，公有雙泉慰客愁。」查《北宋制撫年表》，履是時正知洪州。履，邵武人。《宋史》卷三百二十八有傳。

歸。祥正在端州一年餘，有善政。

道光《肇慶府志》卷十六謂祥正「留心政術，以靖蠻方，民樂其化」。

至廣州，别吴荀（翼道）。

《集》卷二十八《别吴漕翼道》末云：「此身乞得生前去，却向江南雲水邊。」

經南安軍至虔州。晤州守吴子正，與蔣之奇游鬱孤臺，有詩爲别。

《集》卷十三有《南安劉太守席上勸曾叔達酒》、《勸君歸示南康太守吴子正》。南安軍治大庾縣，距東京四千零四十里。虔州爲南康郡，治贛縣，距東京三千五百里。均見《元豐九域志》卷六。南安、南康均屬江南西路。

《集》卷十四《同蔣穎叔林和仲游鬱孤臺》中云「脱身我作耕釣客」，又云「升沉從此遂分手」。

自此以後，與之奇無文字交往記載。之奇官至知樞密院事，崇寧三年卒，年七十四。見《宋史》卷三百四十三《蔣之奇傳》。

過吉州。

《集》卷二十三有《吉州仙都觀覽前守李獻父留題》，時琮（獻父）已離知吉州任。

八月十六日，携家玉笥山觀月，游玉澗橋、承天觀。

《集》卷二十八詩題：「余八月十六日携家玉笥山觀月，覽穎叔蔣待制寄題絶句，然公之往還終不暇游此也。故次其韵以寄穎叔。」詩有「公臨瓠子方發決」之句，之奇爲六路發運，江南西路乃所屬。同上卷有《玉澗橋》詩、《入承天觀二首》、《出觀》。

《輿地紀勝》卷三十四《江南西路·臨江軍·景物下》：「玉笥山：《寰宇記》：在新淦南六十里。」同上有《玉澗橋》條，下引郭祥正詩；有《承天宫》條，云「在玉笥山，有御書閣，以承奉太宗、真宗、仁宗三朝宸翰」。承天宫當即承天觀。

次新淦，先寄劉次莊（中叟）。

《集》卷二十八《次新淦先寄劉中叟》：「平生志願各懷歸，今日江湖樂自知。」

《能改齋漫録》卷十六《樂府塵土黄詞》：「殿中侍御史劉公次莊中叟，元祐中罷官，寄居臨江軍之新淦。嘗往來袁州。」祥正次新淦時，次莊正罷居。《漫録》此以下録其《塵土黄》詩。次莊乃長沙人，熙寧六年進士。博洽淹貫，善詞翰。嘗自號戲魚翁。臨摹古帖得其真。參《皇宋書録》卷中《書史會要》卷六及《四庫提要辯證》等。

晤臨江守范恂（希遠），有詩贈之。

《集》卷五有《清江臺致酒贈范希遠龍圖》、卷二十有《贈臨江守范希遠龍圖》。後者首云：「傾蓋相逢晚，開樽上小樓。感時心尚壯，欲語涕難收。」

希遠名恂，見同治《臨江府志》卷九。清江乃臨江軍之治，在新淦之北六十里。見《輿地紀勝》卷三十四。

與黎晌（東美）同行。

《集》卷二十三《次韵黎東美江上偶作》：「帝庭江國屢相逢。」晌于本年四月南雄知州任滿，見《永樂大典》卷六百六十五引《南雄府志》。詩中云及「江國」，則重逢在江西。蓋晌先期離南雄也。

廬山在望，喜賦詩。

《集》卷二十八《望廬山》其二：「三十年前溢浦尉，五千里外解符歸。廬山相見應相笑，爲借雲泉一濯衣。」

至廬山。九月九日，與黎晌留櫧溪；游净社院；其夕，與晌觀月勸酒左蠡亭。游羅漢院、萬杉。

《集》卷十三有《櫧溪重九阻風戲呈同行黎東美》，卷二十八有《櫧溪懷亡友張慎微》；卷十三有《左蠡亭重九夕同東美玩月勸酒》，卷二十八有《九日游净社院二首》、《羅漢院五老亭》、《入萬杉》、《出萬杉》。

《輿地紀勝》卷二十五《南康軍•景物下》：彭蠡湖，在城東南，又名左里湖；重湖閣，在潯陽門外二里延慶院，對面楊瀾、左里。「左蠡」當爲「左里」。同上書又謂：萬杉院，在廬山，僧大超植杉萬本，仁宗賜「金仙寶殿」額；羅漢院，在城北，五老峰，五峰相連。五老亭當在五老峰。

離廬山，與黎晌别。

《集》卷十三《左蠡亭重九同東美玩月勸酒》：「我歸姑孰君赴黄。」

過貴池。

《集》卷二十三《貴池寺照遠軒》、《追和梅侍讀題貴池寺原韵》，《輿地紀勝》卷二十二《江南東路·池州·景物下》「照遠軒」、「貴池寺」條下分别節引。

歸當塗青山。

康熙《太平府志·郭祥正傳》：「請老而歸，家于青山下。」《集》卷六《答魏掾招飲》云及「我欲招魏子，小山嘗白醪」，《酬黄彦發還臺》云及「予方寓小山」，《酬陳掾留題小山……》云及「我愛小山石」，作于自端州歸來後。是小山在青山之下。

是歲，潘璟（温叟）爲河東經略司準備差使。祥正嘗題璟家藏戴牛畫卷。

《北湖集》卷三《神福山李長者像序》：「元祐四年五月，河東經略司準備差使潘璟温叟以職事之忻州。……會經略使知太原府事南豐曾公移守常山。」送行者中有璟。此曾公乃布。《集》卷二十九有《題潘温叟家藏戴牛畫卷二首》。

元祐五年（一〇九〇）庚午　五十六歲

何述（明道）知當塗縣。祥正嘗與述有交往。述治水有功于民，祥正盛贊之。

《集》卷二十有《何明道宣德話所見龍作四韵志之》詩。

康熙《太平府志》卷十五謂元祐間知當塗者凡五人，述爲第三。故次于此。

光緒《浦城縣志》卷二十二謂明道名述，浦城人，有傳。傳云：「元豐二年進士。調奉符縣，擢知當塗縣。縣瀕江，述築堤姑溪，以捍水患，廣濟圩田千余頃。夏淫潦，堤將决，又别爲長堤横亘以輔之。崇寧初，除開封府推官，遷開封府少尹。歷司農光禄卿，出知相州。復除徽猷閣待制、知永興軍，移帥涇原。以恩信傳諸酋豪，邊鄙無警。以疾丐祠，卒。著有《禮記傳》二十卷、《事類頌要》十卷、《廬江集》十卷。」康熙《太平府志》卷二十六亦有述傳，較略。述撰著不傳。

《集》卷十三《治水謡》：「去年圩破官不救，闕食逋亡十八九。今年大水如去年，民困適遭何令賢。」以下叙何述治水，蘇民之困。末云：「請歌何令能治水，願采斯言獻天子。」

涇縣令宋景瞻惠近詩，以詩謝之。

《集》卷六《謝涇川宋宰惠近詩》：「不到涇上邑，倏忽二十載。」熙寧三年，祥正嘗至涇，見該年紀事。至今年適爲二十年。

嘉慶《涇縣志》卷十三謂景瞻元豐三年知涇縣，「豐」乃「祐」之誤。

黄履知蘇州，辟胡僧孺（唐臣）入幕，有詩送僧孺。

《集》卷二《姑蘇行送胡唐臣奉議入幕》：「只今卧治閩黄公，更得高才歸幕府。」本年六月丁酉，黄履自洪移蘇。見《長編》卷四百四十三。

《渭南文集》卷二十八《跋胡少汲小集》：「少汲之兄，名僧孺，字唐臣，在元祐、紹聖間，亦知名士也。」少汲名直孺，奉新人。

至杭州，晤蘇軾。

《宋詩話輯佚》卷上《王直方詩話》第二十五則《郭功父詩》：「秦少章嘗云：郭功父過杭州，出詩一軸示東坡，先自吟誦，聲振左右。既罷，謂坡曰：『祥正此詩幾分？』坡曰：『十分詩也。』祥正驚喜問之。坡曰：「七分來是讀，三分來是詩，豈不是十分也。」東坡又云：「郭祥正之徒但知有韵底是詩。」」

按：祥正年長于軾，其詩之成就雖不及軾，然得名較軾爲早。而又漠視利禄。豈肯如秦少章所云以詩作求軾品題，以提高聲價。此其一。其二，軾與祥正友情甚篤，豈能如此隨意譏笑年長于己而又卓有成就之詩人。苟所言爲實，則軾乃輕薄文人，豈能爲文壇公認領袖。少章之言不可信，而祥正往杭則爲事實。要之，祥正心目中不甚看重年輕後輩，爲彼等所嫉，故因二人之會，造作此語以泄其憤。彼等欲尊崇蘇軾，不知尊之適所以貶之。

胡與幾被召赴闕，有送行詩。

《集》卷六《送胡與幾被召赴闕》首云：「嗟我老已疲，掛冠歸舊廬。家乏二頃田，無可把犁鋤。窮年小山下，獨伴千卷書。作止隨古人，襟懷稍欣如。又無樽中酒，能延故人車。感君數相過，氣豁眉宇疏。」

同上卷二十三《胡與幾被召訪别》首云：「已喜乘軺歸玉闕，尚喜騎馬過柴門。」

同上卷二十有《和胡與幾承議藏雲山雲際寺留題》。《輿地紀勝》卷十八《太平州·景物下》謂當塗有藏雲寺，當即詩題中所云之地。

《清江三孔集·朝散集》卷十二有《回舒守胡與幾》，稱與幾「强毅有爲，安恬不競」。

秋，太平州通判馬東玉還朝，應州守陳子儀之邀，登黄山送行。

《集》卷六《送馬東玉還朝》中云：「落落馬東玉，松柏耐寒暑。五載佐吾邦，大匠善規矩。仁民而愛物，巨細各有補。」「佐」謂通判。

同上有《太守陳侯見要登黄山送馬東玉，遂用李白登黄山送族弟濟赴華陰韵呈陳侯，并送東玉》詩。

《輿地紀勝》卷十八《太平州·景物上》：黄山，在當塗縣北五里，亦名浮丘山。

《集》卷八《送陳大夫罷太平守還臺》首云：「去年秋暮送東玉。」

倪本（敦復）繼馬東玉通判太平州。

《集》卷二十一有和敦復梅詩三首，同賞落梅二首，作于本年。敦復名本，見《姑溪集》卷十七。敦復，嘗爲令于楚州之陽。《清江三孔集》中之孔武仲《宗伯集》卷十二有《楚州山陽縣令臨北軒記》，乃爲敦復而作。文稱敦復「少時誦先王之書，覽百氏之説，窮日夜之力而不厭」。謂敦復乃「餘杭人，清明而好修，文章秀美，尤好議論」。

劉誼知漢陽軍，有唱酬往來。

《集》卷二十有《和劉漢陽見寄郎官湖佳作》、《和劉漢陽浩然亭》詩，卷七有《追和李白郎官湖寄漢陽太守劉宜父》詩。

《長編》卷四百零九元祐三年三月紀事：「奉議郎權發遣韶州劉誼，句當靈仙觀。……後二歲，令吏部與知軍差遣，得漢陽軍。」

元祐六年（一〇九一）辛未　五十七歲

陳子儀罷太平州守，有詩送行。

《集》卷八《送陳大夫罷太平守還臺》首云：「去年秋暮送東玉，今歲春殘送子儀。」同上《峨嵋亭即席再送》末云：「楊柳花飛春日遲，登峨嵋兮送君歸。」

梁正叔繼爲太平州守。

《集》卷二十四《題史君梁正叔浩然堂》：「三年課績書優最，此地誰來繼後塵。」此詩作于紹聖元年，見該年紀事。據此，知正叔到任爲今年事。又，正叔乃字，名已失考。

同上有《史君梁奉議送客至高明軒，爲予言登覽之勝，作四韵戲寄》詩，知正叔以奉議郎任。

楊蟠（公濟）爲杭州通判。蟠撰《錢唐西湖百題》，當爲此時事。祥正有和作。

《蘇軾詩集》卷三十三《次韵楊公濟奉議梅花十首》，次于本年之初。據注文，時蟠爲通判。蟠乃繼袁轂之任。《東坡樂府》卷下本年上元日有《浣溪紗》與轂，已稱「寄」，而元祐五年除夕猶在任，見《蘇軾詩集》卷三十二詩題。則轂之去任與蟠之繼任均爲歲初事。

蟠，《宋史》卷四百四十二有傳。蟠乃章安人，歐陽修甚賞其詩。見《蘇軾詩集》注文。黄裳《演山先生文集》卷三《覽和靖、章安西湖之什》有「和靖苦而豪，章安平而麗」之句，章安乃指蟠。

《集》卷二十五、二十六有《和楊公濟錢塘西湖百題》，或作于蟠通判任時。

此「西湖之什」，當指《錢塘西湖百題》。此組組詩，《咸淳臨安志》大量引録。

祥正與蟠有交往，《集》卷二十三有《次韵答光守楊公濟見寄》。

中秋，泛舟至和州，訪知州孫賁（公素）。旋回。

《集》卷十一有《中秋泛月至歷陽訪太守孫公素》詩，卷二十七有《代刺訪歷陽孫守公素》、《代刺别孫守公素》詩。

《長編》卷四百五十五本年二月辛卯（初二日）紀事：孫賁知和州。歷陽乃和州之治，見《輿地紀勝》卷四十八。

賁字公素，黄州人，爲韓琦之客。見《蘇軾文集》卷六十《書韓魏公黄州詩後》。祥正《中秋泛月》詩中有「昔從赤縣守儀真」之句。考毛滂《東堂集》卷九《雙石堂記》謂賁嘗爲陽翟令。《長編》卷四百五十元祐五年十一月壬戌，有開封府推官王詔與知真州孫賁兩易其任之記載。餘詳元祐七年紀事。

九月九日，賦詩懷孫賁。

《集》卷二十三有《重陽懷歷陽孫公素太守》、《公素送酒見及復次前韵和答》詩。前者云：「安得快風吹我去，勇提椽筆伴君吟。」後者首云「摻别城東秋未深」，謂中秋之别也。

賈易赴知宣州任，過當塗，有送行詩。

《集》卷二十三《送賈明叔侍御守宣》：「堂堂今見賈生孫。」

《長編》卷四百六十四元祐六年八月癸卯紀事：賈易知宣州。

易字明叔，無爲人。《宋史》卷三百五十五有傳。易嘗官殿中侍御史，故祥正以侍御稱之。

至金陵，慶興龍節，晤知府黄履（安中），游雨華臺。

《集》卷七《舟次新林先寄府尹安中尚書用李白寄楊江寧韵二首》其二：「休居尚蒙禄，願赴興龍期。」同上《舟次白鷺洲再寄安中尚書用李白寄楊江寧韵二首》其二：「佳節臨千秋（原注：謂近興龍節）。」興龍節，乃十二月初八日，爲慶祝哲宗生日而設，見《宋史·哲宗紀》。《長編》卷四百五十九元祐六年六月甲辰紀事：黄履知江寧府。其到任爲八月十一日，明年四月八日，履知鄧州。見《景定建康志》卷十三。故知祥正與履晤爲今年事。

《集》卷六《安中尚書見招同諸公登雨華臺》：「大江溶漾清秋。」是祥正秋末已至。卷二十六《題金陵白鷺亭呈府公安中尚書二首》其一：「低徊斗柄斟秋水，飛舞蘆花欲雪天。」亦爲秋末祥正至金陵之證。

與朱京（世昌）游，約爲此時事。

《集》卷二十三《次韵朱世昌察院登鍾山》：「回首臨川埋骨處，後來經緯付諸公。」京，南豐人。《宋史》卷三百二十二有傳。京，神宗時爲監察御史，故以察院稱之。據傳，京此時當爲江東轉運判官。

楊傑（次公）約卒于本年。有挽詞。

《長編》卷四百四十五：元祐五年七月乙丑，傑自提點兩浙刑獄爲禮部員外郎。《蘇軾詩集》卷三十二《介亭餞楊傑次公》，乃爲送傑作。傑所撰《無爲集》卷十有《禮部謝冬衣表》，當爲元祐五年冬作。《集》卷三十《楊次公侍講挽詞》：「才趨王府講，已夢玉樓成。」是傑由禮部員外郎而王府侍講。《宋史》卷四百四十三《楊傑傳》謂傑卒于元祐中，年七十。以時考之，約在本年也。

元祐七年（一〇九二）壬申　五十八歲

毛漸（正仲）移浙漕，用黄履韵送之。

《集》卷七《奉同安中尚書用李白留别王嵩韵送毛正仲大夫移浙漕》：「春岸草回緑，春江日浮金。」蓋爲元祐七年之春。祥正或在金陵度歲也。

《宋史》卷三百四十八《毛漸傳》謂漸由江東轉運副使遷兩浙轉運副使。是祥正在金陵與漸亦有交往也。

別黄履，回當塗。

《集》卷十三有《留别金陵府尹安中尚書》。

《集》卷二十三《次韵安中尚書鍾阜軒》：「斗杓東轉斡春回。」作于今年。卷十三《奉和安中尚書同漕憲登長干塔》。

復往金陵，與金陵倅狄咸（伯通）游。

《集》卷十三《即席和酬金陵狄倅伯通》，次《奉和安中尚書同漕憲登長干塔》後，作于今年。詩云：「偶摇雙槳下天門，白鷺三山隨一瞬。舍舟登岩青溪濱，濛濛柳眼初含春。感君携酒唤小妾，要我一飲頹冠巾。」知作于春間。蓋金陵當塗密邇，興之所至，隨時可前往也。

《集》卷二十八《狄倅伯通席上二首》其二云及「小妓三嬌舞玳筵」、「笑倚春風愧暮年」，當爲同時作。

祥正與狄咸游紫極宫竹軒，或亦爲此時事。

《景定建康志》卷四十五《祠祀志二·宫觀·天慶觀》：「陳軒《金陵集》載富臨、狄咸、郭祥正同游紫極宫竹軒，觀王相國舊題蘇子瞻書子由詩，祥正和之，有「老鶴唳風」之句，寫之壁間。末竟，有白鶴數十翔舞北極壇上，徘徊而去。」《志》謂觀在府治西北。祥正詩已佚。

咸，元符末、建中靖國初知韶州。蘇軾北歸過韶，嘗應韶之請，爲所作九成臺作銘，銘見《蘇軾文集》卷十九。《蘇軾詩集》卷四十四有《次韵韶守狄大夫見贈二首》、《狄韶州煮蔓菁蘆菔羹》詩。咸詩殘句見《輿地紀勝》卷十七。

春，往廬州，訪知州朱服（行中），與服游。

《長編》卷四百六十四元祐六年八月癸卯紀事：朱服知廬州。祥正往訪時，服正在任。服，湖州烏程人。《宋史》卷三百四十七有傳。《集》卷十三《代先晝寄廬帥朱龍圖行中》：「楊花塞路春無聲，鳴鳩唤婦留春晴。」乃春季景象。

《集》卷二十《和朱行中龍圖游澄惠寺》：「一水碧漪漪，更逢烟雨微。」卷二十三《陪朱行中龍圖飲澄惠院二首》其一云及「蒲葉涵春付白鷗」。皆寫春季景象。同上尚有《次韵行中龍圖游後浦六首》《次韵行中龍圖思宣城》。

《輿地紀勝》卷四十五《淮南西路●廬州●景物下》：澄惠寺，在城金斗門外藏舟浦，一名澄心寺；藏舟浦，在金斗門外，廣十丈，袤八十丈，即後浦。

朱服《游後浦》原韵第四首，《輿地紀勝》同上卷引前六句，云：「昔年吴魏交兵地，今日承平會府開。沃壤欲包淮甸盡，聖城獨抱蜀山回。柳塘春水藏舟浦，蘭若秋風教弩臺。」同上卷《景物下》、《詩》兩欄雜引朱服與祥正詩頗多。

與李天睨、鍾離景伯（公序）、吴淵卿相晤。

《集》卷十三有《合肥李天貺朝請招鍾離公序中散、吴淵卿長官及予同飲家園懷疏閣》、《麗人出贈鍾離中散侍姬》詩。

《集》卷二十三《再見吴淵卿長官時年八十二》：「十七年前載酒過，重來携手喜如何。」同上《淵卿席上和李天貺四韵，時與鍾離中散并予共四人》：「悠悠歲月走驚湍，四十三時便棄官。」此乃叙李、鍾離、吴皆老友。「十七年」云云乃謂熙寧十年官廬州事，「四十三」云云，乃謂同年棄官廬州，見該年紀事。

《蘇軾文集》卷三十九有《鍾離景伯少府少監》制文，《永樂大典》卷一萬三千四百九十九引《蘇東坡大全集》謂景伯爲中散大夫，與《集》合。制文稱景伯爲耆老。《集》卷十一有《謝鍾離中散惠草書》詩。

回當塗，到宣州，與州守賈易游，旋别。

《集》卷七《將游宣城先寄賈太守侍御，用李白寄崔侍御韵》：「予方卧閑雲，時或乘皓鶴。水縮龍磯歸，霜清天宇廓。」爲冬季景象，不知成行與否。

《集》卷二十三《明叔致酒叠嶂樓》：「陵陽峰頂敞闌干，三伏登臨冰骨寒。」則至宣爲夏季時。卷七有《留别宣守賈侍御用李白贈趙悦韵》。卷二十八有《别賈侍御二首》，有「連日持杯還勝游，今朝興盡棹歸舟」之句。

賈易嘗訪祥正于當塗。

《集》卷二十《謝賈明叔侍御見過敝廬》：「不是少陵客，寧煩謝守過。」謝守乃謂謝玄暉，今以指易。詩自注云：「公屢愛陋居幽僻。」同上卷《賈侍御同游石盆寺，以白玉船酌酒》首云：「共訪青山寺，仍翻白玉船」。

十月辛酉（十二日），王安禮知宣州，賈易爲京西轉運副使。

據《長編》卷四百七十八。

子鼎爲尉慎邑，中書舍人陳軒（元輿）有詩送之。

《集》卷十三有《中書舍人陳公元輿以詩送吾兒鼎赴尉慎邑卒章見及遂次元韵和答》。軒詩已佚。

《集》卷五《將歸三首》其三，云及「有兒集吏選」，或爲鼎。詩作于元祐四年。

《長編》卷四百六十八元祐六年十一月壬寅紀事：左朝請郎秘閣校理守起居舍人陳軒爲中書舍人。其罷任乃元祐八年二月間事，參該年「陳軒知廬州」條紀事。郭鼎爲慎邑尉具體時間無考，今姑系于本年。

慎邑屬淮南路廬州，在州東北六十里。見《元豐九域志》卷五。

甥法真禪師以蘇軾所作《醉翁操》見寄，祥正亦倚其聲作之。

詞見《集》卷一。

《蘇軾文集》卷七十一《書醉翁操後》，云及寄所作《醉翁操》與法真禪師，并爲之書後。軾文作于本年四月二十四日，故系祥正詞于此年。

喻陟（明仲）還臺，送行詩或作于本年。

《集》卷六《送喻明仲朝請還臺》，次《送倪敦復朝奉還臺》前。後者作于元祐八年。

陟，睦州人。《墨莊漫録》卷二稱其持節「政績藹著，雅善散隸，尤妙長笛，每按行至山水佳處，馬上臨風快作數弄，殊風流蕭散也」。以下引陟《馬上吹笛》詩。《全宋詞》有陟之詞。

宜州。

元祐八年（一〇九三）癸酉　五十九歲

二月，往宣州，訪州守王安禮，安禮惠以酒。

《集》卷十三《謝王左丞惠冰酒十五斗》：「昨夕發姑孰，今朝泊敬亭。輕雲淡日天地暖，杏花吐萼梅飄零。」時爲二月。安禮元豐七年爲尚書左丞，見《宋史·宰輔表》。故以左丞稱之。敬亭在宣州。

《集》卷十三上引詩前，尚有《游陵陽謁王左丞代先書寄獻》詩。陵陽謂宣州。

倪本（敦復）太平州任滿，有詩送行。

《集》卷六《送倪敦復朝奉還臺》：「君來監郡務，猥巷一見臨。稱褒借陽春，片碟成千金。觴酌每追隨，嘯咏舒悰襟。不覺三歲過，啟棹離江南。」

同上《邀敦復小酌爲别》首云：「三年同賞梅，梅花爛晴雪。一日言北歸，梅黄雨初歇。」以下又云「過江桃李熟」，則其去在春末也。

秋，至金陵，訪知府曾肇（子開）。

《集》卷七《將至金陵謁曾子開侍郎》：「秋空久不雨，漠漠風卷沙。胡爲起高興，昨夜辭山家。明投金陵郭，俯觀凌紫霞。」

《景定建康志》卷十四：元祐八年四月二十八日，曾肇以寶文閣待制到知江寧府任。紹聖元年二月八口，肇還。

肇，鞏之弟。《宋史》卷三百一十九有傳。據傳，元祐七年，肇爲吏部侍郎，故祥正以侍郎稱之。

陳軒（元輿）知廬州，有詩迎賀。

《集》卷二十四《代先書奉迎廬帥元輿待制》末云：「入境觀風先可喜，秋田高下熟香粳。」約爲秋季事。

《宋史》卷三百四十六《陳軒傳》：「遷中書舍人。……高麗人貢，軒館客，其使求市歷代史、《策府元龜》，抄鄭、衛曲譜，皆爲上聞。禮部尚書蘇軾劾其失體，以龍圖閣待制知廬州。」《蘇軾文集》卷三十五有《論高麗買書利害札子三首》，其第一首，即有軒館伴失國體之語，作于本年二月初一日。以此知軒知廬州乃本年事。

冬末，赴壽州，訪知州朱服（行中）。

《集》卷七《將至壽陽謁朱行中龍圖作》：「壽陽我訪公，蕭蕭朔風緊。」

《集》卷二十四《將至壽州先寄知府龍圖三首》其一：「感公招我欲論詩，故歲新年頗後期。冰塞大江舟渡晚，雪迷官道馬行遲。」祥正赴壽州，乃應服之約。

紹聖元年（一〇九四）甲戌　六十歲

至壽州。知州朱服宴待。時服新除中書舍人。

《集》卷二十四《將至壽州先寄知府龍圖三首》其一云及「淺淺梅花半綻時」、「故歲新年頗後期」，其二云及「寒束梅梢春思遲」。是至壽州時，當已爲新歲矣。

此三首其一末二句：「北闕除書應已到，願陪祖帳拜瓊卮。」《宋史》卷三百四十七《朱服傳》謂服知廬州後知壽州，紹聖初政，在壽州任中，召爲中書舍人。「北闕」云云，當指此事。《宋會要輯稿》第三十四册《禮》四四之一六至一七，謂中書舍人朱服紹聖二年正月使遼未還其母適亡云云，亦可證祥正至壽州爲本年年初事。

《集》卷二十四尚有《置酒壽陽樓呈主公龍圖二首》其二云及「細柳倚風相并舞，飛梅着地不成妝」，乃屬初春景象。同上卷尚有《置酒西樓呈主公龍圖》、《置酒思禹亭呈主公龍圖》詩。

賦詩别朱服。

《集》卷二十四《别行中龍圖》：「千里春泥倦亦甘。」計到壽州後不久即告别。

自壽州至慎邑，視子鼎。清明後歸。

《集》卷二十九《將至慎邑寄鼎》末云「故歲離家新歲還」，知視子鼎乃因訪朱服之使。「故歲」者，謂上年歲末赴壽州也。同上卷《峽石道中口占》、《通惠寺小柏》、《香社院》、《院庭檜樹》、《三月三日》、《清明風雨懷光遠》、《慎宰練德符招飲僧舍二首》乃寫至慎邑途中及抵慎邑後情况。

三月，往廬州，訪州守陳軒（元輿）。

《集》卷七《暮春之月謁廬守陳元輿待制作》：「與公論襟期，及此陽春月。」《咸淳臨安志》謂本年八月乙酉，以知廬州、龍圖閣待制陳軒知杭州。則此時軒正在任。

與陳軒宴游。

《集》卷二十有《元輿待制招飲衣錦亭》、《元輿待制藏舟浦宴集》詩。前者有「宿雨消殘暑，嘶蟬引素秋」之句，後者有「荇菜風牽碧，荷花雨迸香」，蓋已及初秋。計祥正留廬數月。《集》卷八有《次韵和元輿待制後浦宴集》三首。

《輿地紀勝》卷四十五《淮南西路●廬州●景物下》：「衣錦亭：在郡圃。」又云：「藏舟浦，在金斗門外。」即後浦。參元祐七年「春往廬州」條紀事。

《集》卷二十四《聞宣州王左丞被召還闕擬送》前四句云：「熙寧治迹儼如新，聖主今朝用舊臣。回當塗，聞王安禮自宣州召還，又聞安禮移鎮金陵，有詩。

《長編拾補》卷九：紹聖元年二月丁未，李清臣以户部尚書松筠秋霜方見節，玉經爐炭始知真。」《長編拾補》卷九：紹聖元年二月丁未，李清臣以户部尚書特授正議大夫守中書侍郎；清臣首倡紹述。「聖主」云云，當與此有關。詩當作于本年。王安禮是否被召，無其他記載可以印證。

《集》緊次此詩，爲《送王左丞移鎮金陵》詩。詩首云：「千艘飛櫓入淮灣，竹馬爭迎舊帥還。」查《景定建康志》，紹聖間，安禮未嘗再知。當是命甫下而又收回。

《長編拾補》卷十紹聖元年閏四月甲申：禮部侍郎孔武仲爲寶文閣待制知宣州。武仲當爲接安禮之任者。

州守梁正叔任滿，有詩贈行。

《集》卷二十四《題史君梁正叔浩然堂》末云：「三年課績書優最，此地誰來繼後塵。」詩次《送王左丞移鎮金陵》後，作于今年。

《集》卷七《雙泉軒贈太平守梁正叔》首云「開池紀勝》卷十八《太平州・景物下》。末云「公歸民

紹聖二年（一〇九五）乙亥　六十一歲

與兒時硯友徐子美、楊君倚、李元翰共叙，賦《集》卷七《徐子美楊君倚李元翰小酌言懷》中云毿毿霜雪殘。一朝相繽歸，相看涕汍瀾。捫涕喚家過六十，各各嗟衰顔。」詩云及「過六十」，故系之

紹聖三年（一〇九六）乙亥　六十二歲

是歲前後，嘗寄詩慰蘇軾。軾時謫惠州。

詩見《輯佚》卷三。

紹聖元年十月二日，蘇軾自定州抵惠州貶所。見《蘇《蘇軾詩集》卷四十《和郭功甫韵送芝道人游隱静辭萬里步。道義妙相契，十年同去住。行窮半世間歸時，只是而今路。」次于本年。祥正原韵已佚。嘗來訪慰。此詩之前，有《贈曇秀》詩。隱静在太往。

元符元年（一〇九八）戊寅　六十四歲

重游桐城，晤璞禪師、裴材等。

《輯佚》卷三《重來桐城》有「重來二十三年後」之句。祥正以熙寧八年令桐城，至是二十三年。《集》卷二十三《再游浮山呈璞禪師》：「當年尋勝已忘還，乘興重來倍覺閑。」卷二十九《浮山阻雨》其二：「雲、顒辭世幾番春」，謂惠雲、修顒也。參熙寧九年紀事。《集》卷二十九有《永安再見裴材山人》詩。同卷尚有《游西岩寺二首》，其二詩末自注叙裴材至。

元符三年（一一〇〇）庚辰　六十六歲

正月己卯（十二日），哲宗卒，徽宗即位。

據《宋史·哲宗紀》。

二月，蘇軾移廉州安置。祥正嘗寄詩贈之，以謹言慎行爲戒。

二月云云，據施宿《東坡先生年譜》。

《蘇軾詩集》卷四十五《次韵郭功甫觀予畫雪雀有感二首》題下引宋林敏功注文，謂蘇軾北歸，祥正用寄惠州韵寄詩云云，見《輯佚》卷三。蘇軾次韵，見建中靖國元年紀事。

《鶴林玉露》乙編卷四《詩禍》：「東坡文章，妙絶古今，而其病在于好譏刺。……晚年自朱崖量移合浦，郭功父寄詩云：『君恩浩蕩似陽春，海外移來住海濱。莫向沙邊弄明月，夜深無數采珠人。』其意亦深矣。」

廉州屬廣南西路，治合浦縣。見《元豐九域志》卷九。

徽宗建中靖國元年（一一〇一）辛巳　六十七歲

蘇軾北歸常州途中至當塗。四月二十四日，祥正訪之。

《蘇軾文集》卷五十一與祥正第六簡：「昨辱寵臨，久不聞語，殊出意表。蓋所謂得未曾有也。」

二十五日，祥正致餽蘇軾，軾報以當日往訪，既以本日乃父洵忌日，復報以未敢往訪；軾和祥正前所寄詩。

《蘇軾文集》與祥正第六簡叙祥正來訪後，云：「經宿起居佳勝。閑居致厚餽，拜賜慚感。只今上謁次，一肉足矣，幸不置酒。」其第七簡云：「某今日私忌，未敢上謁。辱詩和呈，爲一笑。青皮一片，不以餉公，則無與嘗者矣。」蘇洵卒之日，見《蘇軾詩集》卷二十四詩題。

《蘇軾詩集》卷四十五《次韵郭功甫觀予畫雪雀有感二首》其一：「早知臭腐即神奇，海北天南總是歸。九萬里風安稅駕，雲鵬今悔不卑飛。」其二：「可憐倦鳥不知時，空羨騎鯨得所歸。玉局西南天一角，萬人沙苑看孤飛。」祥正原作分別作于紹聖間、元符三年，見各該時紀事。

七月二十八日，蘇軾卒。

據《欒城集》後集卷二十二《亡兄端明子瞻墓志銘》。

崇寧元年（一一〇二）壬午　六十八歲

六月初九日，黄庭堅到知太平州任。庭堅賦《虞美人》呈祥正。

六月云云，據《山谷詩集注》目録正文及注文。

《全宋詞》第一册第四百頁黄庭堅《虞美人》（題下原注：至當塗呈郭功甫）：「平王（按：疑應作「生」）本愛江湖住。鷗鷺無人處。江南江北水雲連。莫笑醯鷄歌舞、甕中天。當塗艤棹蒹葭外。賴有賓朋在。此身無路入修門。慚愧詩翁清些、與招魂。」

黄庭堅嘗于席上賦《木蘭花令》贈其友庾元鎮，并用其韻贈祥正。

贈庾及祥正詞，見《全宋詞》第一册第四百五頁。贈庾詞序云：「庾元鎮四十兄，庭堅四十年翰墨故人。庭堅假守當塗，元鎮窮，不出入州縣。席上作樂府長句勸酒。」贈祥正詞序云：「用前韵贈郭功甫。」祥正當亦與是會。詞云：「少年得意從軍樂。晚歲天教閑處著。功名富貴久寒灰，翰墨文章新諱却。是非不用分今昨。雲月孤高公也莫。喜歡爲地醉爲鄉，飲客不來但自酌。」

十七日，黄庭堅罷守。十八日，郡中置酒，庭堅賦《木蘭花令》贈祥正。

十七日云云，據《山谷詩集注》目録正文及注文。

《木蘭花令》見《全宋詞》第一册第四百五頁。凡三首。其一序云：「當塗解印後一日，郡中置酒，呈郭功甫。」詞云：「凌歊臺上青青麥，姑孰堂前餘翰墨。暫分一印管江山，稍爲諸公分皂白。江山依舊雲空碧，昨日主人今日客。誰分賓主強惺惺，間取磯頭新婦石。」其二序云：「竊易前詞。」詞上闋云：「翰林本是神仙謫，落帽風流傾座席。坐中還有賞音人，能岸烏紗傾大白。」下闋易其一「雲空碧」爲「雲横碧」，餘同。其三序云：「次前韵再呈功甫。」詞云：「青壺乃似壺中謫，萬象光輝森宴席。紅塵鬧處便休休，不是個中無皂白。歌煩舞倦朱成碧，春草池塘凌謝客。共君商略老生涯，歸種玉田秧白石。」

二十二日，與黄庭堅等游太平州之後園石室，聽楊姝彈琴。

據《山谷詩集注》：庭堅有題名，云：「「與郭功甫、高大忠同酌桂漿。實季夏之丁未。」蓋六月二十二日也。」

黄庭堅離太平州往江州。庭堅在太平州期間除賦《虞美人》、《木蘭花令》贈祥正外，嘗爲蘇軾所畫墨竹題詩；爲贈《南柯子》二首。庭堅稱祥正爲詩翁。二人頗相得。

據《山谷詩集注》目録，庭堅往江州，約爲七月事。

《山谷別集詩注》卷下《書東坡畫郭功父壁上墨竹》：「郭家髹屏見生竹，惜哉不見人如玉。凌厲中原草木春，歲晚一棋終玉局。臣燾首戴蓬萊山，今在瓊房第幾間。」

《南柯子》見《全宋詞》第一册第三九九頁，其序云：「東坡過楚州，見净慈法師，作《南歌子》。用其韵贈郭詩翁二首。」其一：「郭泰曾名我，劉翁復見誰。人廛還作和羅槌。特地干戈相待、使人疑。秋浦横波眼，春窗遠岫眉。補陀岩伴夕陽遲。何似金沙灘上、放憨時。」其二：「萬里滄江月，波清説向誰。頂門須更下金槌。只恐風驚草動、又生疑。金雁斜妝頰，青螺淺畫眉。庖丁有底下刀遲。直要人牛無際，是休時。」

《彦周詩話》：「黄魯直愛與郭功父戲謔嘲調，雖不當盡信，至如曰：「公做詩費許多氣力做甚？」此語切當，有益于學詩者，不可不知也。」《能改齋漫録》卷十六《世推重少游醉卧古藤之句》：「秦少游《千秋歲》，世尤推稱。……山谷守當塗日，郭功父嘗寓焉。一日，過山谷論文，山谷傳少游《千秋歲》詞，嘆其句意之善，欲和之而「海」字難押。功父連舉數「海」字，若孔北海之類，山谷頗厭，而未有以却之者。次日，又過山谷問焉。山谷答曰：「昨晚偶得一海字韻。」功父問其所從。山谷云：「羞殺人也爺娘海。」自是功父不復論文于山谷矣。蓋山谷用俚語以却之也。」按：黄庭堅和秦詞，見《全宋詞》第一册第四一二頁，作于崇寧三年，時庭堅貶宜州，道過衡陽，因而有作。《能改齋漫録》之説出傳聞，不足信。

賀鑄（方回）過太平州訪黄庭堅。

《詩話總龜》集卷三十一引《復齋漫録》：「山谷守當塗，方回過焉。」祥正與鑄當有交往。參崇寧四年紀事。

崇寧二年（一一〇三）癸未　六十九歲

李之儀貶來當塗。之儀嘗次蘇軾題祥正家壁韻。

《宋史》卷三百四十四《李之儀傳》：「徽宗初，提舉河東常平。坐爲范純仁遺表，作行狀，編管太平，遂居姑孰。」之儀字端叔，滄州無棣人。與蘇軾交往頗密。

《全宋詞》第一册第三四九頁録之儀《好事近》二詞，其叙云：「與黄魯直于當塗花園石洞，聽楊姝彈《履霜操》，魯直有詞，因次韻。」按：之儀未與庭堅會晤當塗，詞乃他人作。

李之儀來太平州後，與祥正交往頗多。之儀稱祥正爲詩翁詩人，并稱其善書，見本書附録三。《姑溪居士後集》卷四《次韻東坡所畫郭功甫家壁竹木怪石詩》：「大枝潑陵力争出，小干縈紆穿瘦石。一杯未酹筆已濡，此理分明來面壁。我嘗傍觀不見畫，只見佛祖遭呵罵。人知見畫不見人，紛紛豈是知公者。汗流几案慘無光，忽然到眼如鋒芒。急將兩耳掩雙手，河海振動雷電吼。」此詩當作于至當塗之初。

至蘄州，訪五祖法演禪師論佛理。

《五燈會元》卷十九《郭祥正居士》：「崇寧初，到五祖，命祖升座。公趨前拈香曰：『此一瓣香，爇向爐中，供養我堂頭法兄禪師，伏願于方廣坐上，擘開面門，放出先師形相，與他諸人描邈。何以如此？白雲岩畔舊相逢，往日今朝事不同。夜静水寒魚不食，一爐香散白蓮峰。』祖遂云：『縷褐蘭但哆鉢囉野，恁麽恁麽幾度，白雲溪上望黄梅，花向雪中開，不恁麽不恁麽。嫩柳垂金綫，且要應時來。不見龐居士問馬大師云：不與萬法爲侣者，是甚麽人？大師云：待汝一口吸盡西江水，即向汝道。大衆，一口吸盡西江水，萬丈深潭窮到底。掠彴不是趙州橋，明月清風安可比？』」崇寧元、二年，皆可云初，今姑入本年。五祖法演，亦白雲守端法嗣，故祥正以法兄稱之。

法演卒于崇寧三年六月，見《五燈會元》卷十九《法演傳》。

崇寧三年（一一〇四）甲申　七十歲

至金陵，訪保寧仁勇禪師論佛理，約爲本年或以後數年間事。

《五燈會元》卷十九《郭祥正居士》敘崇寧初到蘄州五祖後，云：「後又到保寧，亦請升座。公拈香曰：『法鼓既鳴，寶香初爇。楊岐頂𩕳門，請師重著楔。』保寧卓拄杖一下，曰：『著楔已竟，大衆證明。』又卓一下，便下座。」

保寧仁勇禪師，住金陵保寧寺，乃南岳下十二世，楊岐會禪師法嗣。《五燈會元》卷十九有傳。

崇寧四年（一一〇五）乙酉　七十一歲

賀鑄（方回）通判太平州，約爲本年事。鑄與祥正有交往。

賀鑄通判云云，見《唐宋詞人年譜·賀方回年譜》。

《竹坡詩話》（百川學海本）：「賀方回作《青玉案》詞，有『梅子黄時雨』之句，人皆服其工，士大夫謂之『賀梅子』。郭功父有《示耿天騭》一詩，王荆公嘗爲之書其尾曰：『廟前古木藏訓狐，豪氣英風亦何有。』方回晚倅姑熟，與郭功父游，正歡，方回寡發，功父指其髻曰：『此真賀梅子也。』方回乃捋其須曰：『君可謂郭訓狐。』功父髯而胡。故有是謂。」

政和三年（一一一三）癸巳　七十九歲

與李之儀不協。

《揮麈録·後録》卷六：「李端叔之儀……除名編管太平州，會赦復官，因卜居當塗，奉祠著書，不復出仕。適郭功父祥正亦寓郡下，文人相輕，遂成仇敵。郡娼楊姝者，色藝見稱于黄山谷詩詞中。端叔喪偶無嗣，老益無聊，因遂畜楊于家。已而生子，遇郊禋受延賞。會蔡元長再相，功父知元長之惡端叔也，乃訹豪民吉生者訟于朝，謂冒以其子受蔭，置鞫受誣，又坐削。功父作俚語以快之，云：『七十餘歲老朝郎，曾向元祐説文章。如今白首歸田後，却與楊姝洗杖瘡。』其不樂可知也。初，端叔嘗爲郡人羅朝議作墓志，首云姑熟之溪，其流有二，一清而一濁。清者謂羅公也，蓋指濁者爲功父。功父益以怨深刺骨焉。久之，其甥林彦政攄執政，門人吴可思道用事于時相，子訟其冤，方獲昭雪，盡還其官與子。端叔終朝議大夫，年八十而卒。……端叔……有集六十卷，與先人往還者爲多，今尚有親筆藏于家。」

按：元長乃京之字。京再相，乃政和二年五月己巳事，見《宋史·宰輔表》。《宋會要輯稿》第九十九册《職官》六八之二九載政和三年九月二十六日，管勾成都府玉局觀李之儀除名勒停。即《揮麈録》中所云削籍。

又按：《揮麈録》此段記載，有考之未周處。其一，郭祥正乃太平州人，非「寓」。其二，李之儀《姑溪居士後集》卷十三《次韵子瞻追和淵明歸去來》謂「行年五十有五」，時之儀在潁昌，爲建中靖國元年。據是逆推，之儀實生于仁宗慶曆七年。周紫芝《太倉稊米集》卷五十一《姑溪三昧序》謂之儀卒于政和七年。由此可知之儀得年七十一。《揮麈録》謂之儀卒年八十，實誤。《揮麈録》作者王明清距離郭、李二人時代甚近，郭李二人又皆有集傳世，而明清又嘗爲宣州幕官，尚有如此訛誤，蓋明清并未細考。明清之父銍（性之），與之儀交往頗多，筆墨之間，自難免偏袒之儀；而其事又出自傳聞：故此處關于祥正之叙述，未足盡信。要之，二人感情不協，則屬事實，之儀勒停時，祥正或尚在。今系其事于本年。

又按：《揮麈録》此段紀事，影響甚大。陳振孫《直齋書録解題》卷二十《青山集》條下云：「李端叔晚寓其鄉，祥正與之争名，未嘗同堂語，至爲俚語以譏誚之，則其爲人不足道也。」「未嘗同堂語」不知所本。「俚語」是否出自祥正之手，并無佐證，即使傳聞屬實，亦不過文人之間意氣之争，斥之爲「不足道」，則失之公允。

卒。

《竹坡詩話》：「郭功父晚年，不廢作詩。一日，夢中作《游采石》二詩，明日書以示人，曰：「余决非久于世者。」人問其故，功父曰：「余近詩有欲尋鐵索排橋處，只有楊花慘客愁之句，豈特非余平日所（按：所」下似脱一「不」字）能到，雖前人亦未嘗有也。忽得之不祥。」不逾月，果死。李端叔聞而笑曰：「不知杜少陵如何活得許多時？」」之儀卒于政和七年，已見前。嘉靖《太平府志》謂祥正卒年七十九，爲今年。

卒後，鄉人祠之于青山李白祠。

《入蜀記》乾道六年七月十七日紀事：「郡集于青山李太白祠堂。……祠在青山之西北，距山尚十五里。……祠莫知其始，有唐劉全白所作墓碣及近歲張真甫舍人所作重修祠碑。太白烏巾白衣錦袍。又有道帽氅裘，侑食于側者，郭功甫也。」

附記：近見抄本康熙《當塗縣志》卷十二，知何述於元祐六年知當塗；本文原次此事於元祐五年，自應改次。然以本文其時版已排就，不易改動，姑仍其舊，説明於此。

附録二：郭祥正研究資料輯録

小引

見于《東軒筆録》、《東都事略》等書之郭祥正傳記，已散見《郭祥正事迹編年》一文，并爲之考辨，爲便于研究，今全録其文于此。其未見《郭祥正事迹編年》一文之評論、序跋，亦略輯于此。

東軒筆録一則

魏　泰

王荆公當國，郭祥正知邵州武岡縣，實封附遞奏書，乞以天下之計專聽王安石區畫，凡議論有异于安石者，雖大吏亦當屏黜。表辭亦甚辨暢，上覽而异之，一日問荆公曰：「卿識郭祥正否？其才似可用。」荆公曰：「臣頃在江東嘗識之，其爲人才近縱横，言近捭闔，而薄于行，不知何人引薦而聖聰聞知也。」上出其章以示荆公，荆公耻爲小人所薦，因極口陳其不可用而止。是時祥正方從章惇辟，以軍功遷殿中丞，及聞荆公上前之語，遂以本官致仕。卷六

東都事略郭祥正傳

王　偁

郭祥正，字功父，當塗人也。其母夢李太白而生。祥正少有詩名。梅堯臣曰：「天才如此，真太白後身也。」王安亦嘆美其詩。熙寧中，知武岡縣，簽書保信軍節度判官。時王安石用事，祥正奏乞

天下大計專聽王安石處畫，有异議者，雖大臣亦當屏黜。神宗問安石曰：「卿識郭祥正乎？其才似可用。」，出其章以示安石。安石耻爲小臣所薦，乃言祥正無行，不可用。遂致仕，居于姑孰，不復干進。所居有醉吟庵。久之起爲通判汀州，後知漳州，復棄去，遂家于當塗之青山以卒。卷一百一十五。

臨汀志郭祥正傳

胡太初

郭祥正，字功父，當塗人。家出于青山，一名謝公山，因號謝公山人。初，母夢太白而生，梅聖俞一見，曰：「真太白後身。」王荆公稱其詩豪邁精絶。熙寧間，仕至殿中丞，簽書保信軍節度判官。即掛冠，號醉吟先生。李伯時爲之寫真，東坡作贊。時方强仕，諸公交薦于朝。尋通判于汀，與守陳公軒相歡莫逆，每于暇日聯轡郊行，觴咏酬酢，今所傳詩猶百餘篇。繼攝漳州，忤部使者，陷以他獄，五年而後直。又號漳南浪士。稍遷朝奉郎高要郡，復棄去，竟不出。有《青山集》三十卷。《永樂大典》卷七千八百九十二引

輿地紀勝郭祥正傳

王象之

《東都事略》云：「祥正，當塗人，其母夢李太白而生。」不樂仕進，自號謝公山人。梅聖俞一見，呼爲謫仙。王安石嘗稱其詩。後知高要郡，請老而歸。所居有醉吟庵。東坡過而題詩，畫竹石于壁。龍眠居士寫真，東坡爲贊。今有詩文三十卷，號《青山集》。卷十八《太平州·人物》。

宋史郭祥正傳

托克托

郭祥正，字功父，太平州當塗人，母夢李白而生。少有詩聲，梅堯臣方擅名一時，見而嘆曰：「天才如此，真太白後身也。」舉進士，知武岡縣，簽書保信軍節度判官。時王安石用事，祥正奏乞天下大計專聽安石處畫，有异議者，雖大臣亦當屏黜。神宗覽而异之，一日問安石曰：「卿識郭祥正乎？其才似可用。」出其章以示安石，安石耻爲小臣所薦，因極口陳其無行。時祥正從章惇察訪辟，聞之，遂以殿中丞致仕。後復出，通判汀州，知端州，又棄去，隱于縣青山，卒。卷四百四十四。

康熙太平府志郭祥正傳

黄桂修

郭祥正，字功甫，維子也。母夢太白而生。少倜儻不羈，爲詩文有逸氣。梅堯臣見之，曰：「天才如此，真太白後身也。」王安石亦稱其詩豪邁出于天才，非力學所能逮。舉進士。慶曆初，除秘閣校理，德化尉，每于太守前論事，侃侃不阿，太守以其持論高，牴牾不合，棄官歸。熙寧中，知武岡縣，簽書保信軍節度判官。上書言天下大計，當從王安石。安石耻爲小臣所薦。祥正致仕，屏居姑熟，無干進意。所居號醉吟庵，作《醉吟先生傳》，有「朝霞溜鮮于水上，夕風泛凉于木末，月魄在鈎，蓮香滿船」之句，時人羡其達。元豐中，起爲通判汀州，有善政。公餘與太守陳軒登臨觴咏。攝守漳州，忤部使者，陷以獄，五年而後直。又號漳南浪士。家于青山下，有《青山集》三

十卷。交游皆天下名士。李公麟繪其像，陳瓘、王安石、蘇軾皆爲贊，而軾與之倡和來往還爲多。卷二十七

姑溪居士文集序（節録）

吴 芾

乾道丁亥，假守當塗，因訪古來名士居此邦而卓然有聲于世者，惟李太白、郭功父與端叔三人。

《姑溪居士文集》卷首

苕溪漁隱叢話一則

胡 仔

功甫《金山行》，造語豪壯，世多不見全篇，今録于左方（略）。《前集》卷三十七《郭功甫》

按：《金山行》見《集》卷二。

詩林廣記一則

蔡正孫

功甫詩如此數絶，真得太白體，宜爲諸老之所稱賞也。《詩林廣記》後集卷八引黄昇語

按：此數絶乃指《訪隱者》（見《集》卷二十九）、《山寺老僧》（見《集》卷二十六）、《西村》（見《集》卷二十五）。

升庵詩話一則

楊　慎

宋詩信不及唐，然其中豈無可匹體者，在選者之眼力耳。如……郭功甫《水車嶺》云：「千丈水車嶺，懸空九叠屏。北風來不斷，六月亦生冰。」……誰謂宋無詩乎？卷四《宋人絶句》

詩藪四則

胡應麟

蘇子瞻《定慧寺海棠》、郭功父《金山行》等篇，亦尚有佳處，而不能盡脱宋氣。《内編》卷三

蔡天啟《題申王畫馬圖》，……與郭功甫《金山行》俱七言古翹楚，不可全以宋目之。《外編》卷五

宋之學……太白者，郭功父。同上

荆國……門士則郭功父、王逢原、蔡天啟、賀方回、龍太初、劉巨濟。《雜編》卷五

四庫全書總目提要一則

紀　昀

《青山集》三十卷，浙江巡撫采進本，《續集》七卷，宋郭祥正撰。祥正字功父，當塗人。熙寧中舉進士，官至汀州通判，攝守漳州，事迹具《宋史》本傳。晁公武《讀書志》、陳振孫《書録解題》皆載祥正《青山集》三十卷。王士禎《居易録》曰：郭祥正《青山集》，閩謝氏寫本六卷，古詩二卷，近體詩四卷，七言歌行僅二篇，或有闕文。是士禎所見，已爲傳寫殘闕之本。此本三十卷，與陳、晁二家所載合，猶完書矣。又《續集》七卷，晁氏、陳氏均不載，《宋史·藝文志》亦不著

録。前後無序跋，莫審誰所編次，然核其詩格，非後人所能依托，其中紀述，頗足與史傳相參考，如史稱祥正致仕後居于姑孰，不復干進，所居有醉吟庵，久之起爲通判汀州，後知端州，復棄去，家于當塗之青山以卒。今《續集》有《浪士歌》一首，自序云：「郭子棄官合肥，歸姑孰，自號曰醉吟先生。居五年，或者謂其未老可任以事，薦于上，上即召之，復序于朝，俾監閩汀郡，尋攝守漳南，上復召之，行至半道，閩使者狀其罪以聞，遂下吏，留于漳幾三年，又自號曰漳南浪士。」云云。集中留漳南詩甚多，則史所云「知端州後復棄官」者非也。又《漳南書事》云：「元豐五年秋，七月十九日。猛風終夜發，拔木壞廬室。」《新昌吟寄穎叔待制》云：「元祐丙寅冬，新昌有狂寇。名探其姓岑，厥初善巫咒。」云云。按元豐五年至元祐元年丙寅，正合詩序所云「留漳南三年」之數，然則祥正被議下吏在元豐五年，而其得歸在元祐元年，而岑探構亂之事，史未及詳，則亦漏書也。又《青山集》載《送蔣穎叔待制拜六路都領》詩云：「廊廟之材終大用，願敷和氣及岩幽。」自注云：「予已乞骸，將歸舊廬。」《再送穎叔》云：「雲間驥尾終難附，梅子黄時公自歸。」自注云：「公屢有佳句，見約同歸。」復有《蒙詔許歸絶句二首》。其《次韵林辨之長官送别之什》云：「牢落名聲讒謗後，支離形彤瘴氛餘。從來仕路誰爲授，却返家園數自如。」以此數詩，合之《續集·浪士歌》之所自序，其再出一節，事迹始備，可以補本傳之闕。惟史稱祥正以上書訣頌安石，反爲安石所擠，坐是偃蹇以終，而《續集》内有《熙寧口號》五首，末云：「百姓命懸三尺法，千秋誰恤兩端情。近聞崇尚刑名學，陛下之心方好生。」云云。殊不似推薦安石者。《青山集》有《奠王荆公墳》三首，云：「大手曾將元鼎調，龍沉鶴去事寥寥。」又云：「平昔偏蒙愛小詩，如今吟就誰復知。」云云。又不似見排于安石者。其是非自相矛盾。蓋述知己之感，所以自明依附之因；刺新法之非，所以隱報擯斥之憾。小人褊躁，忽合忽離，往往如是，不必以前後异詞疑也。其詩好用仙佛語，或偶傷拉雜，而才氣縱横，吐言天拔。史稱其母夢李白而生。陸游《入蜀記》亦稱祥正少時詩句俊逸，前輩或許爲太白後身；又稱青山太白祠以祥正侑食。蓋因其詩格相近，從而附會，然亦足見其文章警邁，時似青蓮，故當時有此品目也。其人至不足道，而其集猶傳，厥有由歟！考《東坡集》，有《郭祥正家醉畫竹石壁上，郭作詩爲謝，且遺二古銅劍》二首，王十朋《東坡集注》，又有祥正《觀畫雪雀有感二首》，《青山集》俱失載，而《續集》亦無之，疑不免有所散佚，然較比謝氏之本，則完備多矣。卷一百五十四

按：萬有文庫影印宋刊本《昭德先生郡齋讀書志》未著録《青山集》。

又按：文中所云《浪士歌》，各本皆在正集中，不知何以誤人所謂《續集》。此文叙及郭祥正生平，訛誤甚多，不可據。參本書《序》及《郭祥正事迹編年》一文有關紀事。關于《續集》考辨，已見卷首序。另見拙撰《郭祥正略考，》載《文學遺産》增刊第十八輯。

青山集序

朱珪

當塗葛生鍔寄余《青山集》三十卷、《續集》五卷，爲生與宋孝廉鉞、吳明經立堅等重剡本，請余爲序。按先兄竹君所進，録于四庫全書集部第七者，實《續集》七卷，今少二卷，豈有所缺并歟！考功甫在《宋史·文苑傳》，稱其母夢李白而生祥正，梅堯臣嘆爲太白後身，譽之至矣。傳又摘

其訣頌王安石，安石耻爲小臣所薦，因極口陳其無行，一若文行瑕瑜不掩者，是以《總目》中亦有褊躁合離之論，然或其少年吊詭門捷捭闔不羈者之所爲，而荆公矯枉沽直，遂致流傳詬病，其實當時朋黨出入之間，亦未足以一節之不檢，確然定其邪正之歸也。今讀其各體詩，豪邁縱横，頗有不肯局縮溝猶之態，平生枕胙青蓮，亦可謂尚友百世之師者。若夫太白陵蹈虚空，俯視滄海，實有英光浩氣，溢乎毫墨之外，又豈可以侔色揣聲，片鱗半爪，遂頡頏而抗衡之哉！語云：先生之志則大矣，以之侑食青山祠，列之北宋名家，亦不負其睎驥千里之願也已，并志以詩：青山拔起凌江濆，遠與蜀岷連支垠。神人騎龍戲空界，攀援猿鹤稱兒孫。太白光芒焰萬古，誰其匹者少陵杜。幾人淬厲規雷硠，獨上雲梯夢天姥。歐、王、坡、谷北宋豪，浪士竊比青蓮高。滄浪清濁或自取，詩文流别隨風騷。送迎海外唱和詞，臭味亦復無差池。古劍雙投醉竹甍，晁秦同傳夫何疑。嘉慶八年癸亥四月下浣大興朱珪識。道光九年刊本《青山集》卷首

宋郭功甫先生詩集序

阮　元

元憶少時于宋人詩酷嗜坡仙及放翁集，後人詞垣，見同輩有手鈔郭功甫先生詩，亦僅百余篇耳。元備録之，爲巾箱玩。竊謂此詩古體直與韓、李并驅，近體亦不讓王、孟諸大家，何以操選政者多不之及，抑少刻本行世耶！不可解已。歲乙卯，當塗吴孝廉携功甫先生刻本遺元，受而讀之，得窺全豹。既又聞竹君朱世伯進呈，列入四庫，坊間鋟刻紛紛，幾于家置一本。文字之抑而彌伸，信有是耶！後元考《宋史》暨諸家叙跋，并恍然于此卷，所以抑塞而就湮者，第與王安石倡和，未能有先

見之明如老泉耳。夫介甫于神宗未用新法未立之先，固一代文人之杰出者也。今讀其文與詩，不謂之大手筆可乎？竊謂以文會友，而不能以友輔仁，介甫之開罪于功甫多多矣，于功甫何病焉。况介甫之詩文，久經傳世，世第非其人，未有非其詩與文者。乃于功甫獨核之如是嚴耶！丁巳秋，朱石君老師，郵寄是卷，屬元詳序。噫，何叙哉！亦聊以夙所怪其不傳與今所決其必傳者，筆之而已。至是卷之斑駁陸離，動中繩墨，則自有善讀者在，元不多贅。時嘉慶四年十月二日芸臺阮元識。道光九年刊本《青山集》卷首

青山集跋

佚名

《青山集》，南宋初刻本，咸淳間補刊重印，每半葉十行，行二十字。清抄本《青山集》卷末

青山集跋

傅增湘

宋刊本《青山集》，南宋初刻本，半葉十行，行二十字。白口，左右雙闌。丁巳冬杪，見之敞市，久不售。前日乃爲王叔魯收之，取校此本，編次既大不同，字句亦復有异，其十一、十二兩卷五字詩，共六十一首，此本無之。惟《送朱伯原》一首有之。不知《續集》五卷中，有此二卷否？至此本有而宋本無者，亦得三首：《桃源行》七言古詩、《鴿奔亭》、《蒼玉洞》、五言絶句也。聞椒微師有舊鈔本，尚更參勘焉。沅叔。戊午五月。道光九年刊本《青山集》卷首

按：傅增湘所云「此本」，即道光九年刊《青山集》本。

附録三：郭祥正研究資料續輯

送郭公甫朝奉詩叙

釋契嵩

郭子喜潛子之道，欲資之以正其修辭立誠，潛子可當耶！郭子，縉紳先生之徒，乃獨能揭然跂乎高世之風，可重可愧，吾説不足以相資也。然郭子俊爽，天才逸發，少年則能作歌聲，累睹千百言，其氣不衰而體平淡，韵致高古，格力優贍，多多愈功，含萬象於筆端，動乎則辭句驚出而無窮，與坐客聽其自誦，雖千言必記，語韵清暢，若出金石，使人驚動而好之，雖悔聖俞、章表民，以爲李太白後生，以詩張之四海九州，學輩未識郭子者何限，朝廷公卿孰嘗睹郭子如此之盛耶：夫龜龍麟鳳，其亦偉奇之物也，使其汨於泥塗，委於荆枳，則君子之所惜，吾恐郭子益是紆餘誕謾，遂與世浮沉，因别，故賦詩以祝之：白石鑿鑿，蘊爾美璞。君子道晦，君子斯樂。幽蘭猗猗，振爾芳姿。淑人不顯，淑人不虧。惟是方寸，爲爾之本。違之物揺，窮之物亂。静之收之，默默悶悶。熟山泚泚兮，可漱可滌。熟山亭亭（原校：或作寥寥）兮，可休可適。胡歎屏居，胡羨首迪。（《鐔津文集》卷十三。

郭功父得楊次公家金書細字經求贊

黄庭堅

爲一大因緣，佛説妙蓮華。清净法光明，透徹十二部。我法妙難思，雖説未曾説。是故秘密藏，藏在微塵中。有大心衆生，破塵出經卷。字義皆炳然，堂堂而秘密。或以粽金書，莊嚴甚奇妙。以其翰墨功，微細作佛事。睡眼若千目，照耀世界海。説法衆心起，復以心莊嚴。非小亦非大，□□衆心量。水牛生象牙，墮在諸佛數。《豫章先生遺文》卷二。

題太平州後園石室壁

郭功父、黄魯直、高大忠、馮彦擇同酌桂漿於此。楊姝彈《風入松》、《醉翁吟》，有林下之意。琴罷，寶薰郁郁，似非人間。崇寧之元季夏之丁未。同上卷十。

和郭功甫游采石

李之儀

卒歲悄悄無地雪，三首新詩報明發。使君近作采石游，勝踐倚闘驚久缺。元陽便有欲雪意，和氣先期振岩穴。想見旌旗錦綉張，如從元君朝北闕。後携一老何奇哉，朱顔鶴髮超塵埃。叫呼江水來席上，延邈萬古隨雲開。騎鯨仙人不敢避，玉鏡臺郎我復回。分明月下遇賞嘆，將軍斷自天邊來。逡巡落筆轟春雷，落花亂點荒池臺。沉埋蓁莽見一旦，名高此地直當才。從來不許説前輩，寄聲魚鳥休驚猜。直疑乘槎叩月窟，又若登臨望天臺。酒行已徹更須酌，醉倒寧辭無算杯。卓然一段極快

事，遣我擊節因誰催。《姑溪居士文集》卷一

按：郭祥正原韵已佚。

次韵郭功甫從何守游白雲寺

已仕因循已過三，買田歸去不須參。高明漸擬凌清漢，皎潔方知在碧潭。試酌甘泉來覺晚，已躋絶頂尚猶貪。便應從此都無事，只有君恩未報慚。同上卷四

按：郭祥正原韵已佚。

和郭公甫贈陳待制致仕二首

十年朝馬望前塵，晚作琳宫物外人。徹骨清風真有韵，醉心常得本來淳。新栽松菊開三徑，舊檢方書備六陳。不是詩翁形美頌，丹青難寫自由身。

南北紛紛不覺塵，鴛鴦湖水解留人。乳浮香焙誰同試，蟻泛家萏分外淳。禪寂久因師粲可，婚姻便合繼朱陳。莫從舊路尋歸夢，占取東籬采菊身。同上卷六

按：郭祥正原韵已佚。

郭功甫妻孫夫人挽詞

率己名無愧，成家德可尊。蘋蘩招壻婦，翰墨見兒孫。孰不承意訓，俱來哭寢門。詩人難再得，彤管負評論。同上卷十一

跋東坡書多心經

長公……因張安道述夢中事，作《楞伽經》，已鏤板矣，今在金山。……後偈，近似郭功甫家《張長史帖》。同上卷三十八

跋梅聖俞與郭功父詩

余爲兒童時，誦《采石月》詩，愛其詩，想見其人，既見其人，則知聖俞僅能識其詩爾。今得書觀其所與詩帖，亦與余疇昔所期無以异，豈所謂仁者見之謂之仁！崇寧二年十月十九日，汝墳劉晦叔、建安游定甫、趙郡李端叔。同上卷四十二

又

聖俞以詩名世，一時偉人，合力挽之，而竟不得進，晚始爲國子監直講，《唐書》置局，僅得與討論。書成，將用爲館職，而死矣，命不可控，乃至是耶！或者云，亦可爲功父三嘆，余以爲不然。

聖俞得名如是，故如是而止，功父之名，不止於是，將不止於是，孰謂命終不可控哉！崇寧二年十一月一日。同上

跋醉吟先生書

醉吟老人固善書，而未嘗以書自名，真善書者也。正、行蓋嘗見之矣，獨小字今始得之。使古人復作，余未知其先後也。同上

書李正臣怪石詩後

晁補之

湖口李正臣，世收怪石至數十百。初，正臣蓄一石，高五尺，而狀甚异。東坡先生讁惠州，過而題之云壺中九華，謂其一山九峰也。元符己卯九月，貶上饒，舟艤山寺下。寺僧言壺中九華奇怪，而正臣不來，余不暇往。庚辰七月，遇赦北歸，至寺下，首問之，則爲當塗郭祥正以八十千取去累月矣。然東坡先生將復過此，李氏室中嶓崒森聳殊形詭觀者尚多，公一題之，皆重於九華矣。《鷄肋集》卷三十三

和郭功甫題客館韵

洪芻

容膝柴門覓易安，數椽喜枕寺東山。雁飛不到吾來此，燕亦知歸客未還。夢斷霜鐘年欲晏，愁聽鼉鼓鬢先斑。自從退食門長掩，未必鄰僧似我閑。《老圃集》卷下

按：原韵題作《開元客館》，在《集》卷二十一。

苕溪漁隱叢話一則

胡　仔

《復齊漫録》云：芸叟嘗評詩云：……梅聖俞之詩，如深山道人，草衣葛屨，王公見之，不覺屈膝。郭功甫之詩，如大排筵席，二十四味，終日揖遜，求其適口者少矣。世以爲知言。余謂芸叟之論，從否未敢必，然觀東坡所記芸叟西事，稍能詩而已。則東坡蓋不以詩待芸叟耶？後集卷三十三《張芸叟》

按：張舜民，字芸叟。年略小於郭祥正，《宋史》有傳。西征途中詩云云，見《蘇軾文集》卷六十八《書張芸叟詩》。《復齋漫録》即《能改齋漫録》。芸叟評詩云云，今本《能改齋漫録》不見。

寶退録一則（節）

趙與時

南豐作李白詩引，以謂「竑肆瑰瑋，非近世騷人所可及；而連類引義，中法度者寡」。荆公屢稱郭功父詩，而南豐不謂然。功父疑之。荆公曰：「豈非子固以謂功父天才超逸，更當約以古詩之法乎？」南豐論詩如此。卷六

嘉靖太平府志郭祥正傳

林　鉞

郭祥正，字功甫，維子也。母張氏，夢太白而生。少倜儻不羈。爲詩文有逸氣。梅堯臣見之曰：「天才如此，真太白後身也。」咏《采石月》贈之。王安石亦稱其詩，謂豪邁精□出於天才，非力學所能逮也。舉進士。慶曆初，除秘閣校理、德化尉。熙寧中，知武岡縣，簽書保信軍節度判官。忤於王安石，遂自屏居姑孰，不復干進。居有醉吟庵，自作《醉吟先生傳》，有「朝霞溜鮮於水上，夕風泛起於木末，月魄在鈎，蓮香滿船」之句。元豐中，起爲通判汀州，忤部使者，陷以獄，五年而後直。又號漳南浪士。後除知端州。元祐初，仕於朝，覃恩轉承議郎。階至朝請大夫，復請老而歸。不營一金，惟善畜美石。卒年七十有九。有《青山集》三十卷。卷六

嘉靖太平府志記事一則

郭功甫宅：東街西二條巷，曰壽俊坊。卷二《宅墓·當塗縣宅》

乾隆當塗縣志記事三則

張　海

宋朝請大夫郭祥正祠：在青山李白祠之東廡。卷十三

朝請大夫郭祥正墓：在吕墓冲。卷二十六

石城書堂：在城東，宋郭祥正建，見《南畿志》。卷二十七

宋百家詩存郭祥正評傳(節)

曹庭棟

著有《青山集》三十卷。其古體詩沉雄俊偉，如波濤萬疊，一涌而至，莫可控御。不特句調彷佛太白，其氣味竟自逼真。

藏園群書經眼録題記一則

傅增湘

《青山集》三十卷。宋郭祥正撰。宋刊本，半葉十行，行二十字，白口，左右雙闌。目録首行題「青山集目録」，次行低四字曰「當涂郭祥正字功父」，三行低二格曰「卷第一」四行題三字曰「歌行三十首」。目録后空一行題「青山集目録終」。本書首行題「青山集卷第一」，次行與目録同，三行低二格曰「歌行三十首」，四行詩題低四格。版心下方記刊工人名，有陳榮、陳修、陳震、陳伸、黄淵、黄祥、黄寶、王明、王彦、汪靖、毛方、毛用、莊文、邊皓、閔昱、施光、楊説、楊英、李璋、章旼、章英、馮詔諸人。宋諱貞、敬、桓、完、樹皆為字不成。有宋代補板。卷中有朱色木記二，文曰：「嘉興府學官書，準令不許借出。咸淳貳　官年拾壹月旦日重印。」「嘉興府學官書，依條不許借出，僅知府何寺正任内發下，嘉定甲戌七月日記。(餘略)」藏印列下：「謙牧堂藏書記」、「兼牧堂書畫記」、「朱彝尊印」、「曝書亭珍藏」、「春草堂圖書印」、「姑余山人」。(丁巳)卷十三

(皖)新登字 05 号

丛书常务编辑：诸伟奇
责 任 编 辑：项纯文
封 面 设 计：古　办

本书出版得到国家古籍整理出版规划小组资助

安徽古籍丛书

郭祥正集

郭祥正 撰　孔凡礼 点校

*

安徽省古籍整理出版规划委员会办公室编
黄山书社出版发行
（合肥市金寨路 381 号）
新华书店经销
冶金部马鞍山矿山研究院印刷厂印刷
开本：850×1168 毫米　1/32　印张：23　字数：502 千字
1995 年 5 月第 1 版　1995 年 5 月第 1 次印刷
印数：00001—01000
ISBN　7-80535-193-7/G・80

定价：　23.00 元

《安徽古籍叢書萃編》書目

定本莊子故
康輶紀行　東槎紀略
北山樓集
疑庵詩
方望溪遺集
識小録　寸陰叢録
東萊詩詞集
明太祖集
王侍郎奏議
朱楓林集
敔孚類稿
施愚山集（全四册）
吴敬梓吴烺詩文合集
張孝祥詞箋校
竇山公家議校注
翠微南征録北征録合集
阮大鋮戲曲四種
老子注三種

杜詩説
朱書集
論語解注合編
郭祥正集
皖人詩話八種
績學堂詩文鈔
唐詩評三種（上下）
鈍齋詩選
老子注譯
莊子詮詁
説文假借義證（全五册）
劉銘傳文集
包世臣全集（全三册）
田間易學
莊屈合詁
田間詩集
田間文集
古事比（上下）
安徽出土金文訂補

道聽途説
蘭茗館外史
青泥蓮花記
秋崖詩詞校注
舌華録
明語林
夜雨秋燈録（上下）
包拯集校注
毛詩後箋（上中下）
壹齋集（上下）
孟子講義
楊仁山全集
不得已（附二種）
歙事閒譚（上下）
惜抱軒詩集訓纂
張孝祥詩文集
吴汝綸全集（全六册）
青溪集
藏山閣集

田間詩學（上下）
俞正燮全集（全三册）
皖人戲曲選刊　鄭之珍卷
詠懷堂詩集
所知録
文選箋證（上下）
七頌堂集
程瑶田全集（全四册）